Sugar Daddy
by Lisa Kleypas

夢を見ること

リサ・クレイパス
古川奈々子［訳］

ライムブックス

夢を見ること

主要登場人物

リバティ・ジョーンズ……………ヒューストンに住む美容師。田舎町のトレーラーパークで貧しい少女時代を過ごす
ダイアナ・ジョーンズ……………リバティの母
キャリントン・ジョーンズ………リバティの妹
ハーディ・ケイツ…………………トレーラーパークの住人。リバティの幼なじみ
ルイス・サドレック………………トレーラーパークのオーナー
ミス・マーヴァ……………………トレーラーパークの住人。リバティとダイアナの友人
ミスター・ファーガソン…………葬儀屋の社長
ゼンコー……………………………カリスマ美容師
チャーチル・トラヴィス…………大富豪の実業家
ゲイジ・トラヴィス………………チャーチルの長男
グレッチェン・トラヴィス………チャーチルの姉

1

父が油田掘削現場の事故で死んだのは、わたしが四歳のときだった。父はそのとき、作業着さえ着ておらず、スーツとネクタイ姿で掘削用プラットフォームの点検のために現場に出向いていた。ある日、点検の準備が終了する前に、掘削装置の床に開いていた穴で運悪く足を踏み外し、あっという間に一〇メートル下のプラットフォームに転落して、首の骨を折って即死してしまった。

父が二度と帰ってこないのだということを理解するのに、長い時間がかかった。そのころわたしたちはヒューストンの西に位置するケイティという町に住んでいた。わたしは家の正面の窓辺に座って、何カ月も父の帰りを待った。ドライブウェイの端に立って、通り過ぎる車をじっとながめている日もあった。母に何度やめなさいと言われても、あきらめることができなかった。父に会いたいと強く願えば、きっと帰ってきてくれると子ども心に思っていたのだろう。

父の思い出はごくわずかしかない。思い出というより、印象と言ったほうがいいようなものばかりだ。一度か二度、肩車をしてくれたことがあったように思う。ふくらはぎに触れた父の胸板の硬さを記憶しているし、足首をしっかりと握ってもらって、空中高く振り回された感触も覚えている。わたしはレイヤーカットされた父の輝く黒い髪をつかんでいた。ごわごわの髪が揺れていた。メキシコの子守唄『アリバ・デル・シエロ』を歌う父の声がいまでも耳に残っている。その歌はいつもやさしい夢へといざなってくれたものだった。

ドレッサーの上に、たった一枚しかない父の写真を額に入れて飾ってある。前身ごろに折りじわがついたウェスタン・ドレスシャツを着て、朝食の皿くらい大きな銀とターコイズのバックルのついた押型模様入りの革ベルトをしめている。口の端にかすかな笑みが浮かび、浅黒い滑らかな頰にはえくぼ。だれにきいても父は頭がよくて、ロマンチストで、野心家のハードワーカーだったという。もっと長く生きていられれば、きっとすばらしいことを成し遂げただろう。父についてはほとんど知らないけれど、わたしを愛してくれていたのはたしかだ。ほんの一握りしかない記憶の中にもそれを感じることができる。

母は父の代わりを見つけることはなかった。いや、もっと正確には、父の代用品となる男はたくさん見つけたけれど、彼らが長く母の人生にとどまることはなかったと言ったほうがいいだろう。母はいっしょにいて楽しいタイプではなかったが、とても美しかったので、いくらでも男は寄ってきた。しかし、関係が長くつづくかどうかはまた別の話だった。わたしが一三歳になるまでに、母は覚えきれないほどたくさんの恋人と出会っては別れていた。だから、母がついに、しばらくひとりの男と暮らすことに決めたときには、なんとなくほっとしたものだった。

母は、ボーイフレンドが生まれ育った場所に近い、東テキサスのウェルカムという町で彼と暮らすことに決めた。振り返ってみれば、ウェルカムはわたしがすべてを失った場所でもあり、またすべてを得た場所でもあった。あの町がわたしの人生の分岐点となり、そこから思いがけない方向へと進むことになったのだ。

新しい居住地となる移動住宅用駐車場《トレーラーパーク》に着いたその日、わたしは先が行き止まりになっている道を歩いていた。道の両側にはピアノの鍵盤のようにトレーラーハウスが並んでいる。パーク内は、ほこりっぽい道が碁盤目に走っていて、左側には新しくループ状の道が造られていた。それぞれのトレーラーは、アルミニウムか木製の格子がぐるりとめぐらされたコンクリートの受け台の上にのっていた。猫のひたいほどの庭がついていて、サルスベリが植わっているハウスもいくつかあった。しかし、強い日照りで花はぱりぱりに乾燥して薄茶色になり、樹皮も細かくひび割れていた。

遅い午後の太陽は、まん丸く真っ白で、空に紙皿を画鋲で留めたみたいに見えた。上からも下からも熱が放射され、ひび割れた地面から熱波がたちのぼるのが見えるようだった。ウェルカムでは時間はゆっくり進む。急いでしなければならないことなんてひとつもないと人々は考えていた。犬と猫は暑い一日の大半を日陰で眠ってすごし、目覚めるのは水道管のつなぎ目からしたたる水をなめに行くときくらいだった。ハエさえも動きがのろかった。

ひざのところで切ったジーンズのポケットの中身がかさこそと音を立てる。小切手が入った封筒だ。ブルーボネット・ランチという名前がついたこのトレーラーパークのオーナー、ルイス・サドレックのところに持って行くよう母に言いつけられていた。サドレックはパークの入口近くにある赤煉瓦の平屋建ての家に住んでいた。

崩れてでこぼこになったアスファルトの道を歩いていると、靴の中で足が蒸されているような気持ちになる。一〇代の女の子が、手足をぶらんとさせて、リラックスしたかっこうで立っているのが見えた。年上の男の子ふたりといっしょだった。彼女はポニーテールに髪を結い、前髪はカールさせてヘアスプレーで固めていた。短パンと小さな紫色のビキニトップを着ている。むきだしの肌は小麦色に焼けていた。少年たちが彼女と熱心に話し込んでいるのはそのせいだろう。

少年のひとりは半ズボンにタンクトップ、もうひとりの黒髪の少年は、洗いざらしのラングラージーンズをはいていて、ウェスタン・ブーツには泥がこびりついていた。黒髪の少年は体重を片方の脚にのせて立ち、デニムのポケットに片手の親指をかけて、反対の手でさかんにジェスチャーを交えてしゃべっていた。骨ばったスリムな体つきと、くっきりした横顔の輪郭には、なんとなく惹かれるものがあった。暑さのせいで眠っているような、まわりの空気をびりびり震わすようなバイタリティを発散させていた。

老若男女を問わず、テキサス人は根っから社交的で、見知らぬ人にも平気で声をかけるものだが、この三人組はわたしが前を通りすぎようとしても気づきもしない。ま、わたしとしては、そのほうがよかったのだけど。

ところが、道の反対側を静かに歩いていると、突然、何かが迫ってくる音と気配を背後に感じた。びっくりして振り返ると、二匹の獰猛なピットブルがわたしに襲いかかろうとしていた。犬たちはうなりながら唇をめくりあげ、ぎざぎざの黄色い歯をむき出して吠えかかってくる。犬を恐れたことはそれまで一度もなかったが、この二匹の殺気は尋常ではない。

わたしはとっさに体の向きを変えて走りだした。古いスニーカーのすり減った底が、道の上に散らばっていた小石に滑り、前のめりに転んで両手とひざを地面についた。悲鳴をあげ、犬たちに咬みつかれることを覚悟して両手で頭を抱え込んだ。しかし、青ざめたわたしの耳に聞こえてきたのは怒鳴り声だった。肉に犬の歯が食い込む代わりに、力強い両腕に抱きかかえられるのが感じられた。

わたしはきゃっと甲高い声で叫んで体をねじって振り返り、黒髪の少年の顔を見上げた。彼はすばやく大丈夫かと尋ねるようにわたしを見てから、ふたたびピットブルのほうに顔を向けて大声でしかりつけた。犬は数メートル後ろに下がった。やかましく吠えたてていた声が徐々に小さくなり、だんだん不機嫌なうなり声に変わった。

「あっちへ行け」と少年は怒鳴りつけた。「とっとと家に帰れ。人に吠えかかるんじゃない、くそ犬ども――」彼は途中でののしるのをやめて、わたしをちらりと見た。

ピットブルはさっきとはうってかわっておとなしくなり、こそこそと後ずさりしだした。パーティ用の風船についている、カールしたリボンのようなピンクの舌をだらんと口から垂らしている。

わたしの救世主は犬たちをにらみつけ、タンクトップの少年に声をかけた。「ピート、ミス・マーヴァのところへ犬を連れて行け」

「放っておいても、勝手に帰るよ」タンクトップの少年はビキニの少女と別れるのがいやらしく、言い返した。

「連れて行け」と黒髪の少年が命じた。「マーヴァに、門を開けっ放しにするのはやめてくれと伝えろ」

ふたりが話しているあいだに、わたしはひざを見下ろした。すりむけて血がにじみ、こまかな砂利が傷口にくっついていた。ショックがおさまると、急に死にたいほど恥ずかしさがこみあげてきて、わたしは泣きだした。嗚咽をこらえようとすればするほど、さらにひどくなるようだった。大きなセルフレームのメガネの下から涙が流れ落ちていく。

「ちぇっ、しょうがねえなあ……」タンクトップの少年がつぶやくのが聞こえた。ため息をついて犬に近づき、首輪をつかんだ。「来いよ、トラブルメーカーども」犬たちは素直に従い、少年の両側に行儀よく並んでおとなしく速足でついていった。

黒髪の少年はふたたび視線をわたしに戻し、やさしい声で言った。「さあ……もう大丈夫だ。泣かなくてもいい」尻ポケットから赤いハンカチを取り出してわたしの顔を拭きはじめた。手際よく目と鼻をぬぐうと、鼻をかんで、と言った。鼻にぴたりとあてがわれたハンカチには、男の汗のつんとくるにおいが染みついていた。当時、男たちは年齢を問わず、ジーンズの尻ポケットに赤いハンカチを入れていたものだった。ハンカチは、ふるいやコーヒーフィルター、防塵マスクの代わりもしたし、一度など、赤ん坊のおむつの代用として使われるのを見たこともある。

「これからは犬に吠えられても、ぜったいに走り出さないこと」少年は尻ポケットにハンカチをしまった。「どんなにこわくても、だ。犬から顔をそむけて、ゆっくりと歩み去る。わかったか？ そして、断固とした声で『やめなさい』と言うんだ」

わたしは鼻をすすってうなずき、陰になっている彼の顔を見上げた。すると少年の大きな口に笑みが浮かんだ。戦慄が胃の奥まで伝わっていき、わたしは思わずスニーカーの中で足の指を丸めた。

少年は正統なハンサムの基準からはほんの少しはずれていた。顔は粗削りで大ざっぱすぎる感じがしたし、一度鼻の骨を折ったことがあるのか、鼻柱が曲がっていた。しかし少年の微笑はじわりと心に響き、青い瞳が日に焼けた肌に映えて、よけいに明るく輝いて見えた。そして黒に近い茶色の髪はミンクの毛皮のように艶やかだった。

「あいつらは、おまえをとって食いやしない。いたずら好きで困ったものだが、おれが知っているかぎりでは、人に咬みついたことはない。さあ、手をかして」

少年はわたしを引っ張り上げて、立たせてくれた。ひざに火がついたような感じがした。でも、心臓がどきどき鳴っていたので、痛みはほとんど気にならなかった。しっかりわたしの手を握っている少年の指は乾いていて温かかった。

「家はどこ？」と少年が尋ねた。「ループ道の新しいトレーラーに引っ越してきたのか？」

「うん」わたしは顎に残っていた涙のしずくを手で拭った。

「ハーディ……」金髪の少女が甘ったるい声で呼んだ。「その子はもう平気よ。あたしを家まで送って。部屋に見せたいものがあるの」

ハーディって名前なんだ。少年はわたしのほうに顔を向けたまま、生き生きとした視線を地面に落とした。口の端に浮かんだ苦笑が少女に見えなかったのは幸いだった。少年は少女の目的をちゃんとわかっているようだった。

「だめだ」彼は明るく答えた。「このおちびの面倒をみなくちゃならないから」

子どもあつかいされて一瞬むっとしたが、金髪の子に勝ったという嬉しさのほうが大きかった。でも、少年が彼女の部屋に行く機会に飛びつかなかった理由はわからなかった。

わたしは不細工というほどではないが、人にちやほやされるような美少女とも言えなかった。メキシコ人の父親から黒い髪と太い眉、そして必要な厚みより二倍もあるぽってりとした唇を受け継いでいた。母からは、ほっそりした体型と明るい色の瞳をもらった。でも、母のような透明なシーグリーンではなく薄茶色だった。わたしも母みたいに象牙色の肌と金髪だったらよかったのにとよく思ったものだが、髪の色も肌の色も父譲りだった。

内気な性格の上に、メガネをかけているのもよくなかった。目立つことが嫌いで、隅に隠れているほうが好きだった。ひとりで本を読んでいるときが一番しあわせだった。さらに学校の成績もよかったから、人気者になれるはずがない。だから、ハーディのような少年がわたしに目を向けることはめったにないことなのだ。

「来いよ」とハーディはわたしを促し、日に焼けた幅の狭いトレーラーハウスに向かって歩きはじめた。ハウスの裏手にはコンクリートの階段がついていた。ハーディの歩き方にはかすかに気取ったところがあり、その不良少年《ワル》ぶりがかっこよかった。

わたしは用心しながらついていった。知らない人とふらふら歩いていたことを母が知ったらすごく怒るだろう。「あなたの家?」とわたしは尋ねた。トレーラーに近づくと枯れ草の茂みに足が沈んだ。

ハーディは振り向きざまに答えた。「ああ。おふくろと、弟がふたりに妹がひとりいる」

「こんな小さなトレーラーに住むにしては、ずいぶん大勢ね」

「そうだな。もうじき家を出るつもりだ。ここじゃ、居場所がない。おれがあんまり速く大きくなるもんで、おふくろはトレーラーの壁を突き破るんじゃないかと心配している」

彼がこれ以上成長するなんて信じられない。「どこまで伸びるつもりなの?」

ハーディはふふんと笑って、ほこりまみれの灰色のホースがついている水道のところに行った。栓を器用に何度か回して水を出し、ホースの先をさがした。「さあな。もう、親戚のほとんどを越しちまった。一番下の段に腰掛けて、足をまっすぐに伸ばすんだ」

わたしは言われたとおりに足を伸ばし、細いふくらはぎを見つめた。子どもっぽく濃色のすね毛で覆われている。何度か剃ってみたことがあったが、まだ習慣にはなっていなかった。あの金髪の少女の、滑らかな日焼けした脚を思い出すと、恥ずかしさがこみあげてきた。

ハーディはホースを手に近づいてきて、そばにしゃがみこんだ。「ちょっとしみるぞ、リバティ」

いるの?」

「大丈夫よ、わたし――」と言いかけて、わたしは目を丸くした。「どうして名前を知って

ハーディは口の片端でほほえんだ。「ベルトの後ろに書いてある」

その年、名前入りベルトが流行っていた。わたしは母にせがんで、薄ピンクの革に赤い文字で名前を刻みつけてもらった。

わたしは息を止めて、ハーディが生ぬるい水で血液と砂利を洗い落とすのを見つめた。思ったよりも痛かった。石粒を洗い流すために膨れた傷口を指でこすられたときにはとくに痛んだ。

顔をしかめると、ハーディはなだめるような声を出して、わたしの気をそらそうとしゃべりはじめた。「いくつだ? 一二歳くらいか?」

「一四と四分の三歳よ」

青い目がきらめいた。「一四と四分の三にしては幼いな」

「そんなことないわ」わたしは憤慨した。「今年、九年生になるんだもん。あなたは何歳?」

「一七と五分の二」

軽くからかわれてわたしは体をこわばらせたが、目が合うと、ハーディの目がいたずらっぽく光った。わたしはいままで、これほど強く他人に惹きつけられたことはなかった。体の中がぽっと熱くなり、好奇心と合わさって、心の中にいっぱい質問がわいてきた。

人生で二度か三度、こんなことが起こるものだ。初めて会った人のすべてが知りたくて、

たくさんの質問をぶつけたくてたまらなくなることが。

「きょうだいは?」

「いないの。ママとわたしと、ママのボーイフレンドだけ」

「明日、時間があったら、妹のハンナを連れて行く。あいつにこのあたりのガキどもを紹介させる。どいつに近づいちゃならないかも、教えてもらうといい」ハーディはわたしのすりむけたひざから水を拭い取った。傷口はピンクで、清潔になっている。

「さっき、あなたが話をしていた子は? あの子には近づかないほうがいいの?」

ハーディはにやりとした。「タムリンだな。ああ、あいつは避けたほうがいい。タムリンはほかの女の子は嫌いだから」ハーディは蛇口の水を止めてから戻ってきて、踏段に座っているわたしを見下ろした。こげ茶色の髪がひたいにかかっていた。わたしはその髪を後ろになでつけてみたくなった。異性への興味というより、好奇心からだ。

「家に帰るのか?」ハーディは手をさしのべながらきいた。ふたりの手のひらがぴったりと合わさった。彼はわたしを引っ張り上げて立たせ、足元がふらついていないのを確かめてから手を放した。

「まだ。用事を言いつかっているの。サドレックさんに小切手をわたしにいかなくちゃ」尻のポケットに手を触れて、封筒が入っていることを確認した。

その名前を聞いて、ハーディは黒いまっすぐな眉をひそめた。「ついてってやるよ」

「いいの」と断わったが、そう言ってくれたのが内心すごく嬉しかった。

「いっしょに行く。おまえのおふくろさんはどうかしてるぜ。管理人事務所に娘をひとりで行かせるなんて」

「どういうこと?」

「あいつに会えばわかる」ハーディはわたしの両肩をしっかりつかんで、念を押すように言った。「いいか、どうしてもルイス・サドレックのところに行かなきゃならない用事ができたら、先におれんところへ来るんだぞ」

彼の手がのっている肩のあたりがびりびりとしびれるようだった。わたしは息をはずませて言った。「迷惑をかけたくないわ」

「迷惑じゃないさ」ハーディはわたしを、少しばかり長すぎる時間見つめてから、半歩後ろへ下がった。

「とってもやさしいのね」

「ふん」彼は首を横に振って、笑顔で言った。「やさしくなんかない。だが、ミス・マーヴァのピットブルとサドレックから、だれかがおまえを守ってやらなきゃならないからな」

わたしたちは大通りを歩いて行った。ハーディはわたしに合わせて、歩幅を小さくして歩いてくれた。ふたりの歩調が完全に合うと、心の底に深い満足感が生まれた。彼と肩を並べて歩けるなら、永遠に歩いていられるような気がした。寂しさがどこかに漂っていることなく、こんなふうにある瞬間を心から満喫できたことは、生まれて初めてかもしれなかった。

木陰の青々とした草むらに横たわっているかのように、自分の話し声が妙に気だるく聞こえた。「どうして、やさしくないって言うの？」

ハーディは低く沈んだ声で笑った。「おれは懲りないワルだからさ」

「わたしもよ」もちろん、それは嘘だった。でも、この少年が懲りないワルなら、自分もそうでありたかった。

「いや、おまえは違う」と彼はものうげに断言した。

「わたしのことなんか何にも知らないくせに、どうしてそんなことが言えるの？」

「見ればわかる」

わたしはハーディをさっと盗み見た。わたしの外見から、ほかにどんなことがわかるのかききたい衝動にかられたが、予想どおりの答えが返ってくるのがこわかった。だらしなく結んだポニーテール、カットオフジーンズの長さは控えめで、大きいメガネに、手入れをしていないぼさぼさの眉……男の子たちが夢見るとびきりかわいい女の子にはほど遠い。話題を変えることにした。「サドレックさんっていやなやつなの？　それで、ひとりでは事務所に行かないほうがいいと言うの？」

「五年ほど前に、あいつは親が所有していたこのトレーラーパークを相続した。以来、女と見りゃ、いやらしいことを言ったり、さわったりするのさ。おれのおふくろにも一度か二度ちょっかいを出しやがったから、ここからシュガーランドまで引きずりまわして地面のしみにしてやると脅かしてやった」

本気でそうするつもりなんだ――わたしは微塵も疑わなかった。ハーディは年こそ若いが、人を簡単にのしてしまえるくらい体が大きかった。

平らな乾燥した地面にダニみたいにへばりついている赤煉瓦の家に着いた。「ブルーボネットランチ・モービルホーム・エステート」と書かれた大きな白黒の看板が、中央通りに面した側に立てられていた。看板の四隅には、テキサスの州花でもある、色あせた青花ルピナス《ブルーボネット》のプラスチックの造花が数本ずつ留めつけられている。看板の後ろには道ぞいに、庭飾り用のフラミンゴの人形がずらりと並んでいたが、どれも銃弾を受けて蜂の巣状になっていた。

　サドレックをはじめ、このトレーラーパークの住人たちは、近所の住人の庭に並べたフラミンゴを的にして射撃の練習をするのだということを、わたしはおいおい知るようになる。フラミンゴは弾があたるとひょいとはじかれるが、反動でまたもとに戻る仕組みになっていた。銃弾を受けすぎてフラミンゴが穴ぼこだらけになると、トレーラーパークの入り口に飾られる。居住者の射撃の腕前を見せつけるのが目的だ。

「営業中」のサインが正面玄関近くの小さな窓に掛かっていた。隣に立っているハーディの頼もしい存在に勇気づけられ、わたしはおずおずとノックしてから、ドアを押し開けた。ラテン系の娘が、せっせと入り口をモップで拭いていた。部屋の隅に置かれているカセットプレーヤーから、メキシコ系テキサス人のフォークミュージック、テハーノの陽気なポルカのリズムが聞こえてくる。上目づかいにこちらを見ると、娘は早口のスペイン語で何か言った。

「気をつけて《クイダド》、床が濡れているから《エルパソエスモハド》」

わたしはスペイン語がほとんどわからない。何を言っているのか理解できなくて、わびるように頭を横に振った。しかし、ハーディはすらすらとスペイン語で答えた。「ありがとう《グラシアス》、気をつけるよ《テンドレモスクイダド》」彼はわたしの背中のまん中に手を置いた。「気をつけろ、床が濡れている」

「スペイン語が話せるの？」ちょっと驚いてわたしは尋ねた。

彼の黒い眉が上がった。「話せないのか？」

赤面して、わたしは首を横に振った。メキシコ人の血を引いているのに、父の国の言葉を話せないことを、いつもかすかに恥じていたのだ。

がっしりした背の高い男が、フロントのオフィスの戸口に現れた。一見したところルイス・サドレックはなかなかのハンサムだった。けれどよく見ると、かつての恵まれた容姿はすでにそこなわれていて、長いこと自堕落な生活を送ってきたせいで顔も体型もくずれていた。ぶよぶよに太くなったウエストを隠すためか、ストライプのウェスタン・シャツのすそをズボンの外に出していた。ズボンは安物のポリエステルらしかったが、ブーツは青く染められた蛇革だった。肌は滑らかで顔立ちは整っていたけれど、頬や首が赤くでっぷりしているので、せっかくの男前も台無しだった。

サドレックはちょっと興味を引かれたような顔でわたしを見つめてから、口元にいやらしい笑いを浮かべ、まずハーディに向かって言った。「このちびの不法入国のメキシコ人《ウェットバック》はだれだ？」

わたしは視界の隅で、掃除をしていた娘がこの侮蔑的な言葉に体をこわばらせ、モップの動きを止めるのを見た。彼女は何度となくそう呼ばれて、その意味を理解しているのだろう。ハーディが即座に歯を食いしばり、手を握り締めてこぶしをつくったのを見て、わたしはあわてて口をはさんだ。「ミスター・サドレック、わたしは――」

「こいつをそんなふうに呼ぶな」ハーディのきつい口調に、首の後ろの毛が逆立った。

ふたりは憎しみに満ちた目でにらみあった。目の高さはほぼ同じだ。人生の盛りを過ぎた男と、これから盛りに向かおうとしている若者。でも、わたしから見て、喧嘩になったらどっちが勝つかは明らかだった。

「リバティ・ジョーンズといいます」緊張を和らげようとして、わたしは言った。「母と新しいトレーラーに越してきました」尻のポケットから封筒を出して、差し出した。「母から、これをあなたに届けるようにと」

サドレックは封筒を受け取ってシャツのポケットに押しこみ、わたしを頭のてっぺんからつま先までじろじろながめまわした。「ダイアナ・ジョーンズは、おまえの母親か？」

「はい、そうです」

「ああいう女から、おまえみたいな肌の浅黒い娘が生まれるとはな。親父はメキシコ人か」

「はい」

彼はあざけるように含み笑いをして、頭を振った。ふたたびにやにや笑いが口元に広がった。「おふくろさんに、次は自分で家賃の小切手を持って来いと伝えておけ。話したいことがあるからとな」

「わかりました」一刻も早くここを離れたくて、わたしはハーディのこわばった腕をぐいと引いた。ハーディはサドレックを最後にもう一度にらみつけてから、わたしの後ろについてドアに向かった。

「ケイツ家の連中みたいなくずどもとかかわらんほうが身のためだぜ、お嬢ちゃん」とサドレックはわたしたちの背中に向かって大声で叫んだ。「やつらはトラブルメーカーだからな。とくにそのハーディはよ」

ほんの一分ばかりしかサドレックのところにはいなかったのに、胸の高さまであるゴミの中を通り抜けたような気分になった。わたしは振り返って、驚きの目でハーディを見た。

「いやなやつ」

「まあな」

「奥さんや子どもはいるの？」

ハーディは首を振った。「二度離婚したと聞いている。町の女の中には、あいつと結婚したがるのもいるらしい。そう見えないかもしれないが、小金を持っていやがるのさ」

「トレーラーパークの収入？」

「そのほかに、ひとつかふたつ、サイドビジネスもやっている」

「どんな？」

ハーディは冷たくせせら笑った。「知らなくていい」

わたしたちは静かに考えこんだまま、ループ道と交差するところまで歩いた。夕方になっていたので、トレーラーパークに活気が戻っていた。車が行き交い、トレーラーの薄い壁を通して話し声やテレビの音が聞こえてくる。揚げ物のにおい……。白い太陽が地平線にのっかっていて、空を紫とオレンジと真紅に染めていた。

「この家か？」ハーディはアルミニウムの羽目板がきちんとはまった白いトレーラーの前で立ち止まってきいた。

うなずいて簡易キッチンの窓を見ると母の横顔の影が映っていた。「そう」とわたしはほっとして言った。「ありがとう」

茶色いセルフレームのメガネ越しに彼をじっと見上げて立っていると、ハーディは手を伸ばしてきて、ポニーテールからほつれて顔にかかっていた髪の一筋を耳にかけた。たこのできた硬い指先が、くすぐったい猫の舌先のようにそっと髪の生え際をなでた。「おまえを見て何を思い出すと思う？」と彼はきいた。「サボテンフクロウだ」

「そんなのいないわ」

「それがいるんだ。ほとんどがリオグランデバレーより南側に住んでいる。だが、ときどき、このあたりまでやってくるやつがいて、おれも一羽見かけたことがある」彼は親指と人差し指で一二センチばかりの高さを示した。「これくらいしかないんだぜ。かわいいチビ鳥だ」

「わたしはチビじゃないわ」とわたしは言い返した。

ハーディはほほえんだ。彼の影がわたしにすっぽりとかぶさり、まぶしい夕陽を遮断した。体の奥をかきまわされるような不慣れな感覚が呼び起こされた。もっと影の中に深く踏みこんで、彼の体に触れ、彼の腕に包まれてみたいと思った。「なあ、サドレックが言ったことは本当だ」と彼は言った。

「何のこと？」

「おれはトラブルメーカーだ」

そんなことわかっている。ばくばく鳴っている心臓も、がくがくと崩れそうなひざも、かっと熱く火照っているお腹も知っている。「トラブルメーカーって好きだわ」とわたしはやっと言った。すると、ハーディの笑い声が空中に渦を巻いた。

ハーディは優雅に大股で歩み去っていった。その姿は暗くて孤独だった。わたしは、地面から助け起こしてくれたときの手の力強さを思い出した。見えなくなるまで、ずっとハーディの後ろ姿を見つめていた。熱い蜂蜜をスプーンに一杯飲みこんだばかりのように、のどが詰まってひりひりする感じがした。

太陽が沈み、地平線に細長い光の筋だけが残った。神様が最後にちょっとだけ大きな空のドアを開けてのぞこうとしているみたいだった。おやすみ、ウェルカム、と心の中でつぶやいて、わたしはトレーラーに入っていった。

2

新しい家には、できたてのプラスチック製のインテリアと新品のカーペットの快いにおいが充満していた。寝室が二つきりの幅の狭いトレーラーハウスで、後方にはコンクリートのテラスがついていた。自分の部屋の壁紙を選ばせてもらえたので、白地にピンクのバラの花束と細いブルーリボンの柄がついたものにした。トレーラーに住むのは初めてだった。ウェルカムに越してくる前はヒューストンの貸家で暮らしていた。

　トレーラーと同じく、ママのボーイフレンドのフリップも新しい。フリップという名前は、絶えずテレビのチャンネルを切り替える《フリップ》癖に由来する。最初はそれほど気にならなかったが、しばらくするとその癖に我慢できなくなった。フリップがいると、どんな番組も五分と見られないのだから。

　なぜ母が彼を家に住まわせることにしたのか、理由はよくわからなかった。ほかのボーイフレンドたちと似たりよったりで、とくにいいとも思えなかった。フリップは愛想のよい、大型犬のような男だった。顔立ちはいいが怠け者で、ちょっとビール腹。シャギーカットの髪は後ろを長めにしていて、すぐにやにや笑う。母は、いっしょに暮らしはじめた初日から彼を養わなければならなかった。母は地元の権原保険会社（不動産取引において権利関係などの調査・保証を行う保険会社）で受付係として働いていたが、フリップはつねに失業中でぶらぶらしていた。フリップは仕事に就くことに異議を唱えてはいなかったが、職をさがすという概念がどうにも我慢できないのだった。南部の無教養な白人が好む矛盾した理論だ。

　でも、わたしはフリップが好きだった。母を笑わせてくれたから。すぐに消えてしまう母の笑い声はとても貴重で、できることなら保存瓶に詰めて、しまっておきたいくらいだった。トレーラーの中に入ると、フリップはビールを手にソファに寝そべり、母は食器棚に缶詰めをしまっていた。

「よう、リバティ」と彼はのんきに声をかけてきた。

「ハイ、フリップ」わたしは手伝いをするために簡易キッチンに入っていった。天井の蛍光灯が、ガラスのように滑らかな母の金髪を照らしていた。母は色白で整った顔立ちをしていた。神秘的なグリーンの瞳と繊細な唇。一筋縄ではいかない頑固さが唯一あらわれているのは、シャープで明確な顎の線だった。古代の帆船の船首みたいなV字形をしていた。

「ミスター・サドレックに小切手をわたした、リバティ？」

「うん」わたしは小麦粉や砂糖やトウモロコシ粉の袋を棚にしまった。「すっごくいやなやつよ、ママ。わたしのことをウェットバックって呼んだんだから」

　母はさっと振り返り、目を燃え上がらせてわたしを見た。母の顔はみるみる紅潮し、両頬が美しく朱に染まった。「あんちくしょう」と母はさけんだ。「信じられないわ。フリップ、リバティが言ったこと、聞こえた?」

「いいや」

「あの男は、わたしの娘をウェットバックと呼んだのよ」

「だれが?」

「ルイス・サドレックよ。トレーラーパークのオーナー。フリップ、さっさと腰を上げて、文句を言ってきて。いますぐよ! あいつに言うのよ、もしまたそんなことを——」

「なあ、ハニー、そんな言葉にたいした意味はないのさ」とフリップは言った。「みんな使ってるぜ。害はないんだ」

「わかったような口をきかないで!」母は手を伸ばしてわたしを引き寄せ、肩と背中に腕をまわして、守るようにぎゅっと抱きしめた。母の反応の激しさに驚いて——だって、ウェットバックと言われたのは初めてじゃないし、これからだって何度も言われるだろうし——しばらくおとなしく抱きしめられていたが、やがてもぞもぞと体をよじって母の腕からのがれた。「ママ、わたしは平気よ」

「そんな言葉を使うやつは、自分が無知なくずだと証明しているのよ」母はきつい口調で言った。「メキシコ人のどこが悪いっていうの。ねえ、そうでしょう?」母は言われた本人であるわたしよりも怒っていた。

わたしは、自分と母は違うんだということをいつもいやというほど意識してきた。いっしょにどこかにでかけると、わたしたちは好奇の目にさらされた。金髪の母はさながら天使、一方わたしは黒髪で、一目でラテンアメリカ系米国人《ヒスパニック》であることがわかる。わたしはそれを受け入れることを学んだ。半分しかメキシコの血が流れていなくても、純粋なメキシコ人であることとほとんど変わりがなかった。だから、アメリカ人として生まれ、国境を流れるリオグランデ川に足を踏み入れたことすらなくても、その川を渡ってアメリカにやってくる密入国者を指すウェットバックと、ときどき呼ばれる運命にあるのだ。

「フリップ」しつこくママは言った。「サドレックのところに行かないつもり？」

「いいのよ、ママ」わたしは母に言いつけたことを後悔していた。フリップはこんなことで騒ぎ立てるほうがおかしいと思っている。だからわざわざ出かけていくわけがない。

「ハニー」フリップは言い返した。「初日からオーナーともめるっていうのはどうかな――」

「あんたが男気を見せて、わたしの娘をかばってくれるかどうかが重要なのよ」ママはフリップをにらみつけた。「いいわ、わたしが行く！」

ソファから辛抱強く怒りを抑えたうめき声が聞こえてきたが、リモコンのボタンを押す親指以外、動く気配はまったくなかった。

わたしは心配になって母を止めた。「ママ、やめて。フリップの言うとおりよ。深い意味はなかったのよ」全身の細胞が、ママをルイス・サドレックに近づけてはならないと叫んでいた。

「すぐに戻るわ」と母は無表情に言うと、バッグをさがした。

「お願い、ママ」わたしは必死に思いとどまらせようとした。「夕食の時間よ。お腹がすいちゃったわ。もう、ぺこぺこ。どっかに食べに行きましょうよ。町のカフェテリアに行ってみない？」大人はカフェテリアに行くのが大好きだ。もちろん母も例外ではない。

母は立ち止まってこちらをちらりと見た。表情が和らいでいる。「あなた、カフェテリアの料理は大嫌いじゃない」

「このごろはそうでもないわ」わたしは執拗に食い下がった。「仕切りのあるお皿で食べるのが好きになってきたの」母の唇の端に微笑が浮かびはじめたのを見て、わたしはさらにたたみかけた。「それに、今夜はもしかすると運よくシニアサービスデーかも。そしたら、半額で食べられるわ」

「この子ったら」と母は大声で言うと、いきなり笑い出した。「この引っ越し騒ぎで、わたしのほうこそシニアになった気分よ」一番大きな部屋にずかずかと歩いて行き、テレビを消して、薄れていく画面の前に立ちはだかった。「起きなさい、フリップ」

「プロレスを見のがしちゃうじゃないか」フリップは上体を起こして不満の声をあげた。クッションに頭をつけて横になっていたので、もさもさの髪の半分がぺしゃんこになっていた。

「どっちにしろ、最初から終わりまで全部見ないじゃない」と母が言った。「さあ、フリップ……リモコンを丸一カ月隠しちゃうわよ」

フリップはため息をついて立ち上がった。

翌日、わたしはハーディの妹のハナと知り合いになった。一歳下だったが、頭ひとつ分くらい背が高かった。かわいいというより、人目を引く容姿で、ケイツ家の娘らしく手足が長くて運動神経がよさそうに見えた。ケイツ家の人々は肉体派で、競争心が強くていたずら好き。要するにわたしとは正反対だった。家族の中でたったひとりの女の子として、ハナはぜったいに挑戦から逃げてはならないこと、そしてどんな困難にも果敢にチャレンジすることを教えこまれていた。わたしにはそういうところは欠けていたが、その大胆さはすばらしいと思った。まいっちゃうのよね、とハナはわたしに言った。わくわくすることなんて何ひとつないこんなつまらない土地に住んでいると、冒険心をもてあましちゃうのよ。

ハナは兄に夢中で、わたしがハーディの話を聞きたがるのと同じくらい熱心に、彼の話をしたがった。ハナによると、ハーディは去年高校を卒業したが、アマンダ・テイタムという三年生とつきあっているのだという。一二歳の頃から、女の子にもてもてなのだそうだ。昼間は地元の牧場で鉄条網のフェンスを設置したり、修繕したりする仕事をしていて、母親の小型トラックの頭金を払ってやったそうだ。ひざの靭帯を傷めるまでは、アメフトのチームでフルバックとして活躍し、四〇ヤードを四・五秒で走った。アメリカコガラから野生の七面鳥まで、テキサスで見かける鳥ならどんな鳥でもその鳴き声を真似ることができた。そして妹のハナ、弟のリックとケビンにとって、やさしい兄なのだという。

ハーディのようなお兄さんがいるなんて、ハナは世界一幸運な少女だわ、とわたしは思った。ケイツ家はとても貧しかったが、ハナがうらやましかった。わたしはひとりっ子がどうしても好きになれなかった。友人の家に夕食に招待されると、いつも自分がよその国から来たみたいな気分になるのだ。そしてその家の人たちがどんなことをして、どんな話をするのかを貪欲に吸収しようとした。とくににぎやかな家族が好きだった。母とわたしの生活は静かだったから。母はふたりきりでも立派に家族よと言っていたが、我が家には何か足りないものがあるような気がしてならなかった。

わたしはいつも家族が欲しくて欲しくてたまらなかった。どの知人にも、祖父母や大叔父や大叔母、いとこやはとこなど、一、二年にいっぺんくらい顔を合わせる遠い親戚がいた。わたしは親類をひとりも知らなかった。父はわたしと同じくひとりっ子で、両親はすでに他界していた。その他の親族はアメリカ中に散らばって暮らしていた。父の先祖にあたるヒメネス家は代々リバティ郡に住んでいた。じつはわたしの名前はそれにちなんでいる。わたしはヒューストンから北東に少し離れたリバティで生まれたのだ。ヒメネス家は一九世紀にメキシコからその土地に移住してきた。やがてヒメネス家の人々は姓をジョーンズに改め、そこで死んだり、あるいは土地を売ってよそへ引っ越したりしてこの地から姿を消した。

となると親戚は母方だけということになる。しかし、わたしが親戚のことを尋ねると、母はいつも冷やかに口を閉ざすか、外で遊んできなさいと怒ったように命じるのだった。あるとき、そのあとで母が泣いているのを見たことがあった。背中を丸めてベッドの縁に腰掛けている姿は、まるで目に見えない重りが肩にのしかかっているかのようだった。それ以来、わたしは二度と母に親戚のことを尋ねなくなった。でも、母の旧姓は知っていた。トゥルーイットというのだ。トゥルーイット家の人々は、わたしがこの世に存在していることを知っているのだろうかと思ったものだった。

しかしそれよりも、家族に縁を切られてしまうほど悪いことを母はしたのだろうかと考えずにはいられなかった。

わたしの不安をよそに、ハナはミス・マーヴァとピットブルのところへ行こうと言い出した。怖くて震え上がってしまうわといちおう抗議はしたのだが。

「あいつらと仲よくなっておいたほうがいいよ」とハナは忠告した。「ゲートから抜け出して、そのへんをうろつくこともあるかもしれないでしょ。あなたのことを知っていれば、吠えたりしないわよ」

「知らない人にしか咬みつかないってこと？」

ああいうことがあったのだから、臆病になるのもしかたがないとわたしは思ったが、ハナは目をくるりと回して言った。「いくじなしねえ、リバティは」

「犬に咬まれるとどうなるか知っている？」わたしは憤然として言った。

「ううん」

「失血、神経損傷、破傷風、狂犬病、感染、手足切断……」

「ひえーっ」ハナは恐れ入りましたというような声を出した。

わたしたちはスニーカーで小石を蹴って、もうもうと土ぼこりをあげながら、トレーラーパークの中央の通りを歩いていた。帽子をかぶっていない頭に太陽が照りつけ、髪の分け目の細い筋を焦がした。ケイツ家の区画の近くに来ると、ハーディが古びた青い小型トラックを洗っていた。むきだしの背中と肩が、鋳造されたばかりの一セント銅貨のように光っていた。デニムの半ズボン、サンダル、飛行士用ゴーグルといったかっこうだ。笑うと、日焼けした肌に真っ白い歯が光った。なんだか嬉しくなって、お腹の奥がきゅんと締まる感じがした。

「おーい」とトラックについた泡を水で洗い流しながら彼は声をかけてきた。ホースの先端を親指で押さえて、水に勢いをつけている。「どこへ行くんだ?」

ハナが代表して答えた。「リバティをミス・マーヴァのピットブルと仲よくさせようと思って。でも、彼女、こわがっているの」

「こわがってないわ」とわたしは言ったが、本当というわけではなかった。でも、ハーディに臆病者と思われたくなかった。

「犬に咬まれたらどうなるか、長々と説明していたくせに」ハナが言った。

「だからといって、おびえていることにはならないわ」とわたしは弁解がましく言った。

「豊富な知識を披露しただけよ」

ハーディはたしなめるように妹を見た。「ハナ、無理強いはよくないぞ。リバティの心の準備ができるまで待ってやれよ」

「大丈夫よ」とわたしは言い張った。プライドを守るためなら、この際常識は捨てる。

ハーディは蛇口のところに行って水を止め、近くにあった傘のように開く洗濯物干しから白いTシャツを取り、引き締まった体にそれを着た。「おれもいっしょに行く。ミス・マーヴァに、絵を画廊まで運んでくれとせっつかれていたんだ」

「画家なの？」わたしは尋ねた。

「ええ、そうよ」とハナ。「ミス・マーヴァは青花ルピナスの絵を描くの。すっごくきれいよ。ね、ハーディ？」

「そうだな」ハーディは近づいてきて妹の三つ編みをやさしく引っ張った。

ハーディを見ていると、このあいだ感じたのと同じ不可解な切望がわいてきた。もっと近づいて、洗いざらした木綿の下の肌のにおいをかいでみたかった。

わたしに話しかけるときには、ハーディの声色が少し変わったように思えた。「ひざはどうだ、リバティ？　まだ痛むのか？」

わたしは無言で頭を横に振った。関心を持ってもらえた嬉しさで、ギターの弦のように震え出しそうだった。

ハーディはためらいがちにわたしのほうに手をさしのべ、見上げているわたしの顔から茶色のセルフレームのメガネをそっとはずした。いつものようにレンズは汚れていて、指紋がべたべたついていた。

「こんなのでよく見えるな」

わたしは肩をすくめて、こちらを見下ろしているぼやけた魅力的な顔にほほえみかけた。

ハーディはシャツの縁でメガネを拭いて、曇りがなくなったのを確かめてから返してくれた。「行くぞ、ふたりとも。ミス・マーヴァのところまでいっしょに行ってやる。マーヴァがリバティをどう思うか、見てみたいんだ」

「親切な人なの？」わたしは彼の右側に並んで歩調を合わせた。ハナは彼の左側を歩いている。

「気に入った相手にはな」

「年とっているの？」わたしは、ヒューストンにいたときに近所に住んでいた偏屈な老婆を思い出した。その人の家の手入れのいきとどいた前庭を踏んづけたりしようものなら、棒を振りかざして追いかけてきたものだった。お年寄りはどちらかというと苦手だった。知り合いに高齢者は数人しかいなかったが、怒りっぽかったり、動作が緩慢だったり、体のここが悪い、あそこが悪いという話しかしない人ばかりだった。

その質問にハーディは笑った。「どうかな。おれも知らないんだ。おれが生まれたときからずっと五九歳のままなんだぜ」

道を四〇〇メートルばかり行くと、ミス・マーヴァのトレーラーが見えてきた。そこがミス・マーヴァの住居だということは、教えてもらわなくてもすぐにわかった。裏庭の金網のフェンスに入れられている二匹の猛犬の鳴き声が聞こえてきたからだ。犬たちは、わたしが来るのを予測できるのかもしれない。急に気分が悪くなってきた。肌は寒気と汗で覆われ、心臓がどきどき鳴り出して、ひざまで脈打っているのがわかるほどだった。

わたしはその場で立ち止まった。ハーディも立ち止まって、問いかけるようにほほえんだ。

「リバティ、なんであいつらはおまえにあんなに吠えるのかな?」

「きっと恐怖のにおいをかぎつけるんだわ」わたしの目はフェンスで囲われた庭の隅に釘づけになった。口のまわりに泡をためた二匹のピットブルが、いまにも跳びかかろうとしていた。

「犬なんかこわくないと言ってたじゃない」とハナが言った。

「ふつうの犬なら平気よ。でも、あんな狂犬病にかかっているみたいに凶暴そうなピットブルはだめ」

ハーディは笑って、わたしのうなじを温かい手できゅっとやさしくつかんだ。「中に入って、ミス・マーヴァにあいさつしよう。きっと彼女を好きになる」サングラスをはずし、笑いの浮かんだ青い目でわたしを見つめた。「断言する」

トレーラーの中は強いタバコのにおいと、青花ルピナスの香水のかおり、そしてオーブンでお菓子が焼かれているいいにおいがした。絵や手作りの作品があらゆるところに置かれていて、足の踏み場もないくらいだった。塗料を塗った小鳥小屋、アクリル毛糸で編んだティッシュボックスカバー、クリスマスの飾り、かぎ針編みのテーブルマット、そして青花ルピナスが描かれたいろいろな大きさや形のキャンバス。

雑多な品々のまん中に、ぽっちゃりした小柄な女の人が座っていた。逆毛を立てて結い上げ、ムースで固めた髪は、天然では見たこともないような鮮やかな赤に染められていた。顔には蜘蛛の巣状にたくさんのしわが刻まれていて、生き生きと表情を変えるたびにしわの形もたえず変わった。そしてタカのように鋭い目つき。かなりの年なのだろうが、しぐさに年寄りじみた緩慢さはまったくなかった。

「ハーディ・ケイツ」ニコチンでいがらっぽくなった声でミス・マーヴァは言った。「あんた、二日前に絵を取りに来るはずだったわね」

「はい」彼は神妙に返事をした。

「さて、どんな言い訳をするつもりだい?」

「忙しかったもんで」

「遅くなるなら、それらしい言い訳を用意しておいで」ミス・マーヴァはハナとわたしに関心を移した。「ハナ、その子はだれ?」

「リバティ・ジョーンズよ、ミス・マーヴァ。お母さんといっしょにループ道の新しいトレーラーに越してきたの」

「お母さんとふたりきりかい?」とミス・マーヴァは言ってから、フライド・ピクルスを何個か食べたばかりのように口を結んだ。

「ママのボーイフレンドもいっしょです」ミス・マーヴァに問われるままに、わたしはフリップのこと、チャンネルをたえず変える彼の癖、母が夫を亡くして地元の権原保険会社の受付係として働いていることを話した。そしてきのう、ここのピットブルに追いかけられてこわい思いをしたので、犬たちと仲よくなっておこうとやって来たのだと説明した。

「あのばか犬どもめ」ミス・マーヴァは激するでもなく叫んだ。「まったく、問題を起こすばかりで、ほとんど役に立たない連中なんだ。だがね、あの子たちはわたしにとっちゃ大事な友だちなんだよ」

「猫ではだめなんですか？」とわたしは尋ねた。

ミス・マーヴァはきっぱりと首を振った。「とっくの昔に猫には見切りをつけた。猫は場所になじむが、犬は人になじむのさ」

ミス・マーヴァは、わたしたち三人を台所に連れて行き、レッドベルベットケーキをお皿にのせてくれた。ケーキを食べながらハーディは、ミス・マーヴァはウェルカム一の料理上手なんだと教えてくれた。ハーディによると、彼女のケーキやパイは毎年、郡の農産物フェアで優秀賞を獲得していたのだが、ほかの人の勝ち目がなくなるのでどうか参加はご遠慮いただきたいと実行委員から頼まれてしまったのだそうだ。

ミス・マーヴァのレッドベルベットケーキは、わたしがそれまで食べたなかで最高の味だった。バターミルクとココア、そして食紅をたっぷり生地に混ぜこんであり、まるで赤信号のように輝いていた。そしてケーキ全体は、二センチくらいの厚みがあるクリームチーズ糖衣《フロスティング》でコーティングされていた。

わたしたちはお腹をすかせたオオカミのようにがつがつ食べた。フィエスタ焼きの皿の黄色い釉薬がはげてしまうかと思うほど、フォークでがりがりとひっかいて赤いケーキのかすまですっかり平らげた。フロスティングの甘さでまだのどがひりひりしているうちに、ミス・マーヴァは合成樹脂製のカウンターの端にのっている犬用ビスケットの瓶を指し示し、

「中から二個とって、フェンスの外から犬たちにやりなさい」と言った。「餌をやれば、あの子たちはすぐあなたになつくわ」

わたしはゴクリと唾を飲み込んだ。ケーキが突然レンガに変わったかのように、胃がずっしり重くなった。わたしの表情を見て「無理するなよ」とハーディがぼそぼそ言った。

ピットブルと対面したくはなかったが、ハーディともう少しだけいっしょにいられるなら、わたしは猛り狂う長角牛《ロングホーン》の群れにも敢然と立ち向かっただろう。瓶の中に手をつっこんで、二枚の骨の形をしたビスケットをつかんだ。汗ばんだ手のひらにビスケットがくっつく。ハナは、ミス・マーヴァが手作り作品を酒瓶用の箱に詰める手伝いをするためにトレーラーに残った。

ハーディに伴われてゲートのほうに歩いて行くと、怒った犬の鳴き声がやかましく聞こえてきた。犬たちは耳をぺたりと弾丸形の頭につけて、後方に唇を引いてあざ笑うかのようになっていた。雄は白と黒のぶちで、雌は淡褐色だった。トレーラーのひさしの涼しい日陰からわざわざ出てきて威嚇することもないだろうに、とわたしは思った。

「フェンスの外には出て来ないわよね?」とハーディにきく。ぴったりとハーディの体の横にくっついていたので、あやうく彼をつまずかせるところだった。犬たちはエネルギーがあり余っている感じで、いまにもゲートを飛び越えてきそうだ。

「ああ、大丈夫だ」とハーディは励ますように断言した。「おれが作ったフェンスだからな」

わたしは用心しながら短気な犬たちを見つめた。「この子たちの名前は? サイコとキラーとか?」

ハーディは首を横に振った。「カップケーキとトゥインキー」

わたしは口をあんぐりと開けた。「からかっているの?」

にやにや笑いがハーディの口元に浮かんだ。「大真面目さ」

犬たちにデザート菓子の名前をつけて、少しでもかわいく見せようというのがミス・マーヴァのねらいだったとしたら、失敗としか言いようがない。犬たちは、わたしをソーセージと間違えているのか、よだれを垂らして、咬みつこうとしていた。

ハーディは犬たちに、こら吠えるな、行儀よくしろ、でないとひどい目に遭わせるぞ、と厳しい声で言った。さらに、お座りと命じても、効果はいまひとつだった。カップケーキはいやいやながら尻を地面につけたが、トゥインキーは挑戦的に腰を高くしたままだった。口を開けてはあはあとあえぎながら、二匹は平べったい黒ボタンのような目でわたしたちを見上げた。

「よし、手のひらを上に向けてビスケットをのせ、白黒のぶちのほうにやるんだ。直接目を合わせるな。それから、体を突然動かしたりするなよ」

わたしは右手で持っていたビスケットを左に持ち替えて、手のひらにのせた。

「へえ、左ききなんだな?」ハーディは興味を引かれたようにきいた。

「ううん。もしこの手が食いちぎられても、書くときに困らないから」

低い笑い声。「咬みつきゃしないよ。さあ、がんばれ」

わたしはノミよけの首輪をしたカップケーキの首を凝視し、犬とわたしたちを隔てている金網のほうにおずおずと手をさしのべた。ごちそうに気づいた犬が、嬉しそうに体をぴくっとさせた。でも、犬がビスケットに惹かれているのか、それともわたしの手に惹かれているのかがよくわからないところが問題だった。土壇場で尻ごみして、わたしは手をひっこめた。カップケーキが哀れっぽい声で鳴くと、トゥインキーはそれに反応して、短くわんわんと吠え立てた。恥ずかしくなってハーディをちらっと見た。きっと、からかわれるだろう。ところがハーディは黙って腕をわたしの肩にまわしてきて、もう一方の手でわたしの手をつかんだ。手のひらのくぼみにハチドリをのせるみたいに、わたしの手を大きな手ですっぽり包み込んだ。手を重ねたまま、待ちかねている犬にビスケットを差し出した。するとカップケーキはぺちゃぺちゃ大きな音を立てながらビスケットをむさぼり食い、鉛筆みたいにまっすぐな尾を振った。なめられた手のひらに残った唾液を、わたしは半ズボンで拭った。もう一個のビスケットをトゥインキーにやるあいだ、ハーディはわたしの肩に腕をまわしたままでいてくれた。

「よくやった」ハーディは静かにほめると、肩をきゅっとつかみ、それから腕を離した。腕が取り去られたあとも、その重みはしばらく肩に残った。彼の体に密着していた体の横のあたりが焼けるように熱かった。心臓が急にどきどきしてきて、息を吸い込むたびに甘い痛みが胸を襲った。

「でも、まだこわいわ」二頭の野獣が自分たちの居場所であるトレーラーのそばの日陰にどさっと寝そべるのを見つめた。

こちらに顔を向けたまま、ハーディはフェンスに手を置いて、体重をかけた。わたしの顔に何か惹きつけられるものがあるかのようにこちらをじっと見つめている。「恐れることは、悪いとはかぎらないぜ」と彼はやさしく言った。「恐れるからこそ前へ進めるんだし、きちんとものごとを成し遂げられる」

ふたりのあいだに落ちた沈黙は、これまで知っていた沈黙とは異質のものだった。中身がいっぱいつまっていて温かく、期待感に満ちていた。「あなたはどんなことを恐れるの？」わたしは思いきって尋ねてみた。

ハーディは驚いて瞳をきらりと光らせた。そんな質問をされたのは生まれてはじめてだとでも言うように。答えるつもりはないのかもしれないとわたしは一瞬思った。しかしハーディはゆっくりと息を吐き出し、わたしから視線を外して、トレーラーパーク全体をながめた。「ここにしがみついていることだ」ようやく彼は言った。「ここに長く居すぎて、ほかのどこにも行けなくなってしまうことだ」

「どんな場所に行きたいの？」ささやくような声でわたしはきいた。

彼は表情をすばやく変え、面白がるような目をした。「だれもおれを必要としない場所さ」

3

わたしは、その夏、ほとんどの時間をハナとすごした。計画はすべてハナまかせ。他愛もないことばかりだったけれど、楽しかったことはたしかだ。自転車で町へ出かけたり、峡谷や野原や洞窟の入り口を探検したり、ハナの部屋でロックを聴いたり。ちょっとがっかりだったのは、めったにハーディに会えなかったことだ。彼はいつも働いていた。でなければ、母親のミス・ジュディーが顔をしかめて言うように、何か騒ぎを起こしていた。

ウェルカムのような町でいったいどんな悪さができるのだろう。ハーディ・ケイツが生まれつきの問題児だというのはみんなの一致した見解で、遅かれ早かれ本人もそれを認めるだろうと言われていた。とはいえ、いまのところ、悪さといってもいたずらに毛が生えた程度だったが、人あたりのいい外見の下に抑圧された怒りがくすぶっている証拠のようにも見えた。ハーディは年下の子とはめったにつきあわないのよ、とハナは声をひそめて語った。しかも、町のかなり年上の女性といい関係になっているという噂さえあったのだという。

「ハーディはだれかに恋したことはないのかしら」ときかずにはいられなかった。するとハナは、ないわ、と否定した。絶対に恋には落ちないとハーディが言っていたのだそうだ。自分の計画の邪魔になるから、と。ハーディはハナや弟たちが大きくなって母親を助けられるようになったらすぐに、ウェルカムを出るつもりだった。

ミス・ジュディーのような女性から、いったいどうやってあんな野生児たちが生まれたのか、それは大きな謎だった。ミス・ジュディーは自分に厳しい女性で、あらゆる快楽に懐疑的だった。角張った顔は、昔の両皿天秤のように、従順さともろいプライドが微妙な釣り合いを保っていた。背は高いけれど、体つきはきゃしゃで、手首はハコヤナギの小枝のようにぽきんと折れてしまいそうだった。そして、痩せた人に料理上手はいないの言葉どおり、ミス・ジュディーにとって夕食のしたくとは、缶詰を開けて、冷蔵庫の引き出しから残りものの野菜を出してくることだった。

残りもののボローニャに缶詰のサヤインゲンを混ぜたものを温めなおしたビスケットにのせた夕食と、トーストに缶詰のフロスティングをかけたデザートをごちそうになって以来、わたしはキッチンで鍋のぶつかる音が聞こえると退散するようになった。不思議なことに、ケイツ家の子どもたちは、どんなにひどいものを食べさせられているのかわかっていないらしかった。くるんと巻いた蛍光色のマカロニも、ゼリーの中に浮いている何かよくわからない食べ物も、脂肪や軟骨の残骸も、皿の上にのせられてテーブルに出されると五分以内に消えてなくなるのだった。

土曜日にはケイツ一家は外食する。といっても、近所のメキシコ料理店やカフェテリアで食べるわけではなく、肉屋のアールの店に行くのだ。アールは売り物にならなかったソーセージや肉の切れっぱし、尾、あばら骨、内臓、豚の耳などを、大きい金物の深鍋に放りこむ。「鳴き声以外は、なにもかもさ」とアールはにっこり笑いながらよく言っていたものだった。巨体のアールの手はまるで野球のミット、顔は新鮮なハムみたいに赤く照り輝いていた。

一日分の残骸を集めると、アールは深鍋に水を入れ、ぐつぐつ煮こむ。二五セントでお好きな肉をどうぞ、というわけ。肉はミセス・ベアードの店のパンといっしょに、包肉用紙の上にのせられる。客は店の隅に置かれたリノリウムのテーブルで食べる。肉屋はどんなものも無駄にはしない。深鍋の中身がなくなると、今度はくずや汁をすべてかき集め、すりつぶして黄色いトウモロコシ粉を混ぜ、ドッグフードとして売るのだ。

ケイツ一家はひどく貧しかったが、白人のくず《ホワイト・トラッシュ》と呼ばれることはなかった。ミス・ジュディーが信心深い折り目正しい女性だったおかげで、一家は貧乏白人《プア・ホワイト》のレベルに引き上げられていた。たいした違いではないようにも思えるが、ウェルカムの人々は、プア・ホワイトには家の扉を開いても、ホワイト・トラッシュには開かない。

ミス・ジュディーは、ウェルカムにたったひとりしかいない公認会計士の事務所で文書整理係として働いていた。そのわずかな収入では子どもたちを養いきれず、ハーディの収入をあてにせざるをえなかった。ハナにお父さんはどこにいるのときいたことがある。するとハナは、テクサーカナ州刑務所よ、と答えた。けれども、父親が服役している理由をハナは聞かされていなかった。

おそらく、過去にそうした家族の問題があったせいだろう。ミス・ジュディーは教会のミサには必ず出席した。毎週日曜日の朝と水曜日の夜は教会に通って、主の存在が最も強く感じられる前から三列目までの座席にいつも座っていた。おおかたのウェルカム住民と同じく、ミス・ジュディーも相手の人柄をその人の宗教に基づいて判断した。わたしと母は教会に行っていないと言うと、ミス・ジュディーは眉をひそめた。「では、あなたたちは何派なの？」と問いただし、元バプテスト派だと思います、と答えるまでしつこくききつづけた。

するとミス・ジュディーはさらにつっこんできた。「バプテストの中でも、進歩派？　それとも改革派？」

違いがよくわからなかったので、進歩派だと思いますと答えた。するとミス・ジュディーはひたいにしわを寄せて言った。それなら、メイン通りの第一バプテスト教会に行くべきだわ。でも、あそこでは日曜のミサに、ロックバンドやコーラスガールが演奏すると聞いているけど。

あとでミス・マーヴァにその話をした。元信者と言ったのは教会へ行く必要はないと強調したかったからなのに、と文句を言うと、ミス・マーヴァは、ウェルカムでは元信者なんてものは存在しないのよと答えた。わたしとボーイフレンドのボビー・レイはサウス通りの不特定宗派のラム・オブ・ゴッド教会に通っているの。あなたもいっしょに行きましょう。オルガン奏者の代わりにギタリストが伴奏をしてくれるし、公開聖餐式をやっているわ。しかも出るお料理は町で一番おいしいの。

ミス・マーヴァたちと教会に行くことにしたと話すと、母はまったく反対しなかったが、自分はもうしばらく元信者のままでいるわと言った。ほどなく、日曜の朝八時ちょうどにミス・マーヴァのトレーラーに到着するのが習慣になった。ケーキの素を使った四角いソーセージパンやペカンパンケーキなどの朝食を食べてから、ボビー・レイの車でラム・オブ・ゴッド教会に行った。

ミス・マーヴァには世話をする子どもも孫もいなかったので、この子の面倒をみてやろうと思ったのだろう。わたしのいっちょうらのドレスは小さくなっていて、丈も短くなっていたので、新しいドレスを作ってあげるわと言った。ミス・マーヴァは安売りの布地を買いためて裁縫室にしまっていた。わたしはうきうきと一時間かけて、赤色の地に小さな黄色と白のデイジーの花が散っている布を見つけた。たったの二時間で、ミス・マーヴァはボートネックのシンプルなノースリーブのドレスを縫い上げた。さっそく試着して、ミス・マーヴァの寝室のドアの裏にかかっている長い鏡に自分の姿を映してみた。嬉しいことに、ドレスは思春期の体の曲線をひきたて、ちょっぴり大人びて見せてくれた。

「ああ、ミス・マーヴァ」わたしは歓声をあげて、彼女のがっしりした体に腕をまわした。「なんて素晴らしい人なの！　なんべんお礼を言っても足りないくらい」

「どういたしまして。ジーンズをはいた女の子を教会に連れて行くわけにはいかないでしょう？」

わたしは単純にも、ドレスを家に持ち帰ったら、母もその贈り物を見て喜ぶだろうと思っていた。ところが母はかんしゃくを起こし、隣人の干渉や施しには我慢できないの、と怒りに身を震わせて大声で叫びはじめた。しまいにわたしは泣き出して、フリップはビールを買うのを口実にトレーラーから逃げ出した。わたしは、これはプレゼントなんだし、一枚もドレスを持っていないのだから、ママが何と言おうともらっておくつもりだと言い張った。しかし母はドレスをひったくってスーパーのポリ袋に突っ込み、トレーラーを飛び出すと、かんかんに腹を立てながらミス・マーヴァの家に向かった。

わたしは泣きつづけた。あんまり泣いたので吐き気がしてくるほどだった。もうミス・マーヴァの家に行くことはできないんだわ。どうしてわたしのママは世界で一番自己中心的な人なんだろう。自分のプライドのほうが娘の気持ちよりも大事だなんて。女の子はパンツ姿で教会へは行かないことはだれもが知っている。ということは、わたしはこれからも主の教えに触れることなく、異教徒でいつづけなければならない。もっと悪いことに、町で一番おいしい教会の料理を食べることもできなくなるんだわ。

しかし、ミス・マーヴァのところで何かが起こった。戻ってきたときの母の顔は和らいで、声は穏やかだった。手にはあの新しいドレスがあった。ずっと泣いていたかのように目は真っ赤だった。「ほら、リバティ」と上の空で言うと、かさかさ音を立てるポリ袋をわたしの腕に押しつけた。「ドレスをもらっていいわ。洗濯機に放り込んで、スプーン一杯のベーキング・ソーダを入れて洗いなさい。タバコくささが取れるわ」

「話を……ミス・マーヴァと話をしたの？」わたしは思いきって尋ねた。

「ええ。いい人ね」母の口の端に苦笑いが浮かんだ。「派手だけど、いい人だわ」

「じゃあ、いっしょに教会に行ってもいいの？」

母はうなじのところで長い金髪を束ね、ゴムバンドで留めた。体をこちらに向けて、カウンターの縁に背中をもたせかけ、考えこむような目でわたしを見つめた。「そうしたからって、害にはならないでしょう」

「うん」とわたしは同意した。

母が両腕を開くと、わたしはすぐにその胸に飛びこんで体をすりよせた。この世に、母親に抱きしめてもらうことほど素晴らしいことはない。頭のてっぺんに母の唇が押しつけられるのを感じた。母の頰がやさしく動いたので、ほほえんだのだとわかった。「パパの髪にそっくり」と母はもつれた真っ黒な髪をなでつけながらささやいた。

「ママの髪に似ていたらよかったのに」母の繊細で柔らかな体に顔をつけ、くぐもった声でわたしは言った。紅茶と素肌とパウダーの香りが混ざった、贅沢な母のにおいを吸いこんだ。

「そんなことないわ、リバティ。あなたの髪は美しいもの」

その瞬間がもっと長くつづくことを願って、わたしは静かに母によりそっていた。母の声は低く心地よく響き、耳をつけている母の胸が呼吸に合わせて動くのがわかった。「あなたには、わたしがなぜドレスのことであんなに怒ったのか理解できないでしょうね。ただ……娘に必要なものを買ってやれないと、人に思われたくないのよ」

でも、あのドレスは必要だったのよ、と口から出かかった。けれども、それを言う代わりに、黙ってうなずいた。

「最初、マーヴァがあなたを憐れんで、ドレスをくれたんだと思ったの。でも、違った。彼女は友だちとしてプレゼントしてくれたんだわ」

「どうして、ママがそんなことを気にするのかわからないわ」とわたしはつぶやいた。

母は腕をゆるめてわたしを少し離し、まばたきもせずじっと目を見つめた。「憐れみには軽蔑というおまけがついてくるの。それをぜったいに忘れちゃだめよ、リバティ。施しを受けたり、助けてもらったりすれば、相手はあなたを見下せるようになるんだから」

「でも助けが必要だったら?」

母はすぐに首を横に振った。「どんな問題が起きても、自力でそこから抜け出すことができるわ。とにかくがんばるの。そして頭を使うのよ。あなたはとても頭がいいんだから――」母は言葉を止めて、両手でわたしの顔をはさみ、温かい手を頰に押し当てた。「人に頼らず生きていける女性に成長してほしいの。だってほとんどの女はそうじゃないでしょう。だから人のお情けにすがって生きていかなきゃならないの」

「ママは人に頼らず生きているの?」

母の顔は不機嫌な色に染まり、手をわたしの顔から離した。答えるまで長い時間がかかった。「そうありたいと思っているわ」と半分ささやくように言った。その悲しげなほほえみを見て、腕にぴりぴりと痛みが走った。

母が夕食のしたくをはじめたので、散歩に出た。ミス・マーヴァのトレーラーに着くころには、窯の熱にも似た夕方の強烈な日差しが、わたしからすべてのエネルギーを奪っていた。

ドアをノックすると、お入りという声が聞こえた。窓枠に取りつけられた年代物のエアコンがかたかた音を立てながら、ソファに向かって冷気を吐き出している。

「ハイ、ミス・マーヴァ」わたしは、かっとしやすいたちの母を不思議な力でなだめてしまったミス・マーヴァに、新たに尊敬の念を抱くようになった。

ミス・マーヴァは隣に座りなさいと手招きした。ふたり分の体重でソファのクッションがきしみながら沈んだ。

テレビがついていて、ショートカットの女性レポーターが外国の地図の前に立っている。わたしは聞き流していた。テキサスから遠く離れた場所で起こっている出来事にはぜんぜん興味がわかなかった。「……宮殿でこれまで起こった戦闘の中で、もっとも激しいものでした。衛兵がイラクからの侵略者を食い止めて、王族を逃がし……何千人ものヨーロッパ人旅行者の安否が気遣われます。まだクウェートからの出国許可は出ておらず……」

わたしはミス・マーヴァが手にしている円形の刺繍枠を見つめた。クッションを作っているのだ。できあがったら大きなトマトのスライスそっくりになるはずだ。わたしの視線に気づいてミス・マーヴァが言った。「刺繍のしかたを知っている？」

「ううん」

「じゃあ、覚えたほうがいいわ。刺繍をしていると神経が休まるのよ」

「神経質になったりしないもん」と返すと、ミス・マーヴァはもっと年をとればわかるわと言った。わたしのひざにキャンバス地を置き、小さい織り目の間に針を通すやり方を教えてくれた。わたしの手に重ねられた静脈の浮いた手は温かく、クッキーとタバコのにおいがした。

「上手な人は、裏側も表と同じくらいきれいに仕上げるの」とミス・マーヴァは言った。わたしたちはいっしょにトマトのスライスの刺繍に取りかかった。わたしはどうにか明るい赤のステッチを数針入れることができた。「上手よ」とミス・マーヴァはほめてくれた。「糸の引き具合がいいわ――きつすぎず、ゆるすぎず」

わたしは刺繍をつづけた。ミス・マーヴァは辛抱強く見守り、ステッチを間違ってもうるさいことは言わなかった。薄いグリーンの毛糸を、同じ色で染められているキャンバス地のすべての織り目に刺していく。じっくり針先を見つめていると、色つきの点々がでたらめに生地の表面にまき散らされているかのように見える。しかし、目を離して全体をながめると、急に柄がはっきりと見えてきて、どんな絵なのかがわかるのだ。

「ねえ、ミス・マーヴァ」わたしは弾力のあるソファの隅っこにさっと移動して、両手でひざを抱えた。

「足をのせるなら、靴を脱ぎなさい」

「はーい。ミス・マーヴァ……さっき、ママが来たとき、何があったの?」

ミス・マーヴァのいいところのひとつは、いつも率直にわたしの質問に答えてくれるところだった。「あなたのママは、血相を変えてやってきたわ。あのドレスのことでかんかんだった。それでわたしは、悪気はまったくなかったし、気に入らなければ返してもらうと言ったの。それからアイスティーを入れて、話をしたわ。そしたらすぐにわかったの。あの人はドレスのことで腹を立てているんじゃないって」

「違ったの？」わたしはいぶかるように尋ねた。

「ええ、リバティ。ただ話し相手を必要としていただけだったのよ。自分が背負っている重荷に理解を示してくれる人がほしかったのね」

母のことに関して、大人と話をしたのはこれが初めてだった。「重荷って？」

「彼女はシングルマザーよ。これほどたいへんな重荷はないわ」

「ママはひとりじゃないわ。フリップがいるもの」

ミス・マーヴァは面白がるようにくっくっと笑った。「あいつがどれだけママを助けてるっていうんだい？」

フリップがどんな用事をしているか考えてみた。ビールを買ってくることと、空き缶をゴミ箱に捨てること。それから、自分の銃の手入れに多くの時間を費やしていた。手入れの合間に、ほかのトレーラーパークの住人と、フラミンゴの射撃場に行く。フリップの我が家での役割は、置物と大差なかった。

「たいした役には立っていないわ」とわたしは認めた。「でも、どうしてあんな役立たずの人を家に置いておくのかしら？」

「ボビー・レイも同じようなものよ。女って、ときどき男といっしょにいたくなるの。どんなに役立たずでもね」

ボビー・レイは、わたしの知るかぎりでは感じのいい人だった。朗らかな老人で、安物のオーデコロンと防錆潤滑剤のにおいがした。ミス・マーヴァのトレーラーに同居しているわけではなかったが、たいていそこに入り浸っていた。長年連れ添った夫婦のように見えていたので、わたしはふたりが愛し合っているのだと思っていた。

「ボビー・レイを愛しているの、ミス・マーヴァ？」

その質問に彼女は微笑した。「ときどき、そう思うこともあるわ。カフェテリアに連れて行ってくれたり、日曜の夜にテレビを見ながら、足をマッサージしてくれたりするときなんかに。一日のうち一〇分くらいは愛しているかも」

「たったそれだけ？」

「でも、その一〇分が貴重なのよ」

それからしばらくして、母はフリップを家から追い出した。それにはだれも驚かなかった。トレーラーパークには働かない男たちがうじゃうじゃ住んでいたが、フリップはその中でも超ど級だったし、母のような女にはもったいないとみんなが思っていた。彼が放り出されるのは単に時間の問題だったのだ。

けれども、エミューの事件を予測できた人はいなかったと思う。

エミューはテキサスの在来種ではない。ただ、野生にしろ、飼われているにしろ、この鳥をよく見かけるものだから、そう思い込んでいる人が多いだけだ。実際、テキサスはいまだに世界有数のエミューの生息地として知られている。一九八七年に、数名の農業家が牛肉に代わる換金家畜として、この大きい飛べない鳥を何羽か合衆国に持ち込んだことがきっかけだった。口がうまい連中であったにちがいない。エミューの油や革や肉はじきにひっぱりだこになるだろうとみんなに信じ込ませたのだから。ひところ、繁殖可能なつがいに三万五〇〇〇ドルもの値段がついたこともある。

その後、エミューは大衆にそっぽを向かれ、ビッグマックがビッグバードに変わることはなかった。価格は暴落し、何十人ものエミュー飼育業者は価値のなくなった鳥を野放しにした。エミュー熱が最高潮の時期には、たくさんのエミューが囲いのしてある牧草地に放されているのをよく見かけたものだ。そして、閉じ込められている動物たちにはよくあることで、エミューもときおり囲いから逃げ出すことがあった。

フリップとそのエミューが遭遇したのは、どこかの狭い田舎道だったらしい。貸し狩猟場からの帰り道だった。鳩狩りのシーズンは九月の初めから一〇月の終わりまでだが、自分の土地を持っていないハンターは、土地を所有している人にリース料を払って狩りをさせてもらう。最もいい狩場は、ヒマワリかトウモロコシの畑になっていて、水場があるところだ。鳩たちはそうした場所をめがけ、翼をひらめかせて、素早く低く飛んでくる。

リース料は七五ドルだった。ママはフリップを数日間トレーラーから追い出すために、その金を支払った。わたしたちは、フリップが運よく何羽かしとめてくれれば、それをベーコンと激辛の青トウガラシ《ハラペーニョ》といっしょにグリルにしようと楽しみにしていた。残念なことに、対象が動かないときにはフリップの射撃の腕前はたいしたものだが、動く的はからっきし苦手だった。

射撃後の熱がバレルにまだ残っている銃を車にのせて、空手で家に向かう途中、フリップは、背の高さが一八〇センチくらいある首の青いエミューに道を塞がれ、やむなくトラックを止めた。クラクションを鳴らしたり、どなりつけたりしたが、鳥は動こうとしなかった。ビーズのような黄色い目で彼を見つめ、じっとそこに立っていた。フリップは散弾銃を取り出して、空に向けて発砲してみたが、それでも鳥は動かなかった。底意地が悪かったか、おつむが軽すぎてこわがることを知らなかったのだろう。

エミューとにらみ合っているあいだに、フリップは、なんだこいつ脚が長い巨大なニワトリみてえじゃないかとふと思ったに違いない。さらに、この鳥からはたくさんの肉がとれるぞ、ちっぽけな鳩の胸肉の一〇〇〇倍くらいあるはずだ、ということも心に浮かんだに違いない。しかも鳩と違って、エミューはじっと動かない。そこでフリップは、傷ついた男のプライドを癒し、何時間ものフラミンゴ相手の練習で培われた腕前を見せるために、肩の高さに銃を構えてエミューの頭をきれいに吹き飛ばした。

フリップはトラックの荷台に巨大な死骸をのせて家に帰ってきた。堂々と獲物をしとめた英雄として拍手で迎えられることを期待して。

わたしはちょうどそのとき、テラスで本を読んでいた。いつものようにトラックがパタパタとエンジンを鳴らしながらやってくるのが聞こえてきた。エンジン音が止まったので、狩りの成果をきこうと、トレーラーの外側をぐるりとまわって車のほうに向かった。ところが目にしたのは鳩ではなく、荷台に横たわっている黒い羽根に覆われた巨大な鳥の死骸だった。フリップの迷彩色のシャツには、牛を殺してきたかのように一面に血しぶきがかかっていた。

「ほら、見ろよ」彼はにやりと歯を見せて笑い、野球帽のひさしを後ろにまわした。

「何、これ？」わたしはびっくりして、もう少しよく見ようとトラックに近づいた。

彼はちょっと間を置いてから答えた。「ダチョウを撃ったんだぜ」

わたしは鼻にしわを寄せて、濃厚に漂う甘ったるい新鮮な血のにおいをかいだ。「ダチョウじゃないと思うわ、フリップ。エミューよ」

「どっちだって同じさ」とフリップは肩をすくめた。母がトレーラーのドアから出てくると彼のにやにや笑いはさらに広がった。「おい、ハニー……とうちゃんの獲物を見てみろよ」

母はいままで見たこともないほど、目をまん丸く見開いた。「なんてことを！　フリップ、どこでそのエミューを撃ったの？」

「道路の上さ」母のショックを賞賛と取り違えて、彼は誇らしげに答えた。「今夜は、たらふく食えるぞ。牛肉のような味だそうじゃねえか」

「その鳥には一万五〇〇〇ドル以上の値段がつくはずだわ」と母は叫んだ。心臓が飛び出さないようにしているみたいに胸を手で押さえている。

「でも、もうただ同然よ」わたしは言わずにいられなかった。

母はフリップをにらみつけた。「あなたは人の私有財産を台無しにしたのよ」

「みつかりっこないさ。ほら、ドアを押さえといてくれ。中に入れて、肉にするから」

「わたしのトレーラーには運び込ませないわよ、この脳タリンのアホ男！　どこかに捨ててきて。いますぐよ！　逮捕されてしまうわ」

フリップは自分のプレゼントがまったく感謝されなかったことに、明らかにうろたえていた。嵐の前触れを感じて、わたしはテラスに戻るわとつぶやき、トレーラーの角をまわってふたりから見えない場所に引っ込んだ。そのあと数分間、母は金切り声で叫びつづけた。もうたくさんよ、あんたの顔なんか見たくない、一分たりとも我慢できないわ。母の声はブルーボネット・ランチのほとんどの住人に聞こえただろう。母はトレーラーの中に姿を消すと、短時間で家中を引っかきまわし、ジーンズにブーツ、男物の下着などを腕一杯にかかえて出てきた。母はそれをどさっと地面に投げつけた。「これを持って、出て行って。いますぐに！」

「おれをアホ呼ばわりしやがって」フリップは叫び返した。「おまえこそ、頭がおかしくなったんじゃねえのか？　おれの物を投げるのをやめろ——おい、やめろってば！」Tシャツやら雑誌やら発泡スチロールのビール缶ホルダーやらが雨のように降ってきた。フリップはのらくら人生の付属品ばかり。悪態を吐き、憤然と怒鳴り散らしながら、フリップは地面から品物をかき集めてトラックに放り込んだ。

一〇分もしないうちに、トラックは走り去った。タイヤの回転にあおられて、砂利が飛び散った。残ったのは、ドアの前に置き去りにされた、頭のないエミューの死骸だけだった。

母は深く息を吸い込んだ。顔は真っ赤に染まっている。「役立たずのまぬけ男」と母はつぶやいた。「あんなやつ、もっと前に追い出しとけばよかった……だけどこのエミュー、どうしよう。いまいましいったら……」

「ママ」わたしは母の横に立ってきいた。「もうフリップは永遠に戻ってこないの?」

「ええ」彼女は力をこめて答えた。

わたしはでっかい死骸を見つめた。「これをどうするつもり?」

「わかんないわ」母はくしゃくしゃの金髪を両手でかきむしった。「でも証拠を残すわけにはいかない。持ち主にとっちゃ、すごい値段の鳥よ。でも、そんなお金払うつもりはないし」

「だれかが食べるべきよ」とわたしは言った。

母は頭を振ってうめいた。「路上で動物をはねて殺すのより、さらにたちが悪いわ」

わたしはしばらく考え込んだ。するといい考えが突然頭に浮かんだ。「ケイツさんちは?」

ママはじっとわたしの目を見つめた。するとだんだんしかめっ面がゆるんで、苦笑いのようなものに変わっていった。「いいこと言うじゃないの。ハーディを呼んできて」

あとからケイツ家の人々に聞いた話によると、あんなごちそうはいままで食べたことがなかったという。しかも、それは何日もつづいたのだ。エミューのステーキ、エミューのシチュー、エミューのサンドイッチ、それにチリコンエミュー。ハーディは鳥をアールの店に持ち込み、絶対に秘密だと念を押してから、尾羽と肉片とひき肉にしてもらった。

ミス・ジュディーは、エミューのキャセロールをわざわざ我が家に届けてくれさえした。ハッシュブラウンやハンバーガーヘルパーを利用した手抜き料理ではあったけれど。食べてみたところ、ミス・ジュディーの料理の中ではましなほうだった。しかし、疑わしい目つきでわたしを見ていた母は、突然青ざめて、キッチンから出て行った。トイレで吐く声が聞こえてきた。

「ママ、ごめんなさい」わたしは心配になってドア越しに声をかけた。「気分が悪くなるなら、わたし、もうキャセロールには手をつけないわ。捨てちゃう。だから――」

「キャセロールのせいじゃないの」と母はしわがれた声で言った。唾を吐く音、それからトイレを流す音が聞こえた。水道の蛇口を回して、母は歯を磨きはじめた。

「ママ、どういうこと？　ウイルスか何かに感染したの？」

「まあね」

「じゃあ――」

「あとで話すわ。でもいまは――」母は話すのをやめて、また、ぺっ、ぺっと唾を吐いた。

「ひとりにしておいて」

「はい、ママ」

わたしを含めてほかのだれかに打ち明ける前に、母が妊娠のことをミス・マーヴァに話していたのがわたしには不思議だった。似ても似つかない人間どうしだったにもかかわらず、ふたりはすぐに仲よしになった。いっしょにいると、頭のてっぺんが赤いキツツキと白鳥が連れ立っているみたいだった。けれども母もミス・マーヴァも、そのまったく異なる外見の下に、鋼のような頑固さを隠し持っていた。独立して生きていくためならどんな犠牲もいとわないと考える強い女たちだった。

ある晩、わたしは母の秘密を知った。母は我が家のキッチンでミス・マーヴァと話をしていた。ミス・マーヴァは、何層にも重なったパイ皮に果汁がたっぷり染み込んだとびきりおいしいピーチパイを手土産に持ってきてくれていた。ひざの上にパイの皿とスプーンをのせてテレビの正面に陣取っていたわたしは、母たちのひそひそ話の一部を耳で捉えた。

「……あの人に言う必要なんかないと思うわ……」と母。

「でも、彼にも責任はあるのよ……」

「いやよ……」母が再び声をひそめたので、断片的にしか聞き取れなくなった。「……わたしの子よ。あの人には関係ない……」

「そう簡単にはいかないわ」

「ええ、でも、にっちもさっちもいかなくなったら、頼りにできる人がいるから」

ふたりが何の話をしているのかがわかった。考えてみればヒントはあったのだ。母はむかむかすると言っていたし、週に二度も医者に行っていた。だれか愛する人がほしい、家族がほしいとずっと願ってきたわたしの希望がとうとうかなえられる。泣いているときのように、のどが締めつけられて苦しくなった。嬉しくて嬉しくて、ぴょんと跳び上がりたかった。

でもわたしは静かに座ったまま、さらに聞き耳を立てた。わたしの思いの強さが伝わったのか、母はわたしのほうに視線を投げて、じっと見つめた。それから会話をちょっと中断して、さりげなく「リバティ、お風呂に入ってらっしゃい」と言った。

自分の声がいつもとなんだか違う感じがした。「お風呂はいいわ」

「じゃあ、バスルームで読書でもしなさい。さあ、行って」

「はい」わたしはいやいやながらバスルームに入った。心の中は疑問でいっぱいだった。頼れる人がいる……って、昔の恋人？　それとも、母がぜったいに話したがらない親戚？　母の隠された過去に関係があるのだと思った。わたしが生まれる前の母の人生に。大人になったら、母に関するすべてを調べようとわたしは密かに心に誓った。

母が妊娠のことを打ち明けてくれるのを、じりじりしながら待った。でも六週間経っても何も言わないので、直接きいてみることにした。物心ついたころから乗っている銀色のホンダシビックで、スーパーマーケットに食料品を買いに行ったときだった。最近、母はその車を全面的に修理させた。すべてのへこみを直し、新しい塗装を施し、新しいブレーキパッドを入れたので、まるで新品みたいだった。さらに、わたしには新しい洋服を、テラスにはパラソルつきのテーブルと椅子、そして新しいテレビまで買った。母は会社からボーナスをもらったんだと言っていた。

わたしたちの生活はいつもそんなふうだった……ときどき、厳しい倹約生活を強いられるときがあるが、しばらくするとなぜかお金が入る。ボーナスとか、少額の宝くじが当たったとか、あるいは遠縁の人が遺産を残してくれたとか、そんな理由で。そうしたお金の出所をきき出そうとしたことはなかった。けれども大きくなるにつれ、お金が入るのは、必ず母が謎の外出をしたあとだということに気づくようになった。数カ月に一度、おそらく一年に二度くらい、わたしを一晩、隣人の家に預けて、母は丸一日どこかに出かけた。ときには翌朝まで戻らないこともあった。帰ってくると、食料棚や冷凍庫は食べ物でいっぱいになり、新しい服が買われ、必要な支払いはすべて済み、わたしたちは再びレストランに食べに行けるようになった。

「ママ」わたしは母の繊細で頑固な横顔の輪郭を見つめながらきいた。「赤ちゃんが生まれるんでしょう?」

母が驚いてこちらを見たので、車がかすかに蛇行した。母は道路に注意を向けなおし、ハンドルをしっかり握った。「ああ、びっくりした。事故を起こすところだったじゃない」

「そうなんでしょう?」わたしは食い下がった。

母はしばらく黙っていたが、答えた声は少し震えていた。「ええ、そうよ、リバティ」

「男の子? 女の子?」

「まだわからないの」

「フリップといっしょに育てるの?」

「いいえ、リバティ、フリップの子じゃないのよ。どんな男の子どもでもない。わたしたちだけの子よ」

わたしが座席に深くゆったりともたれていると、母は無言でちらりとこちらを見た。「リバティ……」彼女は言いにくそうに言った。「これからはわたしたち、ちょっと生活を変えなくてはならないと思うの。あなたもわたしも、いろいろ犠牲を払わなきゃいけなくなるわ。ごめんね。こうなるつもりじゃなかったんだけど」

「わかったわ、ママ」

「そうなの？」母は乾いた声で笑った。「わたしは、自分がちゃんとわかっているのかどうか、自信がないの」

「名前はどうする？」

「そんなこと、まだ考えてもいないわ」

「命名の本がいるわね」わたしは本に書いてあるすべての名前について読むつもりだった。この赤ちゃんには、長くて、重要そうに聞こえる名前をつけなくてはならない。シェークスピアに由来する名前とか。みんながこの子は特別な子どもなんだとわかるような名前を。

「こんなに喜んでくれるとは思わなかったわ」と母は言った。

「わたし、とっても嬉しい。本当に嬉しいのよ」

「どうして？」

「だって、もうひとりぼっちじゃなくなるでしょう」

母は熱く焼けた自動車が並んでいる駐車場に車を停め、キーを回してエンジンを切った。わたしはそんなふうに答えたことを後悔した。母の目が傷ついたように沈んだからだ。母はゆっくり手を伸ばして、わたしの前髪を後ろになでつけた。わたしは猫のようにその手に顔をすりよせたかった。母は個人の境界を大切にする人だった。それが自分の境界であれ、他人の境界であれ、その境界を無頓着に破ることのできないたちだった。

「あなたはひとりぼっちじゃないわ」

「ええ、ママ、わかってる。でも、みんなにはきょうだいがいるわ。いつも思っていたの。いっしょに遊んだり、世話をしてあげる相手がいたらなって。わたし、いいベビーシッターになるわ。しかも、アルバイト料を払わなくてもいいのよ」

母はもう一度、わたしの髪をなでた。それからわたしたちは車を降りた。

4

学校がはじまり、ポロシャツにぶかぶかのジーンズで登校したわたしは、ファッションセンスゼロの烙印を押された。当時のはやりは、グランジファッションだった。要するに、よれよれスタイル。わざと服を破ってみたり、しみをつけたり、しわを寄せたりするのだ。母は顔をしかめて、単なるボロ着じゃないのと酷評した。でもわたしはクラスの女の子たちの仲間に入れてもらいたくてたまらず、近くのデパートに連れて行ってとせがんだ。薄いシースルーのブラウスに長いタンクトップ、かぎ針編みのベスト、くるぶし丈のスカート、それに、ドクター・マーチンの靴を買ってもらった。古びて見えるようにしわ加工されたジーンズの値札を見て、母は気を失いかけた。「六〇ドルですって？　もう穴が開いてる服に？」文句を言いつつも母は買ってくれた。

ウェルカムの高校に九年生は全部あわせても一〇〇人いなかった。何もかもが高校のフットボールチーム、パンサーズ中心だった。毎週金曜日の夜は試合があるので、町中の灯が消えた。ファンが遠征試合についていけるように、どの店も閉まってしまうのだ。スタジアムの外だったら、殺人未遂に見なされかねないラフプレーを選手がしても、母親も姉妹もガールフレンドもひるんだりはしない。ほとんどの選手にとって、フットボールこそが日の当たる場所だった。一生に一度の栄光の舞台。選手が道を歩けば、スター並みにちやほやされたし、コーチが小切手を切れば、「運転免許証のご呈示にはおよびません」と丁寧に言われる。身分証明書など必要ない、というわけだ。

運動用具に予算の多くが割かれてしまうため、学校の図書館はお世辞にも立派とは言えなかった。でもそこは、わたしが暇な時間の大半を過ごした場所だった。チアリーダーチームに入る気はまったくなかった。そんなのばかばかしく思えたし、お金もかかるうえに、自分の娘をなんとか代表にしようと躍起になっている親たちのあいだで裏の駆け引きがあるというのもいやだった。

ラッキーにも、すぐに友人を見つけることができた。人気があるグループからはじかれている三人の少女たちの仲間に入れてもらえたのだ。お互いの家に集まって、いろいろなメイクを試してみたり、鏡の前でモデルの真似をしてみたり、セラミックのヘアアイロンを買うためにお金を貯めたりした。一五歳のバースデープレゼントに、母はとうとうコンタクトレンズを買ってくれた。ぶ厚いメガネの重さを顔に感じることなく、まわりを鮮明に見ることができるのはなんだか奇妙だけれど、とても贅沢な気分だった。メガネからの解放を祝って親友ルーシー・レイエスが、眉毛を抜いてあげると宣言した。ルーシーは黒髪で、お尻の小さなポルトガル系の少女で、休み時間には服飾雑誌をむさぼるように読み、つねに最新ファッションの情報を仕入れていた。

「自然のままで十分よ」毛抜きに収斂化粧水、それに痛み止め用の塗布剤やらを抱えて近づいてくるルーシーに恐れをなしてわたしは言った。「そうでしょう?」

「まさか、本気じゃないわよね?」とルーシー。

「やっぱりだめかしら」

そこはルーシーの部屋だった。ルーシーは化粧台の椅子のほうにわたしを押しやって「座りなさい」と命じた。不安な気持ちで鏡をのぞきこみ、眉のあいだに生えている毛を見つめた。このせいで両眉がつながって見えるのよとルーシーは言っていた。不細工な一文字眉の少女にはけっして幸せは訪れない、だから美容のエキスパート、ルーシー・レイエスにまかせる以外に道はないのだ。

おそらくただの偶然だったのだろうが、翌日思いがけずハーディ・ケイツとばったり出くわした。眉の手入れの威力に関するルーシーの主張がどうやら誇張でなかったことが証明された。わたしは家の近くの公共バスケットボール練習場で、フリースローの練習をしていた。体育の授業で救いようがないほど下手だということが判明したからだ。クラスの女子は二つのチームに分かれていたが、どっちのチームにわたしを入れるかでもめたほどだった。それもしかたがないと思う。わたしだって、こんな下手くそを自分のチームに入れたいとは思わない。バスケットの授業は一一月の下旬まであるので、なんとか上達しないと、ずっと恥ずかしい思いをしつづけることになる。

秋の日差しは強かった。日中は暑く、夜は涼しい、メロンには最高の天候だった。地元で採れるカサバメロンとマスクメロンは甘く熟していた。五分もシュート練習をすると、汗とほこりまみれになった。ボールがバウンドするたびに、熱い土ぼこりが舞い上がった。東テキサスの粘土質の赤土ほど、体によくくっつく土はない。風が土を吹きつけてくると、口の中で甘い味がする。赤い粘土は三〇センチほどの厚みの淡褐色の表土に覆われているのだが、雨がもっとも少ない時期には、表面に火星のような色のひびが入ってしまう。そうなるとソックスを一週間漂白剤につけても、赤土の色を取ることができなくなるのだ。

息を切らせながら、なんとか手足をバランスよく動かそうと必死に努力していると、背後からけだるい声が聞こえてきた。

「こんなにひでえフォーム、見たことないぞ」

はあはあ喘ぎながら、わたしはボールを腰のあたりに抱えて振り返った。ポニーテールから髪が一筋ほどけて目にかかった。

冗談めかして失礼なことを言い、うまく話のきっかけをつくれる男がごくまれにいる。ハーディはそういう男のひとりだった。にやりと笑えば、その不敵な魅力に言葉の棘など忘れ去られてしまうのだ。ハーディの服もわたしのと同様、しわくちゃで、ほこりだらけだった。ジーンズに袖を切った白いシャツ。頭にはテンガロンハット型の麦わら帽。かつては白かったのだろうが、薄いオリーブグレーに変色している。リラックスしたかっこうで立ち、じっと見つめられていると、お腹の中がひっくり返りそうになる。

「じゃあ、コーチしてくれる？」とわたしはきいた。

わたしが話しはじめると、ハーディはさっと鋭い視線をわたしの顔に投げ、目を大きく見開いた。「リバティ？　おまえだったのか？」

わたしだと思っていなかったのだ。眉を半分抜くと、こんなすごいことになるなんて、びっくりだ。急におかしさがこみあげてきて笑いだしそうになったので、頰の内側を嚙んで笑いをこらえた。顔にかかっていた髪を後ろにやって、静かに答えた。「あたりまえでしょ。だれだと思ったの？」

「まいったなあ……」ハーディは帽子を後ろに傾けて、ゆっくり慎重な足取りで歩いてきた。まるでいまにも爆発しそうな揮発性物質に近づこうとしているかのように。そしてわたし自身、自分が爆発しちゃうんじゃないかと感じていた。「メガネはどうしたんだ？」

「コンタクトにしたの」

ハーディはわたしの前に立った。広い肩が日光をさえぎり、わたしはすっぽりその影の中におさまった。「おまえの目は茶色なんだな」彼は気もそぞろな声で言った。というよりは、不機嫌な感じすらした。

日に焼けたハーディののどに目を凝らした。皮膚は滑らかで、汗の粒が光っていた。とても近くに立っていたので、汗の塩辛いにおいまでかぐことができそうだった。爪の先がバスケットボールのざらざらの表面に食い込んだ。ハーディ・ケイツがわたしをじっと見ながらそこに立っている。初めてわたしを本気で見つめている。巨大な見えない手で全世界が持ち上げられ、宙吊りにされているような気がした。

「学校で一番下手くそなの」とわたしは言った。「たぶん、テキサス中でも一番。あれに通すことができないんだもん」

「リングか?」

「うん、それ」

ハーディはまたしても長いあいだ、わたしをじっと見つめ、唇の一端を曲げてほほえんだ。

「いくつかポイントを教えてやるよ。どっちにしろ、これ以上ひどくなることはありえないからな」

「メキシコ人はバスケットボールが苦手なの。血筋に免じて点を甘くしてもらいたいわ」

わたしから目を離さずに、ハーディはボールを取って、数回ドリブルした。スムーズな動きで体を返すと、完璧なジャンプシュートを決めた。いかにも見せびらかすような派手な動き。しかも、テンガロンハットをかぶったままやるのだから、さらにかっこいい。ハーディがどうだといわんばかりににやにやしながらこちらを見たので、笑い出さずにいられなかった。

「見事なプレイをほめたたえる場面かしら?」

ハーディはボールを再び手にして、ゆっくりとわたしのまわりでドリブルした。「ああ、そのようだな」

「すっごくかっこよかったわ」

ハーディは片手でドリブルをつづけながら、もう一方の手で形の崩れた帽子を取り、ひらりと横に投げた。手のひらにボールをのせて近づいて来た。「何から習いたい？」

危険な質問だわ、とわたしは思った。

ハーディが近くにいると、あの重たく甘い感覚が戻ってきて、動きたくなくなる。必要な酸素を肺に入れるには、いつもの二倍くらい速く呼吸しなければならない気がした。

「フリースロー」わたしは何とか声を出した。

「よし、じゃあそこに」とハーディは言って、バックボードから五メートルばかり離れたところに引いてある白線を指さした。リングがものすごく遠く感じられる。

「できっこないわ」と言いながら、ボールを受け取った。「上半身の力がないの」

「腕じゃなくて、脚を使うんだ。ほら、構えて……いいか、肩幅くらいに足を開く。いつもボールはどうやって持っている？　だめだめ、そんなんじゃまっすぐにシュートできない」

「だれにも教わったことがないんだもの」ボールの持ち方を直してもらっているあいだ、わたしは言い訳をした。日焼けした手が一瞬わたしの手にかぶさった。その力強さと、皮膚のごわごわした感触。爪は短く切られ、太陽にさらされて白くなっていた。働く男の手だ。

「おれが教えてやる。いいか、こんなふうに構えて、膝を曲げる。そしてボードの四角を狙う。体を伸ばしながら、ボールを手から放し、膝からのエネルギーをボールに伝えるんだ。流れるような動きでシュートするんだぞ。わかったか？」

「うん」わたしは狙いを定めて、全身の力をふりしぼって投げた。ボールは大きくコースをはずれて飛んでいき、浅はかにも穴から顔を出してハーディが投げ出した帽子をさぐっていたアルマジロをびっくり仰天させた。ボールがあんまり近くでバウンドしたのでアルマジロはきーっと鳴いた。急いで穴に逃げ込むアルマジロの長い足指の爪が日照りでからからに乾いている地面に跡を残した。

「力みすぎだ」ハーディはボールを追いかけていった。「リラックスしろ」

わたしは腕を広げて、投げてよこしたボールを受け取った。

「もう一度だ」白線のところに構えて立つと、ハーディが横にやってきた。「左手は支えるだけで、右手は――」彼は途中でくっくっと笑いはじめた。「だめだめ、そんなんじゃ」

わたしはハーディをにらみつけた。「ねえ、教えてくれようとしてるのはわかってるけど、でも――」

「わかった、わかった」ハーディは男らしく、顔からにやけた笑いを消し去った。「じっとしていろよ。おれは後ろに立つが、変なことはしないから安心しろ。ただ手を重ねて、いっしょにやってみせるだけだ」

ハーディの体を背後に感じて、わたしは石のように硬くなった。胸のたしかな重みが背中にかかる。腕が両側からまわされてきた。温かい力強さに包み込まれる感触に、肩甲骨のあいだの深いところから震えが広がった。「力を抜いて」とハーディが静かにささやいた。髪に息がかかるのを感じて、わたしは目をつぶった。

ハーディはボールを持つ手の位置を直した。「手のひらはここにあてる。三本の指の先をボールの継ぎ目に置く。そして、ボールを押し出すときに、回転をかけるんだ。フォロースルーでは、指先を下向きに返す。こんなふうにだ。そうすればボールにバックスピンがかかる」

ハーディは手をわたしの手にすっぽりかぶせた。わたしたちの肌の色はほとんど同じだった。ただし、彼の色は日焼けのせいだが、わたしのは生まれつきだ。「いっしょに投げるぞ。そうすればコツがつかめるだろう。ひざを曲げて、バックボードを見ろ」

ハーディに腕をまわされたとたん、すべてが頭からふっ飛んだ。本能と感覚だけが残った。鼓動も、呼吸も、動きも、彼に同調した。ハーディに後ろからアシストしてもらって、わたしはボールを投げた。ボールは空中にたしかな弧を描いて飛んでいった。期待どおりにざっと音をたててリングを通るというわけにはいかず、ボールは縁で弾んだ。でも、これまでバックボードに届いたこともなかったことを考えれば、快挙と言えた。

「よし」ハーディの声には笑いが混ざっていた。「なかなかいいぞ、おちびちゃん」

「わたしは子どもじゃないわ。あなたより二、三歳若いだけよ」

「まだベイビーさ。キスされたこともないんだろ?」

「ベイビー」と子どもあつかいされたことにかちんとくる。「どうしてわかるのよ。見ればわかるなんて言わないでよね。もしわたしが、一〇〇人の男の子にキスされたと言ったなら、あなたにはそうでないと証明することなんかできないんだから」

「おまえが一度でもキスされたことがあるなら、おれは腰を抜かすぜ」

心の中が激しく燃えあがった。あなたは間違っているわ、と言えたらどんなにすっとするだろう。経験さえあれば、そして勇気さえあれば、「じゃあ、驚かせてあげる」みたいなせりふを吐いて、つかつかと歩みより、ガツンと一発やられてしまうような最高のキスができるのに。

けれども、そのシナリオがうまくいかないことはわかっていた。第一に、ハーディは背が高すぎた。唇に届くためには、彼の体によじ登らなければならない。第二に、キスのやり方がまるっきりわからなかった。唇は最初から開いておくのか、それともはじめは閉じていたほうがいいのか。舌はどうしたらいいのか、目は閉じておくのか開けておくのか……それに、バスケットボールの不器用な動きなら笑われても我慢できるが——ま、ちょっとは傷つくけれど——キスのしかたを笑われたら生きていられない。

そこで、ぼそぼそとこう言うだけにしておいた。「自分で思っているほど、あなたはわたしのことをわかっていないのよ」そして、ボールを拾いに行った。

ルーシーは、ぜひボウイの店で髪をカットしてもらいなさいとわたしに勧めた。ルーシー母娘が行きつけにしているヒューストンのおしゃれな美容院だ。でも、かなり高いわよ、とルーシーは前置きしたあと、一度ボウイに似合うヘアスタイルにしてもらえば、あとはウェルカムの美容院で同じようにカットしてもらえばいいの、と言った。母の同意を得てから、ベビーシッターのアルバイトで貯めたお金をかき集め、ルーシーに予約の電話をかけてもらった。三週間後、ルーシーのママが車でヒューストンに連れて行ってくれた。カセットプレイヤーがついた白いキャデラックで、シートは黄褐色。ボタンを押すとウィンドウが開いた。

レイエス家は質屋を経営していて、とても繁盛していたから、ウェルカムの基準では富裕な家と言えた。わたしはそれまで質屋に通うのは社会の落伍者か金に困った人々だと思っていたが、ルーシーによればまったくふつうの人も質屋で金を借りるのだそうだ。ある日の放課後、ルーシーはわたしを店に連れて行ってくれた。ルーシーの兄たちとおじと父親が店を切り盛りしていた。店にはぴかぴか輝く銃や大きくておっかない感じのナイフ、電子レンジ、それにテレビなどがたくさん並べられていた。嬉しいことに、ルーシーのママは、ガラスケースに陳列されている金の指輪をいくつかはめさせてくれた。いろいろな宝石がついた指輪が、それこそ何百個もベルベット張りのトレーに並んでいた。

「うちにとっちゃ、婚約解消はいい商売《ビッグ・ビジネス》になるのよ」とルーシーのママは明るく言いながら、ダイヤモンドのソリテアリングがぽつぽつと置かれたトレーを引き抜いた。彼女はビッグ・ビジネスをビーグ・ビージネスと発音する。わたしはその強いポルトガルなまりがとても好きだった。

「まあ、なんだか悲しいわ」とわたしは言った。

「あら、とんでもない」ルーシーのママは不実な婚約者にだまされた後、婚約指輪を質屋へ持ってきてお金に換えると、娘たちは俄然、力がわいてくるものなのよと説明した。「泣き寝入りはしない。やられたらやりかえすのよ」彼女は毅然として言った。

質屋が繁盛していたので、ルーシーの一家にはヒューストンの中心部に出かけて洋服を買ったり、マニキュアやヘアカットをしてもらう余裕があった。わたしは、市街を取り囲む環状道路の両側にレストランや高級ショップが並んでいる、ギャラリア地区には行ったことがなかった。ボウイの美容院は環状道路とウェストハイマー通りが交差する高級店が立ち並ぶ界隈にあった。ルーシーのママが駐車場係の小屋の前で車を停め、係員に鍵をわたすのを見て、わたしは目を丸くした。美容院に、ホテルのような車預かりサービスがあるとは!

ボウイの店は鏡とクロムめっきによる内装が施され、見たこともない美容器具がたくさん並んでいて、鼻につんとくるパーマ液のにおいが充満していた。店のオーナーは三〇代半ばの男性で、ウェーブした長い金髪を背中に垂らしていた。そんなヘアスタイルをしている男は南テキサスではめったに見かけることがない。ボウイはきっとものすごくタフな男の人なんだとわたしは思った。スタイルも抜群で、ほっそりして見えるけれど筋肉もちゃんとついていた。黒いジーンズ、黒いブーツ、白いウェスタン・シャツに、スウェードの紐に研磨していないトルコ石がついたループタイというかっこうで、店内を歩きまわっていた。

「おいでよ」とルーシーが誘った。「新しいマニキュアを見に行こう」

わたしは首を横に振って、ウェイティングエリアの黒革の座面の広い椅子に腰掛けたまま順番を待った。唖然として口がきけなくなっていた。わたしにとって、ボウイの店はいままで訪れた中でもっともすばらしい場所だった。もうちょっと時間が経てば、探検する気にもなるだろうが、いまはただ座って、この雰囲気を全部しっかりと味わいたかった。美容師たちが仕事をする姿を見つめた。レザーカットをしている人、ブローをしている人、パステルカラーのパーマロッドに髪の小房を器用に巻きつけている人。木とクロムめっきのパイプでできた高い陳列棚には、化粧品の瓶やチューブ、薬用とおぼしき石鹸、ローション、香油、香水のボトルなど、好奇心をそそられる品々が置かれていた。

美容室にいるすべての女性が、目の前で変身を遂げていくように思えた。髪をとかしてもらい、メイクをほどこされ、爪にやすりをかけられ、さまざまな美容術を受けるうちに、雑誌でしか見たことがないほどぴかぴかに光り輝くようになるのだ。ルーシーのママがマニキュアテーブルに座って、アクリル人工爪をつけてもらい、ルーシーが化粧品エリアをひやかしている。そのあいだにモノトーンの服を着た女の人がやってきて、ボウイのステーションにわたしを案内してくれた。「まず、どんなスタイルにしたいか相談してね」と彼女はわたしに言った。「わたしなら、ボウイにすべてまかせるわ。彼は天才だから」

「母があんまり短くしてはだめだと……」わたしは言いかけたが、彼女はすでにいなくなっていた。

そのとき、ボウイがわたしの前にあらわれた。カリスマ的でハンサム、ちょっぴり作り物のように見える容貌。握手をすると、指にたくさんはまっているトルコ石やダイヤモンドの金や銀のリングがぶつかりあってかちかち鳴った。

アシスタントがてらてら光る黒いローブをかけて、高級そうな香りのシャンプーで洗髪してくれた。コンディショナーをつけて、髪をとかしてもらってから、またカッティング・ステーションに戻ると、ボウイがストレートレザーを持って立っていたので、ちょっとどぎまぎした。それから三〇分間、彼はあらゆる角度にわたしの頭を傾け、少しずつ髪束を取り分けて、レザーで数センチずつカットしていった。ひとこともしゃべらず、顔をしかめて仕事に集中していた。カットし終わるまでにわたしの頭は何度も前へ後ろへと傾けられた。床の上に落ちた髪はすばやく掃き取られ、ボウイは感動的な手際のよさで髪をブローした。ヘアドライヤーの長い筒の先に髪束をかざし、綿菓子をつくるときのようにロールブラシに巻きつけた。毛の根元にヘアスプレーをしゅっしゅっと吹き付けるやり方を教えてくれてから、鏡が見えるように椅子をくるりと回した。

わたしは目を疑った。黒いもじゃもじゃの縮れ毛が、長く切りそろえた前髪と、肩までの長さのレイヤーカットに変わり、頭を動かすたびにきらきらと跳ねている。

ボウイは不思議の国のアリスに出てくるチェシャキャットのような笑みを浮かべていた。「すばらしい」と彼は言って、指を後ろ髪に通し、髪を跳ね上がらせた。「見ちがえるようだね？　このあと、シャーリーンにメイクのしかたを教えてもらいなさい。ふつうは料金をもらうんだけど、今日はぼくからのプレゼント」

礼の言葉を考えつく前にシャーリーンがやってきて、ガラスの板がはまったメイク用カウンターの横の、高いクロムめっきのスツールに座らされた。わたしの顔をさっと見てからシャーリーンは「きれいな肌ね、ラッキーなお嬢さん」と言った。「五分でできるメイクを教えてあげるわ」

唇を小さく見せるにはどうしたらいいんですかと尋ねると、彼女はショックを受けたような顔をした。「まあ、いやだわ。唇を小さく見せるなんて、もったいない。いま、エスニックはやりなのよ。キモラをごらんなさいな」

「キモラって？」

シャーリーンはページの隅が折れたファッション雑誌をわたしのひざにぽんと置いた。表紙はゴージャスなはちみつ色の肌をした若い女性の写真だった。長い脚をさりげなく組んでいる。目は黒くつりあがっていて、その唇はわたしのよりももっとぽってりしていた。「新しいシャネルのモデルよ」とシャーリーンが言った。「一四歳ですって、信じられる？九〇年代の顔になると言われているわ」

思いがけないことだった。漆黒の髪にがっしりとした鼻、そして厚い唇のエスニックな美少女が、シャネルのモデルになるなんて。ああいうブランドのモデルはほっそりした白人の美女と相場が決まっていたのに。わたしが写真をじっくりながめているあいだに、シャーリーンはローズブラウンのペンシルでわたしの唇の輪郭を描いた。それからマットピンクの口紅を塗り、ほお紅をブラシでつけて、まつげにはマスカラを二度塗りした。

手に握らされた手鏡で、わたしはできばえを調べた。正直に言って、新しいヘアスタイルとメイクが自分をすっかり変えてしまったことに驚いた。鏡の中の自分は、わたしの理想とする美しさとはかけ離れていた――わたしはけっして、金髪碧眼の古典的なアメリカンビューティにはなれないだろう。でも、これがわたしなのだ。自分の将来の姿を垣間見た気がした。生まれて初めて、自分の容姿に自信がわいてくるのを感じた。

ルーシーとママが横に現れた。ふたりがあんまりじろじろ見つめるので、わたしは恥ずかしくて隠れてしまいたくなった。

「うわあ……びっくり……」とルーシーは叫んだ。「だめ、顔を隠しちゃ。よく見せて。あなたはとっても……」うまい言葉が見つからないとでもいうように、ルーシーは頭を左右に振った。「あなた、学校で一番の美女になるわ」

「ほめすぎよ」わたしは穏やかに言ったが、ひたいまで真っ赤になるのがわかった。そんな想像をしたこともなかった。嬉しくて興奮するというよりも、むしろどうしていいかわからない感じだった。わたしはルーシーの手首に触れて、彼女の輝く瞳をのぞきこみ、「ありがとう」と小声で言った。

「もっと喜びなさいよ」ルーシーはやさしく言った。ルーシーのママはシャーリーンとぺちゃくちゃしゃべっている。「そんなに困った顔をしないで。中身は変わってないんだから、おばかさん。あなたはあなたのままなのよ」

5

イメージチェンジしたことで驚かされたのは、自分の気持ちの変化ではなく、周囲の態度が変わったことだった。それまでは学校の廊下を歩いていても、人に注目されることはなかった。ところがその同じ廊下を歩いているときに、男の子たちにじっと見つめられたり、名前を呼ばれたり、並んで歩かれたりするようになったので、わたしはすっかり面食らってしまった。男の子がロッカーで近づいてきたり、座席が自由の授業やランチルームで横の空いた席に座ったりするのだ。女友だちとなら軽口をたたいてふざけることもできるが、男の子にそんなふうに馴れ馴れしくされると、うまく話せない。こんなシャイな子にデートを申し込もうとする男の子なんていないはずなのに、それがそうでもなかったのだ。

わたしは、そうした男の子の中でもっとも人畜無害に見えたギル・ミンシーの誘いを受けることにした。同学年で、そばかす顔。背はわたしとさほど変わらない。わたしたちふたりは、植物を使って土壌から重金属汚染を取り除く方法についてレポートを書くという課題を与えられた。ギルに、うちでいっしょにやらないかと誘われた。新しく改装して塗装も真新しい彼の家は、ビクトリア朝様式のすてきなトタン屋根がついていて、いろいろな面白い形の部屋があった。

園芸や化学や生物工学の本の山に囲まれて勉強していると、ギルが体を寄せてきてキスをした。その唇は温かく、タッチは軽かった。ギルは体を引き、わたしが怒りだすんじゃないかと反応を見た。「実験だ」とギルは弁解するように言った。わたしが笑うと彼はもう一度キスをした。おずおずとしたキスに誘われて、わたしは科学の本を脇へ押しやり、ギルの細い肩に腕をまわした。

そのあとも何度かいっしょに勉強をした。ピザを食べたり、おしゃべりしたり、キスも何度かしたりした。でも、彼に恋することはぜったいにないな、とすぐに気づいた。ギルのほうもそれを感じていたに違いない。けっしてそれ以上押そうとはしなかったから。ギルに夢中になれたらいいのにと思った。内気でやさしいギルが、固く閉ざされたわたしの心の奥に手を届かせてくれる人であればよかったのに。

やがて、人生はときどき、予想とはまったく違うやり方で必要とするものを与えてくれるのだということを発見することになる。

妊娠中の母はじつにつらそうだった。そのようすを見て、自分もいつかこういうことを経験しなきゃならないのなら、子どもは産まないでおこうとわたしは密かに心に誓った。あなたを身ごもったときは、人生であんなに気分爽快だったことがないほど調子がよかったわ、と母は言った。だから、この子はぜったいに男の子よ、だってあなたのときとはまったく違うもの。もしかすると、前より年をとったというだけなのかもしれないけど。理由はなんであれ、まるで腹の中で悪性のものが大きくなりつつあるかのように、母の体は赤ん坊を快く受け入れようとはしなかった。ほとんど食べ物を口にできなくなり、なんとか食べるとひどいむくみが出て、皮膚に指で軽く触れただけでくぼみができるほどだった。

つねに気分が悪く、ホルモンが全身を駆けめぐっていたせいで、母はいつも不機嫌だった。安心させたくて、わたしは図書館から妊娠に関する本を何冊か借り出してきて、役に立ちそうな箇所を音読した。「産婦人科雑誌によると、つわりは赤ちゃんにいいそうよ。聞いてる、ママ？　つわりはインスリンの血中濃度の調節を助けて、脂肪代謝を遅くする働きがあるの。だから、赤ん坊はたくさん栄養をとれるようになるんですって。すごいわねえ」

いいかげんにそんなものを読むのはやめなさい、でないと、むちを持って追いかけるわよ、と母は言った。でも、追いかける前に、ソファから立ち上がるのをわたしが助けてあげなきゃならないわね、とわたしは言い返した。

母は医師の診察を受けてくるたびに、子癇前症だとか高血圧といった恐ろしげな医学用語を聞かされてきた。赤ん坊の話をする母の声には、期待感のようなものはまるで感じられなかった。予定日は五月で、出産後は産休をとるのだという。赤ん坊が女の子だと知ってわたしは有頂天になったが、少しも嬉しそうでない母を見ると、自分ばかり浮かれているのが悪い気がした。

母が以前の元気を取り戻すのは、ミス・マーヴァが訪ねて来てくれるときだけだった。ミス・マーヴァは、医者から煙草をやめないと、いつか肺がんで命を落とすことになりますよと脅されて、禁煙することにした。腕にべたべたといくつもニコチンパッチを貼りつけ、ポケットにはティーベリーガムをつめこみ、ずっと沈みがちなようすで、ああ小さな動物の皮でもはぎたい気分よ、などとぶつぶつつぶやきながら、歩きまわっていた。ミス・マーヴァは「まったく、人づき合いなんてうっとうしくっていやになるわ」と独り言を声に出しながら、パイか何かおいしいものを携えてやってくる。そしてソファに座っている母の隣に腰を下ろし、その日、頭にきた人々や出来事についてふたりで文句を言い合うのだった。そしてしまいには、どちらもげらげら笑い出す。

夜、宿題を終えると、わたしは母のそばに座って足をさすったり、ソーダ水を持ってきてあげたりした。いっしょにテレビも見た。たいていはリッチな人々がいろいろな興味深い事件を起こすメロドラマだ。遠い昔に行方がわからなくなり、死んだものと思っていた息子が帰ってくるとか、記憶をなくしてしまい、とんでもない相手と寝てしまう、といったたぐいのストーリーだ。ドラマに熱中している母の顔をこっそり見ると、その口元はいつも少し悲しげだった。ママは寂しいんだ、と思った。でも、わたしではその寂しさを埋めてあげられない。どんなにいっしょに分かち合いたいと願っても、母はひとりでこれをくぐりぬけていくのだろう。

寒い一一月のある日、ガラスのパイ皿をミス・マーヴァに返しに行った。寒さで空気がぱりぱり鳴るようだった。塀や建物や細い木々の隙間を吹き抜けてくる冷たい風が、ときおり頬を刺す。冬はしばしばウェルカムに雨と鉄砲水をもたらした。長くここに住んでいる人々は、それを「糞流し」と呼び、町のずさんな下水道管理に抗議していた。でも、きょうは地面が乾いていて、夏の日照りでできた舗道のひび割れを避ける遊びをしながら歩いた。

ミス・マーヴァのトレーラーに近づくと、ケイツ家の小型トラックが家の横に停まっていた。ハーディが、美術作品が入った箱を荷台に積み込んでいた。町のギャラリーに搬送するのだ。ミス・マーヴァの作品は最近とてもよく売れた。テキサス人が青花ルピナスの絵入りの小物に目がない証拠だ。

わたしはハーディの横顔の力強いラインを、黒髪の頭を傾けている姿を、しっかりと目に焼きつけた。彼を求め、彼にあこがれる気持ちがどっと胸にこみあげてきた。ハーディとたまたま出会うと、いつもそんなふうになった。少なくともわたしのほうは。ギル・ミンシーとのキスで性的な目覚めを体験したが、それをどう満足させたらいいのかまったくわからなかった。ギルを求めていないことだけはたしかだ。いや、ほかのどの男の子も。欲しいのはハーディだけだった。空気や食べ物や水より彼が欲しかった。

「よう」彼はのんびり言った。

「久しぶり」

わたしはハーディの横を素通りして、パイ皿をかかえてミス・マーヴァの家に入った。ミス・マーヴァは料理にかかりきりで、わたしの顔を見ても何かもごもごとうなるように言っただけだった。料理に忙しくて話をする暇がないのだ。

しかたなくわたしはまた外に出た。ハーディが待っていてくれた。彼の目は底知れないほど青く、その海で溺れてしまいそうだった。「バスケットボールはどうだ?」と彼はきいた。

わたしは肩をすくめた。「いまだにぜんぜんだめ」

「また練習するか?」

「あなたと?」突然言われたので、ばかみたいにきき返した。

彼は微笑んだ。「ああ、おれと、だ」

「いつ?」

「いま。服を着替えたらすぐに」

「ミス・マーヴァの作品はどうするの?」

「あとで町に運ぶつもりだ。人と会う約束をしてる」

人と会う約束。ガールフレンド?

嫉妬とどうしたらいいかわからない気持ちが入り混じって、わたしはためらった。どうしてハーディは、わたしとバスケットボールの練習をする気になったのだろうか。もしかして、友だちどうしになれるなんて思っているのかしら。憂うつな表情が影のように顔をよぎったに違いない。ハーディは一歩近づいた。しわを寄せたひたいにくしゃくしゃの艶やかな髪がかかっている。

「どうしたんだ?」

「なんでもない。わたし……宿題があったかな、と考えていたの」息を吸い込んで、ちくちくする冷気で胸を満たした。「うん、もっと練習したほうがいいみたい」

ハーディは表情を変えずにうなずいた。「ボールを持ってこいよ。一〇分後に会おう」

バスケットボール練習場に着いたときには、ハーディはもう来ていた。ふたりともスウェットパンツ、長袖のTシャツ、ぼろぼろのスニーカーというかっこうだった。わたしはボールをドリブルして、ハーディにパスした。するとかれは完璧なフリースローをきめた。リングのほうにゆっくり走っていき、ボールを拾うと、パスしてよこした。「ボールをあまり高く弾ませるな」とハーディはアドバイスした。「ドリブルしているあいだはボールを見ないようにする。まわりの連中の動きを見てなくちゃならないんだ」

「ボールを見ないでドリブルしたら、ボールがどっかへ行っちゃうわ」

「とにかくやってみろ」

やってみたが、ボールは手からはずれてバウンドした。「見たでしょ?」

ハーディは辛抱強くリラックスしたようすで、基本をていねいに教えてくれた。ハーディの動きは舗道を横切る大きな猫のように敏捷だった。小柄なわたしは簡単にハーディをかわすことができたが、彼は背の高さと腕の長さを利用して、わたしのショットをことごとくブロックした。はあはあ荒く息をしながら、ハーディはまたしてもわたしのジャンプシュートを妨げ、不満の叫びをあげるとにやりとした。

「一分間休憩だ。それからポンプフェイクを教えてやる」

「ポンプフェイク?」

「フェイントをかけて敵のブロックをかわし、うまくシュートできるようにする技だ」

「かっこいい」夜が近づいて空気は冷え込んでいたが、運動のせいで体は火照り、汗ばんでいた。Tシャツの袖をまくりあげ、痛む脇腹に手のひらをあてた。

「つきあってるやつがいるんだってな」とハーディは人差し指の先端にボールをのせて回しながら何気なくきいた。

わたしはさっとハーディを見た。「だれに聞いたの?」

「ボブ・ミンシーだ。弟のギルがおまえとつきあっていると言っていた。ミンシー家の連中はいいやつらだ。いい相手をみつけたじゃないか」

「つきあっているわけじゃないわ」わたしは指で宙に小さいクエスチョンマークを書いた。

「正式には。わたしたちはただ……」ギルとの関係をどう説明したらいいかわからずわたしは言いよどんだ。

「だが、ギルのことは好きなんだろう?」とハーディは兄のようにやさしくきいた。その声の調子に、わたしはいらだった。せっかく生垣を抜けたのに無理やり引き戻された猫みたいな気分だった。

「ギルを嫌う人がいるとは思えないわ」わたしは短く言った。「本当にいい子だもん。もう息は落ち着いたわ。ポンプフェイクを教えて」

「かしこまりました」ハーディは横に立つように身ぶりで示した。それからひざを落としてドリブルをはじめた。「前にディフェンダーが立ちふさがって、おれのシュートをブロックしようとしたら、おれはやつを出し抜かなきゃならない。シュートすると見せかけると、やつはその餌に食いついて体勢を崩す。そこが狙い目なんだ」彼は胸骨の前にボールを差し上げて、フェイントをかけ、それから滑らかなジャンプシュートをきめた。「わかったか。今度はおまえの番だ」

ドリブルしながら、わたしたちは向き合った。教えられたとおり、ボールではなく彼に視線を向けたままにした。ドリブルをつづけながら、「彼にキスされたの」とわたしは言った。ハーディが目を大きく見開いたので、わたしはちょっと得意になった。「何だって？」

「ギル・ミンシーよ。いっしょに勉強していたときに。しかも、一回じゃないわ。何度もよ」ハーディの横をすりぬけようと、わたしは左右に動いた。ハーディはわたしから離れない。

「やったじゃないか」とハーディは言った。声の調子が少し変わった。「シュートしないのか？」

「それに、彼、かなりうまかったとも思うの」とわたしはつづけた。「でも、問題がひとつ」ハーディの鋭い視線とわたしの視線がぶつかった。「どんな？」

「何も感じなかったの」わたしはフェイントをかけ、シュートを放った。驚いたことに、ボールはすっとリングを通った。どちらもボールを取りに行かないので、ボールのバウンドはだんだん小さくなっていった。わたしはじっと動かずにいた。冷たい風がかっと熱くなっているのどに吹きつける。「なんだかつまらなかった。キスしているあいだってことだけど。それってふつうなのかしら？　違うよね。ギルはそうではなかったみたい。もしかするとわたしが変なのかも――」

「リバティ」ハーディは近づいて、ゆっくりわたしのまわりを歩きまわった。火の輪に隔てられているかのように距離をあけている。ハーディの顔は汗で光っていた。のどから言葉を搾り出すのが難しいようだった。「おまえに問題があるわけじゃない。やつに、なんていうか、しびれないからといって、おまえが悪いわけじゃない。やつのせいでもない。ただ……おまえに合うのは別の男だということだ」

「あなたは、たくさんの女の子にしびれる？」

ハーディはこちらを見ずに、うなじをさすり、首の凝りをほぐした。「そういう話はしたくない」

でも話題がそっちに向いてしまったのだから、もう止めるわけにはいかない。「わたしがもう少し大人になったら、あなたはわたしに対してそんなふうに感じるようになるのかしら」

ハーディは顔をそむけた。「リバティ」とつぶやくのが聞こえた。「もうやめろ」

「わたしはただきいているだけよ」

「やめろ。そういう質問がすべてを変えてしまうこともあるんだ」ハーディはいらいらしたように息を吐き出した。「ギル・ミンシーと練習しろよ。おれはいろんな意味で、おまえより年をとりすぎている。それに、おまえはおれの好みじゃないし」

わたしがメキシコ人だからという意味ではなかったと思う。わたしが知るかぎりでは、ハーディはまったく差別意識を持っていなかった。そういうたぐいの言葉を使ったことはなかったし、肌の色のせいで人を見下すような態度をとったこともなかった。

「どんな子が好みなの?」わたしはしつこくきいた。

「平気で別れられる女」

これがハーディだ。残酷な真実を良心の呵責なくすらりと言える男。でもわたしは、その言葉の中に隠れている告白を聞き逃さなかった。ハーディにとってわたしは「簡単に捨てられる女の子」ではないのだ。それに勇気づけられずにいられなかった。ハーディにはそういうつもりはなかったのだろうが。

そのときハーディがこちらを見た。「だれも、どんなことも、おれをここに引き止めることはできない。わかるか?」

「うん、わかる」

ハーディの呼吸は不規則になった。「この土地、ここの生活……このごろ、わかるようになったんだ。親父がおかしくなって刑務所にぶち込まれるようなことをしでかした理由が。おれもいつかはそうなる」

「ならないわ」とわたしは静かに否定した。

「いや、なる。リバティ、おまえはおれのことを知らないんだ」

わたしには、ここを出ていきたいというハーディの願望を抑えることはできなかった。しかし、彼を思う自分の気持ちを抑えることもできなかった。

わたしはふたりのあいだの見えない障壁を越えた。

ハーディは手を前にかざして防御の姿勢をとった。体の大きさの違いを考えるとこっけいなしぐさだった。彼の手のひらに触れ、それからこわばった手首に触れた。手首の脈が暴れ狂っているようだった。いまこの瞬間以外、彼からどんなものももらえないのだとしたら、わたしはこの瞬間を手に入れるわ。いまやらなければ、後悔の波に溺れてしまう。

突然ハーディが、わたしの手首をつかんだ。きつく手錠がかかったように手首を握られ、前に進めなくなった。ハーディの口を見つめた。その唇はとても柔らかそうに見えた。「放して」とわたしは低いくぐもった声で言った。「放してよ」

ハーディの息づかいは速くなっていた。彼は頭をかすかに振った。全身の神経がぴりぴりし出した。ハーディがわたしの手首を放したらどういうことになるか、わたしたちはどちらも知っていた。

いきなりハーディは手を開いた。わたしは前のめりになって、体をぴったりと彼の体に押しつけた。うなじに手をかけると、筋肉の力強さがあらためて感じられた。頭を引き寄せて唇を重ねた。彼の手は中途半端に宙に浮いたままだ。ハーディはほんの数秒間ためらってから、荒々しくため息をつくと、わたしの体に腕をまわした。ハーディは比べものにならないくらい力強かったが、ギルのキスとはまったく違っていた。

もっとやさしかった。片手をわたしの髪に滑り込ませ、指で頭を支えた。肩を丸めてわたしを包み、自分の中に引き入れようとするかのようにもう一方の手を背中にまわした。あらゆるやり方で口を合わせ、何度も何度もキスをした。冷たい風が背中に吹きつけてきたが、ハーディに触れているところはどこもかしこも燃えるように熱くなっていた。

ハーディはわたしの口を味わい、熱い息を頬に吹きかけた。彼のキスの味はわたしの欲望をかきたてた。彼にしがみつき、震えながら興奮の波に酔いしれ、いつまでも終わらないでと願った。できるだけたくさんの感覚を吸い取って心の中にしまっておこうと必死だった。

ハーディはしがみついていたわたしの腕をひきはがし、わたしを押しのけた。「ああ、くそっ」と小声でつぶやくと、体を震わせた。わたしから離れて、バスケットゴールの支柱を握り、冷たい金属で頭を冷やそうとするかのようにひたいをポールにつけた。「くそっ」ハーディは再びつぶやいた。

わたしは夢を見ているみたいにぼうっとしていたので、ハーディの支えが突然なくなるとバランスを失ってよろめいた。指の関節を目にあててこすった。

「二度とこんな真似はするな」ハーディは顔をそむけたままぶっきらぼうに言った。「わかったな、リバティ」

「わかってるわ、ごめんなさい」でも、わたしは悪いことをしたとは思っていなかった。それが声にあらわれていたのだろう。ハーディは顔だけこちらに向けて、肩越しに皮肉をこめた視線を投げてきた。

「もう練習もしない」とハーディは言った。

「バスケットボールの練習ってこと？　それとも、いまの……」

「どっちもだ」彼はぴしゃりと言った。

「わたしのこと、怒ってる？」

「いや、自分に腹が立ってしかたがないんだ」

「あなたのせいじゃない。あなたは何ひとつ悪いことはしていない。キスしてほしかったの。あれはわたしが――」

「リバティ」わたしの言葉をさえぎって、ハーディは体をこちらに向けた。急に疲労といらだちの色が見えはじめた。ハーディもわたしがやったようにこぶしで目をこすった。「もうやめてくれ。おまえが何か言えば言うだけ、いやな気分になってくる。黙って家に帰れ」

わたしは彼の言葉を飲み込み、その頑なな表情を見つめた。「ねえ……家まで送ってくれる？」自分の声のおずおずとした響きがいやだった。

ハーディはつらそうな目でこちらを見た。「だめだ。自分を抑える自信がない」

わたしは意気消沈し、希望と喜びの火はもみ消されてしまった。どう説明したらいいのか、さっぱりわからなかった。ハーディがわたしに惹かれていること、なのにわたしを避けようとしていること、そしてわたしのハーディに対する反応……とにかく、これから先、ギル・ミンシーとキスすることは二度とないだろう。

6

五月下旬、母は予定日よりも約一週間遅れて出産した。

テキサス南東部の春は意地悪だ。たしかにそこここに美しい風景は見られる。青花ルピナスが咲き乱れる美しい野原、メキシコトチノキやアメリカハナズオウの開花、そして乾いた草地が緑に変わっていく光景。しかし春は、冬のあいだおとなしくしていたカミアリがアリ塚を築きはじめる時期でもあり、メキシコ湾で発生した嵐が、あられや稲妻や竜巻を伴ってやってくる季節でもある。このあたりは竜巻の通り道になっていて、通り過ぎたと思ったらまた戻ってきて、不意を突かれることもあった。川や大通りをジグザグに進み、竜巻が行くはずもないような場所すらも襲った。白い竜巻にも見舞われた。それは人々がもう嵐は去ったと安心したころ、太陽光を浴びて発生する恐ろしい威力を持った水泡の竜巻だった。

ブルーボネット・ランチにとって、竜巻はいつも脅威だった。自然の法則により、竜巻はトレーラーパークのような場所に引き寄せられてくるからだ。科学者たちはそんなものは迷信だ、竜巻がほかの場所よりもトレーラーパークを好んで襲うことなんてありえないと言う。しかし、ウェルカムの住人はだまされない。竜巻が町の中かその周辺に発生すれば、必ずブルーボネット・ランチか、幸せの丘《ハッピーヒルズ》という地区に向かうからだ。なぜハッピーヒルズなんて名前がついたかは謎だ。だってそこはトルティーヤみたいにぺったんこで、海抜は六〇センチほどしかないのだから。

それはともかくとして、ハッピーヒルズは、新しい二階建ての家々が立ち並ぶ住宅地だった。平屋建てに住むウェルカムの人々は、そうした家のことを「ビッグヘアハウス」と呼んでいた。ハッピーヒルズはブルーボネットと同じくらい頻繁に竜巻の被害を受けていたので、ほらやっぱり、竜巻はトレーラーパークも裕福な住宅地も分け隔てなく襲うんだと、言う人もいた。

しかし、ハッピーヒルズの住人、クレム・コットルは、白い竜巻に前庭を切り裂かれてすっかり心配になり、自分が住んでいる土地のことを調べてみた。そうしたらなんと、暗い秘密が明らかになったのだ。ハッピーヒルズは古いトレーラーパークの跡地に建設されていた。クレムに言わせればこれは詐欺に等しいことだった。以前にトレーラーパークがあった場所に建てられた家だと知っていたらぜったいに買わなかっただろう。災害を招くようなものだ。ネイティブ・アメリカンの墓地に家を建てるのと同じくらい不吉なことなのだ。

ハッピーヒルズにマイホームを持つ人々は、竜巻を引きつける住居に住みつづけなければならない。そこで彼らは金を出し合い、共同避難所を造って事態に対処することにした。それはコンクリートの建物で地面に半分埋まっていた。そして四方から盛り土がされ、その結果、ついにハッピーヒルズに丘ができあがった。

しかし、ブルーボネット・ランチには、そんな避難所のようなものはなかった。もしも竜巻がトレーラーパークを突っ切って行ったら、全員、屍《しかばね》となる。そういうこともあって、わたしたちは自然災害に対し多かれ少なかれ、運命だからどうしようもないといった、あきらめに似た気持ちを抱くようになっていた。人生のほかの多くの局面同様、わたしたちは災難に対して何の準備もしていなかった。

災難が降りかかったら、そこから抜け出すためにがむしゃらにがんばるしかない。

母の陣痛は夜中にはじまった。午前三時ごろ、母が起きて動きまわっているのに気づき、わたしも起きることにした。どっちみちもう眠れそうになかった。雨が降っていたからだ。ここに越してくる以前は、雨音には心をなだめる力があると思っていた。しかし、安物のトレーラーのトタン屋根をたたく雨の音は、飛行機の格納庫の騒音に匹敵した。

キッチンタイマーで陣痛の間隔を計り、それが八分になったところで産婦人科医に電話をかけた。それからミス・マーヴァに電話して、かかりつけのヒューストン病院分院に連れて行ってもらう手はずを整えた。

わたしは運転免許をとったばかりでけっこう運転はうまいと自負していたが、母はミス・マーヴァに運転してもらったほうが安心だと言った。心の中で、わたしにまかせたほうがはるかに安全なのにと思った。ミス・マーヴァの運転はお世辞にも上手とは言えず、非常に自己中心的で、いまにも事故を起こしそうだった。蛇行して車を走らせるし、間違った車線から平気で曲がるし、話のペースに合わせて、スピードも速くなったり遅くなったりした。しかも、信号が黄色になるとアクセルをいっぱいに踏み込むのだ。ボビー・レイに運転してもらえればよかったのだが、どうやら浮気が原因で、ミス・マーヴァは一カ月前にボビーと別れていた。彼が頭を冷やして自分の居場所はやはりこちらだと気づいたら、戻ってきてもいいとミス・マーヴァは言った。彼らが別れてから、わたしとミス・マーヴァはふたりで教会に通っていた。ミス・マーヴァは行き帰りのドライブのあいだずっと祈りの言葉を唱えながら運転していた。

母は落ち着いていたが、わたしが生まれた日のことをさかんにしゃべりつづけていた。

「陣痛がはじまったとき、パパったらすごくあわてて、スーツケースにつまずいて、あやうく足を折るところだったのよ。それから猛烈に車を飛ばした。わたしはもっとスピードを落としてちょうだい、でなけりゃわたしが自分で運転して病院に行くわと叫んだの。あの人、分娩室には入らなかったわ。邪魔をしちゃいけないと遠慮したみたい。そしてね、リバティ、あなたを見たときパパは泣きだして、世界一愛しい子と言ったのよ。あの人が泣いたのを見たのはあのときだけだった……」

「なんだか胸がいっぱいになるわ、ママ」とわたしは言って、チェックリストを取り出し、ダッフルバッグの中に必要なものがすべて入っているか点検した。一カ月前にバッグに必要なものを詰めこんで、もう一〇〇回くらいチェックしていたが、それでも何か忘れ物があるんじゃないかと心配だった。

嵐は激しさを増し、雷鳴でトレーラーが振動した。もう朝の七時だというのに、真夜中みたいに外は暗かった。「ちっきしょう」とわたしはつぶやいた。こんな天気にミス・マーヴァの車に乗るのは命にかかわる。鉄砲水が出たら、車高の低いワゴン車では病院まで行き着けない。

「リバティ」わたしの言葉に母は驚き、不快感もあらわに言った。「あなたはいままでそんな汚い言葉を使ったことはなかったわ。学校の友だちから悪い影響を受けているんじゃないでしょうね」

「ごめんなさい」とわたしは謝り、雨水が滝のように流れる窓から外をのぞこうとした。

突然、雹がトタン屋根をたたく音がして、わたしたちはびくっとした。白い氷の塊が屋根にぶつかって、ばらばらとものすごい音を立てている。まるでだれかが家にたくさんのコインを投げつけているみたいだ。わたしは走ってドアを開け、地面の上で弾んでいる氷の球をながめた。「ビー球くらいよ。ゴルフボールみたいのもある」

「いててて」痛みだしたお腹をかかえながら母はうめいた。

電話が鳴り、母が受話器をとった。「もしもし。あら、マーヴァ、わたし――なんですって？　いま？」母はしばらくじっと聞いていた。「わかった。ええ、たぶんそのほうがいいわね。じゃあ、向こうで会いましょう」

「なんだって？」母が受話器を置くと、わたしはきつい調子で尋ねた。「何て言ったの？」

「おそらく大通りは水に浸かっているだろうから、自分の車じゃ行けないって。彼女、ハーディに電話してくれたの。彼がトラックで病院に送ってくれるって。トラックには三人しか乗れないので、わたしたちを病院で降ろしてから、マーヴァを迎えに行ってくれるそうよ」

「まあ、よかった」わたしは急にほっとした。ハーディの小型トラックならどんな悪路でも大丈夫だ。

わたしはドアの前で待ち、少し開けた隙間から外をのぞいていた。雹はやんだが、雨は降りつづいていて、ときどき細い隙間から冷たい雨が斜めに吹き込んできた。ちょくちょく母のほうを見ると、ソファの隅でじっとしていた。痛みがひどくなっているのだ。おしゃべりは出なくなり、自分の中に引きこもって、体が容赦なく牛耳られていくプロセスに意識を集中しているのだろう。

母が息を吐きながら、わたしの父の名を呼ぶのを聞いた。のどの奥にちくりと痛みが走った。別の男の子どもを産もうとしているときに、母の口から出るのは父の名前なのだ。自分の親が無力な状態に陥るのを目の当たりにし、親子の関係が逆転するのを感じるのはショックだ。いま、わたしが母を守る立場にあった。父は母のそばにいて面倒をみることはできないが、わたしにそうしてほしいと天国で願っているだろう。父と母を失望させるつもりはなかった。

ケイツ家の青いトラックが家の前に停車して、ハーディが大股で歩いてきた。背中に高校の豹のロゴが入った、フリースで裏打ちされたウインドブレーカーを着ていた。大きくて頼もしく見えた。ハーディはトレーラーに入ってきて、ばたんとドアを閉め、大丈夫かとでもいうようにわたしの顔にさっと視線を走らせた。頬にキスされ、わたしはびっくりして目をぱちくりさせた。ハーディは母の前でしゃがみ、静かに尋ねた。「ミセス・ジョーンズ。おれのトラックで送りますが、いいですか？」

母は軽く笑った。「ハーディ、その申し出を受けなきゃならないみたい」

ハーディは立ちあがり、振り返ってわたしを見た。「トラックにのせるものは？　カバーを持ってきたからあまり濡れないと思う」

わたしは走ってダッフルバッグを取ってくると、ハーディにわたした。ドアに向かう彼に、「だめ、待って」とさらに荷物を押しつけた。「これが要るわ。カセットプレイヤー。それから――」ドライバーみたいな付属品がついている大きな筒状のものも彼に手わたした。

ハーディはけげんな目でそれを見た。「何だ？」

「ハンドポンプ」

「いったい何に……。いや、いい。言わなくていい」

「バースボールを膨らますの」わたしは自分の部屋から半分膨らんだ巨大なボールを持ってきた。「これものせてって」ハーディが戸惑っているのを見てわたしは説明した。「病院に着いたらいっぱいに膨らませるのよ。このボールは重力を利用して出産を助けてくれるの。上に座ると、圧力がここにかかって――」

「わかった」とハーディはあわててさえぎった。「説明はいい」トラックに荷物を積み込むと、すぐ戻ってきた。「嵐が少しおさまっている。また激しくならないうちに出発したほうがいい。ミセス・ジョーンズ、レインコートは持ってますか？」

母は首を横に振った。お腹が大きくなっているため、昔から使っているレインコートで体を覆うことはできない。ハーディは無言で豹のロゴがついたウインドブレーカーを脱ぐと、子どもを相手にするように母の腕を袖に通させた。お腹が邪魔で前のファスナーを閉めることはできなかったが、ほぼ全身をカバーできた。

母をトラックへ連れて行くハーディの後ろを、わたしは何枚ものタオルを腕にかかえてついていった。まだ破水していなかったので、準備しておいたほうがいいと思ったのだ。「何に使うんだ？」母をフロントシートに乗せたあと、ハーディはきいた。会話は嵐の音にかき消されてしまうので、わたしたちは声を張り上げなければならなかった。

「いつなんどきタオルが必要になるかわからないでしょう」と答えた。もっと詳しく説明すると、よけいな心配をさせるだけだと思ってそれ以上何も言わなかった。

「おふくろがハナと弟たちを産んだときには、紙袋と歯ブラシ、それに寝巻しか持っていかなかったぞ」

「紙袋が要るの？」わたしは急に心配になった。「とってきたほうがいいかしら？」

ハーディは笑って、わたしを抱え上げて母の横に座らせた。「歯ブラシと寝巻を入れてたんだよ。さ、出発だ」

洪水のせいで、ウェルカムは小さい島の集まりと化していた。場所から場所へ移動するには、道を熟知していて、どの水路なら通り抜けられるかを判断できなければならない。どのルートをとろうと、車が六〇センチは水に浸かることを覚悟しなければならない。ハーディはウェルカムの地形を知りつくしていて、低い場所を上手に避けた。農道を通り、駐車場を横切り、タイヤから噴水のように水をまき散らしながら、水流の中を進んでいった。

　わたしはハーディの沈着な態度に驚いていた。その表情に緊張は見えず、母を不安にさせないために軽いおしゃべりをつづけていた。真剣さのあらわれは、眉間に刻まれた一筋のしわだけだった。テキサスの男たちにとって悪天候と戦うことほど楽しいことはない。彼らはテキサス特有の荒天に一種のあまのじゃくなプライドを感じていた。大嵐、猛暑、皮膚をはぎとるような強風、大小さまざまな竜巻にハリケーン。どれほど天候が悪くなろうと、そのせいでどれほど辛い目に遭おうと、テキサスの人々はこんなことを言ってそれを受け入れる……「いい具合の暑さじゃないか？」……「気持ちのいいお湿りだ」……「こう乾燥しているとかえって調子がよくなるよ」

　わたしはハンドルに置かれているハーディの手をじっと見つめた。頼もしい手で軽くハンドルを握り、袖には水滴の跡が点々とついていた。ハーディが好きだった。その豪胆さが、強さが、好きだった。そしていつかわたしからハーディを取り上げてしまう彼の野望すら、わたしは愛していた。

「あと数分で着く」見つめられているのを感じて、ハーディがつぶやいた。「安全に送り届けてやるから安心しろ」

「心配してないわ」とわたしは言った。フロントガラスにたたきつけてくる雨はあまりに激しく、ワイパーがいくらがんばって水の層をどけようとしても視界はクリアにならない。

病院に到着するとすぐに、母は出産準備のために車椅子で連れて行かれた。その間に、ハーディとわたしは荷物を分娩室に運び込んだ。部屋の中には器具類やモニター、赤ちゃん用宇宙船みたいに見える新生児用オープン式ウォーマーなど、いろいろなものが置かれていた。けれどもフリルのカーテンや、ガチョウとアヒルの雛の模様がついた壁紙で飾られ、ギンガムのクッションがついたロッキングチェアがあったので、部屋の雰囲気は和らげられていた。がっしりとした体格の白髪のナースが部屋の中を歩き回り、器具をチェックしたり、ベッドの高さを調節したりしていた。ハーディとわたしが入っていくと、「部屋に入れるのは妊婦さんとご主人だけよ」と彼女はきびしく言った。「廊下の先の待合室に行って」

「母はシングルなんです」ナースの眉が生え際に向かってじりじり上がっていくのを見て、わたしはちょっとむきになって言った。「わたしが付き添うつもりです」

「わかったわ。でも、あなたのボーイフレンドは出て行ってもらうわ」

顔が真っ赤になった。「ボーイフレンドじゃありま――」

「わかりました」とハーディは気軽に口をはさんだ。「邪魔しようなんて気はまったくありませんから」

ナースのいかめしい顔がほころんだ。ハーディは女性に受けがいいのだ。

わたしはダッフルバッグから色つきのフォルダーを引っ張り出して、それをナースに差し出した。「すみませんが、これを読んでいただけるでしょうか」

ナースは明るい黄色のフォルダーをうさんくさそうに見た。わたしは表紙に「出産プラン」と書き、飾りに哺乳瓶とコウノトリのシールを貼っておいた。「何なの、これは？」

「分娩時にどうしてほしいかを書き出したリストです」とわたしは説明した。「照明は薄暗くして、なるたけ静かにしてもらいたいのです。そして自然音のテープを流します。硬膜外麻酔をするときまで、母が動ける状態にしておいてください。鎮痛剤はデメロールでもいいですが、ヌバインについてもお医者さまにうかがいたいのです。それから、会陰切開に関するメモを必ず読んで下さい」

ナースはいらだった顔で出産プランを受け取り、姿を消した。

ハンドポンプをハーディにわたし、カセットプレイヤーのコードをプラグに差し込んだ。

「ハーディ、行く前にバースボールを膨らませてくれる？　ぱんぱんにじゃなくて、八分目くらいがちょうどいいの」

「いいよ。ほかには？」

わたしはこくんとうなずいた。「ダッフルバッグの中に、お米を入れたチューブソックスが入っているの。どこかで電子レンジを見つけて、二分間それを加熱してもらえるとありがたいんだけど」

「オーケー」ボールに空気を入れるためにかがんだハーディの頬が、にやりと笑ったせいでぴんと張るのが見えた。

「何がそんなにおかしいの？」ときいても、彼はただ頭を左右に振るばかりで答えず、にやにや笑ったまま、わたしが頼んだ用事を片づけてくれた。

母が部屋に連れてこられたときには、照明はいい具合に調整され、部屋はアマゾンの雨林の音で満たされていた。心を癒す静かな雨音に、雨蛙の鳴き声がかぶさり、ときおりコンゴウインコの声も聞こえた。

「何の音？」困惑顔で母は部屋を見まわした。

「熱帯雨林のテープよ。気に入った？　心が休まるでしょう」

「まあね。でもゾウやホエザルの声が聞こえてきたら止めてよ」

わたしが小さくターザンの叫び声を真似ると、母は笑った。

白髪のナースの手を借りて、母は車椅子から下りた。ナースは「娘さんはここにずっといるつもりなんですか？」と母にきいた。その口調から、母が「いいえ」と答えるのを期待しているのがわかった。

「ええ、ずっと」母はきっぱり言った。「この子がいなければやり遂げられないわ」


夜の七時に、キャリントンは生まれた。名前は母とわたしが好きなメロドラマの登場人物から選んだ。ナースは赤ちゃんを洗って、ミニチュアのミイラのように布でくるみ、わたしの腕に預けた。そのあいだに医師は母を診察し、出産で裂けた部分を縫っていた。「七ポンド七オンス（約三三〇〇グラム）よ」ナースはそう言うと、わたしの表情を見てほほえんだ。分娩中、わたしたちは少し仲よくなった。わたしがあまりナースを煩わせるようなことをしなかったせいもあるが、やはり新しい命の誕生という奇跡を前にすると、ほんのつかの間にせよ、自然に友情に似た感情が芽生えるものだ。

ラッキーセブンね。妹を見つめて、わたしは思った。赤ん坊のあつかいには慣れていなかったし、新生児を抱いた経験もなかった。キャリントンの顔は明るいピンクでしわくちゃだった。目は灰色がかった青でまん丸。濡れたひよこの薄色の羽のような髪の毛に頭は覆われていた。砂糖の大袋とほぼ同じくらいの重さに感じられたが、もっと壊れやすそうでふにゃふにゃした感じだった。どうやったら赤ちゃんを心地よくさせてあげられるかしらといろいろ試しているうちに、肩の上にのせるかっこうになった。小さな毬のような赤ちゃんの丸い頭がわたしの首筋にぴたりとはまった。子猫がため息をつくように赤ちゃんの背中が動き、じっと動かなくなった。

「一分したら赤ちゃんを連れて行くわよ」ナースはわたしの顔を見てほほえみながら言った。「診察をして、きれいにしてあげなくちゃならないから」

赤ちゃんを放したくなかった。この子はわたしのものだという喜びが全身にあふれた。まるで自分が産んだ赤ん坊のように、自分の体の一部であるかのように、わたしの魂に結びつけられたものであるかのように感じた。感動で涙があふれそうになり、わたしは横を向いて赤ちゃんにささやきかけた。「キャリントン、世界中で一番愛しているわ。世界中で一番」

ミス・マーヴァはピンクの薔薇の花束とチョコレートでくるんだチェリー菓子の箱を母に、そしてキャリントンには手作りのベビー毛布を持ってきてくれた。柔らかなフリースのまわりにかぎ針編みの縁飾りがついている。数分間赤ん坊をほめあげ、抱っこしたあと、ミス・マーヴァは赤ちゃんをわたしに返してくれた。それからは母の世話にかかりきりだった。ナースがなかなか来てくれないときには自分で氷片が入ったカップを取りに行ったり、母のベッドの具合を調節したり、トイレに行くのに付き添ってくれたりした。

翌日、ハーディが隣人から借りた大きいセダンで迎えに来てくれたときにはほっとした。母が書類にサインして、ナースから産後の指示が書かれたフォルダーを受け取っているあいだ、わたしは赤ちゃんに外出用の長袖の小さな青いドレスを着せた。ハーディはベッドの横に立って、わたしがちっちゃなヒトデのような手をつかまえて、そっと袖に通そうと格闘している姿をながめていた。赤ん坊の指先が布にひっかかってなかなか袖口まで届かない。

「茹でたスパゲッティをストローに通すようだな」とハーディが言った。

なんとか片手を袖に通すと、キャリントンは不満そうにむずかった。もう一方の手にとりかかると、さっき通したほうの手がすっぽり袖から抜けてしまった。わたしはいらいらして、ふうっとため息を吐いた。ハーディがふふんと笑った。

「きっと、ドレスがお気に召さないんだ」

「やってみる?」

「やなこった。女の子のドレスを脱がすのは得意だが、逆はごめんだね」

ハーディはこれまでわたしにそういうたぐいの冗談は言ったことがなかった。なんだかいやな感じだった。

「赤ちゃんの前で下品なことを言わないで」わたしは厳しく言った。

「はい、わかりました」

いらだったせいで赤ちゃんのあつかいが少し大胆になり、服を着せ終えることができた。頭のてっぺんの巻き毛を集めて、マジックテープのついたリボン飾りで留めた。カクテル用ナプキンくらいの大きさのおしめを替えているあいだ、ハーディは気を利かせて背中を向けていた。

「準備ができたわ」後ろで母の声がしたので、わたしはキャリントンを抱き上げた。

母は新しい青いガウンとおそろいのスリッパというかっこうで車椅子に座っていた。ひざの上にはマーヴァから贈られた花がのっていた。

「ママが赤ちゃんを抱いて、わたしが花束を持つ?」わたしは気が進まなかったがいちおうきいてみた。

母は首を横に振った。「あなたが抱いていきなさい」

自動車のベビーシートには、F-15戦闘機も顔負けするくらいたくさんのシートベルトがついていた。わたしはゆっくり慎重に、ひとときもじっとしていてくれない赤ちゃんをシートに置いた。ベルトで固定しようとすると、赤ん坊は泣きはじめた。「これは五点支持式のシートベルトでね、消費者レポートによれば、一番安全だそうよ」とわたしは赤ちゃんに話しかけた。

「どうやら赤ん坊はその記事を読んでないようだな」ハーディは反対側から乗り込んで、手伝ってくれた。

わたしは、「ふーんだ、知ったかぶりしちゃって」と言い返したかったが、キャリントンの前ではきれいな言葉を使うと心に決めていたので黙っていた。ハーディはにやりと笑いかけた。

「ほら」彼は器用にベルトのよじれを直して言った。「このバックルをそこに入れて、もう一本をクロスさせるんだ」

ふたりがかりでキャリントンをシートに固定した。シートベルトで締めつけられるのをいやがって赤ちゃんは泣き、ますます激しく抵抗した。わたしは赤ん坊の体にそっと手を置いて、せり出している胸のカーブに指をかぶせた。「よしよし」とささやきかける。「キャリントン、大丈夫、泣かないで」

「歌ってやったらどうだ」

「歌えないわ」わたしは赤ちゃんの胸を丸くさすりながら言った。「あなたがやって」

彼は頭を横に振った。「だめだめ。おれの歌ときたら、蒸気ローラーにひかれた猫の声並みだぜ」

わたしは子どものころ毎日見ていた幼児向け番組の主題歌を歌ってみた。最後の小節にきたときには、キャリントンは泣きやんで、じっと興味深そうな目でわたしを見つめていた。

ハーディがゆるやかに笑った。彼はそっとわたしの手に自分の手をのせて、しばらくそうして軽く赤ちゃんの胸の上で手を重ねていた。ハーディの手をじっと見つめながら、この手をだれか別の人の手と見間違えることはぜったいにない、と思った。労働のせいでごつごつした手。あちこちに金槌や釘、有刺鉄線などでひっかいた小さい星形の傷跡が残っている。指には八センチくらいの釘なら簡単に曲げられそうな力強さがあった。

顔を上げると、ハーディは気持ちを隠すようにまつげを下ろした。重ねた手でわたしの指の感触を吸い取っているかのようだった。

唐突にハーディは車から降りて、母に手を貸して助手席に乗せた。わたしは、自分の手や足と同じように、ハーディに恋い焦がれる気持ちをこれからずっと自身の一部として持ちつづけていくのだろう。でも、ハーディがわたしを求めなくても、いや、わたしを求めることを自分に許さなくても、わたしには全部の愛情を注げる相手ができたのだ。わたしは家に着くまでずっとキャリントンの胸に手をあてたまま、彼女の息づかいのリズムを感じていた。

7

キャリントンが生まれてから最初の六週間に、わたしたちの家族にはいろいろな習慣ができ、それがそのあともずっとつづくことになった。そのうちのいくつかは死ぬまでつづくことだろう。

母は精神的にも肉体的にも、なかなか回復しなかった。はっきりどこが変わったとは言えないが、出産ですっかり消耗していた。笑ったりほほえんだりはしたし、わたしを抱きしめて、きょう学校はどうだったの、ときいてくれはした。体重もすぐに減って、もとのスタイルに戻った。けれどどこか違うのだった。これだと特定することはできないが、以前にはあった何かが微妙に消えていた。

ミス・マーヴァは、ただママは疲れているだけなのよと言った。妊娠すると、九カ月もかけて体が変化する。だからすっかり元通りになるには少なくともそれと同じくらいはかかるものよ。一番大事なのは、ママのことをよくわかってあげて、いたわってあげることなの。

わたしは助けになりたかった。それは母のためだけではない。キャリントンをめろめろに愛していたからだ。とにかくかわいくてたまらなかった。すべすべの肌、プラチナのような巻き毛、赤ちゃん人魚のようにベビーバスの中で水しぶきをあげるしぐさ。目の色は、歯磨き粉のアクアフレッシュそっくりのブルーグリーンになった。わたしをどこまでも目で追う。まだ言葉にはできないが、心の中にはいろんな思いが詰まっているようだった。

友だちづきあいや男の子との交際に、赤ちゃんとすごす時間ほど興味を持てなくなっていた。キャリントンをベビーカーに乗せて散歩し、ミルクを飲ませ、いっしょに遊んだり、お昼寝させたりした。子育てはいつも簡単というわけにはいかなかった。キャリントンは気むずかしいところがあってよく泣き、疝痛《せんつう》すれすれの状態だった。

小児科医によれば、疝痛の診断基準は赤ちゃんが毎日三時間以上泣きつづけることだそうだ。キャリントンは一日に二時間と五五分泣き、あとはずっとぐずっていた。薬剤師が「腹痛の水薬」と称する薬をつくってくれた。ミルク状の液体で甘草のようなにおいがした。授乳の前後にそれを数滴ずつキャリントンに与えると、少しはましになった気がした。

キャリントンのベビーベッドはわたしの部屋に置かれていたので、夜泣きがはじまるとまっさきに気づくのはわたしで、当然あやすのもわたしの役目ということになる。キャリントンは一晩に三、四回目を覚ました。しばらくしてからは寝る前に哺乳瓶を用意して、冷蔵庫に入れておく方法を覚えた。ぐっすり眠り込まず、片耳は枕につけても、片方の耳では絶えずキャリントンの声を聞いているようになった。キャリントンがくすんくすんと鼻を鳴らしたり、ぐずったりしはじめるのを聞きつけると、跳ね起きてキッチンに走り、哺乳瓶を電子レンジで温めて戻ってくる。早めにミルクを与えるのがコツだった。いったん泣きだすと、落ち着かせるのに時間がかかった。

スライド式のロッキングチェアに深々と座り、キャリントンが空気を飲み込まないよう哺乳瓶を傾けてミルクを飲ませた。哺乳瓶を持つわたしの手に小さな指が触れる。わたしはくたびれきっていて意識は朦朧としていた。それは赤ちゃんも同じで、わたしたちはふたりとも一刻も早く一回分のミルクを彼女のお腹に入れて、眠りに戻りたいと思っていた。実際に痛みを感じるほど激しく疲れ、もう一時間眠らせてくれるなら魂を売りわたしてもいいと思えるくらい疲労困憊していた。

当然のことだが、学校の成績はかんばしいものではなくなった。得意科目の英語や歴史や社会科はそれでもなんとかなったが、数学はお手上げだった。毎日ずるずると落ちこぼれていった。わからないところをそのままにしておくから、次の授業がますますわからなくなり、しまいには腹痛を抱え、チワワ並みにとくとくと鼓動を速めながら、数学の授業に出るようになった。学期の中間テストが迫っていた。これに失敗したら、今学期はもう絶望的という大事なテストだ。

試験前日、わたしはもうぼろぼろだった。不安な気持ちがキャリントンにも伝染して、抱いても泣きつづけるし、ベッドに寝かせれば火がついたように泣き叫んだ。たまたまその日、母は職場の友人に外食に誘われていて、八時か九時にならないと帰宅しないことになっていた。ミス・マーヴァにいつもより二時間ばかりよけいにキャリントンをみてもらえないかと頼むつもりだったが、キャリントンを迎えに行くと、ミス・マーヴァは頭に氷嚢をあてて戸口に出てきた。偏頭痛なの、と彼女は言った。あなたが赤ちゃんを連れて帰ったら、すぐに薬を飲んで横になるわ。

というわけで、道はすべて絶たれてしまった。とはいえ、たとえ勉強する時間がとれても、たいした差はなかっただろう。絶望と耐えがたい欲求不満に襲われながら、耳ざわりな声で泣きわめいているキャリントンを胸に抱いた。泣きやんでほしかった。口を手でふさいでしまいたかった。この泣き声を消すことができるなら何でもしてしまいそうだった。「やめて」と猛々しい声で叫んだ。目がちくちく痛み、じわっと涙がわいてきた。「いますぐ泣きやむのよ」その声に激しい怒りが含まれているのをキャリントンは感じ取り、泣き叫びはじめた。トレーラーの外にも聞こえただろう。だれかが殺されかけているのではないかと疑われたに違いない。

ドアをノックする音がした。つまずきそうになりながらドアに向かった。母であってほしい。ディナーがキャンセルになって早く帰れたのよ、と言ってほしい。もがく赤ん坊を腕にかかえてドアを開けると、涙で曇った視界にハーディ・ケイツの背の高い姿があらわれた。まあ、どうしよう。ハーディがいま一番会いたい人なのか、それとも一番会いたくない人なのか、よくわからなかった。

「リバティ……」ハーディは困惑した視線をわたしに向けて中に入ってきた。「どうしたんだ？　赤ん坊は大丈夫か？　どこか痛むのか？」

わたしは首を左右に振って話そうとしたが、急にキャリントンと同じくらい激しく泣きだしてしまった。ハーディが赤ちゃんを取り上げてくれたので、わたしはほっとして息をついた。ハーディの肩に抱き上げてもらうと、キャリントンの泣き声はたちどころにおさまった。

「どうしているか、ようすをみようと思って立ち寄ったんだ」と彼は言った。

「あら、すっごく元気にしてるわ」わたしは袖で涙に濡れた目をごしごしこすった。

キャリントンを抱えていないほうの腕を伸ばして、ハーディはわたしを引き寄せた。「どうしたんだ」わたしの髪にささやきかけた。「困っていることがあるなら言ってくれ」しくしく泣きながら、数学や赤ちゃんのこと、睡眠が足りていないことなどを話した。ハーディはゆっくりとわたしの背中をさすってくれている。声をあげて泣いている女の子をふたりも腕にかかえているのに、まったく困惑しているようすもなく、ふたりが泣きやんでトレーラーの中が静かになるまでただ抱いていてくれた。

「後ろのポケットにハンカチが入っている」とハーディが言った。彼の唇がわたしの濡れた頬をなでた。わたしは手さぐりでハンカチを取り出した。指が彼の引きしまった尻に触れ、顔がぽっと赤くなった。ハンカチを鼻にあて、ぶーっと音を立てて鼻をかんだ。そのすぐあとに、キャリントンが大きな音でげっぷをした。わたしは情けなくて頭を振った。妹と自分がみっともない真似をして、お行儀などそっちのけで迷惑をかけているのに、あまりにも疲れきっていて、それを恥じることすらできないありさまだった。

ハーディは静かに笑った。わたしの顔を上向かせ、赤く泣きはらした目をのぞきこんだ。

「ひどい顔だな」遠慮なく言った。「具合が悪いのか、それとも疲れているだけか?」

「疲れてるの」と陰気くさい声で答える。

ハーディはわたしの髪を後ろになでつけた。「少し横になれよ」

あまりにも魅力的な言葉だったが、そんなことはとうていできない。またしてもすすり泣きがはじまりそうになったので、わたしは歯を食いしばった。「だめよ……赤ちゃんが……それに数学のテスト……」

「横になれ」ハーディはやさしく繰り返した。「一時間したら起こしてやる」

「でも――」

「つべこべ言うな」ハーディはわたしを寝室のほうに押しやった。「行けよ」

赤ちゃんの世話をだれかの手にゆだね、あとのことをまかせてしまっていいのだと思うと、言葉にできないほどの安堵を感じた。わたしは流砂の中を歩いて行くように、とぼとぼと寝室に入り、ベッドの上に崩れ落ちた。心はへとへとだったけれど、それでも重荷をハーディに預けるべきではないと感じていた。少なくとも、ミルクのつくり方や、オムツとお尻ふきのありかくらいは教えておくべきだった。でも頭が枕についた瞬間、わたしは眠りに落ちた。

肩に触れるハーディの手を感じたときには、まだ五分しか経っていないような気がした。うめきながら体を動かして、ぼんやりとした目でハーディを見た。体中の神経が、まだ眠っていたいと悲鳴をあげていた。

「一時間経ったぞ」と彼がささやいた。

わたしのほうにかがみ込んでいるハーディはとてもさわやかで落ち着いていて、生命力を発散していた。疲れを知らない強さを持っているように見える。そのほんの少しでも分けてもらいたいと思った。「勉強をみてやるよ。数学は得意なんだ」

わたしは罰を受けた子どものようにすねて言った。「放っておいて。もう手のほどこしようがないの」

「そんなことはないさ。おれが教えれば、必要なことはすべて頭に入る」

トレーラーの中は静かだった。静かすぎる。わたしは頭を上げた。「赤ちゃんはどこ?」

「ハナとおふくろに預けてきた。二時間ばかりみてくれる」

「でも……でも……だめよ!」厳しいしつけを信条としているミス・ジュディー・ケイツにあの気むずかし屋の妹を預けるなんて。考えただけでも心臓発作を起こしそうだ。わたしはがばっと起き上がった。

「平気さ。おむつの袋と二回分のミルクをいっしょに預けてきたから、大丈夫だよ」ハーディはわたしの表情を見て、にっこり笑った。「心配するなって、リバティ。夕方の数時間、おふくろとすごしたからって、キャリントンは死にゃしないさ」

恥ずかしいことに、わたしをベッドから引っ張り出すのに、ハーディはなだめたりすかしたりしなければならなかった。彼のことだ、女の子をベッドから出すより、ベッドに引っ張り込むほうが慣れているんだろう。よろよろとテーブルに近づき、どすんと椅子に腰を下ろした。何冊かの本とグラフ用紙、それから削りたての鉛筆が三本、目の前にきちんと並んでいた。ハーディはキッチンに行って、ミルクと砂糖がたっぷり入ったコーヒーを持って戻ってきた。母はコーヒーが好きだったけれど、わたしは飲めなかった。

「コーヒーは飲まないの」わたしはひねくれて言った。

「今夜は飲む。さあ、飲んで」

カフェインと静けさ、ハーディの容赦ない辛抱強さがわたしに魔法をかけはじめた。ハーディは勉強する項目を順番に進み、なぜそうなるかをわたしが理解できるように問題を解いていった。そして同じ質問に何度も繰り返し答えてくれた。この晩だけで、何週間分の授業よりもたくさんのことを学んだ。自分にはとうてい理解できないと思っていた数学の理論が、少しずつわかるようになっていった。

勉強の合間にハーディは一度休憩をとって、二本の電話をかけた。最初の電話は、四五分以内に届けるというピザの宅配店で、ラージサイズのペパロニピザを注文した。二番目の電話はもっと興味を引かれる内容だった。教科書とグラフ用紙に覆いかぶさるようにして、対数の問題に熱中しているふりをしていると、ハーディは広いほうの部屋にぶらぶら歩いていき、低い声で話しはじめた。

「……今夜は行けなくなった。ああ、だめだ」彼は言葉を切り、返事を聞いている。「理由は言えない。大事なことなんだ……おれの言うことを信じろよ……」相手は文句を言っているらしく、彼はさらにひとことかふたことなだめるような声で言い、スイートハートと二度ほど呼びかけた。

電話を終えると、ハーディは慎重に表情を消して戻ってきた。夜の計画を台無しにしてしまって申し訳ないと思うべきだった。デートだったのだからなおさらだ。でも、少しも罪の意識は感じなかった。密かに自分が心の卑しい狭量な人間だと認めていた。だって、こんななりゆきになったことを心から喜んでいたのだから。

数学の勉強をつづけているあいだ、わたしたちは頭を突き合わせて座っていた。トレーラーという繭に包まれ、その外では夜のとばりが下りていった。赤ちゃんがそばにいないのが変な感じだったけれど、なんだかほっとする気もした。

ピザが届くとすぐに食べはじめた。糸を引くとろりと溶けたチーズがこぼれないように熱々の三角形のスライスを折りたたみながら食べる。「じゃあ……」ハーディはいかにもなにげないふうに尋ねた。「まだギル・ミンシーとつきあってるんだな？」

ギルとは何カ月も口をきいていなかった。彼を嫌いになったからではなく、夏になるとすぐにわたしたちのもろい関係は断ち切れてしまったからだった。わたしは首を横に振った。

「ううん、もうただの友だちよ。あなたは？　だれかとつきあっているの？」

「いや、特定の彼女はいない」彼はごくりとアイスティーを飲んで、まじめな顔でわたしを見た。「リバティ……おふくろさんに、おまえがどれだけ赤ん坊のことで時間をとられているか話してみたことはあるのか？」

「どういう意味？」

ハーディはとぼけるなよ、という視線を送ってきた。「わかっているだろう。子育てのことだよ。毎晩、赤ん坊が起きると、おまえが面倒をみているんだろう。妹というより、自分の子どもみたいじゃないか。なんでもかんでもおまえがやるのは無理だ。自分の時間だって必要だろう……遊んだり……友だちと出かけたり。あるいはボーイフレンドと」ハーディは手を伸ばしてきてわたしの横顔に触れ、親指でピンク色に染まった頬骨のあたりをなでた。「すごく疲れて見えるぞ」とささやくように言った。「そんなおまえを見てるとおれは――」

ハーディは途中で言葉を飲み込んだ。

うねりながら沈黙が流れていく。表面にも波が立っているが、その下のもっと深いところには激しい流れがある。聞いてほしいことがたくさんあった……母が赤ちゃんになんとなく無関心なのが気がかりなこと。それは自分が母とキャリントンのあいだに割り込みすぎているせいなのか、それともわたしはただ、ふたりのあいだにぽっかりと空いている隙間に踏み込んでいるだけなのか。それからハーディに対する自分の気持ちも話したかった。もしかするとハーディ以上に愛せる人を一生見つけられないのではないかという恐れを。

「そろそろ赤ん坊を迎えに行く時間だ」とハーディが言った。

「ええ」わたしはハーディがドアに向かって歩いて行くのを見つめた。「ハーディ……」

「なんだ?」彼は振り返らずに言った。

「わたし――」声が震えて、話をつづけるには一度深呼吸しなければならなかった。「いつまでも子どもでいるわけじゃないわ」

ハーディはまだこちらを見ない。「おれに似合う年になるころには、おれはもうここにはいない」

「あなたを待つわ」

「そんなことはするな」ドアがぱたんと静かに閉まった。

わたしは空になったピザの箱とプラスチックのコップを捨てて、テーブルとカウンターをふきんで拭いた。またどっと疲れが襲ってきたが、今度は明日のテストはなんとかなるかもしれないという希望があった。

ハーディはキャリントンを連れて戻ってきた。赤ん坊はおとなしく、あくびをしていた。わたしは駆け寄ってキャリントンを受け取った。「いい子ね。かわいい、小さなキャリントン」とあやし、いつものようにわたしの肩にもたれさせた。赤ちゃんの頭の温かな重みが首にかかった。

「おりこうにしてた」とハーディは言った。「赤ん坊はおまえからちょっと離れる必要があったのかもしれないな。おまえのほうもだが。おふくろとハナが風呂に入れて、ミルクを飲ませたから、あとは寝るばかりだ」

「やったー」わたしは心から喜んだ。

「おまえも寝ろよ」ハーディはわたしの顔に触れ、親指で眉をなぞった。「テストのことは心配するな。焦らないことだ。順番に着実に解いていけば、ぜったいできるから」

「ありがとう。こんなことしてくれなくてもよかったのに。どうしてこんなに親切にしてくれるのかわからない。わたし、ほんとうに――」

ハーディの指が羽根のように軽く唇に触れた。「リバティ」彼はささやいた。「おれはおまえのためなら何でもしてやる。それがわからないのか？」

わたしはごくりと唾を飲み込んだ。「でも……わたしを避けているじゃない」

彼にはわたしの言いたいことがわかっていた。「それはおまえのためでもあるんだ」ゆっくりとひたいを近づけてきた。ふたりのあいだに赤ちゃんがすっぽりはさまれている。

わたしは目を閉じて思った。あなたを愛させて、ハーディ、それしか求めないから。「なにか困ったことがあったら電話しろ」と彼はつぶやいた。「いつでも来るから。友だちとして」

わたしは顔をまわして、髭をそった彼の滑らかな肌に唇で触れた。ハーディの呼吸が止まった。彼はそのままじっとしていた。わたしは柔らかい頬や、硬い顎に鼻をすりつけ、肌の感触を味わった。わたしたちは数秒間そのままでいた。キスはしていなかったが、こんなにも近くにいられるということだけで満足だった。ギルやほかの男の子といるときはこんなことは起こらない。骨はぐにゃぐにゃに溶けて、いままで感じたこともない渇望に体が震えた。ハーディを求める気持ちは、ほかのだれかを求める気持ちとは、まるで違っていた。

その瞬間、我を忘れていたために、がたんと音を立ててドアが開いたのが聞こえてもわたしの反応は鈍かった。母が帰ってきたのだ。ハーディはさっと体を離し、顔から表情は拭い去られていたが、空気には感情が濃くよどんで残っていた。

母は上着や鍵やレストランからのテイクアウトボックスなどをかかえてトレーラーに入っ

て来た。一瞥で状況を読み取り、口元にほほえみを浮かべた。「ハイ、ハーディ。ここでいったい何をしてるの？」

ハーディが答える前に、わたしはさっと割り込んだ。「数学を教えてもらっていたの。ママ、夕食はどうだった？」

「おいしかったわ」母はキッチンのカウンターに荷物を起き、近づいてきて赤ちゃんをわたしから受け取った。キャリントンは抱き手が変わったのが気に入らないらしく、頭を動かして、顔を赤くした。「よしよし」と母はあやしながら、軽く揺すって赤ちゃんを鎮まらせた。

ハーディは低い声で別れのあいさつをつぶやいて、ドアに向かった。母は抑えた声色で言った。「ハーディ。わざわざ来てくれて、リバティの勉強をみてくれたこと、感謝するわ。でも、娘とこれ以上ふたりきりですごすのはよくないと思うの」

わたしはすっと息を吸い込んだ。ハーディとわたしは何ひとつ悪いことをしていなかったのに、わざとふたりを引き裂こうとするなんて、薄汚い偽善だ。しかも、それが父親のない子どもを産んだばかりの女の口から出たのだ。そう言いたかった。もっとひどいことも。

ハーディは冷やかな視線を母に固定したまま、わたしが話しだすよりも前に言った。「わかりました」

彼はトレーラーから出て行った。

母に泣き叫んで抗議したかった。ダーツを的に投げつけるように、言葉の矢を母に浴びせたかった。ママは利己主義よ。わたしの青春をキャリントンのために犠牲にしろというんでしょう。自分にいい男があらわれないもんだから、わたしがだれかに愛されるのを嫉妬しているんだわ。生まれたばかりの赤ちゃんといっしょにすごしたがりもせず、いつも出歩いているなんてひどすぎる。こういう不満をぶちまけたくてたまらなかった。胸に押し込めた言葉の重みで窒息しそうだった。でも、怒りをいつも心の中に閉じ込めてしまうのがわたしの生まれつきの性格だ。テキサスのトカゲが自分のしっぽを食べてしまうように。

「リバティ――」母はやさしくなだめようとした。

「もう寝る」とわたしはさえぎった。これがあなたにとって一番いいことなのよ、なんて話を母の口から聞きたくなかった。「明日、テストがあるの」すたすたと自分の部屋に入ったが、大きくばたんとドアをたたきつける勇気はなく、軽く音を立てて閉めただけだった。でも、ほんの少しだけ胸がすっとした。赤ちゃんが泣きだすのが聞こえてきたからだ。

8

月日が過ぎていくうちに、わたしは時間の経過を自分の成長ではなくキャリントンの成長で測るようになっていった。寝返りを打った日、おすわりをした日、米粉とリンゴジュースを混ぜた離乳食を初めて食べた日。最初のヘアカット、最初の乳歯。キャリントンがべたべたの口でにこにこ笑いながら、だっこと手をさしのべる相手は、いつも母ではなくわたしだった。これには母も面食らって、面白がってもいたが、そのうちだれもがあたりまえと思うようになってしまった。

わたしとキャリントンは、姉妹というよりも親子と言ったほうがいいほどの強い絆で結ばれていた。そうなりたかったからとか、そうせざるをえなかったからというのではない……自然にそうなったのだ。キャリントンの乳児検診には、当然自分も母といっしょに行くものと思っていた。キャリントンの問題や、生活のパターンについてはだれよりも詳しかった。予防接種を受けるときには、母は部屋の隅に下がっていて、わたしが診察台にのせられた赤ちゃんの足や腕を押さえた。「あなたがやって、リバティ」と母は言った。「ほかの人がするより、あなたがするほうが、キャリントンはいやがらないでしょうから」

涙をいっぱいためたキャリントンの目をじっとのぞきこむ。ナースがぷりぷりした小さな腿に注射針を刺すとキャリントンが信じられないほど大きな金切り声を上げたので、わたしはたじろいだ。さっと頭を下げて、顔を赤ちゃんの頭に寄せた。「代わってあげられたらいいのに」と深紅に染まった耳にささやく。「あなたのためなら、一〇〇本注射されても平気よ」終わったあと、キャリントンをよしよしとあやし、すすり泣きがおさまるまで強く抱きしめた。「いい子で診察を受けました」と書かれたステッカーをキャリントンのTシャツのまん中に張ってあげた。

わたしを含めてだれの目からも、母はキャリントンにとっていいママに見えた。母は愛情深く、かいがいしく赤ちゃんの世話をした。キャリントンがきちんと清潔なものを身につけるように心を配り、必要なものはそろえてやった。けれども、不可解な距離感は消えなかった。母がわたしほど強く赤ちゃんを愛していないように思えて、それがわたしを悩ませた。

その心配をミス・マーヴァにぶつけてみた。彼女の答えにわたしは驚かされた。「少しも変じゃないわ、リバティ」

「そうなの?」

ミス・マーヴァは香りをつけた蠟を大きな鍋に入れて火にかけ、匙でかき回していた。これからその蠟を、ずらりと並べられたガラスの薬瓶に注ぐのだ。「自分の子どもは平等に愛せるものだと人は言うけど、そんなのは嘘っぱちよ」と穏やかに言う。「そんなことはないの。本当は、一番かわいい子がいるものなのよ。ママにとってあなたが一番なのね」

「わたしはキャリントンが一番であってほしいわ」

「そのうちにキャリントンのこともかわいく思えるようになってくるでしょう。いつも一目ぼれっていうわけにはいかないの」ミス・マーヴァはステンレスのお玉を鍋に入れて、水色の蠟をなみなみとすくい上げた。「お互いによく知ってからということもあるのよ」

「こんなに長くかかるはずがないわ」とわたしは言い返した。

含み笑いのせいでミス・マーヴァの頬が小刻みに揺れた。「リバティ、一生かかることだってあるんだよ」

このときのミス・マーヴァの笑いには朗らかさがなかった。きかなくてもわたしにはわかった。自分の娘のことを考えているのだ。マリソルという名前でダラスに住んでいるが、一度も訪ねてきたことがなかった。ミス・マーヴァは一度マリソルの話をしてくれたことがあった。遠い昔、ほんの短期間結婚していたときにできた子で、心に問題を抱えていて、ろくでもない男たちに入れ込んで、ずるずると関係をつづけているのだそうだ。

「どうしてそんなふうになってしまったの?」そのときわたしは、そう尋ねてみた。天板に並べられたクッキー種のように整然とした理由が聞けるのだろうと期待して。

「神のおぼしめしよ」とミス・マーヴァは苦しさのないあっさりとした調子で答えた。もろもろの会話から、人の性格を決めるのは氏か育ちかの問題に、ミス・マーヴァがきっぱり「氏」という答えを出していることを知った。わたしは、どちらなのかまだ決めかねていた。

キャリントンを連れていると、だれもがわたしの子どもだと思った。わたしは黒髪で肌が浅黒いのに、キャリントンは白いデイジーの花のように色白で金髪だったのだが。ベビーカーを押しながらショッピングモールを歩いていると、背後から「あんなに若いのに子どもを産んで」という女性の声が聞こえてきた。すると、嫌悪感に満ちた男の声がそれに応えた。「メキシコ人さ。二〇歳になる前に、一ダースも産むんだろうよ。そしておれたちが払っている税金で生活保護を受けるのさ」

「しいっ。声が大きいわよ」女性がたしなめた。

わたしは歩みを速めて、近くの店に入った。恥ずかしさと怒りで顔は燃え上がっていた。固定観念だ――メキシコ人の女の子は早熟で、ウサギみたいにごろごろ子どもを産み、火山みたいに気性が激しく、料理好き。ときどき、スーパーマーケットの入口近くのラックに、メキシコ娘の写真と身上書つきのメールオーダーブライドのチラシが入っている。「この美しいお嬢さんたちは、女のたしなみを心得ています」とチラシには書かれている。「男性と対等に張り合おうという気持ちはありません。伝統的な価値観を持つメキシコ人の妻は、あなたとあなたの仕事を優先します。アメリカ女性と違って、メキシコの女性たちは虐待されないかぎりは、つつましいライフスタイルに満足します」

国境近くに住んでいることから、テキサス人とメキシコ人のハーフの女性も同じような目で見られることが多い。わたしは、自分が夫と夫の仕事を最優先にする従順な妻になると男たちに思われるのはぜったいにいやだった。

月日はあっという間にすぎていくように思えた。医師が処方してくれた抗うつ剤のおかげで、沈みがちだった母もずいぶん元気になってきた。スタイルももとどおりになり、ユーモアのセンスもよみがえり、電話もよくくるようになった。母はデートの相手をトレーラーに連れてくることはめったになく、一晩中家を空けることもまずなかった。とはいえ例の謎の外出はつづいていて、丸一日いなくなることもあったが、説明はまったくなしだった。帰ってきたあとの母はいつも静かで、奇妙なほど穏やかだった。まるで祈りと断食を行ってきたかのように。母がそんなふうに出かけることに異存はなかった。母にとってそれはつねによい効果をもたらすようだったし、キャリントンの世話をひとりですることはまったく苦にならなかった。

わたしはハーディにはなるべく頼らないように努めた。会うと楽しい気持ちになるよりも、どちらにとってもかえって欲求不満がつのってみじめになる気がしたからだ。ハーディはわたしを妹のようにあつかうことに決めていて、わたしもそれに合わせていたが、そういうふりをするのは居心地が悪く、無理があった。

ハーディは整地作業などの重労働に励み、体も心もますますたくましくなった。いたずらっ子のような目の輝きは消えて、冷たい反抗的なまなざしに変わった。同じ年頃の少年たちが大学に通っているのに、自分には将来の明るい見通しがないという事実が、彼をいらだたせていた。ハーディのような境遇の少年にとって高校卒業後の選択肢は限られていた。スターリング社やヴァレロ社のような石油化学プラントに勤めるか、道路工事の仕事をするかだ。

わたしの将来も、似たり寄ったりだろう。とくに何かに秀でているわけではなかったので、大学の奨学金はもらえないし、まだ夏期休暇に仕事に就いたこともなかったから、履歴書に書き添えられるような経験も積んでいなかった。「赤ちゃんの世話なら得意じゃない」と友人のルーシーが言った。「保育園で働いたらどうかしら。小学校の先生のアシスタントという手もありかも」

「得意なのはキャリントンの世話だけよ」とわたしは答えた。「よその子の面倒をみたいとは思わないわ」

ルーシーはわたしの将来の職業についていろいろと考えてくれ、美容師の資格をとったらどうかしらと言った。「あなた、メイクや髪の毛をいじるの好きじゃない」たしかにそうだ。でも美容学校に行くには金がいる。学費に何千ドルもかかると母に話したらどんな顔をするだろう。それにしても、母はわたしの将来について、何かプランなり希望なりを持っているのだろうか。いや、まったく持っていないだろう。母はいまを生きることを選んだ人だ。だからわたしはその考えを胸にしまって、母がそういうことを考える気持ちになるまで待つことにした。

冬が来て、わたしはルーク・ビショップという、自動車ディーラーの息子とデートするようになった。ルークはアメフトの選手で、フルバックとして活躍していた。といってもルークはプロのスポーツ選手になりたいとは考えていなかった。家が裕福だったので、合格さえできればどんな大学にも進むことができた。ハーディによく似た、黒髪で青い目のハンサムだった。だからこそわたしは彼に惹かれたのだ。

知り合ったのはクリスマス直前に開かれたブルーサンタ・パーティだった。これは地元警察主催で行われる慈善活動で、恵まれない子どもたちのためにプレゼントを集めるのが目的だった。一二月の初めからおもちゃの寄付がはじまり、それを集めて保管しておき、二一日に警察署で開かれるパーティ会場でラッピングするのだ。だれもがボランティアとして参加できた。アメフト部の選手たちは何らかの形で手伝いをするようにとコーチから命じられていた。おもちゃを集めるもよし、ラッピングを手伝うもよし、おもちゃを届ける係をするもよし。

わたしは友だちのムーディと彼女の彼氏で肉屋の息子のアール・ジュニアといっしょにパーティに出かけた。少なくとも一〇〇人は会場に集まっていただろう。長テーブルのまわりにおもちゃの山が築かれていて、クリスマスソングが流れている。部屋の隅には臨時のコーヒーコーナーが設けられ、大きなコーヒーポットや、白いアイシングがかかったクッキーの箱が置かれていた。一列に並んでラッピングをしている人々のあいだに立ち、だれかが頭にのせてくれたサンタの帽子をかぶっているとクリスマスの妖精になったような気がした。

たくさんの人が包装紙を切ったり、リボンをカールさせたりしていたので、はさみが不足していた。テーブルの上にひとつ置かれたとたん、即座に順番を待っていただれかがひったくるようにそれを取った。ラッピングされるのを待っているおもちゃの山と、赤と白のストライプの包装紙のロールの前で、わたしはじっとチャンスをうかがっていた。がたんとはさみが置かれる音がしたので、さっと手を伸ばした。しかし、わたしよりも先に手を出した人がいた。わたしはうっかりその手をつかんでしまった。目を上げると、青い瞳がほほえみながらこちらを見ていた。

「ぼくの勝ち」と彼は言って、はさみをつかんでいないほうの手で、わたしの目と肩にかかっていたサンタ帽のしっぽを払いのけた。

その晩、わたしたちは並んで作業しながら、おしゃべりしたり、笑ったり、どのプレゼントがいいか指をさし合ったりして楽しくすごした。パーティが終わる前に、彼はデートを申し込んだ。

ルークには好ましい点が多く、いい意味ですべてが及第だった。頭はよかったが、ガリ勉ではなく、運動選手らしい体つきだが、筋肉隆々というのでもなかった。笑顔がすてきだったけれど、ハーディの笑顔とは違っていた。ルークの濃い青の瞳には、ハーディの瞳のような氷と炎が合わさった輝きが欠けていたし、黒い髪は針金ばかりに硬く、ミンクの毛皮さながらの柔らかい感触ではなかった。ルークには威圧的な存在感や、いまにも爆発しそうな活力はなかった。しかしそのほかの点では彼らはよく似ていた。どちらも背が高くてどっしりと落ち着いており、とても男らしかった。

ちょうどその時期は、もっとも男の子の注目に餓えていた時期でもあった。ウェルカムの狭い世界では、どの子にも彼氏がいるように思われた。母でさえ、わたしよりたくさんデートしていた。そこへハーディそっくりの男の子が登場したのだ。面倒くさい問題はからんでいないし、ルークにはつきあっている女の子もいなかった。

ルークとしょっちゅうデートするようになると、わたしたちはカップルとみなされるようになり、ほかの男の子から誘われることはなくなった。つきあっている人がいるという安心感が好きだった。いっしょに学校の廊下を歩き、ふたりでランチを食べて、金曜の試合が終わったあとピザ屋に連れて行ってもらえるのは嬉しかった。

ルークに初めてキスされたとき、ハーディのキスとまるっきり違うことに落胆せずにいられなかった。デートの帰りに家まで送ってくれたときのことだった。車から降りる前に、ルークは顔を寄せて、唇を重ねてきた。わたしもそれに応え、何か感じられるのではと期待したが、情熱も興奮もわいてこなかった。ただだれかの唇のなんとなくなじめない湿り気と、わたしの口をさぐる舌のぬらぬらした動きを感じただけだった。わたしの脳は自分の体に起こっていることに無関心なままだった。自らの反応の冷たさに罪の意識と恥ずかしさを感じて、それを埋め合わせるように腕を彼の首にまわし、もっと激しくキスをした。

デートを重ねるうちに、キスや抱擁や、ためらいがちに体をまさぐりあう回数が増えていき、しだいにルークをハーディと比べないすべを学んでいった。わたしとルークのあいだには、謎めいた魔法も、心や感覚が見えない電気回路でつながっているような感覚もなかった。ルークはものごとを深く考えるたちではなかったし、わたしの心の秘密の領域に踏み込もうとすることもなかった。

最初母は、年上の男の子とつきあうことに難色を示していたが、ルークに会ったとたん、彼がすっかり気に入ってしまった。「なかなかいい子じゃないの。あの子とのデートなら許してもいいわ。ただし一一時半の門限は守ること」

「ありがとう、ママ」わたしは母が交際を許してくれたことに感謝しつつも、つい、こんなことが口から出てしまった。「でもさ、彼、ハーディよりたったひとつしか年下じゃないのよ」

母はわたしが本当に言いたかったことを理解した。「でも、同じじゃないのよ」

母がなぜそう言ったのか、わたしにはわかっていた。

ハーディは一九のときにはすでにそのへんの大人よりもずっと世間を知っていた。父親がいなかったから、一家の柱として責任を負うことを学び、母やきょうだいを養ってきた。ハーディは家族と自分が生き残るために、懸命に働いてきたのだった。一方、甘やかされ、大事に育てられてきたルークは、人生は楽なものという信念に守られている。もしハーディを知らなかったら、もっとルークを好きになっていただろう。けれども、もう手遅れだ。わたしの心はハーディにしっかり巻きついている。湿った革を巻きつけて乾燥させ、天日にさらしてかちかちに固めてしまったかのように。それをはずすには無理やり壊すしかないのだ。

ある晩ルークに連れられて、彼の友人の家で開かれていたパーティに出かけた。その家の両親は、旅行に出かけていて留守だった。集まっていたのは年上の人たちばかりで、知った顔をさがしたけれど、ひとりも見つからなかった。

スティーヴィー・レイ・ヴォーンのハードなブルースロックが外のパティオに置かれたスピーカーから響き、オレンジ色の飲み物が入ったプラスチックのコップがまわされた。ルークはわたしにもそのテキーラサンライズと呼ばれるカクテルを持ってきてくれて、ごくごく飲んだらだめだよと言った。オレンジ風味の消毒用アルコールみたいな味だった。わたしはできるだけちびちびとなめるように飲んだが、その焼けるような強い酒に唇がぴりぴりした。ルークが友人と話をしているあいだに、トイレに行くつもりでその場を離れた。

プラスチックのコップを握りしめて家の中に入ると、物陰や部屋の隅でいちゃついているカップルがいたが、見ないふりをして客用のトイレをさがした。奇跡的にトイレにはだれもおらず、カクテルを便器に流して捨てた。

トイレを出て、さっきとは違うところを通って外に出ようと思った。艶かしくからみ合うカップルの森を抜けていくよりも、正面玄関から出て、家の横をぐるりとまわるほうがずっと簡単だし、気まずい思いをしなくてすむ。しかし、大階段の横を通りすぎようとするときに、暗がりで抱き合っているカップルがいるのに気づいた。

ぐさりと心臓を貫かれたような衝撃を受けた。片ひざにのせた脚の長いブロンドの娘に両腕をまわしているのはハーディだった。彼女は大胆に肩や背中をあらわにしたストラップレスのベルベットのトップを身につけていた。ハーディは片手で彼女の髪をつかんで頭を後ろにのけぞらせ、唇をのどにゆっくりと這わせていた。

痛み、欲望、嫉妬……そんなにたくさんの感情をいっぺんに、しかもこんなにも強く感じられることに我ながら驚いた。意志の力の最後の一しぼりまで使って、わたしはふたりを無視し、歩きつづけた。つまずきそうになっても立ち止まらなかった。視界の隅で、ハーディが顔をあげたのを捕えた。ハーディに気づかれたと思うと、死んでしまいたかった。震える手で真鍮のドアノブを握り、外に出た。

ハーディが追ってこないことはわかっていたが、それでもわたしは足を速め、パティオに着いたときにはほとんど小走りになっていた。はっ、はっと短く息を吐く。いま見た光景を忘れてしまいたかった。しかし、ハーディとあのブロンドの娘の姿はわたしの記憶に永久に焼きついてしまった。ショックだった。ハーディに腹が立ってしかたがなかった。裏切られたという思いに激しい怒りを感じた。ハーディはどんな約束もしていなかったし、わたしに義理立てする筋合いもない。でも、そんなことは関係なかった。彼はわたしのものなのだ。体中のすべての細胞がそう叫んでいた。

わたしは人々の群れの中からルークを見つけ出した。彼は問いかけるようなほほえみを浮かべてこちらを見た。頬が真っ赤に染まっているのを見落とすはずがない。「どうしたんだい、ベイビー」

「飲み物を落としちゃった」とわたしは低いくぐもった声で言った。

彼は笑って、重たい腕をわたしの肩にまわした。「別のをとってきてやるよ」

「ううん、わたし……」わたしはつま先立ちになって彼の耳にささやいた。「帰りたいわ」

「もう？　いま来たばかりじゃないか」

「ふたりきりになりたいの」わたしは必死でささやいた。「ねえルーク、お願い。どこかへ連れて行って。どこでもいいから」

彼の表情が変わった。突然わたしがふたりきりになりたいと言いだした理由が、自分が考えているとおりなのか思案しているのだ。

答えはイエスだった。わたしはルークとキスしたかった。彼に抱かれ、いまこの瞬間にハーディが別の女の子にしていることをしてほしかった。欲望からではない。どうにもならない激しい悲しみからだった。この気持ちをぶつけられる人がいなかった。母はわたしの気持ちを子どもじみていると相手にしないだろう。たしかにそうかもしれないけど、理屈なんかじゃ気持ちはおさまらない。こんなに激しい、身を焼きつくすような怒りを感じたことがなかった。わたしをつなぎとめてくれるものはルークのがっしりした腕以外になかった。

ルークはわたしを公園に連れて行った。人工池のまわりに、点々と雑木林風に木々が植えられている。池のほとりにはいまにも倒れそうな東屋があって、中にはがたがたの木のベンチがいくつか並んでいた。昼間には家族がここでピクニックをするのだろう。だがいま、暗い東屋に人影はなかった。あたりは夜の音に包まれていた。蒲の茂みで鳴くカエルの大合唱、マネシツグミの鳴き声、そしてアオサギの羽音。

パーティを抜ける前に、ルークが飲んでいたテキーラサンライズを一気にあおった。そのせいで頭がくらくらして、妙に陽気にはしゃいだかと思えば、吐き気に苦しむといったありさまだった。ルークは上着を脱いで木のベンチに敷き、わたしをひざにのせた。ルークの濡れた唇は欲望に満ちていた。キスにこめられた彼の決意を、きみが許してくれれば、今夜こそ最後の一線を越えるつもりだというメッセージを、わたしはくみとった。

労働を知らない滑らかな手がシャツの下に滑り込んできて、背中をなで、かちっとブラのホックをはずした。アンダーワイヤー入りのブラのカップが胸からはがれると、すぐに手が前にまわってきて、胸の柔らかなふくらみをさがしあて、ぎゅっと握りしめた。びくっと身をすくめると、ルークは手の力を少しだけゆるめ、かすれた笑い声をもらした。「ごめんよ、ベイビー。ただ……きみがあんまりきれいだから、こらえきれなくて……」ルークは親指の腹で、硬くなっていく胸の先端をこすった。彼はしつこく乳首をつまんだり、こすったりしながら、長いディープキスをつづけた。しばらくすると乳首がすりむけたようにひりひり痛みだした。喜びを感じられるのではという希望は捨てて、感じているふりをすることにした。問題があるなら、それはわたしのせいだ。だって、ルークには経験があるのだから。

たぶんあのカクテルのせいだろう。ルークがわたしをひざから下ろし、上着を敷いたベンチの上に横たわらせたとき、まるで外から自分を見ているような気がした。両肩がベンチの硬い木にあたった衝撃に、お腹のまん中に燃えるような恐怖を感じたけれど、わたしはそれを無視して背中を椅子につけた。

ルークはわたしのジーンズのボタンをはずし、お尻の下まで引き下げて、片脚を引き抜いた。わたしは東屋の屋根越しに、空を見上げた。ぼんやりと霞がかかったような晩で、星も月も見えなかった。唯一の明かりは遠くの街灯からの青い光だけ。群がる蛾のせいで、ちらちらと光が揺れていた。

ふつうのティーンエイジャーの例にもれず、ルークも女性の体についてほとんど無知だった。性の喜びを感じるには、女性の体は男性よりももっとずっとデリケートなのだ。それについてはわたしだって知っているとは言いがたかったし、恥ずかしくて、どうすると気持ちがいいか、どうすると痛いのかを自分の口からは言えなかったから、ただされるがままになっていた。自分の手をどうしたらいいのかさえわからなかった。手がパンティの中に入ってくる。ぺたりと押さえつけられていたヘアは生温かかった。愛撫はつづき、何度か荒っぽく敏感な部分をこすられて、わたしはびくっとした。ルークはわたしの苦痛を喜びと勘違いして興奮し、ふっと笑いをもらした。

ルークが幅広のずっしりと重い体を下ろしてくると、わたしはこわばった脚でその体を抱え込んだ。ルークは体のあいだに手を入れてジーンズのジッパーを下ろし、せわしなく両手を動かしている。かさかさとプラスチックが触れ合う音が聞こえ、何かを引っ張って装着しているのが感じられた。それから、長い緊張した高まりが内腿にひょいと触れるなじみのない感触。

ルークはわたしのシャツとブラを顎の下まで押し上げて乳首を口に含み、強く吸った。もう止めることができないところまで来てしまったんだとわたしは観念した。いまさら、だめ、と言う権利はわたしにはない。早く終わってほしいと思った。すばやくすませてしまって。

そんなことを考えているうちに、股間を押し広げられる痛みは激しくなっていった。体をこわばらせて歯を食いしばり、ルークの顔を見上げた。彼はわたしを見てはいなかった。わたしにではなく、この行為そのものに集中していたのだ。わたしは彼が欲望を解き放つための道具と化していた。ルークはさらに激しく、わたしの頑な肉体を突き上げてきた。唇から苦痛の声がもれた。

数回の焼けつくような突きで十分だった。血液でコンドームはぬるぬると滑り、わたしの体の上でルークは震えながら、うめき声をあげた。

「ああ、ベイビー。最高だ」

わたしは腕をルークにまわしたままにしていた。首筋にキスされ、その熱い息が肌にかかるとぞっとして、全身に悪寒が走った。もういいでしょ、もう十分わたしを味わったでしょ。だからもうわたしから離れて、わたし自身に戻して。ルークがかぶせていた体をどけたときには、わたしは心底ほっとした。体がひりひり痛んだ。

わたしたちはそれぞれ身支度をととのえた。体中の筋肉を信じられないくらい緊張させていたので、力を抜くとぶるぶる震えた。しまいには歯がかたかた鳴りだすほどだった。ルークはわたしを引き寄せて、背中を軽くたたいてくれた。「後悔してる?」と低い声できいた。

ルークはわたしが、ええ、と答えるとは思っていなかったし、わたしもそうするつもりはなかった。それでは失礼な気がしたし、後悔していると言ったって何も変わりはしないのだ。

もう取り返しはつかない。でも、家に帰りたかった。ひとりになりたかった。ひとりにならなければ、自分に起こった変化をひとつひとつ数え上げていくことなんてできやしない。

「ううん」とわたしは彼の肩に口をつけたまま、小さなはっきりしない声で言った。

ルークはさらに何度か背中をやさしくたたいた。「次のときにはもっとよくなるからね。ぜったいに。前の彼女もヴァージンだったけど、何回かするうちにセックスが好きになったから」

わたしは少し体をこわばらせた。こんなときに昔のガールフレンドの話を聞きたがる女の子なんているわけがない。ルークが以前にもヴァージンと寝たことがあると聞いても驚きはしなかったが、なんだか心がざわめいた。彼にあげたものの価値が下がったような気がした。ルークにとっては、女の子の初めての恋人になるのがあたりまえのことみたい。女の子は喜んで自分に処女を捧げるんだといわんばかり。

「ねえ、家に帰りたい。とても疲れちゃって……」

「わかるよ、ベイビー」

ブルーボネット・ランチに車を走らせるあいだ、ルークは片手でハンドルをあやつり、もう一方の手でわたしの手を握っていた。そしてたまにぎゅっとその手に力をこめた。わたしを安心させたかったのか、あるいは自分が安心したかったのか、どちらなのかよくわからなかったが、わたしはそのたびにその手を握り返した。明日の晩、どっかに食事に行くかいときかれ、考えもせず、うんと答えた。

少し話をしようとした。頭がぼうっとしていて自分が何をしゃべっているのかよくわからなかった。とりとめのない考えが、心の中を飛び交った。心の麻痺がとれて頭がすっきりしたら、すごく落ち込むのではないかと心配になってきたので、落ちこむ必要はないんだと自分に言い聞かせた。同い年の女の子たちはみんなボーイフレンドと初体験をすませている……ルーシーもそうだし、ムーディも真剣にそうしようと考えている。だから、わたしがヴァージンを失ったからってどうだっていうの？　いままでどおりの自分なんだから。わたしは繰り返し繰り返しそう自分に言い聞かせた。いままでどおりのわたしなのよ。

一度セックスすると、毎回するようになるんだろうか。ルークはデートのたびに求めてくる？　そう考えるとぞっとした。思いがけない場所がずきずきしたり、ひきつったりしていたし、腿の筋肉が張っていた。ハーディと寝たって、結果は同じだったはずよ、と自分に言う。痛みもにおいも、体の動きも全部同じだろう。

ルークはトレーラーの近くに車を停めて、玄関の石段のところまでついてきた。なかなか帰りたがらない。一刻も早く追い返したくて、わたしはあなたが大好きよというふりをして、ルークをぎゅっと抱きしめ、唇や顎の先や頬にキスを浴びせた。ルークは自信を取り戻したらしく、にっこり笑うとわたしを放してくれた。

「おやすみ、ベイビー」

「おやすみなさい、ルーク」

主寝室の明かりはつけっぱなしになっていたけれど、母と赤ちゃんは眠っていた。ほっとして、パジャマを部屋から取ってきてバスルームに行き、限界ぎりぎりまで湯温を上げてシャワーを浴びた。やけどするほど熱いシャワーの中で、脚についていた赤錆色のしみをごしごしこする。熱い湯のおかげで体のあちこちの痛みが和らぎ、肌に残されたルークの感触が勢いのある水の力で洗い流されていくように感じられた。シャワーから出たときには、半ゆでにされたみたいにすっかりのぼせていた。

パジャマを着て部屋に行くと、キャリントンがもうベビーベッドの中でもぞもぞ動きはじめていた。股間の痛みに顔をしかめながら、急いで哺乳瓶を用意しに行った。戻ってきたときにはキャリントンは目覚めていたが、めずらしく泣き叫んでいなかった。たまには姉をいたわってあげなくちゃと思っているみたいに、じっと待っていた。抱きあげてロッキングチェアに座ると、キャリントンはむっちりした腕を伸ばしてわたしの首にすがりついてきた。

キャリントンはベビーシャンプーとおむつかぶれ止めクリームのにおいがした。無垢の香り。小さな体はすっぽりとわたしの腕の中に包み込まれ、哺乳瓶を持つわたしの手を小さな手がぽんぽんとたたいた。ブルーグリーンの瞳でわたしの目をのぞきこむ。キャリントンが大好きなゆったりした動きで椅子を揺らした。前にこぐたびに、胸やのどや頭の緊張がとけていき、やがて目の縁から涙がこぼれはじめた。キャリントンのようにわたしを慰めてくれる人はこの地球上にはいない。母も、ハーディでさえも、キャリントンにはおよばない。涙が出たことに感謝して、わたしは赤ん坊にミルクを飲ませ、げっぷをさせながらも、声を立てずに泣きつづけた。

キャリントンをベビーベッドに戻す代わりに、自分のベッドに入れて壁際に横たわらせた。ミス・マーヴァから、これだけはぜったいにしてはだめよと釘を刺されていた。そんなことをすると赤ちゃんはベビーベッドで眠らなくなるから、と。

毎度のことだが、ミス・マーヴァは正しかった。その夜以来、キャリントンはわたしといっしょに寝ると体で主張するようになった。抱っこをせがんで差し出している両手を無視しようものなら、コヨーテの遠吠えよろしく泣き出すのだった。白状すると、わたしもキャリントンと寝るのが好きだった。薔薇の花模様のふとんにもぐって、ふたりで身を寄せ合って眠るのがなによりの幸せだった。わたしがこの子を必要としているように、この子もわたしを必要としているのだと思った。慰めあうことは、姉妹の特権でなくって?

9

ルークとはそれほど頻繁にセックスすることはなかった。どちらも親といっしょに住んでいたので、なかなか機会がなかったし、どんなにセックスが好きなふりをしても、わたしには楽しむことができなかったからだ。ルークとそれについて直接話し合ったことはなかった。機会が訪れたときには、ルークはいつもいろいろなやり方を試したが、彼がどうがんばろうと結果は変わらないようだった。どうしてベッドで感じることができないのか、彼にも、自分自身にも説明ができなかった。

「変だな」とある日の放課後、ルークの部屋のベッドで彼は言った。彼の両親はサンアントニオに出かけていて留守だった。「きみはつきあった子の中で一番きれいで、セクシーだ。なのに、どうして……」彼は言葉を切って、裸のヒップに手をあてた。

ルークの言いたいことはわかっていた。

「バプティスト派のメキシコ娘とデートするとそういうことになるのよ」とわたしが言うと彼はくすりと笑い、その胸の動きが耳に感じられた。

ルーシーには悩みを相談していた。彼女はつい最近ボーイフレンドと別れたばかりで、カフェテリアの副マネージャーとデートしはじめたところだった。「もっと年上の男とつきあわなきゃだめよ」と彼女は威厳たっぷりに言った。「高校生なんて、セックスのこと、なーんにもわかっちゃいないの。わたしがどうしてトミーと別れたか知ってる？　彼ったらいつも乳首を、ラジオのダイアルをいじくるみたいに、くるくる回すのよ。まったくベッドマナーがなってないんだから！　ルークに言いなさいよ。ほかの男とつきあいたいって」

「その必要はないの。二週間すれば、ベイラー大学に行ってしまうんだから」わたしたちは、遠距離恋愛は現実的ではないという結論に達していた。別れるというのとはちょっと違う。休暇でこちらに帰ってきたときには、またデートすることもあるかもしれない。

ルークが行ってしまうことに、わたしは複雑な気持ちを抱いていた。これで自由になれるとほっとする部分もあった。週末は自分の時間になるし、セックスもしなくていい。でも、ルークがいなくなれば寂しくなるだろう。

しっかり集中して、エネルギーのすべてをキャリントンと学校の勉強に注ごうと決心した。最高の姉、最高の娘、最高の生徒になろう。そう、責任ある若い女性のお手本になるんだ。


九月の第一月曜日にあたる労働者の日は蒸し暑く、焼けた大地から立ち昇る蒸気で午後の空はかすんで見えた。しかしいくら暑くとも、毎年恒例のカントリーロデオと畜産品評会に集まる人の数はいっこうに減らないようだった。広場は、色とりどりの美術工芸品を売る店や、銃やナイフを売る店など、たくさんの出店でにぎわっていた。ポニー乗馬や引き馬、トラクターの展示、そして幾列も連なる食べ物の屋台。八時からは空地でロデオが催される。

わたしと母はキャリントンを連れて七時に会場に着いた。まず夕食をとって、それから作品を売るために屋台を借りているミス・マーヴァのところへ行くつもりだった。ほこりっぽいでこぼこの土の上でベビーカーを押しながら、キャリントンの頭がこっくりこっくり左右に振れるさまを見て笑った。キャリントンは中央フードコートの内側にはりめぐらされている色つき電球を目で追っていた。

男たちの服装の定番はジーンズに太いベルト、そしてウェスタン・シャツだ。バレルカフスとフラップポケットがついていて、前立てには白蝶貝のスナップボタンが並んでいる。約半数は白か黒の麦わらでできた、ステットソンかミラーかレジストールの美しいカウボーイハットをかぶっていた。女たちはというと、ぴちぴちのスリムジーンズか、細かく縦にしわ加工がなされたブルームスティックスカート、それに刺繍入りブーツというスタイルだった。キャリントンにはデニムのショートパンツをはかせていた。わたしは妹に、ピンクのフェルト製の小さなカウガールハットを見つけておいた。リボンを顎の下でしばるデザインだが、キャリントンはすぐ脱いでしまい、つばを歯茎で嚙んでいた。

心惹かれるにおいが空気に満ちていた。体臭とコロン、煙草の煙、ビール、熱い揚げ物、家畜、湿った干草、ほこり、そして機械のにおいが混ざっていた。

母とわたしはベビーカーを押してフードコートを歩きながら、揚げトウモロコシ、串に刺したポークチョップ、それからポテトチップスを食べることにした。ほかの屋台では、揚げピクルス、揚げハラペーニョ、さらには揚げた薄切りベーコンまであった。テキサス人は食べられるものならなんでも串に刺して揚げてしまうのだ。

キャリントンには、おむつバッグに入れてきた瓶からアップルペーストを食べさせた。デザートに、母が揚げトゥインキーを買ってくれた。凍ったケーキにてんぷらの衣をつけ、高温の油で中のケーキがとろーりやわらかくなるまで揚げるお菓子だ。

「一〇〇万カロリーくらいあるわね、きっと」と母は言いながら、金色の衣に歯を立てた。中身がぴゅっと飛び出し、母は笑ってナプキンで頬を拭いた。

食べ終わると、ベビー用のウエットティッシュで手を拭いて、ミス・マーヴァをさがしに行った。人ごみの中でも彼女の深紅の髪は、たいまつさながらに目立った。青花ルピナスのキャンドルや手描きの絵がついた鳥小屋などの作品は、地道に売れていた。わたしたちは急いでいるわけではなかったので、ミス・マーヴァが客に釣りをわたすあいだ、じっと待っていた。

ふいに後ろから声をかけられた。「よう」

母とわたしは同時に振り向いた。ブルーボネット・ランチのオーナー、ルイス・サドレックが立っていたので、わたしの顔は凍りついた。サドレックは蛇皮のブーツにデニム、銀の矢じり形の滑り具がついたループタイという服装だった。わたしはなるべく彼を避けてきた。といっても、彼はほとんど事務所にいなかったからそれはたいして難しいことではなかった。サドレックにはきちんと就業時間を守るという観念はなく、大部分の時間を、酒を飲んだり、町で女の尻を追いかけたりしてすごしていた。トレーラーパークの住人が、下水管が詰まったとか、大通りに穴が開いたから修繕してくれと頼みに行くと、大丈夫まかせておけと約束はするが、実行したことはいっぺんもなかった。

サドレックは、身なりはよかったが太り気味で、頬のまん中には、アンティークの陶磁器のカップの底のひび割れのように毛細血管が広がっていた。いまも見た目はさほど悪くなく、かつてハンサムだったことが忍ばれて、かえって哀れを感じた。

サドレックの顔を見て、わたしははっとした。彼はルークが連れて行ってくれたパーティで見かけた少年たちの将来の姿なのだ。ルーク本人にも、サドレックの片鱗を見ることができる気がした。苦労せずに手に入る特権意識を彼もすでに身につけていた。

「あら、ルイス、こんばんは」キャリントンを抱っこして明るいグリーンの瞳でにっこり笑う母はとても美しかった……それをながめるサドレックの反応を見て、わたしは不愉快な気持ちに襲われた。

「このちびすけはだれだい？」サドレックのテキサスなまりはきつく、ほとんど子音が聞こえない。彼が手を伸ばしてぷっくりした顎をくすぐると、キャリントンはよだれがついた口でにかっと笑った。サドレックの指が赤ちゃんの清潔な肌に触れるのを見て、わたしはキャリントンをひっつかみ、だっと逃げだしたくなった。「もう夕飯はすんだのか？」サドレックは母にきいた。

母はまだほほえんでいる。「ええ、あなたは？」

「こっちも満腹だ」と彼はベルトを締めた突き出た腹を軽くたたいた。

彼の言葉のどこが面白いのかさっぱりわからなかったけれど、母がそれに応えて笑ったのでわたしはぎょっとした。母はサドレックを見つめていた。その目つき。ざわっと背中に悪寒が走った。じっと見つめるまなざし、しなをつくった体、ほつれ毛を耳の後ろにかけるしぐさ――すべてが彼を誘っていた。

信じられなかった。母だってあいつの噂は聞いているはずだ。わたしやミス・マーヴァには、サドレックをからかうようなことも言っていた。しょせん、あんなやつはちんけな田舎者にしかすぎないのよ。自分じゃ大物ぶっているみたいだけどね。母がサドレックに惹かれるわけがない。どう見たってつりあわない。でも、フリップもそうだった。わたしが知っているかぎりでは、母のボーイフレンドは全部ろくでなしばかりだった。彼らに共通する特徴があるのに気づいて途方に暮れた。ママはなぜかだめな男にほれるたちなのだ。

東テキサスの松樹林に生える食虫植物は、赤い血管のような筋の入った明るい黄色のトランペット状の補虫葉に虫を誘い込む。補虫葉の中には甘い香りのジュースがたっぷり入っていて、虫はつい誘い込まれてしまう。しかし虫が袋の中に入ったが最後、生きては出られない。袋の中に閉じ込められて甘い液体の中で溺れ、消化されてしまうのだ。母とサドレックを見ていると、同じ力が働いているのがわかった。派手ないつわりの外見、誘惑、そしてその先に待つ破滅。

「雄牛乗り《ブルライディング》がもうじきはじまる」とサドレックが言った。「まん前のボックス席を予約してあるんだ。よかったらあんたたちもどうだい？」

「いいえ、けっこうです」わたしは間髪を入れずに答えた。母がとがめるようにわたしをにらんだ。失礼だとはわかっていたが、そんなことにかまっていられない。

「ぜひ」と母は言った。「赤ちゃんがいっしょでも、迷惑でなければ」

「とんでもないぜ、ちくしょう。こんなシュガーパイみたいな子が迷惑だなんて」彼はキャリントンをからかった。耳たぶを軽くはじくと、キャリントンは嬉しそうな声を出した。

そして母ときたら、いつもは言葉遣いにめちゃくちゃうるさいくせに、赤ちゃんの前で「ちくちょう」なんて言われても顔をしかめもしない。

「ブルライディングなんて見たくない」わたしはそっけなく言った。

母はいらだってため息をついた。「リバティ……機嫌が悪いからって、八つ当たりしないで。友だちが来てるんじゃないの？　さがしてみたら？」

「いいわ、じゃあ、赤ちゃんはわたしが連れて行く」そんなふうにつっかかるように言ってはまずかったのだと、すぐに反省した。別な言い方をすれば、母はうんと言っただろう。

やはり母は目を険しく細めて言った。「キャリントンはわたしが見るわ。さあ、行きなさい。一時間後にここで会いましょう」

わたしはぷりぷり腹を立てながら出店の列の前を歩いて行った。間もなく近くの大テントでダンスがはじまるらしく、カントリーバンドが音合わせをしている。ギターやドラムの心地よい響きがあたりに満ちていた。ダンスには最高の晩だ。互いの肩や腰に腕をまわしてテントに向かって走っていくカップルたちをしかめっ面で見つめる。

わたしはぶらぶらと店をひやかし、瓶に入ったジャムやサラダやバーベキューソースをながめたり、刺繍やスパンコールで飾りをつけたTシャツを手に取ったりした。次にアクセサリーの店をのぞく。台の上には銀のチャームやきらきら光るシルバーチェーンが並んでいるフェルトのトレイがいくつか置かれていた。

わたしが持っているアクセサリーは、母にもらった真珠のピアスと、ルークがクリスマスにプレゼントしてくれた繊細な金のリンクブレスレットだけだった。どれにしようか迷いながら、いろいろな形のチャームを手にとった。トルコ石がはめこまれた小さな鳥の形のもの、テキサス州の形、舵の形、カウボーイブーツ……。わたしの視線は銀のアルマジロに引きつけられた。

わたしは昔からアルマジロが大好きだった。アルマジロは困った害獣で、人の家の庭に溝は掘るわ、家の土台の下に巣穴はつくるわで、迷惑このうえない。しかも、脳みそゼロ。ほめるとしたら、不細工なところがかわいいとしか言いようがない。そのスタイルは先史時代のものだ。鎧のような硬い帯状の外皮に包まれ、あとからくっつけたみたいな小さい頭がぴょこんと前に突き出している。進化の波に、取り残されてしまったかのようだ。

しかし、どんなに嘲笑され迫害されようとも、しょっちゅう罠をしかけられ銃で撃たれても、夜になるとしつこく巣穴から出てきて、甲虫の幼虫やミミズをさがしはじめるのだ。うまい具合に虫が見つからなければ、果実や植物も餌にする。逆境に負けない強さの見本みたいなものだ。

アルマジロには攻撃的なところはまったくない。歯は全部臼歯だし、たとえチャンスがあってもだれかにとびかかって噛みつこうなどとは考えもしない。いまでもテキサスの老人の中には、アルマジロを昔のニックネームの「フーバーホッグ」と呼ぶ人もいる。経済恐慌に見舞われたフーバー大統領の時代、チキンを食べられない貧しい人々は食べられるものならどんなものでも口にしなければならなかった。アルマジロは豚《ホッグ》の味がすると聞いたことがあるが、それが本当かたしかめてみる気持ちにはなれない。

アルマジロのチャームをつまみあげ、店員に四〇センチのロープチェーンと合わせるといくらになるかきいた。二〇ドルと言われ、バッグからお金を取り出そうとしていると、だれかが二〇ドル札を後ろから差し出した。

「おれが払う」と聞きなれた声がした。

さっと振り返る。バランスを崩しかけたわたしの両ひじを彼は手でつかんで支えてくれた。

「ハーディ！」

たいていの男は——たとえそこそこの容姿であったとしても——ブーツに白い麦わらのカウボーイハット、スリムなジーンズを身につければ、煙草のコマーシャルに出てくる男のようにいかして見えるものだ。この三点セットは、タキシードと同じく男を変身させる。それをハーディのような若者が着ていれば、あまりのかっこよさに、ガツーンと一発胸を殴られたような衝撃を受ける。

「自分で買うからいい」わたしは断わった。

「しばらく顔を見なかったな」とハーディは言いながら、店員からアルマジロのネックレスを受け取った。レシートは要りますかときかれて、ハーディは首を横に振り、わたしに回れ右をしろとしぐさで示した。素直に従って、首筋の髪をどけた。彼の指の背がうなじに触れると、喜びの波が肌に広がっていった。

ルークのおかげでわたしは処女を卒業していた。とはいえ、セックスの喜びには目覚めていなかったのだが。わたしは、安心感と愛情と知識を得るために、純潔を差し出した……けれど、ハーディのそばに立っていると、彼の代わりを見つけようとすることがいかに愚かであるかを痛感する。ルークは見た目がちょっとだけ似ている点をのぞけば、ハーディとはあらゆる部分が異なっていた。これから先もずっと、ハーディがわたしの恋愛に影を落としつづけることになるのかしらと、暗い気持ちで考えた。どうやったら彼の面影を振り払えるのかわからなかった。彼を自分のものにしたことさえないのに。

「ハナに聞いたわ。いまは町に住んでいるんですってね」わたしは鎖骨のくぼみにある小さな銀のアルマジロに触れた。

ハーディはうなずいた。「一部屋しかないアパートを借りている。狭いが、生まれて初めてプライバシーを持てた」

「だれかといっしょに来たの？」

「ハナと弟たちと。やつらはホースプル（馬に重い荷物を引かせるレース）を見ている」

「わたしはママとキャリントンと来たの」。母がサドレックといっしょに行ってしまったことで、ものすごく頭にきていることも話したかった。でも、それではハーディに会うたびに、悩みを打ち明けているみたいだ。一度くらいは、そういうことはやめようと思った。

空はラベンダー色からスミレ色に変わっていた。太陽があんまり速く沈んでいくので、地平線の上でぽんとバウンドするのではないかと思われるほどだった。ダンス会場になっているテントは、ずらりとコードにぶらさがっている大きな白い電球で照らされていて、バンドが二拍子のアップテンポのナンバーを奏でていた。

「ヘイ、ハーディ!」ハナが、ふたりの弟、リックとケビンとともに兄の横に顔を出した。小さな弟たちは泥だらけの顔を食べ物でべとべとにしてにっと笑い、ねえ、早くカフ・スクランブル競争に行こうよとぴょんぴょん跳ねながらせがんだ。

ロデオの前には必ずカフ・スクランブル競争がある。子どもたちが囲いの中に入って、しっぽに黄色いリボンをつけた三頭の機敏な子牛を追いかけるのだ。見事にリボンを取ることができた子は、五ドルの賞金をもらえる。「ハーイ、リバティ」とハナは大声で呼びかけてきたけれど、あいさつを返す前に兄のほうを向いてしまった。「この子たち、カフ・スクランブルに行きたくてたまらないの。もうじきはじまるわ。あたしが連れて行っていい?」

ハーディは頭を振りながら、しょうがないなという顔で笑いながら三人を見つめた。「いいぞ。だが、気をつけるんだぞ、坊主たち」

少年たちは嬉しそうにわーいと叫んで、全速力で駆けだした。そのあとをハナが追いかけていく。ハーディは三人が姿を消すのを静かに笑いながら見守った。「牛糞みたいなにおいがぷんぷんするあいつらを連れて帰ったら、おふくろに大目玉を食らうな」

「子どもはときどき、泥だらけになって遊ばなくちゃ」

ハーディは残念そうにほほえんだ。「おれも、おふくろにいつもそう言ってるんだ。たまには手綱をゆるめて、あいつらに羽目をはずさせてやらないとって。できたら……」

ハーディは言いよどんで、眉間にしわを寄せた。

「何？」わたしはそっと尋ねた。「できたら」というのは、しょっちゅうわたしの口から自然にこぼれる言葉だったが、それまでハーディが口にするのを聞いたことがなかった。

わたしたちはどこへ行くでもなく、ぶらぶらと歩きはじめた。ハーディはわたしの歩幅に合わせて、小股で歩いてくれた。「おやじが刑務所に入っちまってもう帰ってこないことがわかったあと、できたらおふくろにだれかと結婚してもらいたかった。離婚したってだれも責めやしなかったさ。そしてきちんとした男をみつけていれば、もっと楽に暮らせたかもしれない」

終身刑になるなんて、ハーディの父親はいったいどんな罪を犯したのだろう。知りたかったけれど、きくのはためらわれた。「いまでもお父さんのことを愛しているのかしら？」

「いや、死ぬほど恐れているよ。あいつは酔っぱらうと、蛇よりたちが悪かった。しかも、飲んでいないときがほとんどない。おれが物心ついたころにはもう、刑務所を出たり入ったりしていた……一年か二年にいっぺん家に戻ってきて、おふくろに暴力をふるい、子どもをはらませて、家にあった金を全部持っていなくなる。一度あいつを止めようとしたことがある。一一のときだ。この鼻が折れたのはそのときだった。だが、次にあの野郎が帰ってきたときには、おれはもうでかくなっていたから、たたき出してやったよ。それからはおれたちを煩わすことはなくなった」

背が高くて痩せているミス・ジュディーが、だれかに殴られているようすを想像して、わたしは思わず身をすくめた。

「どうして離婚しなかったのかしら?」

ハーディは陰気にほほえんだ。「教会の牧師がおふくろに言ったんだよ。どんな虐待を受けようとも、夫と離婚することは、神にそむく行いだと。イエスに尽くすことよりも自分の幸福を優先させてはならないんだとさ」

「自分が殴られている立場だったら、牧師さまはそんなことおっしゃらないでしょうね」

「おれはそのことで、牧師を締め上げに行った。だが、やつは意見を変えようとはしなかった。絞め殺す前に教会を出たよ」

「まあ、ハーディ」同情で胸がいっぱいになった。ルークのことを考えずにいられなかった。あの人はなんて楽に暮らしてきたのだろう。ハーディとはまったく違う人生を送ってきたのだ。「どうして人生はこんなに不公平なのかしら。辛酸を嘗めている人もいれば、そうでない人もいる。辛い目にばかり遭う人がいるのはなぜ?」

ハーディは肩をすくめた。「一生楽に暮らせるやつなんかいない。遅かれ早かれ、おれたちは犯した罪の代償を払わなきゃならなくなるんだ」

「ねえ、サウス・ストリートのラム・オブ・ゴッド教会に来たら？　あそこの牧師さまはずっといい人よ。日曜の食事会にフライドチキンを持ってくれば、多少の罪は大目に見てくれるの」

ハーディはにっこり笑った。「このばちあたりめ」わたしたちはダンス会場の前で立ち止まった。「ラム・オブ・ゴッドの信者にはダンスも認められているんだろう？」

わたしは罪深そうに頭を垂れた。「ええ、そうみたい」

「まったくもう、おまえ、本当はお堅いメソジスト派だったんだな」ハーディはわたしの手を取って、ダンスフロアの隅に導いた。薄暗がりの中、カップルたちが、スロー、スロー、クイック、クイックとバンドのリズムに合わせてステップを踏んでいる。パートナーとのあいだに慎重な距離を置く、奥ゆかしいダンスだった。しかし、男性が女性の腰に手をあてて、彼女の体をくるりと回すと、ふたりの体が触れ合う。そうなると、ダンスは急にいままでとは違う趣きを見せる。とくに、スローな曲が流れていればなおさらだ。

ハーディの手に軽く手をのせ、彼のゆったり落ち着いた動きに合わせて踊っていると、心臓がどきどき鳴ってめまいがしそうだった。ダンスに誘われたことにわたしは驚いていた。これまで彼はどんなときも、友情以上の感情は持ち込まないという態度をきっぱりと示してきた。理由を尋ねたかったけれど、やめておいた。ずっとあこがれてきたこの瞬間をぶちこわしたくなかったから。

ハーディはわたしをぐっと近くに引き寄せた。わたしは目がくらんでいまにも失神してしまうのではないかと思った。「こんなことしちゃ、だめなんじゃないの?」

「そうだな。手をおれの体にかけて」

わたしは硬く盛り上がった肩に手を置いた。彼の胸は不規則なリズムで上下している。わたしはハンサムないかめしい顔をのぞきこんだ。めったにないことだが、ハーディはこの瞬間、自分に課した抑制を解いていた。捕まることを覚悟した盗人のように、その目には用心深さとあきらめが同居していた。

ぼんやりとした頭で、ああ、このほろ苦い曲はむかしランディ・トラヴィスが歌っていた曲だわと考えた。いかにもカントリーらしい、わびしく無骨で感傷的な曲だ。体に添えられたハーディの手に導かれ、ジーンズをはいた脚がこすれあう。ダンスというより、ただそこに漂っているといったほうがよかった。わたしたちは人々の流れに身をまかせ、他のカップルのゆったりとしたペースに合わせて、優雅に滑るようにステップを踏んだ。それはルークと踊ったどのダンスよりもはるかにセクシーなダンスだった。次のステップのことを考える必要はなかったし、どこでターンするかも気にしなくてよかった。

ハーディの肌は煙草と太陽のにおいがした。シャツの下に手を滑り込ませて、体のあらゆる秘密をさぐりあてたかった。肌のきめを自分の手でたしかめてみたかった。どう説明したらいいのかわからないようなことをしてみたかった。

バンドの演奏はさらにスローになった。二拍子の曲は終わり、ステップを踏まずに抱き合って揺れているだけでいい曲に変わった。ハーディが体をぴたりと合わせてきたので、わたしの心はわきたった。頭を彼の肩にもたせかけると、林檎みたいに真っ赤になっている頬に彼の口が触れた。その唇は乾いていて、滑らかだった。わたしは固まってしまい、声も出せなかった。彼はさらにわたしを抱き寄せ、片手を下に滑らせていき、そっと腰にあてて自分の体に押しつけた。彼の興奮を感じ取って、たまらず腿と腰をすりつけた。

たったの三分や四分など、とるに足らない時間だ。人々は毎日何百分もの時間をくだらないことのために浪費している。しかし、ときとして、たった数分という時間の断片の中で、一生心に刻みつけられる出来事が起こることがある。ハーディに抱擁され、彼の体をこれほど近くに感じることは、セックスそのものよりもずっと親密な行為だった。いまでも、ふたりが完璧につながりあったあの瞬間を感じることができる。そしてそれを思い出すだけで、頬がいまだに赤らんでくるのだ。

曲が急に新しいリズムに変わると、ハーディはわたしをダンスのテントから連れ出した。わたしのひじをつかんで、気をつけろよとつぶやいた。太い電気ケーブルが何本も蛇のように地面を這っていた。どこへ行くのかはわからなかったが、出店のないほうに向かっていた。ベイスギの手すりがついた境界の柵に着くと、ハーディは楽々とわたしの腰を両手で抱え上げて、手すりに座らせた。ちょうど目の高さが同じになり、わたしはふたりのあいだにあるひざをぴったり合わせた。

「誘惑しないで」

「心配するな」ハーディはわたしの腰を両手でしっかりつかんでいた。手のひらの熱が夏物のデニムを通して染み込んでくる。思わず脚を広げて彼を迎え入れたくなった。けれどわたしは、きちんとひざを合わせたまま座っていた。心臓がどきどき鳴っている。ハーディの背後にほこりっぽいフェアの明かりが広がっていて、陰になっているその表情はよく見えなかった。

ハーディは解決できない問題に直面したときのように、頭をゆっくり左右に振った。「リバティ、話しておかなくちゃな……おれはもうじき出て行く」

「ウェルカムから？」ほとんど声にならない。

「ああ」

「いつ？　どこへ？」

「二日ばかりしたら。いくつか仕事をあたっていたんだが、そのうちのひとつに採用された。で……しばらくは帰ってこない」

「どんな仕事？」

「石油掘削会社で溶接工になる。最初はメキシコ湾の海底油田だ。だが、会社が契約しているあちこちの油田に飛ばされるらしい」ハーディは言葉を止めてわたしの表情をうかがった。わたしの父が掘削現場で命を落としたことを知っていたからだ。沖合の油田の仕事は、給料はいいが危険だった。トーチランプを持って掘削現場で働くなんて、頭がおかしいか、自殺願望があるかのどちらかだ。ハーディはわたしの心を読んだようだった。「あまり爆発を起こさないようにするよ」

わたしを笑わせるつもりだったとしたら、その努力は失敗に終わった。ハーディ・ケイツの顔を見るのはきっとこれっきりになるだろう。わたしのところに帰ってきてくれる？と尋ねたところで何の役にも立たない。行かせてあげなくちゃならないんだ。でも、わたしにはわかっていた。生きているかぎり、ハーディを失った痛みを感じつづけることだろう。

ハーディの未来のことを考えた。彼が通り抜けていく海や大陸。彼を知り、彼を愛する人々にとっては遠い遠い場所だ。彼の母の祈りも届かない場所。ハーディがこれからつきあう女性の中には、彼の秘密を知り、彼の子を産み、年月が彼を変えていくのを見つめる人がいる。けれど、それはわたしではない。

「幸運を祈るわ」とわたしは低いかすれた声で言った。「あなたのことだから、きっと大丈夫。きっと自分の願っていたとおりの人生が送れるわ。だれも予想できなかったくらい大成功すると思う」

ハーディの声は静かだった。「どうしたんだ、リバティ？」

「こういう言葉が聞きたいんでしょう？　幸運を、よい人生を」わたしはひざで彼を押しのけた。「下ろして」

「まだだ。まず教えてくれ。どうしていつもおまえは、おれがおまえを傷つけないようにすると怒りだすんだ」

「だって、どっちにしろ傷つくからよ」ほとばしり出る言葉が抑えられない。「それから、もしわたしの心からの願いが何なのか、一度でもきいてくれたら、わたしはこう答えたでしょう。あなたの何もかもが欲しい、それで傷つくならちっともかまわないって。でもその代わりに得たものは何？　このばかばかしい――」わたしは途中で言葉につまり、うまい言葉をさがそうと必死に考える。「おまえを傷つけたくないっていう、このばかばかしい言い訳だけ。ほんとうは自分が傷つくのがこわいだけなのよ。だれかを愛して、ここを離れがたくなってしまうのを恐れているんだわ。そうしたらすべての夢をあきらめて、一生このウェルカムに縛りつけられることになるから。それをあなたは恐れて――」

ハーディがわたしの両肩をつかんで小さく一度揺すぶったので、わたしはあえいで言葉を切った。瞬間的な動きだったがその余韻が全身に行きわたった。

「もうやめろ」ハーディはかすれた声で言った。

「どうしてわたしがルークとつきあったか知っている？」もう破れかぶれだった。「あなたが欲しくてたまらなかったけど、手に入れることができなかったから、一番あなたに似ている人を選んだのよ。ルークと寝るたびに思ったわ。これがあなただったらって。そしてそのことであなたを憎んだの、自分自身を憎むよりももっと激しく」

言葉が口から出てしまうと、だれにもこの気持ちはわかるもんかという苦い思いがわいてきて、さっと身をすくめてハーディから離れた。頭を下げ、できるだけ小さくちぢこまりたくて、両手で自分の体を抱きしめた。

「あなたのせいよ」こんなことを言ったら一生後悔するだろうけれど、気持ちが動転していて止められない。

ハーディの指が肩にくいこみ、筋肉がかすかに痛みだした。「期待させるようなことは言わなかった」

「それでもやっぱりあなたが悪いのよ」

「くそっ」わたしの頬を伝う涙を見て、彼は苦しそうに息を吸い込んだ。「リバティ、そんな言い方はフェアじゃないぞ」

「フェアなものなんてないの」

「おれにどうしろと言うんだ」

「一度でいいから、わたしのことを思っていると認めてほしいの。あなたがここを発ったあと、ちょっぴりでもいいから、わたしに会いたいと思ってくれるかどうかが知りたいの。わたしのことを覚えていてくれるのか、少しは後悔することがあるのか」

ハーディはわたしの髪に指を入れてつかみ、頭を後ろにのけぞらせた。「ちくしょう」と彼はつぶやいた。「おまえはことをできるだけ難しくしたいんだろう、え？　おれはここに残れないし、おまえを連れて行くこともできない。それで少しは後悔するかだと？」

熱い息が頬にかかった。ハーディはわたしの体に腕を巻きつけ、すべての動きを封じ込めた。押しつぶされた胸に、彼の鼓動が響く。「おまえを手に入れるためなら、魂を売りわたしてもいい。生きているかぎり、おれが一番欲しいものはおまえだ。しかし、おれにはおまえにやれるものがひとつもない。ここに居つきもしないし、やがて親父のような男になる。

おまえから何もかも奪ってしまうだろう——おまえを傷つけるだけだ」

「そんなことない。お父さんのようになりっこないわ」

「そう思うか？　だとしたら、おまえはおれよりもずっと、おれという人間を信頼しているわけだ」ハーディは両手でわたしの頭をかかえた。長い指が後頭部を包んでいる。「おまえに触れたルーク・ビショップを殺してやりたい。そして、やつにそれを許したおまえもだ」

ハーディの体に震えが走るのが感じられた。「おまえはおれのものなんだ。おまえにさっき見事に言い当てられたことがひとつある。そうだ、おれがおまえを自分のものにしなかったのは、そんなことをしたらここを離れられなくなるからだ」

彼に腹が立った。ハーディはわたしのことを、自分をここに縛りつける罠の一部と思っている。彼は頭を下げてキスをした。塩辛い涙の味がふたりの唇のあいだに消えていった。わたしは体をこわばらせたが、ハーディはわたしの口を開かせて深々とキスをした。わたしは夢中になって我を忘れた。

ハーディは悪魔のようなやさしさで、感じやすいところをすべてみつけていき、まるで舌で蜂蜜をすくいあげるように、快感を積み重ねていった。彼の手がわたしの太腿の合わせ目を滑っていき、脚を開かせた。閉じようとしたときにはもう彼の体が入ってきていた。低い声でささやきかけながら、わたしの腕を自分の首にかけさせ、ふたたび唇を重ねて、ゆっくりとわたしを味わった。どんなに身をよじらせ、体をすり寄せても、まだまだ足りない気がした。ハーディの重みのすべてが欲しかった。すべてを所有し、すべてを差し出したかった。

帽子を彼の頭からはずして指を髪にからませ、彼の口をもっともっと自分の唇に強く押しつけた。「落ち着いて」ハーディはささやき、頭を上げてわたしの震える体を抱きしめた。「落ち着くんだ、ハニー」

わたしは息をはずませながら、彼の腰をひざではさみ、木の手すりに尻を食い込ませた。ハーディはわたしが静まるのを待ってから、ふたたびキスをはじめたが、今度はもっとなだめるようなやさしいキスだった。のどからこみ上げてくる声が、彼に吸い取られていく。わたしの背中を何度も上下になでてから、ゆっくりと手を前にまわしてきて、胸のふくらみの下に入れた。シャツの上から胸を愛撫し、親指で乳首のまわりをやさしくさするうちに、先端が硬く尖っていった。腕に力が入らなくなり、重くて上げていられなくなった。わたしは金曜の晩の酔っぱらいのように、ハーディにしなだれかかった。

ハーディとだったらこんなふうに感じるんだ、とわたしは思った。ルークと寝るのとは雲泥の差だった。ハーディはわたしの微妙な反応のすべてを飲み込み、あらゆる声、震え、呼吸に敏感だった。わたしの重さが宝物であるかのように大切に抱きしめてくれた。彼の唇はやさしく、かと思うと支配的で、どれくらい長くキスしていたのか、もうわからなくなっていた。緊張が高まりすぎて、ついにのどからすすり泣くような声がもれ出し、彼の肌をじかに感じたくて、シャツの表面をかきむしった。ハーディは口を離し、わたしの髪に顔を埋めて、必死に呼吸を整えようとした。

「だめ、やめないで、お願い」

「しいっ、静かに、ダーリン」

こんなに高まった状態で突き放された反動で、震えが止まらなくなった。ハーディはわたしを胸に抱きしめ、背中をさすり、鎮めてくれようとした。「大丈夫だ」と彼はささやいた。

「いい子だ……大丈夫だよ」

でも、ちっとも大丈夫じゃなかった。ハーディが去ってしまったら、わたしはもう二度と何にも喜びを感じられなくなってしまうだろう。ひとりで立てるくらい脚がしっかりするまで待ってから、手すりから半分落ちるようにして地面に滑り下りた。ハーディが手を出して支えてくれようとしたが、わたしはさっと身を引いた。目に涙がいっぱいたまっていて、ぼやけてほとんど彼の顔が見えなかった。

「さよならは言わないで」と私は言った。「お願い」

おそらく、それが自分に示せる精一杯の誠実さだと思ったのだろう。彼は黙っていた。

これから先何年も、わたしはこの場面を数え切れないくらい心の中で再現することだろう。そのたびに、ああすればよかった、こうすればよかったと思いながら。

けれど、実際にわたしがしたのは、振り返りもせず歩み去ることだった。

わたしは人生でたびたび、よく考えもせずに言ってしまったことを後悔してきた。

しかし、このとき何も言わずにいたことほど、後悔したことはなかった。

10

ふくれっ面をしたティーンエイジャーはどこにでもいる。そもそもティーンエイジャーというのは、むやみに何でも欲しがるけれど、それを手に入れられないと思い込みがちだ。そして、その傷にさらに塩をすり込むように、大人たちは、まだ子どもなんだからそんなもんさと、真剣に取り合おうとしない。心の傷は時が経てば癒されるものだと人は言うし、そういうこともたしかに多い。けれどもハーディに対するわたしの気持ちとなると話は別だ。何カ月経っても、そして冬のクリスマスシーズンが終わっても、心ここにあらずの状態が続いていて、ぼんやりと陰気に、日々をただやりすごしていた。

気がふさぐ理由はもうひとつあった。母がルイス・サドレックとつきあいはじめたのだ。よりにもよって、なんであんな男と。そう思うと困惑と憤慨で胸がいっぱいになった。ふたりが仲よく楽しげにしているところなど見たことがなかった。たいていは袋に入れられた二匹の猫みたいにいがみあっていた。

サドレックは母の最悪の性癖を引き出した。それまではけっして酒は飲まなかったのに、彼といっしょのときは飲むようになった。彼を押したり、ひっぱたいたり、つっついたりと別人のようにふるまうようになった。母はこれまではいつも人から距離を置くたちだったのに。サドレックといっしょにいると母の中に眠っていた野性の血が騒ぐのだろう。母親ならばそういう血は抑えておくべきなのだろうけれど。母が金髪の美人でなければよかったのに。そうすればエプロンを身につけ、教会の集まりに出かけていくような母親でいてくれるだろうにと思った。

　中でももっともいやだったのは、母とルイスが言い争ったり、取っ組み合いをしたり、やきもちを焼きあったりして傷つけあうのは、セックスの前戯のようなものだと気づいたことだった。わたしもブルーボネット・ランチの全住人も、母がサドレックの赤レンガの家で夜をすごしているのを知っていた。ときどき母は腕にあざをつくり、寝不足の顔で帰ってきた。のどや顎は髭の伸びはじめた皮膚にこすられて赤くなっていた。それも母親がするべきことではない。

　母がサドレックとつきあっていたのは、どのくらいが快楽のためで、どのくらいが自分を罰するためだったのかはわからない。男の獣性を強さと誤解したのは母が初めてというわけではない。母のように長いあいだひとりでがんばってきた女は、だれかに服従することで安らぎを感じるのかもしれない。たとえ相手の男がやさしくなくとも。わたしだって、責任の重みに苦しめられて、だれかに頼ることができたらと何度願ったことだろう。

　サドレックに魅力的な面もあることは認める。本性はテキサス一ひどい男なのだけど、上っ面は愛想よく見えるし、女心をそそるものの柔らかな口調と話のうまさを身につけていた。

子どもと同じで、自分が言ったことを本当だと信じ込んでしまう。キャリントンは彼がそばにいるとご機嫌で、にこにこ笑っていた。子どもは本能的に信用できない人をかぎ分けると言われているが、まゆつばだったことが証明されたわけだ。

しかしサドレックはわたしを嫌っていた。我が家で彼に陥落しないのはわたしだけだったからだ。サドレックが母を感心させた点は、わたしにとってはむしろ我慢ならないことばかりだった。たとえば男らしい体つきや、おれは何でも持っているから些細なことは気にしないんだといわんばかりのジェスチャーは鼻についた。彼はクローゼットに入りきらないくらいたくさんのオーダーメイドのブーツを持っていた。なんでもジンバブウェイとかなんとかいうところで捕獲されたゾウの皮でできているという八〇〇ドルもするブーツも持っていた。ウェルカムではそのブーツは噂になった。

ところが、サドレックと母が、別の二組のカップルとヒューストンにダンスに出かけたときのこと。ダンスホールの入口の係員は、サドレックが携帯用酒瓶を店内に持ち込むことを許さなかった。するとサドレックは物陰に行き、ハンティングナイフを取り出すと、酒瓶を差し込めるようにそのブーツのトップにざっくりと長い切り込みを入れた。あとで母は、まったくばかばかしいやり方で、お金の無駄遣いにもほどがあるわ、とあきれ顔で話してくれた。けれども、そのあと何カ月にもわたり、その話を繰り返すのを聞いて、わたしは母がその派手な行動をかっこいいと思っているのだと気づいた。

いかにもサドレックのやりそうなことだ。金があり余っているように見せるためならどんなことでもやりかねない男だった。実際には、ほかの人と大差ないくせに。持っているのは帽子ばかり。牛の一頭も所有していない。金をどこから調達しているのかはだれも知らないようだった。トレーラーパークのあがりだけではとうていまかないきれないほどの金を使っているのは明らかだった。麻薬の密売をしているという噂もあった。ここは国境近くに位置していたから、そうしたリスクを冒そうと思えば、だれでもわりあい簡単に商売ができた。サドレックはマリファナもコカインもやっていなかったと思う。やっていたとすればアルコールだけだった。だが、彼なら良心の呵責を感じることなく、帰省中の大学生や、ジョニー・ウォーカーくらいではウサを晴らせない地元の連中に、毒を注ぎ込むことができただろう。

母とサドレックのことに心を煩わされていないときには、わたしは妹にかかりきりだった。キャリントンはあんよができるようになり、酔っぱらったミニチュアのフットボール選手よろしく、よたよたと歩きまわりはじめていた。電気のソケットや鉛筆削り、コークの缶によだれで濡れた小さな指をつっこもうとする。草の茂みでは虫や煙草の吸殻をつまみあげ、カーペットの上でひからびているクッキーを拾い、なんでもかんでも口に入れてしまう。幼児用スプーンを使って自分で食べはじめたときには、めちゃくちゃ汚しまくり、外に連れ出してホースの水で洗ってやらなければならないこともあった。大きなプラスチック製の洗い桶を買ってきて裏のテラスに置き、水遊びをする姿をながめた。

言葉を話すようになると、キャリントンはわたしの名前を「ビービー」としか言えず、何か欲しいものがあると必ずビービーとわたしを呼んだ。母のことが大好きで、母といっしょにいるときはぴかぴかの笑顔を見せたが、病気になったり、機嫌が悪かったり、不安だったりすると、わたしのほうに手を伸ばしてきて、わたしもすぐに妹を抱き上げた。そのことで母と話し合ったことはなかったし、たいして重要なことだとも思っていなかった。ただ、そういうことなのだとわたしたちは受け入れていた。キャリントンはわたしの赤ちゃんだった。

ミス・マーヴァは、ひとりきりでいると静かすぎるから、たくさん遊びにいらっしゃいと言ってくれた。結局、ボビー・レイは戻ってこなかった。もう彼氏はつくらないつもりなの、と彼女は言った。自分に似合う年頃の男たちはみんな、外見がしょぼくれているか、頭の働きがすっかり弱っているから。毎週水曜の晩、わたしはミス・マーヴァを車でラム・オブ・ゴッド教会へ送って行った。教会ではその日に給食サービスを行っていて、ミス・マーヴァはボランティアとして料理を担当していた。教会にはちゃんとしたキッチンがあって、わたしはキャリントンを腰骨にのせて片手で抱っこしたまま、材料を量ったり、ボウルや鍋をかきまわし、ミス・マーヴァにテキサス料理の基礎を教えてもらった。

ミス・マーヴァの指導の下、生のコーンを穂軸からはずし、ベーコンの油でいためてから、ミルクとクリームを同量ずつ加え、じわっと頰の裏につばがたまってくるほどおいしそうなにおいが漂うまでかき混ぜた。白いクリームグレービーをかけたチキンフライドステーキや、コーンミールをまぶしてフライパンで焼いたオクラ、豚の腿の骨といっしょに煮込んだピントビーンなどの料理のつくり方も習った。ミス・マーヴァは秘伝のレッドベルベットケーキのつくり方まで教えてくれた。ただし、プロポーズしてほしいという相手が現れるまでは男にこのケーキを焼いてあげてはだめよと言われていたが。

一番難しかったのは、ミス・マーヴァ特製のチキン・アンド・ダンプリングだった。ミス・マーヴァはレシピも見ず、目分量でつくっていたが、それがまた、涙が出るほどおいしかった。こってりもちもちしていて、とろけそう。彼女はカウンターの上に小麦粉を小山のようにのせ、そこに塩と卵とバターを加えて、よく混ざるまで手でこねる。それをめん棒で平らに伸ばして長い帯状にカットし、ホームメイドのチキンスープの中で茹でる。このチキン・アンド・ダンプリングを食べれば、たいていの病気は治ってしまう。ミス・マーヴァは、ハーディがウェルカムを発ったあとすぐに、わたしのために一鍋つくってくれた。それを食べているあいだだけは、心の痛みをほとんど忘れることができた。

ミス・マーヴァにキャリントンを見てもらい、わたしは給食の入った容器を配る手伝いをした。「宿題はないの、リバティ?」と彼女はきいたものだったが、わたしはいつも首を横に振った。ほとんど宿題はしていなかった。規定の出席日数を満たすぎりぎりの数の授業にしか出席しなかったし、高校を卒業してから大学に行くことはまったく考えていなかった。母が娘の心のケアや教育のことに関心がないのなら、そんなことはどうでもいいやと思うようになっていた。

ルーク・ビショップはしばらくのあいだ、ベイラーから帰ってくるとわたしをデートに誘ってくれたが、いつも断わっているうちに、だんだん電話もこなくなった。ハーディがいなくなって以来、わたしの中の何かが停止してしまったかのようだった。それがいつ、どうやったら、ふたたび動きだすのか、わたしにはわからなかった。愛のないセックスと、セックスのない愛を経験し、いまはそのどちらともかかわりたくなかった。ミス・マーヴァは自分の考えで生きることをはじめてみたらとアドバイスしてくれたが、その言葉がどういう意味なのか理解できなかった。

サドレックとのつきあいが一年になろうというとき、母は彼と別れた。荒っぽいことには相当慣れていたものの、やはり限界があったのだ。ときどきふたりで踊りに行っていた安酒場での出来事だった。サドレックがトイレに行っている隙に、酔っぱらったカウボーイ――彼は本物のカウボーイで、郊外にある一万エーカーほどの小さな牧場で働いていた――が母にテキーラを一杯おごった。

テキサスの男たちは、よその州の男よりも、縄張り意識が強い。なにしろ、自分の土地のまわりに柵をめぐらせ、家を守るために夜はナイトスタンドにショットガンを立てかけて寝るような土地柄だ。人の彼女にちょっかいを出せば、殺されてもしかたがないと見なされる。だから、そのカウボーイはいくら酔っぱらっていたとはいえ、わきまえるべきだったし、多くの人が、彼がサドレックにこっぴどくぶちのめされたのは当然だと言った。しかしサドレックの凶暴さは尋常ではなかった。駐車場でさんざん殴りつけたうえに、ブーツの五センチのヒールで蹴って瀕死の重傷を負わせた。さらにトラックから銃を持ってきて、とどめを刺そうとしたところを、ふたりの友人に止められて、殺人を犯す一歩手前で踏みとどまったのだ。あとで母から聞いた話では、カウボーイのほうがずっと体が大きかったのがとても不思議だったそうだ。サドレックがとうていかなう相手ではないように見えたらしい。ところがときとして、卑劣さが筋肉を圧倒することがある。サドレックがどんな悪人になりうるかを見てしまった母は、彼と別れることにした。ハーディが去ってから、一番幸福に感じられた出来事だった。

ところが、それも長くはつづかなかった。サドレックは母を――というかわたしたち一家を――そっとしておいてはくれなかった。彼は昼も夜もおかまいなしに家を訪ねてくるようになり、しまいには電話のベルのうるささで耳鳴りがするしまつだった。キャリントンはしょっちゅう睡眠を中断されて、気むずかしくなっていた。サドレックは車で母をつけまわし、仕事帰りや、食事や買い物に出かけるときにもつきまとった。しばしば彼は家の前にトラックを停めて、わたしたちのようすを観察していた。自分の部屋で着替えようとしたときに、サドレックが隣の農地に面している裏窓からこちらをのぞいているのを見てしまったこともあった。

ストーカー行為を、求愛の一種と考える人がいまだにたくさんいるのが不思議でたまらない。あなたが有名人でないかぎり、ストーキングとは言わないのよ、と母は何人かの人に言われた。ついに警察に訴えたときにも、警官は何もしようとしなかった。彼らは、ちょっとふたりの仲がこじれているだけだろうと考えていた。母はまるで自分が悪いことをしたように当惑し、恥じ入った。

最悪だったのは、サドレックの作戦がまんまと成功したことだ。母はついに疲れ果て、彼のところに戻るのが一番楽だと考えるようになった。彼といっしょにいたいのだと思い込もうとさえした。だが、わたしから見ると、ふたりはつきあっていたのではなかった。母は捕虜にされていたのだ。

しかし関係は大きく様変わりしていた。サドレックは母の体を取り戻しはしたが、昔のような彼好みの女ではなくなっていた。もしも母に自由が許されたなら、彼にぜったい煩わされることがないという保証があったなら、母は逃げ出していたかもしれない。「逃げ出していただろう」とは言わず、「かもしれない」と言ったのには理由がある。困ったことに、母の心の中には、それでもまだサドレックに惹かれている部分が残っていたようだった。

ある晩、キャリントンを寝かしつけてベビーベッドに入れた直後に、ドアをノックする音がした。母はサドレックとヒューストンに出かけていた。

なぜだかわからないけれど、警官のノックはほかの人のノックと音が違う。彼らがげんこつでドアをたたく音を聞くと、背骨がこわばってしまうのだ。その陰気で威圧的な音を聞いて、わたしは即座に何か悪いことが起こったのだと悟った。ドアを開けると、ふたりの警官が立っていた。いまとなっては彼らの顔は思い出せない。ただ、水色のシャツに濃紺のズボンという制服姿と、その服には盾の形をしたワッペンがついていて、クロスした赤い線と小さな地球の刺繍が施されていたことだけを覚えている。

その夜、母を見た最後の瞬間を思い出した。わたしは静かに、しかし内心いらだちながら、ジーンズとハイヒール姿の母がドアのほうへ歩いて行くのを見つめていた。たいして意味のない言葉をひとことふたこと交わし、母は朝まで帰らないかもしれないと言った。わたしは肩をすくめて、「わかった」と答えた。わたしはずっと、この会話があまりにも日常的すぎたことが気になってしかたがなかった。だれかともうこれきり会えないというときには、何か特別なことが話されるものではないのか。ところが母はにこっと短く笑って、無用心だからしっかり鍵をかけるのよと注意し、わたしの人生から去ってしまったのだ。

警官は、事故は東の高速道路で起こったと言った。まだ州間高速道路一〇号線が完成する前のことで、十八輪連結トレーラーがめちゃくちゃなスピードで走っていた。車線は狭く、見通しが悪かったこともいい条件とは言えなかった。

サドレックは高速を下りた支線道路で赤信号を無視して突っ走り、トラックと正面衝突した。トラックの運転手の怪我は軽かった。サドレックは車から助け出されて病院に運ばれたが、一時間後に大量の内出血で亡くなった。

母は即死だった。

お母さんはおそらく、何が起こったのかわからないうちに亡くなられたでしょう、と警官は説明した。それはせめてもの救いだった。ただ……ほんの一秒くらいは、ああ、自分は死ぬんだと考える時間があったんじゃないだろうか。ぼんやりと世界が粉々に砕けていくのを感じたはずだ。肉体が限界を越えるダメージを受け、ぼっと引火するようにすべてがはじけ散る瞬間があったのではないか。母はそのあと事故現場の上を漂い、空からかつて自分だったものの姿をながめたのかしら。天使が迎えに来てくれたのだといいけれど。そして天国への切符をもらうことで、わたしやキャリントンを残していくという母の悲しみが少しでも癒され、望むならいつでも雲のあいだから、わたしたちのようすをながめることができるといい。でも、わたしはそれほど信仰心が強いほうではなかった。わかっていたのは、母がわたしの手の届かないところへ行ってしまったということだけだった。

そしてついにわたしは、ミス・マーヴァが「自分で明かりを照らして、生きていかなくちゃだめ」と言っていた意味を理解した。真っ暗闇を歩いているときには、だれかに、あるいは何かに、行く手を照らしてもらえることを期待してはならない。自分の心の明かりに頼らなければならないのだ。でなければ、道を見失ってしまう。母がそうだったように。

そしてもし、わたしが母の轍を踏んでしまったら、キャリントンにはほかにだれも頼る人はいないのだ。

11

母は生命保険に入っていなかったし、貯金もほとんどなかった。残してくれたものは、トレーラーハウスと少々の家具、車、そして二歳の妹だけだった。それら一切合財を、仕事の経験もない高校を卒業したての女の子が守っていかなければならないのだ。夏休みや放課後はキャリントンの世話に明け暮れていたから、就職の紹介状を書いてもらえそうな人は、教会の給食宅配のボランティアをいっしょにした人くらいしかいなかった。

精神的ショックはむしろありがたかった。おかげで、この降ってわいたような災難を、自分の気持ちはとりあえず脇に置いて、わりあい客観的に見ることができたし、やるべきことを着実にこなしていけた。まずは、葬儀の手配だった。それまで葬儀場に足を踏み入れたことがなかったので、きっと気味の悪い、物寂しい場所なんだろうと思っていた。ひとりで大丈夫だと断わったのだが、ミス・マーヴァはついてきてくれた。昔、そこの支配人のミスター・ファーガソンとつきあっていたのだそうだ。いまは奥さんを亡くして独身だという。ミス・マーヴァは彼の髪がどれくらい残っているのか楽しみにしていた。

髪のほうは豊富に残っているとは言いがたかったが、ミスター・ファーガソンはそれまで会ったことのある人の中で一番の好人物だった。白い柱が立っている黄褐色の煉瓦づくりの葬儀場も明るく清潔で、居心地のいいリビングルームのようだった。応接コーナーには青いツイードのソファと、大きなスクラップブックが置かれているコーヒーテーブルがあり、壁には風景画が何枚か掛かっていた。陶磁器の皿に並べられたクッキーと、大きな銀色のコーヒーポットに入ったコーヒーを出してくれた。打ち合わせがはじまると、ミスター・ファーガソンはさりげなくテーブルの上のクリネックスの箱をそっとこちらに押してくれたので、わたしはその心遣いに感謝した。けれどもわたしは泣いてはいなかったし、感情は凍りついたままだった。ミス・マーヴァがクリネックスの半分くらいを使ってしまった。

ミスター・ファーガソンは、賢く親切でちょっと下にたるんだバセットハウンド犬みたいな顔をしていた。茶色の目は溶けたチョコレートのようだった。「死者を弔う一〇のルール」という冊子を差し出し、お母さまはご自分の葬儀について事前に何か計画されていましたか、と上手に切り出した。「いいえ」とわたしは正直に答えた。「母は計画性のある人じゃなかったんです。カフェテリアで注文を決めるのに、日が暮れるまでかかるほどでしたから」

ミスター・ファーガソンの目じりのしわが深くなった。「わたしの妻もそうでした。前もって計画するのが好きな人と、いきあたりばったりで生きるのが好きな人がいるのですね。どちらが悪いとも言えません。わたしは、計画しておくのが好きなタイプですがね」

「わたしもです」と答えたが、まるっきり真実というわけではなかった。わたしはいつも母の例にならって、いきあたりばったりに暮らしてきたように思う。でもこれからわたしは変わる。そうしなければならないのだ。

ラミネート加工された値段表を示して、ミスター・ファーガソンは葬儀の予算へと話題を移した。支払いをしなければならない項目が一覧表になっていた。埋葬料金、税金、死亡通知、死体防腐処理の費用、墓のコンクリートの内壁、霊柩車レンタル料、音楽に墓石。

ああ、たいへんな出費だ。

借金でもしないかぎり、母が残した現金のほとんどが消えてしまう。でも、借金はいやだった。借金という名の、破滅に向かう滑り台に乗った人々の末路をわたしは見てきた。ほとんどの場合、ふたたび這い上がってこられる人はいない。それがテキサスだ。わたしたちがまっとうに暮らせるように支援してくれる保護施設も制度もなかった。頼みの綱は親戚だけだが、わたしにもプライドがあった。赤の他人も同然の、会ったこともない親戚をさがし出して、金の無心をしたいとは思わなかった。母の葬儀はなるべく安上がりにしなければならない。そう思うと、のどが締めつけられるような気がして、目の奥が熱くなってきた。

母は教会に通っていなかったので、無宗教のお葬式にしてくださいと言うと、「無宗教なんてだめよ」とミス・マーヴァが反対した。あまりのショックに彼女のすすり泣きはひっこんでしまった。「ウェルカムでは、そんなのありえないわ」

「ところがね、マーヴァ」ミスター・ファーガソンが言った。「驚くなかれ、この町にも宗教を信じない人たちがいるんだ。ただ、公然と認めるのははばかられるのか、あるいはそんなことを言ったら、がちがちの聖書信奉者が、ベゴニアの鉢だとかドーナッツ形のケーキだとかを持って大勢押しかけてきて迷惑だと思っているんだよ」

「あなた、異教徒になってしまったの？」とミス・マーヴァが詰め寄ったので、彼はほほえんだ。

「いいや。だが、神に救ってもらわなくてもいいと考える人々もいるということを受け入れる気持ちになっただけだ」

無宗教の葬儀について話し合ったあと、わたしたちは棺が陳列されている部屋へ行った。少なくとも三〇はあった。ピンからキリまで、こんなにたくさん種類があるのを知って、わたしはびっくりした。棺の外側の材質を選ぶだけでなく、内張りをベルベットにするかサテンにするか、そして色の選択も可能だった。中敷のマットレスの硬さまで決められると知って、なんだか複雑な気持ちになった。まるで、死者が安らかに眠れるかどうかがそれで決まるみたいではないか。

オーク材でできたフレンチプロヴィンシャル風のニス仕上げの棺や、表面が艶消しのブロンズで覆われているスチール製の棺——中には刺繍つきヘッドパネルがついている——などの高級品は四〇〇〇から五〇〇〇ドルもした。また、部屋の一番奥には、これ以上派手なものはないと思えるような棺が置かれていた。モネの絵画そっくりに、黄色や青、緑にピンクといった色で、水面や花や橋などが手描きされていた。内張りは房飾りのついたブルーのサテンで、同じ素材の枕と上掛けまでついていた。

「お気に召したのはありましたか」とミスター・ファーガソンが少し困ったような笑みを浮

かべてきいた。「ある棺桶業者が今年はアート風が売れ筋だと勧めていますがね、こんな田舎町にはちょっとけばけばしすぎるとわたしは思います」

母にはこれがぴったりだと思った。俗っぽくてけばけばしいと思われたってかまわない。二メートル下に埋められてしまえばだれの目にも触れないのだ。永遠に眠るとしたら、地下に隠された秘密の花園の中がいいし、ブルーのサテンの枕で眠りたい。「これはおいくらですか？」

ミスター・ファーガソンはなかなか答えようとしなかった。そしてついに口を開いたとき、その声はとても静かだった。「六五〇〇ドルです、ミス・ジョーンズ」

一〇分の一の値段だったら、なんとかなったかもしれない。

貧しい人々には選択肢はほとんどないし、ふだん彼らはそういうことをあまり考えたりしない。とりあえずは手に入れられる最善のもので我慢し、手の届かないものはあきらめ、自分の力ではどうすることもできないことによって人生が台無しにならないよう神に祈るだけだ。けれどもときには、その現実に傷つくことがある。のどから手が出るほど欲しいものがあっても、ぜったいに手に入れることができないとわかっているときだ。母の棺の件ではそれを思い知らされた。そしてこれから先も同じことが待っていると実感した。きれいな家、キャリントンのための服や歯の矯正、教育——こうしたことが、貧乏白人と中流階級を分けている深い溝を渡る切符になる。でも、わたしの稼ぎではとうてい買えないものばかりだ。どうしてそれまで、自分が非常に切迫した状況に置かれていることをしっかり把握していなかったのか不思議だった。母が生きていたときから考えているべきだったのに、どうしてのんきに、何も考えずに生きてきたのだろう。胃がぎゅっとつかまれるような気がした。

わたしはこわばった足取りで、ミスター・ファーガソンのあとについて、廉価な棺が並んでいる壁際に行き、白いタフタで内張りしたラッカー塗りの松材の棺を見つけた。六〇〇ドルだった。それから、墓石や墓標が並んでいる場所に戻り、ブロンズの長方形のプレートを選んだ。いつかきっと、これを大きな大理石の墓石に変えるんだ、とわたしは心に誓った。

事故のニュースが行きわたると、まったく知らない人や、たまにあいさつを交わす程度の人まで、キャセロールやパイやケーキを持ってきてくれた。アルミホイルで包まれた料理が、カウンター、テーブル、冷蔵庫、そしてガスレンジの上と、家中のあらゆるところに置かれた。テキサスの女たちはだれかが亡くなると、とっておきのレシピを引っ張り出す。たくさんの人がレシピを書いたメモを料理にかかっているホイルやラップにテープで貼りつけてきた。こういうことはめずらしいのだが、わたしをできるかぎり応援してやろうというのが、みんなの共通する思いだったのだろう。たいていが四品か五品の材料でできる簡単な料理で、バザーや教会の食事会で見かけるものばかりだった。

食欲がまったくないときに、こんなにたくさんの食べ物をもらっても、正直なところ困ってしまった。レシピのカードをはずしてマニラ封筒にしまい、ほとんどの料理をケイツ家に持っていった。このときばかりはミス・ジュディーのよそよそしさがありがたかった。どんなに同情してくれていたとしても、彼女は感情を表に出さないからだ。

死ぬほどハーディを必要としているときに、彼の家族に会うのはつらかった。ハーディに戻ってきてほしかった。わたしを救い出し、助けて欲しかった。ぎゅっと抱きしめて、その腕の中で泣かせてもらいたかった。でも、ミス・ジュディーに、ハーディから何か連絡はありましたかと尋ねると、まだなの、しばらくは忙しくて手紙も電話もよこせないらしいわという答えが返ってきた。

母が亡くなって二日目の夜、やっと泣くことができた。ベッドにもぐりこんで、キャリントンの小さなむっちりした体の隣に横たわったときだった。キャリントンは眠ったまま体をすり寄せてきて、子どもらしいため息をついた。その声がわたしの心の殻を破ったのだ。二歳のキャリントンには、死を理解することはできなかった。もう母には会えないのだということがこの子にはわからない。ママはいつ帰ってくるのと何度も何度もきいてきて、ママは天国へ行ったのと説明しても、ねえ、アイスキャンディーをちょうだい、などと話の腰を折る。わたしはキャリントンを抱いて横たわり、これからわたしたちはどうなるのだろうと不安にかられた。ソーシャルワーカーがやってきてキャリントンを取り上げてしまったら、あるいはキャリントンが重い病気にかかったら、どうしよう。世間のことを何も知らないわたしが、キャリントンをきちんと育てていけるのだろうか。

請求書の支払いをしたこともなかったし、社会保障カードがどこにしまってあるかも知らなかった。それから、キャリントンが母のことをすっかり忘れてしまうのではないかと心配だった。もし忘れてしまったら、母の思い出を共有できる人はこの世にひとりもいなくなってしまう。そう思うと涙があふれてきて、止まらなくなった。しばらく涙を流しつづけているうちに、激しく声をあげて泣きだしてしまったので、とうとうバスタブに湯を入れて、子どもみたいにひざをかかえてその中にうずくまった。湯の中に涙を落としながら泣いているとひどくだるくなって、心がしだいに落ち着いていった。

「お金が要るんじゃない？」喪服に着替えているわたしに友だちのルーシーが率直に尋ねた。葬儀から帰ってくるまで、彼女がキャリントンを見てくれることになっていた。「少しうちで貸すことができるわ。それからパパが、よかったらうちの質屋でアルバイトしないかって」

　母の事故からの日々を生き抜けたのは、ルーシーのおかげだった。援助は断ったが、先回りしていろいろなことをしてくれていた。キャリントンを自分の家で預かって、わたしがひとりになれる時間もつくってくれた。おかげで電話をかけたり、トレーラーを掃除したりして、静かにすごすことができた。

　また、自分の母親といっしょにやってきて、ふたりがかりで母の遺品をダンボールに詰めてくれた。ひとりではそんなことはとてもできなかっただろう。母のお気に入りのジャケット、白地にデイジーの花が散っているラップドレス、髪に巻いていたピンクのガーゼ地のスカーフ。そうしたものたちの、どのひだや折り目にも、母の思い出がちりばめられていた。夜になって、わたしはまだ洗濯していないTシャツを着てみる気になった。母の肌のにおいと、エスティローダーの化粧水の香りが残っていた。どうやったらこの香りをずっと保っておけるのかわからなかった。それが消えてしまったら、もっと母のにおいをかいでおけばよかったと思うだろう。そして、その香りはわたしの記憶にしか存在しなくなるのだ。

ルーシー母娘は母の衣類を店の保管庫に入れて、鍵をくれた。保管料は店持ちだし、永久にそこに入れておいていいのよとミセス・レイズは言ってくれた。

「あなたの都合のいいときだけ働きにくればいいの」とルーシーは熱心に勧めた。

でも、その話は断わった。質屋の店に人手は足りていたし、同情心から申し出てくれたのだとわかっていたからだ。レイズ家の人々の親切には口で表せないほど感謝していたが、寄りかかってしまったら、友情はつづかない。

「よくお礼を言っておいてね。でも、フルタイムで働かなきゃならないと思うの。どんな仕事がみつかるかわからないけど」

「前からずっと言ってたでしょ。美容学校に行くべきよ。きっとすばらしい美容師になるわ。将来、きっと自分の店を持てる」ルーシーはわたしのことをよくわかっていた。シャンプーにカットにメイクといった美容院の仕事は、ほかのどんな仕事よりも魅力的だった。

「でも、全日制の学校に通っても、資格を得るのに九カ月くらいかかるわ」とわたしは残念そうに答えた。「それに、授業料も払えないし」

「うちから借りれば――」

「だめ」わたしは黒いアクリルの袖なしセーターを頭からかぶって、スカートの中にたくしこんだ。「借金からスタートできないわ、ルーシー。でないと、きっと借金まみれの人生になっちゃう。いまそのお金が工面できないなら、貯金がたまるまで待たなきゃ」

「いつまで経ってもたまらないかもよ」彼女は明らかにいらだった目でわたしを見つめた。「ねえ、シンデレラみたいに妖精がやってきて、ドレスと馬車を用意してくれるのを待つつもりなら、ぜったいにそんなことは起こらないんだからね」

わたしは鏡台にのっていたブラシを取って髪をとかし、低めのポニーテールに結んだ。「人をあてにはしないわ。自分でやるのよ」

「お願いだから、素直に援助を受けて。わざわざ困難な道を選ぶことはないのよ」

「わかっている」いらだちを飲み込んで、わたしは口の両端をなんとか吊り上げて笑顔をつくった。友だちとして親身になってくれているんだと思えば、押しつけがましさも耐えられる。「それに、あなたが思っているほどわたしは頑固でもないわ。ミスター・ファーガソンがおまけで棺のグレードを上げてくれたときには、ありがたく受けたでしょ？」

葬儀の前日、ミスター・ファーガソンが電話をくれて、耳よりな話があるのですが興味はありますかときいてきた。彼は慎重に言葉を選んで、棺の製造元がアートモデルのセールをはじめたので、モネの棺が割引価格になったと説明した。最初の価格が六五〇〇ドルだったので、いくらセールといっても買えないと思いますとわたしは答えた。

「それが、ほとんどただ同然なのですよ」とミスター・ファーガソンはさらに言葉を重ねた。「実際、あのモネの棺にいたっては、ちょうどあなたがお買いになった松材の棺と同じ値段なのです。差額はなしでお取り替えできますよ」

わたしは驚いて口がきけなかった。「本当ですか？」

「ええ、そうです」

ミスター・ファーガソンの厚意は、おとといの晩、彼がミス・マーヴァとデートしたことに関係があるのではと勘ぐったわたしは、デートで何があったの、と彼女にきいた。

「リバティ・ジョーンズ」とミス・マーヴァは憤慨して言った。「棺を値引きさせるために、わたしが彼と寝たって言いたいの？」

わたしは赤面して、侮辱するつもりはなかったのと謝った。それに、もちろんそんなことは考えてもいなかった。

それでもぷりぷり怒りながら、ミス・マーヴァは言った。もしわたしがアーサー・ファーガソンと寝ていたら、彼はそのいまいましい棺をただであなたにくれたでしょうよ。


埋葬の儀式は美しかった。ウェルカムの基準からするといくぶんスキャンダラスではあったが。ミスター・ファーガソンが式の司会を務め、母とその人生について簡単に語り、ご友人がたやふたりのお嬢さんはどんなにか彼女を懐かしく思うことでしょうと述べた。サドレックに関してはひとことも語られなかった。彼の親戚は、遺体をサドレック一族の多くが暮らす故郷のメスキートに運んだ。ブルーボネット・ランチには新しい支配人が雇われた。

母の職場の友人で、紅茶色の髪をした小太りの女性が詩を朗読してくれた。

わたしの墓の前でどうか泣かないで
そこにわたしはいないのだから、眠ってはいないのだから
わたしは空をわたる千の風
ダイヤモンドのようにきらめく雪
たわわに実る穀物にふりそそぐ太陽
穏やかな秋の雨
朝の静けさの中であなたが目覚めるとき
わたしは弧を描きながら飛ぶ鳥になって
ひゅっと天高く舞い上がる
夜にはやさしく空で輝く星になる
わたしの墓の前でどうか泣かないで
わたしはそこにいないのだから、死んではいないのだから

宗教的な詩ではなかったけれど、朗読が終わったときには多くの人の目に涙が光っていた。わたしは、キャリントンとわたしの分として、二本の黄色い薔薇を棺の上に置いた。ほかの州では赤い薔薇が好まれるかもしれないが、テキサスでは黄色だ。棺を下ろすときに花もいっしょに埋葬します、とミスター・ファーガソンは約束してくれた。

式の最後に、わたしたちはジョン・レノンの『イマジン』を歌った。何人かはほほえんでくれたが、多くの人々は眉をひそめた。母の年齢と同じ、四二個の白い風船が暖かな青空に昇っていった。

ダイアナ・トゥルーイット・ジョーンズにふさわしい葬儀だった。母も気に入ってくれただろうと思う。式がすむと、わたしは矢も盾もたまらずキャリントンに会いたくなった。あの子を長いあいだぎゅっと抱きしめて、ママとそっくりのあの淡い色の金髪をなでたかった。キャリントンがこんなに壊れやすく、いろいろな種類の害に侵されそうなか弱い存在に思えたことはなかった。

車の列に目をやると、色つきガラスの黒いリムジンが遠くに停まっているのに気づいた。ウェルカムのような土地ではリムジンはめったに見かけないから、かなり目立った。車のデザインは最新式で、ドアもウィンドウも閉じられているその外観は完璧な流線型だった。

その日、葬儀はひとつだけだった。リムジンの中に座っているのがだれかは知らないが、その人が母の知り合いで、遠くから式をながめていたのはたしかだ。わたしはじっと立ちつくし、リムジンを見つめた。わたしの足が動いた。おそらくその人に、墓の近くへどうぞいらしてくださいと言いたかったのだと思う。しかし、わたしが歩きはじめると、リムジンはゆっくりと走り去っていった。

あれがだれだったのか永久にわからないのだと思うと、なんだかいやな気分だった。

葬儀のすぐあと、わたしがキャリントンの法的後見人としてふさわしいかどうかを審査するために、裁判所から任命された訴訟後見人《GAL》がやってきた。GALの手数料は一五〇ドルだそうだが、うちにいたのが一時間にも満たないことを思えば、法外な値段だ。ありがたいことに裁判所はその手数料を免除してくれた。うちの貯金では支払いができなかっただろう。

キャリントンはいい子にしていなければならないと感じたようだった。GALが観察しているあいだ、彼女は積み木遊びをし、お気に入りの人形の服を着せ替え、ABCの歌を最初から終わりまで歌った。GALがわたしに、キャリントンの育て方や、自分の将来の計画について質問しているあいだ、キャリントンはわたしのひざに登ってきて、愛情深く何度もわたしの頬にキスをした。そしてキスのたびに、自分のしぐさがちゃんと伝わっていることを確認するかのように、GALをちらりと見るのだった。

次の段階は驚くほど簡単だった。家庭裁判所へ行き、ミス・マーヴァ、小児科医、ラム・オブ・ゴッド教会の牧師からの手紙を提出した。それらの手紙にはすべて、わたしの性格および養育能力に関して好意的な意見ばかりが書かれていた。判事はわたしが職に就いていないことに対する懸念を述べて、すぐに何か仕事をさがすようにと助言し、ときどきソーシャルワーカーが訪ねていくから心得ておくようにと念を押した。

審問が終わったあと、裁判所の係の人に七五ドルの小切手を書くようにと言われた。わたしはバッグの底にあった紫色のラメ入りペンで小切手にサインした。あとで記入しなければならない申請書などの書類と、後見人の証明書が入ったホルダーを渡された。なんだか、たったいま、キャリントンを店で買って、レシートをもらったような気分だった。

裁判所を出ると、階段の下で、ルーシーがベビーカーにキャリントンを乗せて待っていてくれた。この数日間で初めて、わたしは声を立てて笑った。キャリントンがぷっくりした手にダンボール製のプラカードを持っていたからだ。それにはこう書いてあった。「わたしはリバティ・ジョーンズの所有物です」

12

テックスウェストで飛ぼう！

人間優先のやりがいのある空の仕事――フライトアテンダントになって世界中を旅し、たくさんのことを学んで視野を広げましょう。テックスウェストはいまわが国で急成長中のコミュータ機専用航空会社です。カリフォルニア州、ユタ州、ニューメキシコ州、アリゾナ州、またはテキサス州に居住可能なこと。高卒以上。身長一五〇センチ以上一七二センチ未満。説明会に参加して、テックスウェストの刺激的な可能性を発見してください。

わたしは昔から飛行機が大嫌いだった。そもそも空を飛ぶなんて、自然の法則に反する行為だ。人間は地面の上に立っているべきなのだ。

広告を下に置き、ベビーチェアに座っているキャリントンのほうを見ると、長いスパゲッティを口に入れているところだった。髪は頭のてっぺんで結んで、大きな赤いリボンのクリップをつけていた。着ているものはおむつだけ。トップレスで食べたほうが、食事のあとの始末がずっと楽だ。

キャリントンはぶすっとした顔でこちらを見た。スパゲッティソースのオレンジ色のしみが口のまわりや顎についている。

「オレゴンに引っ越すのってどう?」とわたしはきいた。

小さな丸い顔にぱっと笑みが浮かび、白いすきっ歯が見えた。「いいともお」

これは最近のキャリントンのお気に入りの言葉だった。もうひとつは「だめえ」

「わたしが飛行機に乗って、ビジネスマンにジャック・ダニエルズの小瓶を配っているあいだ、あなたは保育園に行くの。どう?」

「いいともお」

キャリントンがめざとく細切れのニンジンをつまみ出すのをわたしは見つめた。こっそりスパゲッティソースに混ぜておいたものだ。栄養のある野菜をスパゲッティの麺からできるかぎり取り除いてから、キャリントンはつるつると麺を口の中に吸い込んだ。

「野菜もいっしょに食べなさい。でないと、あなたをブロッコリーに変えちゃうわよ」

「だめえ」キャリントンは口いっぱいにスパゲッティをほおばって笑った。

わたしはふたたびメモを熱心に読みはじめた。就業経験がない高卒の女の子でも応募できる仕事について調べたメモだ。雇ってもらえそうなのは、コンビニのレジ係、下水道ポンプ操作員、ハッピーヘルパーの派遣清掃員、子守り、獣医クリニックのグルーマーくらいだった。給料は予想どおり、すずめの涙程度だ。一番気が進まない職業は子守り。キャリントンを人に預けて、よその子どもの世話をするなんてばかげている。

わたしは新聞広告という形をした限られた選択肢に囲まれて座っていた。自分がちっぽけで、無力に思えた。そういう気持ちに慣れてしまいたくなかった。長つづきする仕事が必要だ。わたしにとっても、キャリントンにとっても、転々と職を変えるのはいいことではないだろう。それに、コンビニの店員では昇格はほとんど望めない。

キャリントンがニンジンのかけらを目の前の新聞紙の上に捨てているのに気づいて、わたしはぶつぶつ文句を言った。「まったくもう、やめなさいったら、キャリントン」新聞紙を取り上げて、丸めて捨てようとしたとき、オレンジ色で網がけした広告に目が止まった。

一年未満であなたもプロに！
腕のいい美容師は、好不況に関係なく、いつでもどこでも引っ張りだこ。毎日何百万人もの人々が、行きつけの美容院でカットやヘアカラーやパーマなどのサービスを受けています。イースト《E》ヒューストン《H》美容《A》学校《C》で知識と技術を身につければ、あらゆるタイプの美容ビジネスですばらしいキャリアを築けることは間違いなし。さあ、いますぐＥＨＡＣに入学して、未来に向かって出発しましょう！
該当者には奨学金制度あり。

トレーラーパークの人々はよく仕事という言葉を口にする。ブルーボネット・ランチの住人も、仕事にあぶれているか、仕事をさがしているか、仕事を避けているか、仕事しなさいと他の人にがみがみ説教しているかのどれかだ。でも、キャリアという言葉を使う人にはお目にかかったことがない。

わたしは美容師の資格を取りたくてたまらなくなった。そうすればいろいろな場所で働けるうえに、希望の額の収入も得られるだろう。ヘアスタイリストとしての素質はあると思うし、なによりも強いモチベーションがある。ないのは金だけだ。

でも、入学願書を出しても無駄だ。わたしは自分の手を、他人の手であるかのように見つめ、ニンジンのくずを払いのけて広告を破り捨てた。

美容学校の校長であるミセス・マリア・ヴァスケスは、腎臓の形をしたオーク材の机の後ろに座っていた。部屋の壁は薄いアクアブルーで、金属の額縁に入った何枚かの美しい女性の写真が、バランスのいい間隔で掛かっていた。美容スタジオや実習室のにおいが、この受付エリアにまで漂ってきていて、ヘアスプレーやシャンプーや鼻につんとくるパーマ液の香りがした。大好きな美容院のにおいだ。

校長がヒスパニックの女性だと知ってびっくりしたが、その驚きを表に出さないようにした。いかり肩のスリムな女性で、髪にはメッシュを入れ、厳しい骨ばった顔つきをしていた。

校長は、入学は認めるけれども、学期ごとに奨学金を受けられる生徒の数は決まっているため、志願者全員が奨学金を受けられるわけではないと説明した。奨学金なしで通学できない場合には、ウェイティングリストに名前をのせて来年まで待つこともできますが、そうするつもりがありますか、ときかれた。

「はい」とわたしは答えたが、失望で顔はこわばり、笑みはほとんど消えそうになった。わたしは即座に、心の中で自分に言い聞かせた。世界の終わりが来たわけじゃない、待っているあいだにも、いろいろやるべきことがあるんだから。

ミセス・ヴァスケスはやさしいまなざしで、空きができたときには電話をします、またお会いできるのを楽しみにしていますよ、と言った。

家に帰る車の中で、ハッピーヘルパーのグリーンの制服を着た自分を想像してみた。それほど悪くないかもしれない。他人の家を片づけたり、掃除するのは、自分の家を掃除するよりずっと簡単だもの。がんばろう。世界で一番働き者のハッピーヘルパーになるんだ。

ひとりごとを言いながら運転していたので、向かう方向にあまり注意を払っていなかった。どうやら近道ではなく回り道を選んでしまったらしく、墓地の横の道に出た。スピードをゆるめて墓地の中に入り、墓地事務所の前を通り抜けた。車を停めて、墓石のあいだをそぞろ歩く。御影石や大理石の墓石がにょっきり土の中から生えているみたいに見える。

母の墓は一番新しく、そこだけ盛り土がされて、芝の絨毯の秩序を乱していた。わたしは母の墓の足元に立った。これがほんとうに現実に起こったことなのか、たしかめずにいられない気分だった。ブルーのサテンの枕に頭をのせて上掛けに包まれた母が、モネの棺の中に横たわり、この土の下に埋められているというのがどうしても信じられない。わたしはブラウスの袖を引っ張って、ひたいの汗を拭った。

高ぶった気持ちが鎮まってくると、ブロンズの墓標の横に、鮮やかな黄色のかたまりがあるのに気づいた。墓をぐるりとまわって、その正体をたしかめに行った。黄色い薔薇の花束だった。花は地面に埋め込まれたブロンズの花入れに生けてあった。葬儀屋のカタログでそんな花瓶を見た覚えがあったが、三五〇ドルもしたので、買おうという気さえ起きなかった。いくらミスター・ファーガソンがいい人だからといって、こんな高価なおまけをつけてくれるとは思えなかったし、ひとことも言わずにいるわけがない。

花束から一本薔薇を抜き取り、花を顔に近づけた。高い気温のおかげで香りが熟し、半開きの花は芳香をまき散らしていた。黄色い薔薇の多くは香りがないものだが、これがどういう品種か知らないけれど、パイナップルのような強烈な香りを放っていた。

親指の爪でトゲをはがしながら、墓地事務所まで歩いて行った。受付には、赤みがかった茶色の髪をヘルメットみたいなスタイルにしている中年の女性が座っていた。ブロンズの花瓶を母の墓に供えた人はだれですかと尋ねると、個人情報ですのでお教えできませんと彼女は答えた。

「でも、わたしの母の墓なんですよ」腹が立つというより、あきれてわたしは言った。「他人がそんなことを勝手にしてもいいんですか？　断わりもなしにものを置くなんて」

「撤去してほしいということでしょうか？」

「いいえ、そういうわけでは……」あのブロンズの花瓶はそのままにしておいてもらいたかった。買えるお金があったら、自分であれを墓に備えつけただろう。「でも、だれが母の墓に供えたのか知りたいのです」

「お教えできません」一、二分押し問答したあと、受付係は、あの薔薇を届けた花屋の名前なら教えられると言った。フラワーパワーという名前のヒューストンの店だった。

それから二日間は、雑用をしたり、ハッピーヘルパーに提出する履歴書を書いたり、面接に出かけたりですぎてしまった。その花屋に電話する時間がやっとできたのは、週の終わりごろだった。電話に出た若い女性は、わたしにひとこともしゃべる隙を与えず、「少々お待ちください」と言って保留にしてしまったので、ハンク・ウィリアムズの低い歌声を聞かされるはめになった。

わたしは受話器をゆるく耳にあてて、蓋をしたトイレの端に腰掛け、キャリントンがお風呂で遊んでいる姿をながめていた。熱心に紙コップから別の紙コップに水を注ぎ入れていたかと思ったら、今度はそれにリキッドソープを入れて指でかきまわしている。

「何してるの、キャリントン？」

「なんかつくってんの」

「何を？」

キャリントンは石鹼水を自分のお腹にかけてなでまわした。「人間みがき」

「お湯で流しな――」と言いかけたとき、電話の相手の声が聞こえてきた。

「フラワーパワーでございます、ご用件は？」

わたしは事情を説明し、母の墓に黄色の薔薇を供えてくれた人の名前を教えてもらえないかと尋ねた。予想どおり、贈り主さまのお名前をお教えすることはできませんという答えが返ってきた。「コンピュータを見ますと、毎週同じ花を墓地に届けるという継続注文の形になっています」

「なんですって？」わたしは力なくつぶやいた。「一ダースもの薔薇を毎週？」

「ええ、そういうことです」

「どのくらいの期間？」

「中止日時の指定はありません。しばらく継続されるようですね」

わたしはあんぐりと口を開けた。「で、ぜったいに教えてもらえないのでしょうか――」

「だめです」と店員は言った。「ほかにご用件は？」

「いいえ、ほかにはとくに――」わたしがありがとうございましたと言う前に、別の電話のベルが鳴り、店員は電話を切ってしまった。

いったいだれなんだろう。知り合いの顔を順番に思い浮かべてみた。

知っている人の中には、こんなことに金を使える人はいない。

薔薇は母の隠された人生に関係する人から贈られてくるのだ。母はけっして自分の秘密を話そうとはしなかったが。

眉をひそめて、たたんだタオルを手に取り、さっと振って開いた。「立って、キャリントン。もう上がりましょう」

キャリントンはぶーぶー言いながら、命令にしたがった。バスタブから抱き上げて拭いてやる。健康な幼児特有のえくぼのできるひざや、丸いお腹がかわいい。この子はどこからどこまでも完璧だわとわたしは思った。

キャリントンの体が乾いてから、タオルを使ってテントごっこをするのが習慣だった。ふたりの頭に湿ったパイル地のタオルをかぶせてテントに見立て、その下でくすくす笑いながらお互いの鼻にキスし合うのだ。

電話が鳴ったので遊びを中断し、急いでキャリントンをタオルでくるんだ。通話ボタンを押して「もしもし」と応じた。

「リバティ・ジョーンズさんですか？」

「はい、そうですが？」

「マリア・ヴァスケスです」

彼女から電話がかかってくるとは思ってもいなかったので、言葉に詰まってしまった。彼女はすかさず沈黙を埋めた。「美容学校の――」

「ええ、ええ、すみません。ミセス・ヴァスケス、ご、ごきげんいかがですか？」

「元気よ、ありがとう、リバティ。あなたにいい知らせがあるの。今年、うちの学校に入学したいとまだお考えかしら？」

「はい」なんとか声を出す。突然のことで感きわまってのどが締めつけられるようだ。

「秋の学期に、もうひとり奨学生を受け入れられることになったので、学費は全額支援できます。よければ、申請書一式を郵送するわ。オフィスまで来てくれるなら、直接おわたしできるけど」

わたしは目を閉じ、受話器を固く握りしめた。その手の圧力で受話器が砕けてしまわないのが不思議なくらいだった。キャリントンが指でわたしの顔に触れ、まつげをいじっている。

「ありがとうございます。ありがとうございます。明日、うかがいます。本当に、ありがとうございました」

校長の笑い声が聞こえた。「どういたしまして、リバティ。あなたを我が校に迎えることができて嬉しいわ」

電話を切ってから、わたしはキャリントンを抱きしめて甲高い声で叫んだ。「入学できるの！　入学できるのよ！」キャリントンはもぞもぞ体をよじって、きゃっきゃっと笑い、理由はわからないながら、喜びを分かち合った。「学校へ行くの。そして美容師になる。ハッピーヘルパーじゃないのよ。信じられないわ。わたしたちにもようやくツキがめぐってきたのね」

楽に暮らしていけるとは期待していなかった。でも、ほかに選択肢がなくてくすぶっているのではなく、やりたいことがあるときには、ハードワークにもなんとか耐えられるものだ。

貧乏白人はよく、「はぐなら自分の鹿の皮だけにしろ」という言いまわしを使う。わたしが皮をはがなければならない鹿は美容学校だった。母はわたしのことをかなり買いかぶっていたようだが、自分ではそれほど頭がいいと思ったことはなかった。しかし、心から何かを望めば、こんな頭でもなんとかだましてうまく回転させることができるのではないだろうか。

美容学校なんて、たいして勉強する必要もなく、楽に卒業できると一般には思われている。ところが、はさみを手にするまでだって、たくさん学ぶことがある。

カリキュラムには、「殺菌学」などという課目もあり、実習や理論の講義をパスしなければならなかった。「ケミカル・リアレンジメント」では、パーマやくせ毛矯正で使う薬品、手順、器具について学ぶ……。「ヘアカラーリング」には、解剖学、生理学、化学、手順、特殊効果、問題解決などの授業も含まれていた。そんなのはまだ序の口だ。パンフレットを読めば、どうして資格を取るのに九カ月もかかるのかがわかる。

結局ルーシーの父親の店で、毎晩と週末、アルバイトをさせてもらうことになった。キャリントンは保育園に預けた。わたしたちはかつかつの生活を送った。パンにピーナッツバター、冷凍のブリトー、ヌードル入りインスタントスープ、安売りの野菜に、割引で買えるへこんだフルーツ缶詰。洋服や靴はリサイクルショップで買った。キャリントンはまだ五歳未満だったので、低所得世帯の女性や子どもの健康を守るために政府が行っている栄養補給事業《WICプログラム》の恩恵を受けることができ、予防接種を無料でしてもらえた。しかし、健康保険に加入していないため、病気にかかったら医療費が出せない。虫歯になったらたいへんなので、キャリントンのフルーツジュースは水で薄め、必死で歯を磨いてやった。車がちょっと変な音を立てれば、高い修理代を払わなければならないという警告だった。水道や電気などの請求書は丹念に調べ、電話会社から身に覚えのない請求があれば問い合わせた。

貧乏世帯に平和はない。

しかし、レイズ家の人々は親身になって助けてくれた。キャリントンを店に連れて行くことを許してくれたので、塗り絵やプラスチックの動物などのおもちゃを持っていき、わたしが働いているあいだは店の奥でひとりで遊ばせた。ルーシーのママはよく夕食にも招待してくれて、帰るときにはいつも残った食べ物を包んで持たせてくれた。わたしはミセス・レイズを崇拝していた。彼女はよくポルトガルのことわざを使った。たとえば、ハンサムだが無気力なルーシーのボーイフレンドを批判するときには、「美しくても豚の餌にはならないのよ」などと言うのだ。

ルーシーにはあまり会う機会がなかった。二年制の短期大学に通っていて、植物学の授業で出会ったマットという青年とつきあっていた。ときどき彼といっしょに店にやってきて、カウンター越しに何分か話をした。それからふたりはディナーに出かけて行くのだった。うらやましいと思わなかったと言ったら嘘になる。ルーシーは愛情深い家族に囲まれ、ボーイフレンドもお金もあり、将来の心配もしなくていい。ところがわたしには家族もなく、いつも疲れきっていて、いじましく財布の中の小銭を数えている。ボーイフレンドが欲しくなっても、いつもベビーカーを押しているのでは男の子の目を引くことはできない。二〇代の男性は、おむつバッグを見て心をそそられたりしないのだ。

でも、キャリントンといればそういうことはぜんぜん気にならなかった。保育所やミス・マーヴァの家に迎えに行くと、キャリントンは両腕を広げてわたしに駆け寄ってくる。嬉しくて胸がいっぱいになる瞬間だ。キャリントンはどんどん言葉を覚えたので、わたしたちはいつもおしゃべりをした。夜はまだいっしょに寝ていて、キャリントンはわたしの脚に自分の脚をからめながら、保育園の友だちの話を聞かせてくれた。落書きみたいな絵を描く友だちのことや、休み時間におままごとをするときにはだれがママ役になるかも教えてくれた。

「脚がざらざら」ある晩、キャリントンが文句を言った。「すべすべがすき」

なんだかおかしくなった。くたびれ果て、明日の試験の心配をし、預金通帳には一〇ドルしか残っていないというのに、よちよち歩きのお嬢さんに、むだ毛の手入れをしなさいとしかられるとは。「キャリントン、ボーイフレンドがいない利点のひとつは、毎日すね毛を剃らなくていいことなのよ」

「よくわかんない」

「ざらざらで我慢しろってことよ」

「わかった」キャリントンは枕に頭を埋めた。「リバティ?」

「何?」

「いつボーイフレンドつくるの?」

「どうかな。しばらくはつくらないかも」

「脚の毛をそったら、できるよ」

わたしはぷっと吹き出した。「なるほど。さあ、寝ましょう」

冬になって、キャリントンは風邪をこじらせた。空咳がつづいていて体にこたえているらしかった。薬屋で風邪薬を買ってきて飲ませたが、ほとんど効果はないようだった。ある晩、犬の遠吠えのような声でわたしは目を覚ました。キャリントンはのどが腫れて、ぜいぜい苦しそうにあえいでいた。これまで経験したことのないほどの恐怖に襲われ、車で病院に連れて行くと、健康保険なしで診てくれた。

妹は偽膜性咽頭炎と診断され、吸入器に接続したプラスチックマスクをつけることになった。吸入器から出る白い霧状の薬を吸引する仕組みになっていた。吸入器の立てる音とプラスチックのマスクにおびえて、キャリントンはわたしのひざの上でちぢこまり、哀れを誘う声で泣きだした。痛くないのよといくら言って聞かせてもだめで、頑固に拒否しつづけているうちに、とうとう咳の発作を起こしてしまった。

「わたしがマスクをつけてやってもいいでしょうか?」必死になってナースにきいた。「こわくないってことをこの子にわからせたいんです。お願いです」

ナースは、あなた、ちょっとおかしいんじゃないとでも言いたげに頭を振った。

ひざの上で泣きじゃくっている妹の体を回して、顔をつき合わせた。「キャリントン、ねえ、聞いて。これはゲームなの。あなたは宇宙飛行士の役。一分間だけマスクをつけさせて。宇宙飛行士なんだからね。どの星に行きたい?」

「お、おうち星」とキャリントンはすすり泣いた。

さらに数分間キャリントンは泣きやまず、わたしは説得をつづけた。しかしとうとう宇宙飛行士キャリントンごっこがはじまった。キャリントンが十分に吸引薬を吸い込むようになったのを見てナースは満足した。

妹を連れて車に戻ったときにはもう真夜中で、外は寒く真っ暗だった。キャリントンは疲れきって、ぐっすり眠り込んでいた。頭をだらりとわたしの肩にもたせかけ、わたしのお腹を脚ではさんでいる。わたしは腕にかかるどっしりとした無防備な重みを味わった。

ベビーシートの中でぐっすり眠っているキャリントンを横に乗せて、家までずっと泣きながら運転した。未熟さ、苦悩、そして愛と安堵と不安が混じりあって胸がいっぱいだった。

これが親の気持ちというものなのだろう。

時が経つにつれ、ミス・マーヴァとミスター・ファーガソンの関係は、少々屈折した愛情へと発展していった。恋する理由などないのに恋に落ちてしまった大人どうしの恋愛だ。ふたりはお似合いのカップルだった。ミス・マーヴァの短気な性格はミスター・ファーガソンの頑固なまでの落ち着きとうまくつりあいがとれていた。

ミス・マーヴァは話を聞いてくれる人にはだれかれなく、自分は結婚するつもりはこれっぽっちもないのよと言っていたが、だれも信じていなかった。ついに彼女が結婚を決意したのは、ミスター・ファーガソンは何不自由なく暮らせる裕福な身分だったけれど、だれかに世話をしてもらう必要があったからだとわたしは思う。シャツの袖口のボタンがとれていたり、食べるのを忘れて食事を抜いてしまったり。左右の靴下の柄が違うこともあった。ちょっぴり人にやかましく言われたほうが生き生き暮らせる男もいる。ミス・マーヴァはついに、自分は口うるさくだれかの世話を焼くのが似合っているのかもしれないと認めたのだ。

そして、交際をはじめて八カ月が経ったとき、ミス・マーヴァは料理の腕をふるって、アーサー・ファーガソンの好物を用意した。ビールで煮込んだポットローストにサヤインゲン、大きなコーンブレッド、そしてデザートにはレッドベルベットケーキ。もちろん、彼は食後にプロポーズした。

ミス・マーヴァは気弱な声でわたしにそのニュースを告げた。アーサーになんとなくだまされちゃったのよ。でなければ、わたしのような自立した女が結婚する理由などないんだから。でも、彼女がどんなに幸せいっぱいか、わたしにはよくわかった。浮き沈みの多かった人生の最後に、ついにいい男性を見つけられて本当によかったと思った。ラスヴェガスに行くの、と彼女は言った。そしてエルヴィスのそっくりさんに証人になってもらって式を挙げ、そのあとウェイン・ニュートンのショーを見て、もしかすると有名なホワイトタイガーのショーも見られるかもね。帰ってきたら、ブルーボネット・ランチを引き払い、町にあるミスター・ファーガソンの煉瓦造りの家に引っ越すのだそうだ。家の全面改装はすべてミス・マーヴァにまかされているという。

ミス・マーヴァの小さなトレーラーから新しい家までの距離は八キロ足らずだが、車のオドメーターが示すよりもはるかに長い距離を移動することになる。まったく異なる世界に足を踏み入れ、新しい身分を手に入れるのだ。ちょっと走ればすぐにミス・マーヴァのトレーラーに行けたのに、もうそれができなくなると思うと不安で気持ちが沈んだ。ミス・マーヴァがいなくなるとなれば、ブルーボネット・ランチに住みつづける理由はない。わたしたちが住んでいる古いトレーラーハウスは借地の上に設置されていて、何の資産価値もない。来年には妹は幼稚園に通うようになるから、環境のいい学区域にアパートをさがさなければならなかった。美容師の資格試験に運よくパスできれば、ヒューストンで職が見つかるだろう、とわたしは思った。

トレーラーパークから出たかった――妹のためというよりも、むしろ自分のために。でもここを離れたら、母との最後のつながりが断たれてしまう。そしてハーディとのつながりも。わたしやキャリントンに起こった出来事を母に話したくなるとき、いつも母がもうこの世にはいないんだと思い知らされる。母が逝ってから長い時間が経ったあとでも、子どものように慰めてもらいたくてたまらなくなることがあった。時が悲しみを風化させていくにつれて、母はわたしの中からしだいに消えていった。正確に思い出すことができなくなった。母の声がどんなだったか、前歯はどんな形だったのか、頰の色は？　すくい取った水がもれ出ていかないよう必死に指を合わせるように、わたしは母の細かな断片を忘れまいとした。

ハーディを失ったことも母を失ったことと同様、痛烈な打撃をわたしに与えたが、それは母の場合とは違う種類のものだった。たとえば、男性がわたしに興味を持って話しかけたり、笑いかけたりすると、ハーディに似ているところはないかとついさがしてしまうのだ。どうやったら彼を忘れられるのかわからなかった。わずかな希望があるからではなかった――彼とは二度と会うことはないとわかっていた。それでも、どんな男の人に出会ってもハーディと比べてしまう。そして結局、ハーディの代わりにはなれないと悟るのだ。まるで窓ガラスに映る自分の姿を敵と思って攻撃をしかけるムクドリモドキのように、彼を愛することで自分を疲弊させていた。

楽しい恋ができる人もいるのに、つらくてたまらない恋しかできない人もいるのだろう。高校の友だちのほとんどはもう結婚していた。ルーシーはボーイフレンドと婚約していて、結婚に何の迷いもなかった。寄りかかれる相手がいたらどんなにすばらしいだろうと思った。恥ずかしい話だが、わたしはハーディが戻ってきて、ここを出て行ったのは間違いだった、きみといっしょにいるためならどんな苦労もいとわない、ふたりでいっしょに暮らす道をさがそう、と言ってくれることを夢見ていた。

ひとりで生きていくことがひとつの選択だとしたら、ほかにどんな選択肢があるだろう。ハーディの次に好きな人と暮らして、それでなんとか満足すること？　そういうのって、相手に失礼じゃないだろうか？　きっとだれかいるはずだ。ハーディを忘れさせてくれる人が。そういう人を見つけなければならない。わたしのためだけでなく、妹のためにも。キャリントンは、男の人と接したことがない。これまで彼女がなじんできた人物は、母とミス・マーヴァとわたしだけ。心理学には詳しくないけれど、父親や、父親に代わる男性が、子どもの将来に大きな影響を与えることはたしかだ。わたし自身、父ともっと長く暮らすことができたら、自分の選択がどう変わっていただろうと考えることがよくあった。

正直に言うと、わたしは男の人といるとなんとなく気詰まりに感じてしまうのだ。男は未知の生き物だった。力強い握手、赤いスポーツカーや電動工具に目がないこと、トイレットペーパーが終わっていても交換しようとも思わないなど、わたしには理解できないことだらけだった。男性を理解し、いっしょにいても気楽にいられる女の子たちがうらやましかった。

傷つくのを恐れているうちは、恋人は見つけられないだろう。だれかを愛すれば、当然のように拒絶や裏切りや失恋というつらいおまけもいっしょについてくる。いつかきっと、そういう危険を冒す勇気を持とうとわたしは心に誓った。

13

わたしは、学科と実技でほとんどパーフェクトな成績を収めて、美容師資格試験に合格した。ミセス・ヴァスケスは、それを聞いても意外でもなんでもなかったわ、と言った。愛娘にするように、わたしの顔を細い手でしっかりはさみ、にっこりと笑いかけた。「おめでとう、リバティ。ほんとうによくがんばったもの。誇りに思っていいのよ」

「ありがとうございます」嬉しくて胸がいっぱいになった。試験に合格したことは大きな自信につながり、どんなことでもできそうな気がした。ルーシーのママいわく、ひとつのバスケットを仕上げられれば、一〇〇個つくるのも可能なのだ。

校長は、ここへ来て座りなさいと手招きした。「とりあえずは見習いとして働いて経験を積みたい？　それともブースを借りて独立するつもりかしら？」

ブースを借りるというのは、美容院の一角を月極めで借りて、独立した美容師としてやっていくことを意味する。言ってみれば自営業だ。固定収入がないというのはどうもいただけない。

「見習いで働くほうがいいように思います。決まったお給料をもらえたほうが……小さな妹

「そうよね——」と校長は、わたしの説明をさえぎった。「あなたくらいの美貌と技術を備えた若い美容師なら、ちゃんとした美容院にいい条件で雇ってもらえると思うわ」

 ほめられることには慣れていなかったので、わたしはほほえんで肩をすくめた。「ルックスも関係があるんですか?」

「高級美容院はイメージを大切にするの。もしそのイメージにぴったり合えば、あなたにとっても好都合なのよ」吟味するような目でじろじろ見られ、わたしは恥ずかしくなって座ったまま背筋を伸ばした。生徒どうしが交替で実験台になる美容実習で、いやというほどマニキュアやペディキュア、スキントリートメント、ヘアカラーなどをしてもらっていたので、わたしは生まれて初めてといっていいくらい、見かけが洗練されていた。黒い髪には、キャラメル色と蜂蜜色のメッシュが入り、一〇〇回にも思われるくらい手入れをしてもらったので、肌はすべすべでファンデーションを塗る必要もないくらいだった。

「ギャラリア地区に、超高級サロンがあるの」とミセス・ヴァスケスはつづけた。「サロン・ワンっていうんだけど、聞いたことある? ある? そう。わたしはそこのマネージャーと知り合いだから、もし興味があれば推薦してあげるわ」

「本当ですか?」その幸運が信じられないくらいだった。「ああ、ミセス・ヴァスケス、どんなにお礼を言っても足りないくらいです」

「でも、とても厳しいわよ」とミセス・ヴァスケスは警告した。「最初の面接でだめと言われるかもしれない。だけど……」彼女は一呼吸おいて、不可解な目つきでわたしを見つめた。「なんとなく、うまくいくような気がするわ、リバティ」

ヒューストンは、あばずれ女が罪な夜をすごしたあとに、両手を腰にあてて脚を広げて立っているような都市だ。問題も快楽も、どちらも大きい――それがヒューストン。しかし、州民がフレンドリーなことで有名なテキサスの中でも、ヒューストンの人々は一番感じがいい。ただし、人の財産にちょっかいを出したりしなければの話。彼らは自分の財産――つまり土地のことだが――を非常に大切にしており、それについては暗黙の了解がある。

アメリカで唯一、目的別地域区分法を採用していない大都市であるヒューストンでは、土地利用に自由市場の原理がどのような影響をおよぼすかについての実験が進行中だ。まっとうなオフィスビルやマンションの近くにストリップ劇場やアダルトショップがあったり、植木屋や銃器販売店がガラス張りの超高層ビルに囲まれたコンクリートのプラザの横に並んでいたりする。それはひとえに、ヒューストンの人々が自分の土地の所有権を、政府が押しつけてくる都市計画よりも大事にしているからだ。彼らは自由のためなら高い代償も喜んで払う。たとえその結果、好ましくないビジネスがはびこったとしても。

ヒューストンでは、新しい金《かね》も古い金と同じく尊重される。どんな身分だろうと、どこの出身だろうと、チケットさえ買えれば、ようこそとダンス会場に招じ入れられるのだ。ヒューストン社交界にはさまざまな伝説があった。たとえば家具セールスマンの娘だとか、パーティプランナーとして出発した女性が、比較的貧しい環境から一代でのしあがったという成功談だ。金がたくさんあって、静かで上品な暮らしがしたいなら、ダラスに住むべきだ。けれどもフシアリに餌をばらまくように金を使いたいなら、ヒューストンへどうぞ。

一見したところ、動作も口調ものんびりした人たちばかりが住む怠惰な都市に思える。何をする気も起こらないほど暑い日が多い。しかしヒューストンでは、バス釣りの名人がするように、なるべくコンパクトな動作で力が使われる。都市はエネルギーに満ちていて、立ち並ぶビルを見上げればそれは一目瞭然だった。もっともっと空高くへと伸びていこうとしているかのようだ。

わたしは、サロン・ワンからさほど遠くない、六一〇環状線の内側地区にアパートを見つけた。環状線の内側に住む人々は、アートシアターで映画を見たり、カフェラテを飲んだりする、コスモポリタンと呼ばれる人たちだ。

わたしたちのアパートは、プールやジョギング用コースがついている古い集合住宅の中にあった。「あたしたち、お金持ちになったの?」キャリントンは、中央棟の大きさに圧倒され、自分たちの部屋までエレベーターに乗って行くことに驚いて、目を丸くして尋ねた。サロン・ワンの見習いの年収は一万八〇〇〇ドルくらいになる予定だった。税金を引かれて家賃の五〇〇ドルを払ったあとは、たいして残らない。ウェルカムに比べて、生活費がぐっと高くなったからなおさらだ。けれども一年間の研修を終えれば、ジュニアスタイリストになれるし、年収も二万数千ドルくらいまで跳ね上がる。

生まれて初めて、わたしは期待に胸を膨らませた。美容学校を卒業し、資格を得た。そしてキャリアにつながるような職も見つけた。ベージュのカーペットが敷かれた五七平方メートルのアパートと、古いけれどまだ走るホンダも持っている。そして中でも一番大事なのは、キャリントンはわたしのものだという証明書を持っていることだった。だれもわたしからあの子を取り上げることはできないのだ。

キャリントンの幼稚園の入園手続きをして、リトルマーメイドの絵がついたランチボックスと、両側にちかちか光るライトがついているスニーカーを買ってやった。初登園日に歩いて教室まで送っていくと、置いていかないでとしがみついて泣かれてしまい、自分も涙をこらえるのがたいへんだった。同情に満ちた先生の視線を避けて、戸口の近くでしゃがみこみ、キャリントンの涙で濡れた顔をティッシュで拭いてやった。「いい子ね、ほんのしばらくの辛抱よ。たった数時間だから。遊んだり、新しいお友だちをつくったり――」

「お友だちなんか、ほしくない」

「工作をしたり、お絵かきしたり――」

「絵なんかきらい！」キャリントンはわたしの胸に顔を埋めた。シャツを通して聞こえてくる声はくぐもっていた。「いっしょにおうちにかえりたい」

小さな頭を手でかかえて、濡れたシャツの胸元に押しつけ、ぎゅっと妹を抱きしめた。

「わたしはおうちに帰るんじゃないのよ。あなたもわたしも仕事があるの。わたしの仕事は、お客さまの髪をきれいにすること。あなたの仕事は幼稚園に行くこと」

「あたし、お仕事きらい！」

キャリントンの頭を胸から離して、鼻水をティッシュで拭いてやった。「キャリントン、いいことがあるわ。ほら、見て――」と妹の腕を取り、そっと手のひらを上に向けさせた。「一日中心はいっしょっていうしるしに、キスしてあげる。見て」頭を下げて、ひじのちょっと下の青白い肌にキスをした。リップスティックをつけた唇の痕がくっきりと残った。「ほら。寂しくなったらこれを見て、わたしがあなたを愛していること、そしてすぐに迎えに来ることを思い出して」

キャリントンは疑るような目でそのピンクの口紅の痕を見つめていたが、涙は止まっていたので、わたしはほっとした。「赤いキスだとよかったのに」とだいぶ経ってからキャリントンは言った。

「明日は赤いリップスティックにするわ」と約束する。立ち上がってキャリントンの手を取った。「さ、いらっしゃい。新しい友だちをつくって、描いた絵をあとで見せてね。あっという間に一日が終わっちゃうから」

キャリントンは、義務を遂行しなければならないと思っているかのように、兵士みたいにしゃちほこばって教室に向かった。しかし、この別れのキスの儀式はその後もずっとつづいた。初めてキスするのを忘れた日、先生から美容院に電話がかかってきた。先生は申し訳なさそうに、キャリントンが動揺して騒ぎだし、手がつけられませんと言った。休み時間に幼稚園に駆けつけ、泣きはらして目の腫れた妹と教室の入口で再会した。

わたしは息を切らし、頭に血が上っていた。「キャリントン、こんなに大騒ぎをしなければならないほどのことなの？　腕にキスがなくても一日くらいがんばれないの？」

「だめ」彼女は頑固に腕を伸ばした。強情そうな顔には涙の筋がついていた。

わたしはため息をついて、その肌にキスマークをつけた。「これでお行儀よくできる？」

「オーケー！」キャリントンはぴょんと跳ねてスキップしながら教室に戻っていき、わたしは急いで職場に向かった。


ふたりで出かけると、キャリントンはいつも人目を引いた。人々は立ち止まって、かわいいわねえとほめてくれ、いろいろ質問をして、なんて愛くるしいお嬢ちゃんかしらと言った。わたしとキャリントンが血のつながっている姉妹だと考える人はいなくて、みんなわたしを子守りだと思った。そして「この子の世話をするようになってどれくらいになるの？」とか、「この子のご両親は鼻が高いでしょうね」などと言うのだった。ヒューストンで診てもらうことになった小児科医の受付係でさえ、この書類を持って帰ってご両親か後見人にサインをもらってきてくださいと言う始末だった。キャリントンの姉ですと言うと、彼女はうさんくさそうな目でわたしを見た。どうして姉妹に見られないかはわかっていた。肌の色が違いすぎるのだ。茶色のニワトリと白い卵ほども違うのだから。

キャリントンが四歳になって間もなく、デートというものを経験するチャンスが訪れた。でも、楽しい経験だったとは言いがたい。サロンに勤める美容師のひとり、アンジー・キーニーが、自分の兄のマイクとのブラインドデートをセッティングしてくれた。彼は大学時代の恋人と二年間結婚していたが、つい最近離婚したばかりだった。アンジーによると、マイクは元の妻とは正反対の相手を見つけたいのだという。

「お仕事は何をしているの？」

「マイクはいい仕事についているわ。プライスパラダイスの器具部門のトップセールスマンよ」アンジーは意味ありげにわたしを見た。「マイクは稼ぎ手なんだから」

テキサスでは、安定した職についている男は「稼ぎ手」と呼ばれ、失業中あるいは休職中の男は「ババ」と陰で呼ばれている。そして、これもよく知られている事実だが、稼ぎ手がババに転じることはあっても、逆はめったにない。

わたしはマイクにわたしてもらうために、アンジーに電話番号のメモを託した。マイクは翌日の晩電話をかけてきた。明るい声と気さくな笑いが気に入った。わたしは日本食レストランに行ったことがなかったので、連れて行ってもらうことにした。

「生のお魚以外はぜんぶ食べてみるわ」

「料理のしかたと盛り付けが気に入ると思うよ」

「わかったわ」たくさんの人がスシを食べたことがあって、その話をしているんだから、一度くらい食べてみたほうがいいだろうとわたしは思った。「何時に迎えに来てくれる？」

「八時に」

真夜中までいてくれるベビーシッターを見つけられるかしらと心配になる。シッターの料金がいくらくらいなのかもわからなかった。キャリントンが見知らぬ人とふたりきりになると知ってどんな反応を示すのか、そしてわたしはそれに対してどう反応するのかもわからなかった。

「オーケー」とわたしは答えた。キャリントンを知らない人にまかせるなんて……。

「シッターって」彼が鋭くさえぎった。「だれの？」

問題があったら、電話す――」

「妹のよ」

「ああ、夜は妹といっしょにすごす予定だったんだね」

わたしは答えをためらった。「ええ」

わたしはサロン・ワンの人々に個人的な話をいっさいしていなかった。アンジーを含め、だれひとり、わたしが四歳の妹をこれからずっと育てていくつもりだとは知らなかった。このことをいますぐマイクに話さなければならないとわかっていたけれど、本音を言うと、わたしはデートをしたかったのだ。長いこと尼僧のような暮らしをしてきたから。それにアンジーに警告されていた。兄は「荷物」を背負った人とはデートしたがらないの、彼はまっさらな状態からスタートしたいのよ。

「荷物って、具体的にはどんなこと？」

「だれかと暮らしていたことはある？　婚約とか結婚とかしていた？」

「いいえ」

「不治の病は？」

「ないわ」

「ドラッグやアルコール依存の更生プログラムに参加したことは？」

「ないわ」

「重軽犯罪で、有罪判決を受けたことは？」

「ないわ」

「家庭不和は？」

「家族はいないの、ほんとうに。孤児みたいなもので。ただし――」

キャリントンのことを説明する前に、アンジーは興奮してしゃべりはじめた。「まあ、なんてことでしょう。あなたは完璧よ！　マイクはあなたを好きになるわ」

厳密には嘘をついたわけではない。ただ、情報を隠しておくことは嘘をつくのと同じだと言われればそのとおりだし、たいていの人は、キャリントンを「お荷物」と考えるだろう。わたしに言わせれば、そんなことを言う人のほうが間違っている。キャリントンはお荷物なんかじゃないし、不治の病や犯罪といっしょにされたらたまらない。それに、わたしのほうはマイクがバツ一でも気にしないのだから、彼だって、わたしが妹を育てていることを気にするべきじゃないのだ。

デートの前半はうまくいった。マイクは金髪で笑顔がすてきなハンサムだった。わたしたちは、名前をうまく発音できない日本食レストランで食事をした。驚いたことに、ひざの高さくらいしかない低いテーブルの席に案内され、床に敷かれたクッションの上に座った。運悪く、その日は一番お気に入りの黒のパンツをクリーニングに出していたため、同じ黒ではき心地が悪い股上の浅いパンツをはいていた。そのせいで、床の上に座って食事をするあいだずっと、パンツが股に食い込んで困った。スシは、見た目はとても美しかったけれど、目をつぶって食べたら、魚の生餌のバケツから食べているような気持ちになっただろう。それでも土曜の晩に、メニューといっしょにおまけのクレヨンをくれるようなファミリーレストランではなく、こんなおしゃれなレストランで食事ができたのはとてもすばらしかった。

マイクは二〇代半ばになっていたが、どこか成熟しきれていない感じがした。肉体的にというのではなく……ルックスはよかったし、体も鍛えているようだった。でも、会って五分もすると、すでに離婚は成立しているものの、彼がまだその結婚をひきずっているのがわかった。

離婚ではひどい目に遭った、と彼は言った。だが、元のワイフから一本取ってやったよ。彼女は飼っていた犬を自分のものにできたのを大きな勝利だと思っているようだが、正直言ってあんな犬、大嫌いだったんだ。それから彼は持ち物をどうやって分配したかを細かく語った。公平を期すために、ペアのランプまで一個ずつ分けたという。

夕食のあと、うちで映画でも見ない、と誘うと、彼はイエスと言った。ヒューストンに来てから、キャリントンをベビーシッターに預けたのは初めてだったので、食事中、妹のことが心配でたまらなかった。

シッターを頼んだのは、同じ棟に家族といっしょに住んでいる一二歳のブリタニーという女の子だった。住宅の管理人に紹介してもらったのだ。ブリタニーは、同じ棟に住んでいるたくさんの子どもたちのシッターをしたことがあるし、もし何か問題があれば母親が二階下に住んでいるから大丈夫よ、とわたしを安心させた。

わたしはブリタニーにシッター代を支払い、キャリントンはどうだったたと尋ねた。ふたりでとても仲よくやっていたわと彼女は答えた。ポップコーンをつくって、ディズニー映画を見て、キャリントンはお風呂に入ったそうだ。困ったのはキャリントンがなかなか寝ついてくれないことだったという。「すぐに起き上がってしまって」とブリタニーは困り果てたように肩をすくめた。「どうしても寝ようとしないんです。ごめんなさい、ミス……」

「リバティよ」とわたしは言った。「いいのよ、ブリタニー。とてもよくやってくれたわ。またいつか、お願いできると嬉しいんだけど」

「ええ、もちろん」わたしたー五ドルをポケットに入れてブリタニーは出て行き、肩越しに小さく手を振った。

と、同時に、ベッドルームのドアがぱっと開いて、キャリントンがパジャマ姿で飛び出してきた。「リバティ！」キャリントンは腕を広げてわたしの腰にしがみつき、一年ぶりに会ったかのように抱きついてきた。「寂しかったよ。どこ行ってたの？　どうしてこんなに遅かったの？　あの黄色い髪の人、だれ？」

さっとマイクを見た。無理やり笑顔をつくろうとしていたが、自己紹介する気分ではないようだった。ゆっくり部屋の中をながめまわし、すり切れたソファや、ベニヤのところどころはがれているコーヒーテーブルにちらちら目を走らせている。身構えるような気持ちになったことに我ながら驚いた。彼の視線を通して自分をながめるのはなんだか不愉快だった。

身をかがめて小さな妹の髪にキスをした。「新しいお友だちよ。ふたりでテレビを見るつもりなの。もうベッドに入っている時間でしょ。さあ、部屋へ行きなさい、キャリントン」

「いっしょにきて」

「だめ、わたしはまだ寝ないの。あなたは寝る時間よ。さあ、早く」

「でも、眠くないもん」

「それでも寝るの。横になって、目をつぶりなさい」

「ふとんをかけてくれる？」

「だめ」

「でも、いつもしてくれるでしょ」

「キャリントン――」

「かまわないよ」とマイクが言った。「行ってやれよ、どんなビデオがあるか見てるよ」

わたしは感謝の笑顔を送った。「すぐ戻るわ。ありがとう、マイク」

キャリントンを連れてベッドルームに入り、ドアを閉めた。ほとんどの子どもはそうだが、キャリントンも自分が有利な立場にあると知ると容赦がない。いつもなら、ぐずって泣き叫んでも放っておかれるのだが、わたしが客の前で騒いでほしくないと思っていることを承知していた。

「明かりをつけたままにしておいて。そしたらおとなしくしてる」とキャリントンは甘ったれた声で言った。

わたしは妹を抱え上げてベッドに横たわらせ、胸元まで上掛けを引き上げて、サイドテーブルに置いてあった絵本をわたしした。「ベッドから出ちゃだめよ。わかったわね、キャリントン。のぞき見はだめ」

キャリントンは絵本を開いた。「字が読めないよ」

「そらで言えるでしょ。もう百ぺんも読んだんだから。ここでじっといい子にしてるのよ。さもないと」

「さもないと、どうなるの？」

わたしはにらみつけた。「いいこと、キャリントン。口を閉じて、じっとしているの」

「わかった」キャリントンが顔を本で隠したので、本の両側を握っている小さな手しか見えなくなった。

リビングルームに戻ると、マイクがソファに堅苦しい姿勢で座っていた。

だれかとデートしはじめると、ある時点で――それは、一回目のデートかもしれないし、一〇〇回目かもしれないけれど――相手が自分の人生にとってどのくらい重要な人なのかがはっきり見えてくる。自分の将来にかかわってくる人なのか、ただなんとなくいっしょにすごすだけの人なのか。それとも、二度と会えなくても、後悔しないような人なのか。わたしはマイクを家に連れてきたことを後悔していた。もう帰ってくれればいいんだけど。そうすればお風呂に入って、寝られるのに。わたしはマイクにほほえみかけた。

「見たいビデオあった？」

マイクは首を横に振って、コーヒーテーブルの上にある三本のレンタルビデオを指さした。

「見たのばかりだ」彼はつくり笑いを浮かべた。「たくさん子ども用のがあるね。妹さんはよくここに泊まりに来るの？」

「いつもいっしょよ」彼の隣に腰掛ける。「わたしが育ててるんだから」

マイクは困惑した表情になった。「じゃあ、帰ることはないのかい？」

「帰るって、どこへ？」わたしにも困惑の表情が移った。「両親は死んだのよ」

「そう」マイクは顔をそむけた。「リバティ……あの子はほんとうにきみの妹なのか？　娘ではなくて？」

この人、いったい何を言いたいの？「わたしが子どもを産んでおいて、それをなぜか忘れてしまっているとでも？」腹が立ったというよりも唖然としてきいた。「それとも、わたしが嘘を言っていると？　あの子は妹よ、マイク」

「ごめん、ごめん」しまったというようにひたいにしわを寄せ、彼は早口でまくしたてた。

「ぜんぜん似てないよね、きみたち。でも、きみが母親であろうとなかろうと、そんなことはどうでもいいんだ。結果は同じわけだろ？」

返事をする前に、寝室のドアがばたんと開いた。キャリントンが不安を浮かべた顔でリビングルームに入って来た。「リバティ、なんかへんなの」

わたしは熱いストーブの上に間違って座ってしまったときのように、ソファからぴょんと立ち上がった。「え？　何かあったの？　どうしたのよ」

「なんか、勝手にのどにはいっちゃったの」

うそ、どうしよう。

恐怖が有刺鉄線のように心臓に巻きつく。「何を飲み込んだの、キャリントン？」「おまもりキャリントンの顔はきゅっとしわくちゃになり、トマトみたいに赤くなった。のペニー」と言うなり泣きだした。

パニックを起こさないで冷静に考えるのよと自分に言い聞かせ、カーペット敷きのエレベーターの床に茶色の一セント銅貨《ペニー》が落ちているのを見つけたときのことを思い出した。キャリントンはそれをサイドテーブルの小皿に入れておいたのだ。「どうやって飲み込んだの？あの汚らしいペニーをどうして口に入れたりしたの？」

「わかんないよお」とキャリントンは泣き叫んだ。「お口に入れたら、つるんとはいっちゃったんだよお」

背後でマイクが、取り込み中のようだからぼくは失礼したほうが、などとぶつぶつ言っているのが聞こえたが、彼のことなどかまっていられなかった。

電話をひっつかむと小児科医の番号を押して、キャリントンをひざにのせて座った。「のどに詰まって窒息してしまったかもしれないのよ」としかる。「キャリントン、いいこと、一セントだろうと、五セントだろうと、コインを口に入れたらだめなんだからね。ぜったいよ。のどは痛む？　飲んだコインは胃の中までちゃんと下りたのかしら？」

キャリントンは泣くのをやめて、その質問をまじめに考えた。「ゾラックスにあるかんじ。そこにひっかかってるの」

「ゾラックスなんて場所はないわよ」心臓がばくばく鳴っている。留守番サービスが出て、しばらくお待ちくださいと言っている。ペニーを飲み込むと、金属中毒にならないのかしら。ペニーっていまでも銅でできているの？　食道のどこかにひっかかっていて、手術しなければいけないなんてことにならないかしら。そしたら手術代はいったいどれくらいかかる？

電話に出た女性は、わたしが緊急事態を説明するあいだ、むかつくほど冷静だった。内容をメモすると、一〇分以内に小児科医から電話がいきますと言った。受話器を置いても、まだわたしはキャリントンをひざに抱いたままだった。はだしの足がぶらぶらしている。

マイクが近づいてきた。彼の顔には、今夜の出来事は「最悪のデート」として記憶に刻み込まれるだろうと書いてあった。彼がとても帰りたがっているのと同じくらい、わたしも彼に早く帰ってもらいたかった。

「きみは」とマイクは気まずそうに切り出した。「ものすごくきれいだし、最高にいい子だ。でも……いまのぼくには、これはちょっと。ぼくは身軽な女性を必要としているんだ。つまり……きみの荷物をいっしょに背負えないということなんだ。自分の荷物だけで精一杯だから。きみにはわかってもらえないだろうけど」

わたしにはわかっていた。マイクは、問題を何も抱えていない、過去をひきずっていない女の子を求めている。過ちを犯すことがなく、彼を失望させたり傷つけたりしない子を。

もう少し経てば、彼を憐れむこともできたかもしれない。だって、荷物を背負っていない女性なんていないもの。きっと、多くの失望にマイクは出会うだろう。でもいまは、ただ腹が立つだけだった。こういうとき、ハーディはいつも助けにきてくれたっけ。部屋に入ってきて、てきぱきと段取りをつけてくれた。そこにいてくれるだけで信じられないくらい安心できたことを思い出す。でも、そのとき、ハーディは来てくれなかった。いるのは、何かできることはないかと尋ねることすら思いつかない役立たずな男だけだった。

「いいのよ」わたしは軽い調子を装って言った。野良犬を追い払うときのように、何かをぶつけてやりたかった。「デートに誘ってくれてありがとう、マイク。わたしたちは大丈夫。見送りができなくて悪いけど——」

「いいんだ」彼はあわてて言った。「かまわないよ」

マイクはさっと消えた。

「あたし、死んじゃうの？」とキャリントンは好奇心いっぱいに、そしてちょっぴり心配そうにきいた。

「また今度、口の中にペニーを入れたら、命はないものと思いなさい」とわたしは答えた。

小児科医が電話をかけてきて、息せき切って矢継ぎ早に話すわたしをさえぎった。「ミス・ジョーンズ。妹さんはぜーぜーしたり、息ができなくて苦しがったりしていますか？」

「いいえ、息はできます」わたしはキャリントンの顔をのぞきこんだ。「息の音を聞かせて」

キャリントンは、エッチな電話をかけてくる変質者みたいに、はあはあ一所懸命に呼吸をした。わたしは「ぜーぜーしていません」と先生に答え、今度は妹のほうを向いて「もういいわ、キャリントン」と言った。

先生の笑い声が聞こえた。「心配ありませんよ。二日間ほどうんちを調べて、コインがちゃんと出たかどうかたしかめてください。もしうんちの中に見つけられなかったら、レントゲンを撮って、どこかにひっかかっていないか調べなくてはならないかもしれません。でも、ほとんど間違いなく、便器の中に見つかると思いますよ」

それからの二日間、わたしはワイヤーハンガーを手に、キャリントンがうんちが出ると言うたびにトイレで便を調べた。ついにペニーは見つかった。しかし、そのあと何カ月もキャリントンはだれかれかまわず、あたしのお腹には幸運のペニーが入っているのと言った。だからいつか、ぜったいにいいことがあるよと、わたしを安心させるのだった。

14

ヒューストンの人々は髪にお金をかける。わたしは、実に多くの人がサロン・ワンにやってきて、ためらいもなく高い料金を支払うことに驚いた。金髪にしたい場合には、とりわけお金も時間もかかるが、サロン・ワンではその人に一番似合う色に染めた。サロンの三色ブロンドは有名で、しかもたいへん美しかったから、よその州から飛行機でやってくる女性もいた。どの美容師の予約もいつもいっぱいだったが、中でもトップヘアスタイリストで、店の共同経営者でもあるゼンコーの予約は、最短でも三カ月待ちだった。

ゼンコーは小柄ながら、圧倒的な存在感とダンサーのような優雅な身のこなしを備えていた。ヒューストン近郊のケイティの出身だったが、イギリスで修行をした。帰国したときにはファーストネームがなくなっていて、本物っぽいイギリスのアクセントを身につけていた。みんなは、このイギリスなまりを愛した。店の裏手で従業員を怒鳴りつけるときでさえ、彼のイギリスなまりは好感を持たれていた。

ゼンコーはしょっちゅう怒鳴っていた。彼は天才であるだけでなく、完全主義者でもあった。そして何か気に入らないことがあると、火花が散った。しかし、彼の事業手腕のすごさときたら！『テキサス・マンスリー』、『エル』、『グラマー』といった有名誌で、サロン・ワンは年間最優秀美容サロンに選ばれ、ゼンコー自身も、有名女優のドキュメンタリー映画に出演した。女優がインタビューに応じているあいだ、ゼンコーは彼女の赤い髪にアイロンを当てて伸ばしていたのだ。当時からすでに彼のキャリアは花開きつつあったが、そのドキュメンタリーでさらに有名になり、数少ないカリスマ美容師のひとりとして名を馳せるようになった。いまではゼンコーブランドの化粧品まであり、ぎらぎら光るシルバーの容器に星型のキャップというパッケージで販売されている。

わたしには、サロン・ワンの内装はイギリス貴族の邸宅さながらに見えた。床は艶出ししたオーク材、いたるところにアンティークが飾られ、天井には手描きで模様が描かれ、円形装飾が施されていた。客がコーヒーを所望すれば、銀のトレーにのせたボーンチャイナのカップで出された。ダイエットコークを注文すれば、エヴィアンを凍らせた氷をいれた背の高いグラスに注がれた。スタイリングステーションがいくつも設置されている大きな部屋のほかに、セレブや大富豪用の個室もいくつかあり、シャンデリアで照らされ、クラシックが流れるシャンプールームもあった。

見習い美容師であるわたしは、一年間は客の髪はカットさせてもらえない。見て覚え、ゼンコーのために雑用をこなし、客に飲み物を運び、ときどきホイルと蒸しタオルを使うディープコンディショニング・トリートメントをやらせてもらった。ゼンコーの客が順番を待っているあいだに、マニキュアやハンドマッサージをすることもあった。一番面白かったのは、グループでエステにやってきた奥さまたちにペディキュアをすることだった。奥さまたちがぺちゃぺちゃおしゃべりしているあいだ、わたしたち見習いは黙ってエナメルを足の指に塗るのだが、おかげでとびきりの最新ゴシップを耳にすることができた。

奥さまたちの話はこんな感じではじまる。だれそれさんが最近あれをしたそうよ、だったらわたしたちもやらなくっちゃ。頬にしわ取り薬《ボトックス》を入れたほうがいいかしら、でもそうすると笑顔をつくれなくなっちゃうし……。そういう話題がひとしきりすむと、今度は夫の話をちょっぴり。それから子どもの話題に移る。私立学校のこと、友人のこと、成績や病気のこと。多くの子どもたちが心理セラピストにかかっていて、些細な心のダメージをほじくりだされている。といっても、気にしなければどうということもないことばかりだ。別の惑星の話を聞いているみたいだった。けれども、ときにはなじみのある話題も出て、そうするとついキャリントンのことを思い出してしまい、「うちの妹もそうです」とか「お気持ち、よくわかります」とあいづちを打ちたくなるのだった。

しかし、わたしは口をつぐんでいた。ゼンコーが従業員全員に、どんなことがあっても、どんな状況においても、お客さまに自分の個人的な話をしてはならないと強く禁じていたからだ。お客さまはわれわれの意見など聞きたくないし、われわれと友だちづきあいしたいとも思っていない、と彼は注意した。サロン・ワンに来るのは、リラックスしてプロ中のプロに美容術を施してもらいたいと思っているからなのだ。

わたしはペディキュアをしながら、いろいろな話を耳にした。某一族は家族所有のジェット機の使用権をめぐって争っている、信託財産と土地の管理のことで某氏がだれそれを訴えている、だれそれさんのご主人はいわゆる缶詰ハンティング(狩猟牧場であらかじめ準備された異国の動物を狩るハンティング)が好きだそうだ、オーダーメイドの椅子を注文するならあの店がいい――スキャンダルや成功談も聞いたし、どこの家のパーティが最高か、お気に入りのチャリティはどれか、そして、社交生活の込み入った事情についても知った。

わたしはヒューストンの女性たちが好きだった。彼女たちは愉快で、あけすけで、流行にいつも敏感だった。もちろん、パーマをかけてカットし、こんもり逆毛を立てて大きなボールのようにセットするのが好きな威厳たっぷりの年配の女性も何人かはいた。ゼンコーはそういうヘアスタイルを嫌っていて、密かに「下水管につまった毛玉」と悪口を言っていた。しかしゼンコーとて、灰皿ほどもある巨大なダイヤモンドの指輪をはめている億万長者の奥さまにノーと言えるわけがなく、望むとおりのヘアスタイルに仕上げた。

サロンには、いろいろなタイプの男性もたくさんやってきた。たいていは身なりがよく、髪も肌も爪もきちょうめんに整えられていた。テキサスといえばカウボーイのイメージがあるが、意外にもテキサスの男たちは外見にうるさく、顔や体をよく洗い、髪も髭も爪もきちんと切りそろえて、隙のないかっこうをしていた。しばらくするとわたしのところに、昼休みを利用して爪の手入れやうなじや眉のむだ毛カットをしにやってくる常連客が集まるようになった。若い客の中にはわたしの気を引こうとする人もいたが、ゼンコーは規律に厳しかった。こちらにとってもそのほうが都合がよかった。その時期は、恋愛ごっこやロマンスに気をとられる余裕がなかった。欲しいのは安定した仕事とチップだけだった。

アンジーを含め何人かは、パートタイムのパトロンを持っていた。そういう関係は慎重に隠されていたので、ゼンコーは気づいていなかった——いや、もしかすると見て見ぬふりをしていただけかもしれない。年上の裕福な男性が若い女の子に気前よく金品を貢ぐという関係は、わたしにはどうもピンとこなかったけれど、なんとなく興味は引かれた。

ほとんどの大都市には、中年のおじさま《シュガー・ダディ》が若い娘を金銭的に援助するというサブカルチャーがある。そういう関係はもともと一時的なものだ。シュガー・ダディのほうも、娘たちのほうも、関係が長つづきしないことをむしろ喜んでいるふしがあり、そうした暗黙のルールにはある種の安心感もあった。そもそもはいっしょに酒を飲んだり、食事をしたりといった軽いつきあいからはじまるが、女の子がうまく立ち回れば、シュガー・ダディに、学費やバケーションの費用、洋服、さらには美容整形の代金まで払わせることができる。アンジーから聞いた話では、直接現金を受け取ることはめったにないそうだ。キャッシュは、そうした関係のロマンティックな見かけをはぎとってしまう。シュガー・ダディのほうは特別な厚意によって、困っている若い女の子に贈り物や援助を与えていると考えたがる。また、女の子のほうは、やさしい男性は女の子の友だちを助けてやりたいと思うものだし、女の子のほうもそのお礼にいっしょの時間をすごしたくなるものだ、と自分を納得させる。

「でも、もしその人と寝たいと思っていないのに、車を買ってくれたらどうするの？」わたしは疑り深くきいた。「そしたら、やっぱり寝なくちゃだめでしょ？　それって、どう違うのかしら――」

アンジーの口が警告を発するようにぴくりと動いたので、わたしは言葉を止めた。

「セックスがすべてじゃないのよ」とアンジーはぴしゃりと言った。「友情なの。あなたにそれを理解する気がないなら、説明しても時間の無駄だわ」

わたしはあわてて謝り、自分は田舎者だから、そういう都会風な洗練された考え方になかなかついていけないのだと言い訳した。まあ、そういうことならしかたないわね、とアンジーは許してくれた。それからこう付け加えた。あなたももっと利口になって、気前のいいシュガー・ダディをみつければ、ずっと早く目標を達成できるわよ。

でもわたしは、岬やリオへの旅も、デザイナーズドレスも、見せかけの贅沢も欲しくなかった。わたしが求めていたのは、自分とキャリントンにした約束を果たすことだけ。野心といってもつつましいものだった。住み心地のいい住居と、ふたり分の衣服と食事、歯科治療もカバーできる健康保険。そうした費用をシュガー・ダディに出してもらいたくはなかった。それに伴う義務、友情の名を借りた贈り物とセックスの交換……そういう関係で、うまく立ち回れるとはとても思えなかった。

足をとられそうになる穴が多すぎる。

サロン・ワンに来る重要な客のひとりに、チャーチル・トラヴィスという人がいた。『フォーチュン』とか『フォーブス』といったたぐいの雑誌を購読したことがあるなら、彼についてきっと読んだことがあるだろう。でも残念なことに、わたしは彼がどんな人なのかまったく知らなかった。経済には関心がなかったし、ハエをたたくときくらいしか、『フォーブス』誌を手にとることはなかったから。

チャーチルに会って最初に気づくのは、その声の重厚な響きだ。地面の下から響いてくるような感じだった。さほど大柄ではなく、せいぜい中背といった程度で、肩を落として前かがみの姿勢でいると小男にすら見える。しかし、彼が前かがみになれば、部屋にいるすべての人もいっせいにそれにならうのだった。痩せ型とはいえ、腕は蹄鉄もまっすぐ伸ばせそうなほどで、樽のような胸もたくましかった。男らしくて、酒に強く、フェアにふるまい、紳士的に交渉した。彼は金を儲けるために懸命に働き、果たすべき責任はすべて果たしてきた。

チャーチルは昔かたぎの男だった。家事のどの部分が男性の領分で、どこが女性の領分かをきっちり区別していた。キッチンに入るのは自分のコーヒーを淹れるときだけだった。陶磁器の柄を気にしたり、アルファルファを食べたりする、なよなよとしたタイプの男たちに、心から困惑を感じていた。チャーチル自身には女性的な面はいっさいなく、女っぽいなどとほのめかされたら、相手がだれであれガツンと一発お見舞いすることだろう。

チャーチルが初めてサロン・ワンに来たのは、ちょうどわたしが働きはじめたころだった。ある日、いつも平穏で静かなサロンの空気がざわめきだした。美容師はなにごとかつぶやき、客たちはそちらに首を回した。わたしは、ゼンコーのVIPルームに案内される彼の姿をちらりと見かけた。鋼色の髪はたっぷりとふさふさしていて、濃いグレーのスーツを着ていた。

戸口のところで立ち止まると、メインルームにさっと視線を走らせた。瞳の色は黒に近く、こげ茶の虹彩の色がとても濃くて、瞳孔と見分けがつかないくらいだった。なかなかのハンサムだがちょっと変わった老人という感じだ。でも、どこか型破りで、少々エキセントリックな印象を受けた。

彼とわたしの目が合った。彼は動きを止め、目を細めてわたしをじっと見つめた。なんだか奇妙だった。どう説明したらいいかよくわからない……胸の奥のどこかをきゅっとつかまれたような感じだ。といってもそれは不快な感触ではなく、むしろ嬉しさに似ていた。癒され、解きほぐされ、希望に満ちた感覚。実際、ひたいや顎の小さな筋肉から緊張がとれていくのがわかった。ほほえみかけたくなったが、そうする前に彼はゼンコーといっしょに部屋に入ってしまった。

「あれはだれ？」横に立っていたアンジーにきいた。

「トップランクのおじさまよ」と彼女は畏怖の念に打たれた声で答えた。「まさか、チャーチル・トラヴィスを知らないなんてことないわよね？」

「トラヴィス一族なら聞いたことがあるけど。フォートワースのバス一族みたいな人たちでしょう？　大金持ちの？」

「チャーチル・トラヴィスは投資業界のエルヴィス・プレスリーなのよ。年中ＣＮＮニュースに出ているし、本も書いている。ヒューストンの半分は彼が所有していて、ヨットもジェット機も大邸宅も……」

アンジーにはものごとを大げさに言う癖があるが、それでも、へえ、大物なんだとわたしは感銘を受けた。

「……中でも一番すごいのは、ごく最近奥さんを亡くして、いまは独身だってこと。ああ、なんとかしてあのVIPルームに入ってやるわ。彼に会わなくちゃ！　ねえ、彼がわたしを見た目つきに気がついた？」

わたしは照れくさくなって笑った。いやだわ、わたしではなくアンジーを見ていたのね。そうに違いない。だって、彼女は金髪でセクシー。男たちは彼女にうっとりする。

「ええ、気づいたわ。でも、ほんとうに彼を追いかけるつもり？　ジョージで満足しているのかと思っていたわ」ジョージは、アンジーの現在のシュガー・ダディで、つい最近キャデラック・エスカラーダを好きなだけ使っていいと貸してもらったばかりだ。

「リバティ、賢い女の子はランクアップのチャンスは逃さないものなのよ」アンジーは急いでメイクルームに行って、アイライナーとリップスティックを塗り直し、チャーチル・トラヴィスに会う準備を整えた。

わたしは掃除用具入れからほうきを取り出し、床に落ちていた髪の毛を集めはじめた。そのとき、美容師のアランが走ってきた。落ち着こうと努めているようだったが、その目は銀貨のようにまん丸く見開かれていた。

「リバティ」アランは低い切迫した声で言った。「ゼンコーがミスター・トラヴィスにアイスティーを運んでくるようにと。濃いめに淹れて、氷はたっぷり、レモンはなしで、甘味料は二袋だ。青いやつね。トレーにのせるんだぞ。いいか、ドジるなよ。でないと従業員全員がゼンコーに殺されちまう」

わたしはたちまち不安になった。「どうしてわたしが？　アンジーが行くべきです。あの方は彼女を見ていたんだし、彼女も自分が運びたいと思っているだろうし。彼女は——」

「彼がきみを指名したんだ。『あの黒髪の女の子』と」アランは言った。「急げ、リバティ。青い袋だぞ。青」

わたしは言われたとおりに紅茶を用意しに行った。よくかき混ぜて甘味料の粒が残らないようにする。形がもっとも整っている角氷を選んでグラスに入れ、グラスの縁まで紅茶を注ぎ入れた。ＶＩＰルームの前まで来ると片手でトレーを支えて、もう一方の手でドアを開けた。氷がからからとグラスの中で不穏な音を鳴らした。何滴かこぼれてしまったのではないかしらと心配になる。

顔に笑みを貼りつけて、ＶＩＰルームに入った。ミスター・トラヴィスは、巨大な金縁の鏡に向かって座っていた。ゼンコーは現在の標準的ビジネスマンカットに、どのようなバリエーションをつけられるか説明していた。どうやらゼンコーは、もう少し違うスタイルを試してみるのはどうでしょうと勧めているようだった。頭頂部に変化をもたせてジェルをつけ、いまよりも少々シャープなイメージにしてみたらいかがでしょうか、と。

わたしはなるべく邪魔にならないように気をつけてアイスティーを置くつもりだったが、トラヴィスは明敏な視線をわたしに向けた。トラヴィスは椅子を回してこちらを向き、トレーからグラスを取った。「きみはどう思うかね」と彼は強い調子で尋ねた。「ヘアスタイルを変えるべきかな？」

わたしは正直に答えた。そうせずにはいられなかったのだ。「そのままで十分シャープな印象を与えます。これ以上シャープにすると、人を震え上がらせてしまうかもしれません」

ゼンコーはぽかんとした顔になった。この場でクビにされるに違いないとわたしは思った。トラヴィスは、砂利を入れた袋を揺すったような笑い声を立てた。「わたしはこの若いお嬢さんの意見にしたがうことにする」とゼンコーに言った。「上のほうは一センチちょっと切って、後ろと横は斜めに刈り込んでくれ」彼はまだわたしを見ていた。「名前は？」

「リバティ・ジョーンズです」

「どこでそんな名前を？　テキサスのどこ出身だ？　シャンプー係のひとりだろう？」

あとで知ることになるのだが、チャーチルはふたつかみっつの質問を矢継ぎ早にする癖があり、そのどれもに答えることができないと、もう一度質問を繰り返すのだ。

「リバティ郡で生まれ、しばらくヒューストンに住んでいましたが、ウェルカムで育ちました。まだシャンプーはやらせてもらえません。ここで働きはじめたばかりなので。わたしは見習いなんです」

「シャンプーはやらせてもらえない」とトラヴィスは繰り返した。そんなことはばかげているとでもいわんばかりに太い眉を吊り上げた。「では、いったいぜんたい、見習いは何をするのかね？」

「お客さまにアイスティーを運ぶんです」わたしは最高のほほえみを浮かべて、立ち去ろうとした。

「ここにいなさい」と彼は命じた。「わたしを練習台にするといい」

ゼンコーは異常なほど冷静な表情で割って入った。彼のイギリスなまりは普段よりもきつくなっており、まるでチャールズ皇太子とカミラ夫人といっしょにランチをとってきたばかりのように聞こえた。「ミスター・トラヴィス。この子はまだ研修をすませておりません。お客さまにシャンプーをする資格がないのです。しかしながら、うちには非常に熟練した美容師が何人もおりますので、きょうはその者たちが担当させていただきます、そして——」

「たかが髪を洗うのに、どれくらいの研修が必要だというんだね？」トラヴィスは信じられないという顔できいた。どんな理由があろうとも、相手がだれであろうとも、自分の考えが否定されることに慣れていないのだろう。「ベストを尽くしてやりたまえ、ミス・ジョーンズ。わたしは文句は言わんよ」

「リバティです」とわたしは答えた。「でも、わたしにはできません」

「なぜだね？」

「もしわたしがシャンプーをして、あなたが二度とサロン・ワンにお見えにならなかったら、わたしが大失敗をしたせいだと言われるでしょう。そういう汚点は残したくないのです」

トラヴィスは顔をしかめた。彼を恐れるくらいの分別は持っているべきだったのだろう。しかし、わたしたちのあいだに流れる空気は生き生きとしていて、遊び心に満ちていた。そして笑うまいと抑えても、どうしても口元に笑みが浮かんでしまった。

「お茶を運ぶ以外に何ができるんだね？」

「マニキュアなら、して差し上げられます」

彼はふっと冷笑した。「マニキュアなど生まれてこのかたしたことがない。なんで男がそんなことをしなきゃならんのか、わたしにはさっぱりわからんよ。あんなものは女のすることだ」

「たくさんの男性のお客さまにして差し上げています」わたしは彼の手を取ろうと手を伸ばしたが、そこでためらった。次の瞬間、下を向けた彼の手が、手のひらの上に置かれていた。力強く、幅広い手だった。馬の手綱やシャベルのハンドルをつかむのが似合う手だ。爪はぎりぎりまで切ってあり、指の皮膚はがさがさで白く粉がふいたように見えた。片方の親指の爪は遠い昔の怪我のせいでねじ曲がっていた。そっとその手を裏返して見ると、手のひらにはたくさんしわが寄っていた。あまり多いので、手相占い師も言葉に詰まってしまいそうだ。

「お手入れが必要ですわ、ミスター・トラヴィス。とくに甘皮《キューテイクル》の」

「チャーチルと呼びたまえ」彼はiの音をほとんど発音しないのでチャーチルがチャーチュのように聞こえる。「道具を取ってきなさい」

その日チャーチル・トラヴィスを満足させることは、サロンの威信にかかわる重大事だったので、床掃除や一〇時三〇分のペディキュアの予約などをアンジーに代わってもらわなければならなかった。

アンジーは手近にあるはさみでわたしを刺し殺しかねないようすだったが、それでも、マニキュア用具をそろえているわたしにアドバイスせずにはいられなかった。「しゃべりすぎちゃだめよ。というより、なるべく口数を少なくするの。ほほえむのはいいけど、あなたがときどきするみたいな、にーって歯を見せて笑うのはだめ。相手に自分の話をさせるのよ。男ってそういうのが好きだから。名刺をなんとかもらいなさいよ。それから何があっても、妹の話はしちゃだめだからね。男は、家族の面倒をみている女には、そそられないのよ」

「アンジー、わたしはシュガー・ダディをさがしているわけじゃないの。たとえそうだとしても、彼は年をとりすぎているわ」

アンジーは頭を左右に振った。「わかってないなあ、年なんてぜんぜん関係ないの。見ただけでわかるわ。あの人はまだ精力たっぷりよ」

「精力には興味ないわ。彼のお金にも」

チャーチル・トラヴィスのヘアカットとセットがすんだあと、わたしは別の個室で彼のマニキュアをした。スイングアームライトがついたマニキュア用テーブルをはさんで向かい合って座った。「そのカットはお似合いですわ」とわたしは話しながら、彼の片方の手をとって、軟化剤の入ったボウルの中にそっと浸けた。

「でなければ困る。そのためにゼンコーに料金を払うのだから」トラヴィスはうさんくさそうにテーブルの上に並んでいる道具や色つきのマニキュア液の入った瓶をながめた。「きみは、この店で働くのが好きか?」

「はい。ゼンコーにいろいろ教えてもらっています。ここに勤められて幸運でした」

わたしは話をしながら作業を進めていった。角質を取り除き、キューティクルをトリミングして爪の付け根へ押しやり、やすりと磨き布で爪をぴかぴかにした。トラヴィスは生まれてこのかた、こんなことをされたことがなかったので、手順を興味深そうに見つめていた。

「どうして美容院で働くことにしたのかね？」

「高校に通っていたころ、よく友だちにヘアセットやメイクをしてあげていたのです。人を美しくすることがずっと好きでした。そうすることで、その人たちが自分に自信を持ってくれるようになるのが嬉しいんです」わたしが小さなボトルの蓋を開けると、トラヴィスはぎょっとしたような顔でそれをにらみつけた。

「だめだ」とトラヴィスはきっぱりと言った。「ほかの手入れはいいが、爪に色を塗るのだけはぜったいにだめだ」

「これはネイルカラーではありません。キューティクルオイルです。あなたの爪にはたっぷり必要ですよ」トラヴィスがひるむのもかまわず、わたしは小さなブラシでオイルをキューティクルに塗った。「不思議ですね。あなたの手はビジネスマンの手ではありません。書類をいじる以外に何かなさっているに違いないわ」

トラヴィスは肩をすくめた。「牧場の仕事をたまにね。それから乗馬はよくする。庭仕事もときどき。もっとも、妻が死んでからはあまりやらなくなったが。妻は何かを育てるという行為にことに情熱を注いでいた」

わたしは両手のひらにクリームをつけて、手と手首のマッサージをはじめた。彼をリラックスさせるのは難しく、指のこわばりがなかなか解けなかった。「奥さまはわりあい最近お亡くなりになったと聞きました」粗削りな顔にちらと目をやると、妻を失った男のやつれが見えた。「お気の毒です」

トラヴィスは軽くうなずき、「エイヴァはいい妻だった」としわがれた声で言った。「最高の妻だったよ。乳がんだった。発見されたときにはもう手遅れでね」

従業員は個人的な話を客にしてはならないとゼンコーに固く禁じられていたにもかかわらず、わたしも愛する人を失ったのですとチャーチルにどうしても話したくてたまらなくなった。しかし、わたしは自らを律して、ただこう言った。「心の準備をする時間があれば、愛する人の死を受け入れやすいと言う人もいますが、わたしはそうは思いません」

「わたしもだ」チャーチルはぎゅっと一瞬わたしの手を握った。それはごく短い時間だったので、握られたことを実感する暇もなかったほどだ。びっくりして目を上げると、彼の顔にはやさしさと、無言の悲しみが表れていた。秘密を話そうと、あるいはそのまま隠しておこうと、彼はそれを理解してくれるのだとわたしにはわかった。

わたしとチャーチルの関係は、恋愛関係よりももっとずっと複雑なものになっていった。ロマンスやセックスがからんでいれば、もっとストレートで理解しやすかっただろうが、チャーチルはわたしにそのような関心をまったく持っていなかった。彼はとても魅力的で、途方もない金持ちの六〇代の男なのだから、どんな女性でも選べた。新聞や雑誌に彼の名前が出ていないか、さがすのがわたしの習慣になった。社交界のゴージャスな女性や、B級映画の女優、ときには外国の皇族といっしょに彼が写っている写真を見つけては、おおいに楽しんだ。チャーチルはとても忙しいラブライフを送っているらしかった。

あまりに多忙でサロン・ワンに来られないときには、チャーチルはゼンコーを自分の屋敷に呼んだ。ときどき店に寄っては、うなじや眉毛のトリミングやマニキュアをわたしにやらせた。チャーチルはいつまで経っても、マニキュアにはなかなかなじめないようだったが、わたしが爪にやすりをかけて切りそろえ、角質を取り除き、手をしっとりさせて、爪を軽く光らせる程度に磨いてからは、その見栄えと感触がたいへん気に入ったらしく、またこれで時間を食う習慣ができてしまったようだなと言った。そして、何度かつついて白状させたところによると、女友だちもみんな、彼のマニキュアを施した手をほめているということだった。

わたしたちがマニキュアルームでおしゃべりする間柄になっていることは、サロンでは嫉妬と賞賛の的になっていた。どんな憶測がなされているかは想像がついた。チャーチルがわたしを指名するのは、株式について意見を求めるためではないことはだれもが知っていた。みんなは、わたしたちのあいだにすでに何かが起こってしまったか進行中である、あるいはまだ何も起こっていないとしても必然的に近いうちに起こると推測していたのだろう。ゼンコーもそう思い込んでいたに違いなく、わたしのような見習い従業員にはふつうけっしてしないような、丁寧なあつかいをしてくれた。チャーチルがサロン・ワンにやってくるのは、わたしだけが目当てというわけではないにしろ、わたしの存在がマイナスになってはいないことだけはたしかだと考えていたのだろう。

とうとうある日、わたしは思い切って尋ねてみた。「チャーチル、いつか、わたしをベッドに誘おうと思っていらっしゃるのですか？」

チャーチルは飛び上がらんばかりに驚いた。「まさか。きみはわたしには若すぎる。わたしは熟女が好みなんだよ」それから言葉を切って、滑稽なほど狼狽した顔で言った。「きみは望んでいないんだろうね？」

「ええ」

もし誘われていたら、どうしただろうか。わたしにはわからない。チャーチルに対する気持ちをどう説明したらいいかわからなかった。男性経験があまりなかったので、このような関係をほかと比べてみることもできなかった。「でも、ならばなぜ、わたしみたいな娘に興味をお持ちになったのでしょうか。あなたに、その……つもりがないなら」

「いつか理由を話そう。だが、いまはだめだ」

わたしはチャーチルをこれまで会っただれよりも尊敬していた。もちろん、いつも機嫌がいいとは限らない。たちまちけんか腰になったりもする。穏やかな性格ではないし、一〇〇パーセント幸せと感じたことは彼の人生ではそれほど多くないのではないかと思う。ふたりの妻との死別が大きな影を落としているのだろう。最初の妻ジョアンナは、長男を産んだあと亡くなった。そして二〇年以上連れ添った二番目の妻エイヴァも逝ってしまった。チャーチルは運命の気まぐれをただ無抵抗に受け入れる人間ではないから、愛する人を失うことは大きな打撃だった。わたしにはその気持ちがよくわかった。

チャーチルに母のことや、過去についてのありのままを話すことができるようになったのは、二年近く経ってからだった。どういう手を使ったのかは知らないが、チャーチルはわたしの誕生日を調べ、当日の朝、きょうはいっしょにランチに行こうと秘書のひとりに電話をかけさせた。わたしはきちんとした黒のひざ丈のスカートに白いトップスを着て、銀のアルマジロのネックレスをつけた。チャーチルはエレガントな英国製のスーツを着て正午に現れた。金持ちの年老いたヨーロッパの殺し屋みたいに見えた。道端に停まっていた白のベントレーへと彼にエスコートされていくと、運転手が後部座席のドアを開けてくれた。

連れて行かれたのは見たこともないほど豪華なレストランで、フランス風の室内装飾が施され、テーブルには白いクロスがかかり、壁には美しい絵画が掛かっていた。メニューは質感のあるクリーム色の紙に飾り文字で書かれてあり、料理の名前はルーラードとかリソールとか、何々ソースとか、聞いたこともないものばかりだった。どれを注文したらいいかまったくわからない。しかもその値段ときたら——見るだけで卒倒しそうだった。一番安いのは一〇ドルのオードブルで、エビをわたしには発音できないなんとか風に料理したものだという。メニューの下のほうに、サツマイモのフライを添えたハンバーガーらしき料理を見つけたが、その値段を見てあやうく口の中のダイエットコークを噴き出しそうになった。「チャーチル」わたしは目をぱちくりさせて言った。「メニューに一〇〇ドルもするハンバーガーがあります」

チャーチルは顔をしかめた。それは値段に驚いたからではなく、わたしのメニューに値段が書かれていたからだった。ぱちんと指を鳴らしてウェイターを呼ぶと、ウェイターはぺこぺこ頭を下げて謝った。さっとわたしの手からメニューが消えて、別のメニューがわたされた。ほとんど同じものだったが、今度のは値段が書かれていなかった。

「どうしてわたしのメニューには値段がついていてはいけないのですか？」

「きみが女性だからだ」チャーチルはウェイターの失敗にまだ腹を立てているようだった。

「わたしがランチに誘ったのだ。値段の心配をする必要はない」

「あのハンバーガーは一〇〇ドルもしていました」わたしはそれがどうしても頭から離れなかった。「どうやったら一〇〇ドルもするハンバーガーがつくれるのかしら」

チャーチルはわたしの言い方が面白いと思ったらしい。「きいてみよう」

ウェイターが呼ばれて、メニューについての質問に答えさせられた。ハンバーガーはどうやってつくり、こんな値段がつくほど特別な理由は何なのかと問われると、ウェイターは、材料にはすべて無農薬のものを使用しておりますと説明した。パンはホームメイドのパルメザンチーズ入りでございまして、バッファローの乳でつくったスモークド・モツァレラチーズ、水耕栽培のバターヘッドレタス、枝につけたまま完熟させたトマトといっしょに、無農薬で育てたビーフとエミューのひき肉でつくったハンバーグにチリをのせてパンにはさんでおります。

〝エミュー〟という言葉を聞いて、わたしは急におかしくてたまらなくなった。ぷっと吹き出すと、笑いが止まらなくなった。しまいには目に涙が浮かび、肩を震わせて笑い転げる始末。わたしは手で口を押さえて笑いをこらえようとしたが、かえって逆効果だった。これまで入った中で最高におしゃれなレストランで、みっともない真似をして人々の注目を集めてしまったのだ。

ウェイターは機転を利かせて下がっていった。わたしがあえぎながら必死にチャーチルに謝ろうとすると、彼は困ったような顔でわたしを見て軽く首を振った。謝ることはないんだよ、とでも言いたげだった。さらに安心させるように、わたしの手首をとって握った。そのやさしい手の圧力が、手に負えない笑いをなんとか鎮めてくれた。やっと深く呼吸できるようになり、ふっと息を吐いて肩の力を抜いた。

わたしはチャーチルに、ウェルカムのトレーラーハウスに引っ越したときのこと、そして母のボーイフレンドだったフリップがエミューを撃ったときのことを話した。あまりにもたくさんの細かなことが思い出されて、つい話が長くなってしまった。チャーチルは目尻にしわを寄せて、じっと耳を傾けており、死んだエミューをケイツ家に持って行ったくだりにくると笑いだした。

ワインを注文した覚えはなかったが、ピノノワールのボトルが運ばれてきた。深みのある赤ワインが注がれた長い柄のクリスタルグラスがきらりと輝いた。「ワインは飲めません。ランチのあと、仕事に戻らなければなりませんから」

「仕事には戻らなくていい」

「あら、だめです。午後は予約が入っているんですから」しかし、店に戻ることを思うと憂うつになった。仕事がいやだというよりも、客の期待に応えて、愛想よく朗らかにふるまうのがおっくうに感じられた。

チャーチルはポケットに手を入れて、ドミノくらいの大きさしかない携帯電話を取り出し、サロン・ワンに電話をかけた。口をぽかんと開けて見ていると、彼はゼンコーに、彼女に午後休みをとらせてもかまわないかね、ときいた。チャーチルによると、ゼンコーはええ、大丈夫でございます、予約は取り直しますからまったく問題はありません、と答えたらしい。ぱちんと携帯電話を閉じたチャーチルに、わたしは暗い声で言った。「あとでわたしがお目玉を食うことになります。電話をかけたのがあなたでなかったら、ゼンコーにふざけるんじゃないと怒鳴られたわ」

チャーチルはにやりとした。人がノーと言えないのを見て悦に入るのは彼の悪い癖だった。ランチのあいだ、わたしは休むことなくしゃべりつづけた。チャーチルがわたしの話に温かい関心を寄せてくれて、ときどき質問しては先をうながしてくれたからだ。ワイングラスは絶えず注ぎ足され、いくら飲んでも空になることはなかった。何でも話せるという解放感、すべてを語れる自由が、いままで自分が背負っていると自覚さえしていなかった重荷をとり去ってくれた。前に突き進むことしか考えてこなかったために、じっくり自分の感情と向き合うことから顔をそむけ、たくさんのことを胸にしまい込んでいたのだ。自分の気持ちを把握できなくなっていた。バッグの中から財布をさがし出し、キャリントンが学校で写してもらった写真を取り出した。キャリントンは、隙間のあいた前歯を見せてにっこり笑っていた。ゴムでふたつにゆわいている髪の高さが左右でわずかに違っていた。

チャーチルは長いあいだ写真に見入っていた。こまかなところまで見ようと、ポケットから老眼鏡を取り出しさえした。それからひと口かふた口ワインを飲んで言った。「明るくて元気いっぱいに見えるね」

「ええ、そうなんです」写真を丁寧に財布にしまった。

「リバティ、きみはよくがんばってきた。その子を手離さなかったことは正解だった」

「そうせずにはいられませんでした。わたしにはあの子しかいないんです。それに、わたし以上にあの子のことを心から愛して面倒をみられる人なんかいません」その言葉がするりと口から出たことにわたしは驚いた。だれかに気持ちをすべてさらけだす必要があったのだ。

父親と話すって、きっとこんなふうなんだろう、とかすかな痛みにも似た興奮を感じながら思った。父といっしょにいる自分の姿を、ちょっぴりかいま見ることができた気がした。すべてを理解し、話していないことまでわかってくれているように思える、すごく年上で分別のある男性。ずっと前から父親のいないキャリントンを不憫に感じていたが、実はわたし自身もいまだに父親を必要としていたのだ。

ワインのせいで饒舌になり、もうすぐ感謝祭の劇があるんですとチャーチルに話した。キャリントンのクラスは歌を二曲発表することになっていて、ピルグリムファーザーズ役とアメリカ先住民役に分かれるのだが、キャリントンはそのどちらにもなりたくないとだだをこねていた。カウガールになりたかったのだ。あまりにも頑固なので、担任のミス・ハンセンが電話をかけてきた。わたしはキャリントンに、一六二一年当時には、まだカウガールはいなかったし、テキサス州自体も存在しなかったと説明した。しかし、妹にとって歴史的正確さなどはどうでもよかった。

この問題は、ミス・ハンセンの提案でようやく解決した。キャリントンはカウガールの衣装をつけて、会がはじまる直前に、テキサス州の形をしたダンボールのプラカード——テキサスの感謝祭と書かれている——を持ってステージを歩くことになった。

チャーチルはその話を聞いて、妹の強情さを賞賛するかのように笑い転げた。

「あなたはわかっていないんです。もしこれが将来を予感させる徴候だとしたら、あの子が思春期を迎えたころにはどうなることやら」

「エイヴァは子どもたちと向き合うにはふたつのルールがあると考えていた。ひとつめ、コントロールしようとすればするほど、子どもたちは反抗する。ふたつめ、子どもたちがショッピングモールまで車で送ってもらいたいと思っているうちは、なんとか妥協にこぎつけることができる」

わたしはほほえんだ。「そのルール、覚えておきますわ。エイヴァはいいお母さんだったのでしょうね」

「あらゆる点でね」と彼はきっぱり言った。「不当なあつかいを受けても、文句ひとつ言わなかった。たいていの人間は不満ばかりを述べたてるが、妻は幸せになる方法を知っていた」

でも、いい家庭と大邸宅と十分なお金があればほとんどの人が幸せになれるのでは、とつい言いそうになった。しかし、わたしは口を閉じたままでいた。

言わなくても、チャーチルはわたしの心を読み取ったようだった。「サロンでいろいろなことを耳にしてきたから、もうわかるだろう。金持ち連中は貧しい人々と同じくらいみじめなものなのだよ。もっとみじめだ、とさえ言える」

「わからないではありませんが」とわたしはそっけなく言った。「本物の問題と、心がつくりあげた問題は違うのです」

「きみのそういうところがエイヴァに似ているのだ。彼女もその違いがわかっていた」

15

四年間の見習い期間を経て、わたしはついにサロン・ワンの美容師になった。仕事のほとんどはカラーリングで、ハイライトや、癖毛矯正が得意だった。たくさんの小さなボウルに入った液やペーストを混ぜ合わせるのが大好きだったし、温度や、タイミングや、塗り方など、微妙な匙加減を楽しみ、すべてがうまくいったときには満足感にひたることができた。

チャーチルのカットはいまだにゼンコーが行っていたが、首筋や眉毛のトリミングはわたしが担当し、彼が所望すればマニキュアもした。そして、それほど頻繁ではなかったが、どちらかに祝い事があるときには、いっしょにランチをとった。ふたりきりになると、あらゆることを話し合った。チャーチルの家族のこと、とくに四人の子どもたちについてはすっかり詳しくなっていた。長男で三〇歳のゲイジは、最初の妻ジョアンナとのあいだにできた子どもだった。ほかの三人はエイヴァが産んだ子どもたちで、ジャックが二五歳、ジョーがその二つ下、そして末っ子でたったひとりの女の子、ヘイヴンはまだ大学生だった。三歳で母親を亡くしてからゲイジは殻にこもるようになり、人を信じることがなかなかできなくなった。昔の恋人のひとりが、あの人はコミットメント恐怖症なのよと言っていたという。心理学用語にうといチャーチルには、どういう意味かさっぱりわからなかったらしい。

「自分の気持ちを話したがらないということですわ」とわたしは説明した。「要するに、弱みを見せたくないというか。そして、永久的な関係を築くのを恐れている」

チャーチルは途方にくれた顔をした。「そんなもの、コミットメント恐怖症などではない。男はみんなそうなんだ」

ほかの子どもたちの話もした。ジャックはスポーツマンで、女性に弱い。ジョーは向こう見ずな面を持つ情報収集マニア。一番下のヘイヴンは、どうしてもニューイングランドの大学に行くと言い、チャーチルが、ライス大学でもテキサス大学でも、A&Mでも、なんとかテキサスにある大学に行ってくれと懇願しても聞き入れなかった。

わたしは、キャリントンに起こった最新の出来事や、自分の恋愛についてもときどき話をした。チャーチルには、ハーディのことや、彼をいつまでも忘れられずにいることも告白した。洗いざらしのジーンズをはいて手足をだらりと伸ばしているカウボーイ、青い瞳、おんぼろの小型トラック、そして雲ひとつない暑い日はすべてハーディの思い出につながった。

チャーチルが指摘したように、きっとハーディを愛すまいと思いつめるのをやめるべきなのだろう。そして自分の一部がつねにハーディを求めているという事実を受け入れるほうがいいのだ。「どうしてもひきずって生きていかなければならないこともあるんだよ」とチャーチルは言った。

「でも、昔の恋人を忘れられなければ、新しい恋人を愛せないでしょう?」

「どうしてだね？」

「そうでないと、関係が妥協になってしまうから」

その答えを面白いと思ったらしいチャーチルは、どんな関係だってなんらかの妥協の上に成り立っているんだよと言った。そういうことはあまりほじくらないほうがいいんだ。

わたしには納得できなかった。ハーディをすっかり心から追い出さなければだめだという気がしていた。でも、どうすればそうできるのかわからなかった。とても魅力的な人に出会えば、もう一度愛する勇気を持てるようになるかもしれない。しかし、そんな人がこの世に存在するとは思えなかった。

そして、トム・ハドソンがそういう男でないことだけはたしかだった。トムとは、キャリントンの学校で個人面談の順番を待っているときに、廊下で出会った。ふたりの子どもがいる離婚経験者で、茶色の髪にきれいに刈り込んだ茶色の髭の、テディベアみたいな大柄の人だった。一年ほど前からデートしていて、気楽なつきあいを楽しんでいた。

トムはグルメフードの店のオーナーだったから、うちの冷蔵庫はいつもおいしいごちそうでいっぱいだった。キャリントンとわたしは、フランスやベルギー製のチーズ、トマトと洋梨のチャツネ、ジェノヴェーゼソース、瓶詰めのクリーム・アスパラガス・スープ、ペッパーのマリネに、チュニジアのグリーンオリーブといったグルメ食品を味わった。

わたしはトムが大好きだった。なんとか彼に恋をしたいと思った。ふたりの子どもたちのよきパパだったし、キャリントンにもきっとよくしてくれると確信が持てた。彼に恋しないほうがおかしいくらいだった。でも、とてもいい人とつきあっていて、明らかに自分が愛するに足る人だとわかっていても、どうしても情熱の炎に火がつかないことがある。デートで感じるジレンマのひとつだ。

子どもたちが元の妻の家に行っている週末に、キャリントンのベビーシッターが見つかったときには、わたしたちはセックスをした。でも残念ながら、彼とのセックスで燃え上がることはなかった。トムがわたしの中に入っているときには感じることができなかったので――婦人科の検診のように、内側からゆるく押される感じがするだけだった――彼は指でわたしをクライマックスに導くようになった。毎回うまくいくわけではなかったが、ときには快感の波が押し寄せてくることもあった。そうならないときには、ひりひりして欲求不満がつのるだけなので、いったふりをした。すると彼はそっとわたしの頭を下に押して、彼のものを口に含ませるか、わたしの上に覆いかぶさって正常位でことをすませた。このやり方が変わることはなかった。

わたしはセックスの本を二冊ばかり買って、どうやったら改善できるのか研究してみた。本で読んだ体位をいくつか試してみましょうよと思い切って提案すると、トムは面白がって、結局どういうやり方をしても、スティックAをスロットBに差し込むことに変わりはないんだよと言った。でも、試してみたいというのなら、異存はないけどね。

がっかりすることに、トムは正しかった。ぶざまで、ばかばかしい感じがしたし、いくらヨガのようなポーズでからみあっても、感じることはできなかった。トムがどうしてもいやがったのは、クンニリングスだった。わたしは真っ赤になって言葉をつかえさせながら、やってくれない、と頼んでみた。それは生涯で一番恥ずかしい瞬間だった。しかし、あれはどうも好きになれないんだとわびるような口調で拒否されて、もっと恥ずかしくなった。衛生的とは言えないし、あそこの味がどうにも苦手なんだとトムは言った。きみがかまわないというなら、ぼくはパスさせてもらいたい。もちろん、かまわないわ、無理強いするつもりはぜんぜんないの、とわたしは答えた。

それ以後、トムがフェラチオを求めてくると、なんとなく腹が立つようになった。でも、そう思うことに罪の意識を感じた。だってトムはいろいろな面でとても寛大だもの。そんなこと関係ないじゃない、と自分に言い聞かせた。ベッドの中では、ほかにいくらでもすることがあるんだから。しかし気になりだすとなかなか頭から離れないものだ。とても大事なことを見逃しているように思われた。そこである朝、サロンが開く前にアンジーに相談してみた。カートの備品がすべて整い、スタイリングの道具がきれいに洗浄されているのをたしかめて仕事の準備をすっかりすませたあと、数分間の化粧タイムになる。

わたしは髪にボリュームを持たせるスプレー剤を吹きかけ、アンジーはリップグロスを塗っていた。どう切り出したかは正確に覚えていないけれど、ベッドでどうしてもあることをしたがらないボーイフレンドっていた、とかなんとかきいたように思う。

鏡の中でアンジーとわたしの目が合った。「彼、くわえさせたがらないの？」何人かの美容師がこちらをさっと見た。

「ううん、そっちは好きなの」わたしは声をひそめて言った。「つまり……わたしにはしてくれないのよ」

アンジーは器用にペンシルで眉を上向きに描いた。「トルティーヤを食べたくないって？」

「ええ」頰骨のあたりが真っ赤になるのがわかった。「衛生的じゃないって」

アンジーは憤慨した顔になった。「男のと変わらないじゃないの！　なんたる自己中。利己主義の権化――リバティ、ほとんどの男は、あれがだーい好きなのよ」

「本当？」

「あれに興奮するの」

「そうなの？」そうだったんだ、とちょっと安心する。トムにしてほしいと頼んだことが、前より恥ずかしくなくなった。

「ああ、リバティ」アンジーは頭を振りながら言った。「そんな男、捨てちゃいなさい」

「でも……でも……」そんな思い切ったことをしていいのだろうか。こんなに長い間つきあった人は初めてだったし、彼氏がいるという安心感が好きだった。母がとっかえひっかえ相手を替えていたのを思い出す。いまさらながら、そういうことだったんだ、とわかった。デートは残り物を食べるのに似ている。ミートローフやバナナプディングみたいなものは残り物といっても、時間が経つとかえって味がよくなる。しかし、ドーナッツやピザはすぐに捨てたほうがいい。温めなおしたっておいしくはならない。トムがピザでなくて、ミートローフであることを願っていたのだが。

「別れるのよ」アンジーはしつこく言った。

カリフォルニア出身の小柄なブロンド娘、ヘザーが我慢しきれず口をはさんできた。

「男のことで悩んでるの、リバティ？」

わたしより先にアンジーが答えた。「この人、シックスエイトとつきあってるのよ」

ほかの美容師からもちらほら同情の声が上がった。

「シックスエイトって？」とわたしがきいた。

「フェラチオをさせたがるのに、自分はやりたがらないくそ野郎のことよ」ヘザーが答えた。

「互いにやりあうときはシックスナインでしょ。つまり男のほうが女にひとつ借りがあるってこと」

美容師全員を合わせたよりもずっと男に詳しいアランが、ブラシをわたしに突きつけて言った。「そんな男、追っ払えよ、リバティ。シックスエイトは死んでも変わらないぞ」

「でも、そのほかはいい人なのよ」と反論する。「ボーイフレンドとしては申し分ないわ」

「いや、違う」アランが言った。「きみがそう思い込んでいるだけだ。シックスエイトはね、遅かれ早かれベッドの外でも本性を現してくるぞ。きみを家に残して、男の友だちと出かけちまう。きみには中古車を与えて、自分は新車を乗り回す。いっつも一番いいところを取ってしまうんだよ、ハニー。そんな男と時間を無駄にするな。ぼくの経験から言ってるんだから間違いない」

「アランの言うとおりよ」とヘザー。「わたしも二年ばかり前にシックスエイトとつきあってたの。最初はね、とっても魅力的に見えたのよ。ところが、あとで最低なやつだってことがわかった。どうしようもないダメ男」

そのときまで、わたしは本気でトムと別れようとは考えていなかった。しかし、別れることを考えると、予想外にほっとした。気にかかっていたのは、セックスのことじゃなかった。問題は、ベッドの中に限らず、わたしたちの心が本当の意味で通い合っていないことだったのだ。トムはわたしの心に秘められた部分には興味を示さなかったし、わたしにしても同じだった。わたしたちには、グルメフードをいろいろ試す冒険心はあっても、真実の関係を築くという危険なテリトリーに踏み込む勇気がなかった。ハーディとのあいだに存在していたような強い結びつきは、そう簡単にみつかるものではないんだとあらためて思うようになった。でも、ハーディはその結びつきを――つまり、このわたしを――間違った理由で捨ててしまったのだ。ほかの人との関係を築くのにわたしがこんなに苦労しているのだから、ハーディにも同じくらい苦しんでもらいたいものだわと真剣に思った。

「どんなふうに話したらいいのかしら」

アンジーはわたしの背中をやさしくたたいた。「わたしたち、やっぱりうまくいかないみたい、とそいつに言うの。どちらのせいでもないわ、ただ、わたしが望んでいた関係とは違うの、とね」

「それから、きみの家で爆弾を落としちゃだめだぜ」とアラン。「相手に帰ってもらうのは、どんなときでも難しいからね。彼の家で話をして、きみが帰ればいいんだ」

それから間もなくして、わたしは勇気を奮い起こし、トムのアパートで別れ話を切り出した。いっしょにすごした時間はとても楽しかったけれど、どうもうまくいかないみたいなの、でもあなたが悪いのじゃなくて、わたしのせいなのよ、とトムに言った。彼は、髭の下の小さな筋肉をかすかに動かした以外は表情を変えず、慎重にわたしの言葉に耳を傾けていた。トムはひとことも反論しなかった。おそらく内心ほっとしていたのだろう。彼もわたしたちのあいだには何かが欠けていると感じて、悩んでいたのかもしれない。

トムはわたしを玄関まで送ってくれた。わたしはバッグをつかんだまま、そこで立ち止まった。トムがさよならのキスをしようとしないのがありがたかった。「ど……どうぞ、お元気で」とわたしは言った。妙に古風な言い方だったが、いまの気持ちを表現するのにほかの言葉が思い浮かばなかった。

「ああ。きみもね、リバティ。きみが、きみ自身の問題を解決できることを祈っているよ」

「わたしの問題？」

「コミットメント恐怖症さ」トムは心から案ずるように言った。「人と親密になるのを恐れている。それをなんとか解決しなくちゃ。がんばれよ」

目の前で、ドアがそっと閉まった。

翌日は仕事に遅刻してしまったので、結果をサロンの人々に報告するのはあとまわしになった。こういう場所で働いていると、ほとんどの美容師が恋愛問題の分析が大好きだと知るようになる。休憩時間はしばしばグループセラピーの場と化す。

わたしはトムと別れてむしろ晴れ晴れとしていた。ただし、トムが最後に放った一撃はこたえたけれど。とはいえ、トムを責めるつもりはない。トムも捨てられたばかりだったのだから。それよりも気がかりなのは、トムが言ったことは真実なんじゃないかしらと内心疑っていることだった。きっとわたしは人と親密になるのをこわがっているんだ。ハーディ以外の男性を愛したことがなかったし、そのハーディは心を突き刺すトゲとともに胸の中にしまい込まれている。まだ彼の夢を見た。そして、その夢から覚めたときには、血は騒ぎ、全身の皮膚は生気を放ち、汗ばんでいるのだった。

トムと結婚するべきだったのではないだろうか。キャリントンだってやがて一〇歳になる。あの子は長いあいだ父親のような男性に接することなく暮らしてきた。わたしたちの生活には男性が必要なのだ。

ちょうど開店したばかりのサロンに入っていくと、アランがやってきて、ゼンコーが呼んでいると告げた。

「たった数分の遅刻なのに――」とわたしが言いかけると、

「違う、違う、遅刻のせいじゃないんだ。ミスター・トラヴィスのことさ」

「きょう、来店されるの?」

アランの表情からは何も読み取れない。「いや、お見えにならないようだ」

店の奥に行くと、熱い紅茶が入ったカップを手にゼンコーが立っていた。

ゼンコーは革装の予約帳から目を上げた。「リバティ、きみの午後のスケジュールをチェックした」彼は英国風のアクセントでスケジュールを〝シェジュール〟と発音した。これは彼のお気に入りの単語のひとつだった。「三時半以降は空いているようだね」

「はい」わたしは慎重に答えた。

「ミスター・トラヴィスがご自宅でトリミングを希望されている。住所は知っているかい？」

わたしは首を横に振った。「わたしに行けと？　どうしてご自分で行かれないのですか？いつもミスター・トラヴィスのトリミングはあなたがなさっているのに」

有名女優がニューヨークから飛行機でやってくるので、そちらをキャンセルするわけにはいかないのだとゼンコーは説明した。「それに」と彼はわざとらしく単調につづけた。「ミスター・トラヴィスご本人が、きみを指名してきたのだ。事故に遭ってから、つらい日々を送っておられるようだ。ちょっと気分転換になるのではと――」

「事故って？」体中にアドレナリンがあふれ出すような、いやな感触があった。階段から落ちそうになってぞっとする感覚と似ていた。

「知らなかったのか」とゼンコーは言った。「ミスター・トラヴィスは二週間前に、落馬事故に遭われたのだ」

チャーチルの年齢では、落馬が軽傷ですむはずがない。骨が折れたり、脱臼したり、首の骨や背骨が折れることもある。声は出さなかったけれど、わたしの口は〝O〟の形になった。

がくがくとぎこちなく手を動かして、最初は唇に触れ、それから自分を抱きしめるように両腕をつかんだ。

「どのくらい重い怪我なのですか？」

「わたしも詳しいことは知らないが、脚を骨折したと聞く。手術もしたらしい……」ゼンコーは言葉を切ってわたしを見つめた。「顔色が悪いぞ。座ったほうがいいんじゃないか？」

「いえ、大丈夫です。ただ……」わたしはこれほど自分が不安になっていることが信じられなかった。こんなにも彼のことを思っていたとは。いますぐ、チャーチルのところへ行きたかった。激しく心臓が鼓動するせいで胸が苦しかった。自然に両手が合わさり、小さな子どもがお祈りをするときのように、指をからみ合わせた。目をぱちぱちさせると、チャーチル・トラヴィスには関係のない画像がスライドショーのように目の前に現れた。

デイジーの花が散っている白いドレスを着た母。白黒の写真でしか会えない父。フェアの会場のどぎつい照明に浮かび上がったハーディの険しい顔。影の中の影。息が苦しくなった。でもそのとき、キャリントンの顔が浮かんだ。わたしはそのイメージに——妹のイメージに——しがみついた。するとパニックは去り、現実に引き戻された。

ゼンコーが何か尋ねている。リバーオークスまで行ってくれるかね？

「もちろんです」わたしは平常心を装って答えた。ドライに感情を見せず。「もちろん、まいります」

最後の予約がすむと、ゼンコーはわたしに住所と、ふたつのセキュリティ・コードを教えてくれた。「ゲートのところに警備員がいるときがある」

「ゲート？　警備員がいるんですか？」

「そういうのをセキュリティと呼ぶ」その感情をはさまない言い方には、皮肉というより、人を縮み上がらせるような辛辣さがあった。「金持ち連中には必要なんだ」

わたしは住所を書いた紙を受け取った。

わたしのホンダは洗車が必要だったけれど、時間が惜しかった。できるだけ早くチャーチルに会いたかった。サロンから彼の家までは、たった一五分の距離だ。ヒューストンでは距離はマイルではなく、分で示す。何しろほんのわずかな距離でも、停車と発進を繰り返す長時間ドライブになりうるし、渋滞のイライラに頭にきて無謀な追い越しをしたりするのも運転技術のひとつとされていた。

リバーオークスは、ダラスのハイランド・パークとよく比較されるが、こちらのほうがもっと大きくてもっと高級だ。テキサスのビバリーヒルズと言ったほうがいいくらいだ。ダウンタウンとアップタウンのちょうど中間あたりに位置する四平方キロメートルくらいの町で、学校がふたつ、カントリークラブがひとつ。そして高級レストランやショップが立ち並び、花々が両脇に植わっているドライブ道もある。町が建設されたのは一九二〇年代。当時は紳士協定により、白人以外の居住は認められていなかった。例外はメイドの居住区域で暮らす人々だけだった。いわゆる紳士がいなくなったいま、リバーオークスにはもっとバラエティに富む人々が暮らしている。もはや白人だけということはないが、全員が金持ちで、最低価格の屋敷でも一〇〇万ドルは下らないという。

わたしはぼこぼこのホンダで、二階建ての邸宅が両側に立ち並び、ベンツやBMWが停まっている通りを走った。石敷きのテラス、小塔、錬鉄製のバルコニーなどが特徴のスペイン復古調の家、あるいはニューオリンズのプランテーション風の家、白い柱や切妻屋根や縞模様の煙突がついたニューイングランドのコロニアル様式の家。どれもが大きくて、美しく風景の中にしっくりとはまっており、巨人の衛兵のように整然と立っているオークの木が影を投げかけていた。

チャーチルの家もさぞかし立派だろうとは思っていたが、それはわたしなどには想像もつかないほどの豪邸だった。約一万二〇〇〇平方メートルのバイユー地区に、ヨーロッパの城のような石造りの家が建っていた。わたしは重い鉄製のゲートの前で車を停め、コードを入力した。ゲートが重々しくゆっくりと開いたので、ほっと胸をなでおろす。広い舗装された道を通って家の前まで行くと、道はそこで二股に分かれて、一方は家のまわりをぐるりと回り、もう一方は一〇台以上収容できそうな別棟のガレージにつづいていた。

ガレージに車を入れ、なるべく目立たない隅のほうに駐車した。わたしのわびしいホンダは、粗大ゴミとして回収されるのを待っているみたいに見えた。不安で頭がいっぱいでぼうっとしていたので、ほかの車を見る余裕はなかった。

比較的涼しい秋の日で、そよ風が汗ばんだひたいを冷やしてくれた。道具を詰め込んだバッグをかかえて、玄関に向かって歩いて行った。

ベルを鳴らすと、ビデオカメラがウィーンと音を立ててわたしに焦点を絞ったので、びっくりしてあとずさりしそうになった。サロンを出る前に髪をとかしてこなかったし、化粧も直していなかったことに気づいた。もう手遅れだ。すでに大金持ちの屋敷の玄関前に立ち、ドアベルがこちらをにらみ返しているのだから。

一分も経たないうちにドアが開き、ほっそりとした年配の女性に迎えられた。グリーンのパンツに、ビーズ飾りがついたミュールをはき、柄物のシフォンのブラウスを着ていた。六〇歳くらいに見えたが、身なりに非常に気を使っていることから考えると、じつは七〇歳に近いのかもしれない。髪は逆毛を立てて、例の下水管につまった毛玉風に結い上げられている。その完璧なふわふわボールには穴ひとつ見つからなかった。実際の背丈はわたしと同じくらいだったけれど、そのヘアスタイルのせいで、八センチばかり彼女のほうが高く見えた。クリスマスツリーの飾りくらいの大きさがあるダイヤモンドのイヤリングが、肩の近くまでぶらさがっていた。

彼女はほほえんだ。それは本物の微笑で、目尻にカラスの足跡のようなしわが寄った。チャーチルの姉、グレッチェンだとすぐにわかった。三度婚約したのだが、いまだ独身。グレッチェンのフィアンセはいずれも悲劇的な最期を遂げたのだそうだ。ひとり目は朝鮮戦争で、ふたり目は交通事故で、三人目は心臓病で亡くなった。生まれつき心臓に欠陥があったのだが、前触れもなしに命を奪われるまで、だれもそのことを知らなかった。最後のフィアンセが亡くなったあとグレッチェンは、わたしはどう見ても結婚に向いていないみたい、と宣言し、それ以後、独身を通してきた。

その話を聞いて、わたしはほとんど泣きそうになるくらい心を動かされ、喪服のオールドミスを思い浮かべた。「孤独だと思わないのでしょうか?」わたしはためらいがちにきいてみた。「一度も……」なんと表現したらいいか迷って、言葉を切った。肉体的な関係? それとも体のつながり?「人生に男性を招き入れずにいて」

「まさか、姉が孤独だなんて、ありえんよ」チャーチルはふんと鼻を鳴らして言った。「チャンスがあればぜったい逃さず、遊びまくっていた。つきあった男は数知れず。ただ、その中のだれとも結婚しなかっただけなのだ」

目の前に立っている感じのいい女性の顔をまじまじとながめ、その瞳がきらりと輝くのを見て、ああ、あなたがもてもてなのは当然ですね、ミス・グレッチェン・トラヴィス、とわたしは心の中で思った。

「リバティ。わたしは、グレッチェン・トラヴィスよ」彼女は、昔ながらの友人に対するように両手を伸ばしてきた。わたしはバッグを下に置いて、ぎこちなく握り返した。細い指は温かく、大きな石のはめ込まれた指輪がぶつかりあってかたかた鳴った。「チャーチルから話は聞いていたけれど、あなたがこんなにかわいらしいお嬢さんだったとは知らなかったわ。のどが渇いたでしょう? バッグは重くないこと? そこに置いたままにして、だれかに運ばせましょう。あなたを見て、わたしがだれを思い出したかわかる?」

チャーチルと同じく、彼女も質問を連発した。わたしはあわてて答えた。「ありがとうございます。でも、のどは渇いていません。それからこれは自分で運びます」わたしはバッグを持ち上げた。

グレッチェンはエントランスにわたしを招き入れた。手を放したら、わたしが幼い子どものように家のどこかに迷い込んでしまうとでも思ったのか、バッグを持っていない手を握ったままだった。わたしたちは大理石の廊下に向かって歩いた。天井は二階分の高さがある。壁には一定の間隔に壁龕《へきがん》が設けられており、ブロンズ像が置かれていた。馬蹄形の階段の片側に二枚扉のエレベーターがあり、そこを目指して歩きながら話すグレッチェンの声がかすかに天井にこだました。

「リタ・ヘイワースよ」とグレッチェンは、先ほどの自分の質問に答えた。「そう、『ギルダ』に出ていた彼女にそっくり。ウェーブのかかった髪と長いまつげ。その映画、見たことある？」

「ありません」

「いいのよ、たしか、ハッピーエンドじゃなかったわ」グレッチェンはわたしの手を放して、エレベーターのボタンを押した。「階段でも行けるけど、こっちのほうが楽でしょ。座れるときには立つな、乗り物があるときには歩くな、よ」

「はい」わたしはできるだけしゃんとして見えるように、洋服を直した。黒いVネックのTシャツを引っ張って、白いジーンズのウェストにかぶせた。ローヒールのサンダルから赤い爪がのぞいている。今朝、もうちょっとましな服を選んでいたらよかったのにと考えたが、こんなことになるとは夢にも思わなかったのだ。「ミス・トラヴィス、教えてください——」

「グレッチェン」と彼女は言った。「グレッチェンと呼んで」

「では、グレッチェン、チャーチルの具合はいかがなのでしょうか？　きょうまで事故のことは知りませんでした。知っていたら、お花かカードを送ったのですけれど」

「まあ、ハニー。お花なんていいのよ。山のように送られてきて、困っているくらいなんだから。それから、なるべく事故のことは広めないようにしていたの。チャーチルは、大騒ぎしてほしくないんですって。きっと死ぬほど恥ずかしいんだと思うわ。ギプスに車椅子でしょう——」

「脚のギプスですか？」

「いまはソフトギプス。二週間後には通常の固いギプスになるの。チャーチルの怪我はね、お医者さまが言うには……」彼女は目を細くして思い出そうとした。「脛骨《けいこつ》の粉砕骨折っていうらしいの。腓骨《ひこつ》のほうはきれいに折れたんだけど、足首の骨のひとつも砕けたの。長いスクリューを八本も脚に入れたのよ。それから骨の外側にロッドを入れて、それはあとで撤去するんですって。金属プレートも一枚。そっちは一生入れたままになるので」彼女はくすりと笑った。「あの人もう、空港のセキュリティを通れなくなるわ。自分の飛行機を持っていてよかったこと」

わたしは軽くうなずいたが、しゃべることができなかった。昔からあるテクニックを使って、泣くのをこらえようとした。ミスター・ファーガソンが教えてくれたのだ。泣きそうになったら、舌の先で、口蓋の奥の軟口蓋のあたりをなめるといいのだという。そうやっているあいだは、涙はこぼれないのだそうだ。たしかに涙は止まってくれたが、かろうじてといったところだった。

「大丈夫よ、チャーチルは強いから」グレッチェンはわたしの表情を見て、舌をちっちっと鳴らした。「あの人のことは心配しなくていいの。それよりも、まわりの人間に同情してちょうだい。少なくとも五カ月は家に引きこもっていなきゃならないのよ。それまでに、わたしたちみんな頭がおかしくなっているわ」

家の中は美術館さながらだった。広い廊下、見上げるばかりに高い天井、壁に掛かっている絵にはそれぞれスポットライトがあたっていた。あたりは静かだったが、遠くからいろいろな音が聞こえてきた。電話、何かをたたく音、金属製のポットや平鍋がぶつかりあう音。見えないところで、人々は忙しく働いているのだ。

案内された寝室は、見たこともないほど広々としていた。わたしのアパートをそっくり入れても、まだ空間が余るほどだ。ずらりと並ぶ背の高い窓にはプランテーション風のよろい戸がはまっていた。手でかんなをかけたクルミ材の床のあちこちには、ほどよく色あせたトルコ風つづれ織りのラグが敷かれていた。たぶん一枚につき、ポンティアックの新車一台分くらいの値段がするはずだ。らせん状に彫刻された柱がついたキングサイズのベッドが、部屋の一角に斜めに置かれていた。コーナーにはラブチェアが二脚、リクライニングチェアが一脚があり、壁には薄型のプラズマテレビが掛かっていた。

わたしの目はすぐにチャーチルをとらえた。彼は脚を吊り上げられた状態で、車椅子に座っていた。いつもはきちんとした服装をしている彼だが、いまはひざから下を切ったスウェットパンツに、黄色のコットンセーターというでたちだった。傷を負ったライオンのように見えた。数歩で近づき、両腕を彼にまわした。唇を頭のてっぺんに押しつけると、ふわりとした白髪の下の硬い頭蓋骨の湾曲が感じられた。かぎなれた彼のにおいを吸い込む。高級コロンがかすかに混ざった、革のようなにおいだ。

チャーチルは一方の手で、わたしの肩の後ろをぽんぽんと力強くたたいた。「おい、おい」と重みのある声が聞こえた。「取り乱さなくていいんだ。すぐによくなる。ほら、もう泣くのはやめなさい」

わたしは濡れた頬を拭って、背筋を伸ばし、えへんと咳払いした。「つまり……ローン・レンジャーを気取って、曲乗りでもしたってわけですか？」

チャーチルは顔をしかめた。「友人の地所で、いっしょに馬に乗っていたんだ。ところが、いきなり野ウサギがメスキートの茂みからぴょんと飛び出してきて、馬を驚かせた。まばたきする間もなく、まっさかさまだ」

「背中は大丈夫なんですか？　首は？」

「ああ、全部平気だ。脚だけだよ」チャーチルはため息をついてぼやいた。「この椅子に数カ月間しばりつけられることになる。くだらんテレビを見るしかない。シャワーを浴びるときには、プラスチックの椅子に座らされるのだ。なんでもかんでも人にやってもらって、自分じゃなにひとつできん。病人あつかいされるのにはもう飽き飽きだ」

「だって、動けないんですもの。ゆったり構えて、甘やかされるのを楽しんでみたら」

「甘やかされるだと?」チャーチルは憤慨してその言葉を繰り返した。「わたしは無視されているのだ。放っておかれて、水も与えられず干からびている。食事は時間どおりに運ばれてきたためしがないし、大声で叫んでもだれも来やしない。水差しの水も足してくれない。実験室で飼われているネズミだってもっとましな暮らしをしている」

「ねえ、チャーチル」グレッチェンがなだめにかかった。「わたしたちは最善を尽くしているのよ。だれにとっても初めてのことばかりですもの。そのうち慣れてくるわ」

チャーチルは姉を無視した。同情を寄せて話を聞いてくれる相手に苦情を言い立てることに、すっかり関心が向いているようだ。ヴィコディンを飲む時間だが、だれかがあの薬をバスルームのカウンターの奥に置いたので、手が届かないと彼は文句を言った。「取ってきます」と言って、わたしはすぐさまバスルームに向かった。

テラコッタのタイルと、銅色の斑点がついた大理石に覆われている広大なスペースの中央部には、半分埋め込まれた楕円形のバスタブがあった。ウォークイン・シャワーと窓は、全部がガラスのブロックでできていた。チャーチルが車椅子生活になってしまったことを思えば、バスルームがこれほど大きいのは幸いだったわ、とわたしは思った。カウンターの隅に茶色の薬瓶がいくつかのっていた。その隣にありふれたプラスチックの使い捨てコップのディスペンサーがあり、雑誌のグラビアのような完璧な環境には場違いな印象だった。「一個ですか、二個ですか？」ヴィコディンの瓶を開けながら叫んだ。

「二個だ」

コップに水を満たし、薬といっしょにチャーチルのところに運んだ。彼は顔をゆがめて薬を飲んだ。痛みのせいで口の両端が灰色になっている。脚がどんなに痛むのか、わたしには想像できなかった。骨が金属のロッドやスクリューになじめず、反抗しているのだろう。彼の体は、これほどのダメージを治癒させることで消耗しているに違いない。お休みになりたいのならわたしは待てますし、出直してきてもいいのですが、と言うと、もう十分すぎるほど休んだと、語気強くチャーチルは答えた。話し相手が欲しいのだが、このごろでは相手になってくれる人がいないんだと、グレッチェンのほうをうらめしげにちらりと見る。するとグレッチェンは落ち着き払って、話し相手が欲しければ相手を怒らせないようにしないとね、と答えた。

一分ほど姉弟ならではの愛情あふれる口げんかをしてからグレッチェンは、何か用事があったらインターコムのボタンを押すのよと言い置いて、部屋を出て行った。わたしは車椅子を押してバスルームへ行き、流しの横に据えた。

「ボタンを押しても、だれも応えないのだ」チャーチルはわたしが道具を並べるのを見ながら、不機嫌に言った。

黒いカット用のケープを振って広げ、たたんだタオルを首のまわりにたくしこんだ。「トランシーバーをお持ちになればいいんです。そうすれば、必要なときに連絡がとれますわ」

「グレッチェンは自分の携帯電話ですら、すぐにどこかに置き忘れてしまうんだ。姉に持たせるのは無理だな」

「個人的なアシスタントか秘書はいないのですか？」

「いたんだが、先週クビにした」

「どうして？」

「あいつは人に怒鳴りつけられることに慣れていなかった。しかも、いつもわけのわからんことばかりしていた」

わたしはにっこり笑った。「でも、代わりの人を見つけてから、クビになさったほうがよかったですね」そう言ってスプレーの瓶に水道水を満たした。

「あてはあるんだ」

「だれです？」

チャーチルは、そんなことはどうでもいいとでもいうように、さっと手で何かを払いのけるなしぐさをしてから、椅子の背に深くもたれた。わたしは髪を湿らせ、丁寧にとかした。慎重に髪を段に分けてカットしているあいだに、薬がきいてくるのがわたしの目にもわかった。顔の険しいしわがゆるみ、ガラスのような目の輝きが失われてぼんやりしてきた。

「あなたの髪を実際にカットするのはこれが初めてです。やっと履歴書の顧客リストにあなたの名前を書けますわ」

チャーチルはくすりと笑った。「ゼンコーのところでどれくらい働いている？　四年くらいかな?」

「もうすぐ満五年です」

「いくらくらいもらっているんだね?」

その質問にちょっと驚いて、あなたには関係ありませんと言おうかと考えた。でも、別に秘密にしておくことでもないと思い直した。「年収は二万五〇〇〇ドルです。それに加えてチップ」

「わたしのアシスタントは五万だった」

「それはすごいわ。ずいぶん忙しく働かされていたのでしょうね」

「そうでもない。使い走りをしたり、スケジュールを調整したり、電話をかけたり、わたしの本の原稿をタイプしたりといったことだ」

「本を書いていらっしゃるの?」

チャーチルはうなずいた。「主に投資の戦略に関することだ。しかし、自叙伝的な部分もある。何ページかは手書きで、あとは口述だ。アシスタントはそれをすべてコンピューターに入力していた」

「ご自分でタイプなさればずっと効率的でしょうに」髪をふたたび後ろにとかしつけ、自然な分け目をさがす。

「年をとってからでは学べないこともある。タイピングもそのひとつだ」

「じゃあ、臨時のタイピストをお雇いになればいいわ」

「臨時雇いなどいらん。知っている人間がいい。だれか信用のできる人間が」

鏡の中でわたしたちの目が合った。彼が何を企んでいるのか、ようやくわかった。まあ、なんてことかしら。わたしはひたいにしわを寄せて、ヘアカットに集中した。腰を落として正しい角度を決め、はさみで正確に頭のまわりをカットしていく。「わたしは美容師です」チャーチルのほうを見ずに言った。「秘書ではありません。いったんゼンコーから離れたら、永久にあの店のドアは閉じられてしまいます。もう戻れないのです」

「短期間の話をしているのではない」チャーチルは余裕たっぷりに反論した。彼がかつて交渉の達人であったことがうかがわれた。「ここには仕事がたくさんあるんだよ、リバティ。ほとんどが、お客のキューティクルをいじっているよりずっとやり甲斐のある仕事だ。怒らんでくれ——きみの仕事にケチをつけるつもりはないし、きみはよくやっている——」

「どうも」

「——しかし、きみはわたしからもっとたくさんのことを学べる。わたしはまだまだ引退するつもりはないし、やるべきことが残っている。信頼できる人に助けてもらう必要があるのだ」

わたしは信じがたい気分で笑うと、電動バリカンを手に取った。「どうしてわたしを信頼できると思ったのですか?」

「きみは途中で投げ出さない人間だからだ。いったん決めたらとことんあきらめない。人生と正面からぶつかる。そういうことは、タイプの技術よりもずっと大切だ」

「そう言っていられるのもいまのうちですよ。わたしのタイピングを見ていないからだわ」

「すぐに覚えるさ」

わたしはゆっくりと頭を左右に振った。「あなたはタイプを覚えるのに年を取りすぎているけれど、わたしはそうではないと？」

「そういうことだ」

わたしはつきあいきれないわという顔でほほえみ、バリカンに目を移した。そのうるさい音で会話は中断した。

チャーチルが必要としているのは、そういった仕事の経験がわたしよりずっと豊富な人だ。使い走り程度ならわたしにもできる。しかし、彼の代わりに電話をかけたり、執筆の手伝いをしたり、彼の世界の人々とほんのわずかであれ交流するとなると、能力の範囲をはるかに超えている。

と同時に、わたしは自分の中に野心の芽が頭をもたげはじめているのを発見して驚いていた。正装して卒業証書を受け取った大学の卒業生の多くは、このようなチャンスをのどから手が出るほど求めている。こんな機会は二度と訪れないだろう。

バリカンに集中し、チャーチルの頭をあっちへこっちへと傾け、慎重に形をつくっていった。やがてバリカンのスイッチを切って、切り落とした髪を首から払い落としはじめた。

「もしうまくいかなかったら？」質問が口から出ていた。「二週間前に解雇通告をしていただけるんですか？」

「もっと長い余裕をあげるよ。解雇手当てもはずむ。しかし、ぜったいにうまくいくさ」

「健康保険は？」

「きみとキャリントンを、我が家と同じ保険に入れてやろう」

それはすごい。

ＷＩＣの無料ワクチンを除き、わたしは医療費のすべてを自分で支払わなければならなかった。ふたりとも健康だったのはほんとうにラッキーだった。けれども咳にしろ風邪にしろ、耳の感染症にしろ、ささやかな問題でも大きな病気につながりかねないと思うと、心配で死にそうだった。財布の中に健康保険のカードが入っていたらどんなに心強いことか。それが欲しくてたまらず、思わず手を握りしめていた。

「希望をリストに書き出しなさい」とチャーチルが言った。「細かいことはうるさく言わない。それはわかっているだろう。わたしはフェアな雇い主になる。ただしひとつだけ、どうしても譲れない条件がある」

「何ですか？」わたしはその時点でもまだ、こういう会話を交わしていることが信じられない気がしていた。

「きみとキャリントンに、ここに住んでもらいたいのだ」

返す言葉が見つからず、ぼんやりと彼を見つめた。

「グレッチェンもわたしも、だれか家にいてくれる人を必要としている。わたしは車椅子を使わなければならないし、歩けるようになっても、日常生活にいろいろと支障があるだろう。

それからグレッチェンにも、このごろ、物忘れなどいくつか問題があってね。姉はいつか自分の家に戻ると言っているが、ここに住みつくことになるだろう。姉のスケジュールもだれかに管理してもらいたいのだ。それも、見ず知らずの人間にではなく」チャーチルの目は抜け目なく、声はくつろいでいた。「好きなときに出かけてかまわないし、帰りの時間もうるさく言わない。この家をきちんと切り回してほしい。自分の家のように。キャリントンはリバーオークス小学校に入れなさい。二階に八つ客用の部屋があるから、好きな部屋を使うといい」

「でも、そんなふうにいきなりキャリントンの生活を変えることはできません……家も、学校も……うまくいくかどうかもわからないのに」

「きみが保証を求めても、わたしにはそれを与えることができない。約束できるのは、われわれはベストを尽くすということだけだ」

「あの子はまだ一〇歳にもなっていないのです。この家にあの子を入れるというのがどういうことか、わかっていらっしゃいますか。小さい女の子はうるさいし、散らかすし、邪魔をするし——」

「わたしは四人の子どもを育てたのだよ。そのうちひとりは娘だ。八歳の子どもがどんなかは知っている」彼は巧妙な間を置いた。「いいかい、週に二回、語学の家庭教師を呼ぼう。それからキャリントンはピアノも習いたいと言うかもしれないな。一階に、だれも使ったことがないスタインウェイのピアノがある。スイミングはどうだ？　うちのプールに滑り台をつけさせよう。誕生日には盛大にプールサイドでパーティを開こうじゃないか」

「チャーチル」わたしはぶつぶつ文句を言った。「どういうつもりなんですか？」

「きみが断われないようにしているのだ」

まんまと罠にはまってしまったようだ。

「イエスと言ってくれ。そうすればみんながハッピーだ」

「もしノーと言ったら？」

「それでも、われわれの友情は変わらない。しかも、この申し出はまだ有効だ」彼は軽く肩をすくめ、手をさっと払って車椅子を指し示した。「ごらんのとおり、わたしはどこへも行けないからね」

「わたし……」指を髪につっこんで頭をかきむしった。「少し考えさせてください」

「好きなだけ時間をかけるといい」チャーチルはやさしいほほえみを浮かべた。「決める前にキャリントンを連れてきて、ここを見せたらどうだね？」

「いつ？」わたしはぼんやりと尋ねた。

「今夜の夕食に。いますぐ迎えに行って、放課後のプログラムはやめてここに連れてきなさい。ゲイジとジャックも来る。息子たちにも会っておきたいだろう」

チャーチルの子どもたちに会いたいと思ったことはいままでいっぺんもなかった。彼の生活とわたしの生活はいつもきっちり分かれていたので、互いの要素が混じりあうことに戸惑いを覚えた。これまでの人生を通していつの間にかわたしは、トレーラーパークに属する人間と大邸宅に住む人間は種類が違うのだと考えるようになっていた。上を目指すといっても、わたしの中には上限があったのだ。

しかし、その同じ限界をキャリントンにも押しつけたいとわたしは思っているのだろうか。いままで見知ってきた世界とはまったく違う生活にあの子を触れさせたら、どういうことが起こるのだろう？　シンデレラを馬車で舞踏会に送り出し、カボチャに乗せて連れ帰るのと同じだ。シンデレラはそれを潔ぎよく受け入れたけれど、キャリントンもそう無頓着でいられるかどうか、確信が持てなかった。それに実のところ、わたしはあの子に無頓着であってほしくないと思っていた。

16

まあ予想どおりというか、その日、キャリントンはとびきり汚らしくなっていた。ジーンズのひざには緑色の草のしみがつき、Tシャツの正面にはポスターカラーが点々と飛び散っている。教室の入口で妹を拾うと、まっすぐ近くの女子トイレに向かった。ペーパータオルで顔や耳を拭いてやり、もつれたポニーテールにブラシをかけた。どうしてきれいにするの、ときかれて、夕食に招かれたからよ、だからお行儀よくしなきゃだめよ、と答えた。

「お行儀よくしてないとどうなるの?」キャリントンがいつものようにきいてきたので、聞こえないふりをした。

キャリントンはゲートのある大邸宅を目にして、きゃーきゃー歓声をあげた。自分がコード番号を押すと言い張り、助手席からわたしのひざに這いのぼって運転席の窓から身を乗り出し、読み上げられた番号を押した。キャリントンは幼すぎて、この贅沢な屋敷におじけづくことがなかったのが、なんとなく嬉しかった。止める間もなくドアベルを五回も押し、防犯カメラにさわろうと手を伸ばしてぴょんぴょん跳ねるので、光るスニーカーが緊急事態を知らせるシグナルのように点滅した。

今回ドアを開けてくれたのは、ハウスキーパーだった。チャーチルやグレッチェンがティーンエイジャーに見えるほどの高齢だった。自己紹介すると彼女も自分の名前を言ったけれど、セシリーなのかシシーなのか、よく聞き取れなかった。

そのときグレッチェンがあらわれ、チャーチルもエレベーターで降りていて、家族用の居間で待っているわ、と言った。キャリントンをながめまわしてから、子どもの顔を両手で包み込んだ。「まあ、なんてかわいらしいお嬢ちゃんかしら」と感嘆の声をあげた。「グレッチェンおばさまと呼んでちょうだいね」

キャリントンはくすくす笑い、絵の具が飛び散ったシャツの裾をもてあそんだ。「きれいな指輪」キャリントンはグレッチェンの光り輝く指を見つめながら言った。「一個はめてみてもいい？」

「キャリントン――」わたしは妹をたしなめようとした。

「もちろん、いいわよ」とグレッチェンは大きな声で言った。「でも、その前に中に入って、チャーチルおじさまに会いに行きましょう」

手をつないで廊下を歩いていくふたりのすぐ後ろをついていく。「チャーチルから話をお聞きになりました？」とグレッチェンに尋ねた。

「ええ」グレッチェンは肩越しに答えた。

「この話をどう思われます？」

「みんなにとって、とてもいいことだと思うわ。エイヴァが亡くなり、子どもたちも独立して、この家は静かすぎるもの」

見上げるほど天井が高く、シルクやベルベットや紅茶染めのレースのカーテンがかかった背の高い窓のある部屋をいくつも通りすぎた。クルミ材の床にはオリエンタル風のラグがあちこちに敷かれ、アンティーク家具が置かれており、すべては赤かゴールドかクリーム色に渋く統一されていた。この家の住人に読書家がいるに違いない。いたるところにつくりつけの本棚があり、上段から下段までぎっしり本が並んでいた。家はいい香りがした。レモンオイルとワックスと子牛皮紙のにおいだ。

家族用の居間はモーターショーが開けるくらい広く、人の背の高さほどもある暖炉が向かい合った壁に据えつけられていた。中央には円テーブル。その上には白いアジサイと黄色と赤の薔薇、そして黄色のフリージアの巨大なアレンジがのっている。チャーチルはソファが置いてあるコーナーにいた。頭上の壁には、高いマストの帆船を描いたセピア色の絵画が掛かっている。時代がかった礼儀正しさで、ふたりの男性が立ち上がった。わたしは車椅子に近づいていくキャリントンが気がかりで、男性たちのほうを見る余裕がなかった。

チャーチルとキャリントンは握手を交わした。妹の顔は見えなかったが、チャーチルの顔は見えた。まばたきもせず、じっとキャリントンに見入っている。その顔によぎった表情には、どんな気持ちが込められているのだろう。驚き、喜び、それとも、悲しみか。妹から目を離し、えへんと強く咳払いした。しかし、ふたたび視線をキャリントンに戻したときには、表情はきれいに消えていた。もしかすると、わたしの思いすごしだったのかもしれない。

チャーチルとキャリントンは以前からの友だちのようにおしゃべりをはじめた。キャリントンはなかなか人にうちとけない性格なのだが、ものおじする気配はない。ローラースケートをはかせてもらえたらここの廊下をものすごい速さで滑ってみせるのに。ねえ、おじさんに怪我をさせた馬はなんて名前なの？　今日ね、図工の時間があって、親友のスーザンがうっかり机の上にあった青いポスターカラーをこぼしちゃったの。

キャリントンたちが話しているあいだに、わたしは椅子の横に立っているふたりの男性に目を移した。何年にもわたりチャーチルから息子たちの話を聞いていたので、いきなり対面して少し動揺してしまった。

わたしはチャーチルに父に対するような愛情を感じていたけれど、実の子にとっては厳格な父親に違いないと思っていた。よくいる金持ちのドラ息子のように、子どもたちが軟弱で甘やかされた人間にならないようにと願うあまり、ちょっと厳しくしすぎたかもしれないと本人も認めていた。子どもたちは熱心に働き、父親が決めた目標を達成し、責任を果たす人間に成長した。チャーチルはほめることは少なく、厳しく罰する父親だったのだ。

チャーチルは人生と格闘して生きてきたし、何度か激しく打ちのめされたこともあった。だから子どもたちにもそういう人生を歩んでほしいと思っていた。学業でもスポーツでも、優秀な成績を収めることを要求し、人生のあらゆる側面でチャレンジ精神を持つことを求めた。チャーチル自身が怠惰や特権意識を忌み嫌っていたので、そのような徴候が見えようものなら、すぐさま踏みつぶした。末娘のヘイヴンにはかなり甘かったが、最初の妻の子のゲイジには一番容赦なかった。

　チャーチルから子どもたちの話を聞かされていれば、父親としてもっとも誇らしく感じ、かつもっとも高い期待を寄せているのは長男のゲイジだということは容易にわかる。名門寄宿学校に入っていたゲイジは、一二歳のときに自分の命を危険にさらして、寄宿舎の生徒たちを救ったことがあった。ある晩、三階のラウンジから火が出た。建物には消火用のスプリンクラーは設置されていなかった。チャーチルによれば、ゲイジは生徒全員が目覚めて建物から避難するのを見届けるまで中に残っていたという。建物が焼け落ちる寸前に脱出したが、煙を吸い込み、かなりの火傷を負った。わたしはその話に強い印象を受けた。そのあとのチャーチルの言葉でさらにその印象は強まった。「息子はわたしの期待どおりの行動をとったにすぎない。うちの家族の人間ならばだれでもそうしただろう」つまり、燃えさかる建物から人を救い出すことは、トラヴィス家の人間にとってはあたりまえで、とりたてて自慢するほどのことではないのだ。

　ゲイジはテキサス大学を卒業して、ハーバードで経営管理学修士《MBA》を取得した。現在は父親の投資会社で働く一方で、自身の会社も経営していた。ほかの兄弟は独自の道を歩んでいた。父親の仕事を手伝うことはゲイジ本人の選択だったのだろうか、それとも父親の期待に応えてその地位を受け入れただけだったのだろうか、とわたしは考えたものだ。

　弟のほうが前に進み出て、ジャックですと自己紹介した。力強い握手と屈託のない笑顔。アウトドア派のようで、日に焼けた肌にブラックコーヒーのような目がきらきらと輝いている。

そして、ゲイジ。父親よりも頭ひとつ分背が高く、黒髪で肩幅が広かったが痩せていた。年は三〇くらい。でも、世間の波にもまれてきたその顔つきから、もっと上にも見えた。愛想をふりまくのがもったいないとでもいうように、おざなりの笑みを浮かべた。ゲイジ・トラヴィスに会ったとたんわかることがふたつある。まず、すぐ朗らかな笑みを浮かべられる人柄ではないこと。もうひとつは、恵まれた環境で育てられていながら、一筋縄ではいかないタフガイだということ。飼育所で育てられた血統書つきの闘犬といったところか。

ゲイジは自己紹介すると、握手をするために手を伸ばしてきた。

異様なほど薄いグレーの目だった。明るく輝き、黒い筋が入っている。静謐の後ろにかっと燃え上がる激しさが潜んでいる。そんな抑えたエネルギーを見たのは、ゲイジ以外ではたった一度きり。そう、ハーディの目の中にもそれはあった。ハーディのカリスマ性は人をぐいっと引き寄せるたぐいのものだったけれど、ゲイジのは、自分に近づくなと人に警告を与える。わたしはすっかり動揺してしまって、すぐに手を出すことができなかった。

「リバティです」とか細い声で言った。指が彼の手に飲み込まれた。軽い、焼けつくような一握り。それからゲイジはできるだけすばやく手を放した。

あわてて目をそらす。その心ざわめかせる目から逃れたくて、あたりを見まわすと、近くのふたりがけソファに女性が座っていた。

背の高いとびきりスリムな美女だった。デリケートな顔立ちにぷっくりと肉感的な唇。ハイライトを入れた金髪が、川のように肩からソファのアームへと流れていた。ゲイジはモデルとつきあっているとチャーチルが言っていたっけ。間違いなくこの人だ。綿棒の軸くらいの細い腕がまっすぐ肩から伸びていて、腰の骨が缶切りの刃のようにドレスを突き上げていた。もしこの人がモデルでなかったら、摂食障害で即、病院に連れて行かれただろう。

わたしはこれまで体重を気にしたことはなかった。いつも標準的な体重だったし、プロポーションだって悪くはなかった。女らしい体型で、バストもヒップも豊かだ。もう少しヒップは控えめのほうがいいけれど。体型に合わない服だとスタイル抜群とはいかないが、合った服を着ればかなりいい線をいっていた。全体として自分の体にはまあ満足していた。しかしこの針金美人の隣に立つと、自分がホルスタインみたいに思えてくる。

「ハイ」上から下までじろじろとながめまわされるのに閉口しながら、つくり笑いを浮かべた。「リバティ・ジョーンズです。わたしは……チャーチルの友人です」

美女は軽蔑的な視線をちらっと投げてきたが、あえて自己紹介しようとはしなかった。スリムな体型を保つために、きっと何年にもわたり、この人は食べたいものも食べず、お腹をすかしてきたんだろうなと思った。アイスクリームもバーベキューもだめ。もちろんレモンパイの一切れも。そんな生活をつづけたら、だれだって性格ブスになる。

ジャックがすかさず口をはさんだ。「で、リバティ、家はどこ?」

「わたしは……」さっとキャリントンのほうに目をやると、チャーチルの車椅子のボタンが並んでいるパネルを興味深そうにながめていた。「ボタンを押しちゃだめよ、キャリントン」

突然、キャリントンがボタンを押したら、ぴょんと座面が飛び上がる漫画みたいな場面が頭に浮かんだ。

「押したりしないよ」と妹は言い返した。「見てるだけだもん」

ふたたびジャックに視線を戻す。「ヒューストンに住んでいます。サロンの近くです」

「サロンって?」ジャックは先をうながすようにほほえんだ。

「サロン・ワン。そこで働いているんです」一瞬、居心地の悪い沈黙が舞い降りた。いったいサロンの仕事ってなんだ？ とその場にいるだれもが首をひねっているようだった。そこで、その沈黙に言葉を投げ入れなければならなくなった。「ヒューストンの前は、ウェルカムに住んでいました」

「ウェルカムという地名だけなら聞いたことがある」とジャックが言った。「でも、どんな町だったか思い出せないなあ」

「小さなありふれた町です。何でもひとつずつあるような」

「どういうこと?」

わたしはぎこちなく肩をすくめた。「靴屋が一軒、メキシコ料理店が一軒、クリーニング屋が一軒……」

ここにいる人々は同類の人としか会話することはないのだ。わたしが会ったり経験したりしたことのない人々や場所についての会話しか存在しないのだ。自分がやけにちっぽけに思えた。急に、こんな状況にわたしをひきずり込んだチャーチルに腹が立ってきた。この人たちはわたしがいなくなったらすぐに、笑いものにする気だろう。口をつぐんでいようとしたが、またしても沈黙の網に包まれてしまい、ついそれを破らずにいられなくなった。

ゲイジ・トラヴィスにふたたび視線を向けた。「お父さまの仕事を手伝っていらっしゃるんですよね？」たしかゲイジは父親の投資会社を手伝っているけれど、そのかたわら、代替エネルギー技術を開発する会社を自分で立ち上げたとチャーチルが言っていたわ。

「おかげで、しばらくは父の代わりに出張に出なければならないようだ」とゲイジが言った。「来週予定されていた東京の会議での講演は、ぼくがピンチヒッターとして行くことになるだろう」とりつくろった礼儀正しさ。ほほえみのかけらすらない。

「チャーチルの代わりに講演をするときには、お父さまならこういう話をするだろうと思われる内容を話すんですか？」

「意見が異なることもある」

「つまり、ノーということですね？」

「そうだ」と彼は静かに答えた。じっと見つめられていると、お腹のあたりがむずがゆくなってきて、それがあながち不快とは言えないことに驚いた。顔が真っ赤になる。

「旅行はお好きですか？」

「実のところは、うんざりしている。きみは？」

「わかりません。テキサス州の外に出たことがないですから」

これがそんなに異様なことだとは思ってもみなかったが、三人はまるで頭がふたつ生えている妖怪を見るような目でわたしを見た。

「チャーチルはどこにも連れて行ってくれなかったの？」ソファの美女が、髪をいじりながらきいた。「あなたを見せびらかしたくないのかしら？」まるで冗談を言ったかのようにほほえんだ。その口調たるや、キウイの毛がすべてむけてしまうほど辛辣だった。

「ゲイジは出不精なんだ」とジャックが言った。「ほかのトラヴィス家の連中はあっちこっち飛びまわるのが好きなんだが」

「でも、パリは好きなのよ」美女が眉毛をアーチ形に吊り上げてゲイジを見つめながら言った。「わたしたち、パリで会ったんですもの。フランス版『ヴォーグ』のカバーの撮影をしていたの」

「ダウネル」

わたしは感心したふりをした。「すみません、お名前をうかがわなかったものですから」

「ダウネル……」と繰り返し、ラストネームが言われるのを待つ。

「ダウネルだけよ」

「彼女は大がかりな国内キャンペーンのモデルに選ばれたばかりなんだ」とジャックが言った。「大手の化粧品会社が、新しい香水を発売することになってね」

「フレグランスと言ってちょうだい。トーントという名前よ」

「きっとすばらしいお仕事をなさると思いますわ」とわたしは言った。

飲み物のあと、楕円形のダイニングルームでディナーが出された。二階分の高さのある天井から、連なる雨のしずくのようなクリスタルのシャンデリアが下がっている。アーチ形のドアの向こうは厨房につづいており、その対面の壁には錬鉄のゲートがついていた。あの奥にはワインセラーがあって、一万本ばかりワインが入っている、とチャーチルは言った。オリーブ色のベルベッドを張った重い椅子が、マホガニーのテーブルのまわりに並んでいた。

ハウスキーパーと若いラテン系のメイドが、大きいワイングラスにインクのようにまっ赤なワインを注いだ。キャリントンにはフルーツがいっぱい入ったセブンアップ。チャーチル、妹、わたしの順番に並んで座った。ひそひそ声で妹に注意する。ナプキンをひざの上にかけるのよ、グラスをそんなにテーブルの縁近くに置いちゃだめ。キャリントンはとても行儀よくふるまい、「お願いします」や「ありがとうございます」を忘れずに言うことができた。

たったひとつ困ったことがあった。運ばれてきた料理の中身が何なのか、わからなかったのだ。妹は好き嫌いが激しくはなかったが、食べたことのないめずらしい料理を進んで食べるほうではなかった。

「これ、何？」キャリントンがささやいた。けげんな目で、自分の皿にのっている細切りやボール状や塊状の食べ物をにらみつけている。

「肉よ」わたしは口の横からひそひそ声を出した。

「何の肉？」フォークの先でボールのひとつをつつきながら、しつこくきいてくる。

「知らないわ。いいから食べなさい」

チャーチルがキャリントンのしかめっ面に気づいた。「どうしたんだね？」

キャリントンはフォークで皿を指して言った。「何だかわからないものは食べない」

チャーチルとグレッチェンとジャックは笑い、ゲイジは無表情でこちらを見ていた。ダウネルはハウスキーパーにこれを下げて、肉を正確に計量してくるよう言いつけている最中だった。食べるのは九〇グラムだけだというのだ。

「それは賢いね」とチャーチルはキャリントンに言って、皿をもっと自分のほうに寄せさせた。「これは、ミックス・グリルというんだ。ごらん。この小さいやつは鹿肉の細切り、こっちはヨーロッパのヘラジカ、それは北米のヘラジカのミートボールだ。そしてそれは野生の七面鳥のソーセージ」それから「エミューの肉はないな」とわたしにウィンクした。

「『野生の王国』に出てくる動物を全部食べているみたいね」わたしは口をはさんだ。チャーチルが八歳の女の子をなんとか納得させようとしている姿がほほえましい。

「ヘラジカは嫌い」とキャリントンが言った。

「試してみないことにはわからんだろう。さあ、一口食べてみなさい」

キャリントンは素直に、食べたことのない肉をいくつか、小さな野菜や焼いたジャガイモをあいだにはさみながら口に入れた。ロールパンやまだ湯気が出ている四角いコーンブレッドが入ったバスケットがまわされた。ところが、キャリントンがバスケットの底のほうをさぐりはじめたので、わたしはあわてて止めた。「だめよ、そんなことしちゃ」と小声で注意する。「一番上にのっているのを取るの」

「ふつうのパンが食べたいんだもん」

わたしはわびるようにチャーチルに視線を向けた。「いつもコーンブレッドはフライパンでつくるもので」

「これは、これは」チャーチルはジャックに向かってにやりとした。「母さんもそうしていたんじゃなかったか?」

「ええ、そうです」ジャックは懐かしそうに笑って答えた。「熱いうちにぼろぼろに砕いて、ミルクのコップに入れたなあ……うーん、あれはうまかった」

「リバティのコーンブレッドは最高よ」キャリントンは心から言った。「今度、リバティにつくってもらうといいわ、チャーチルおじさま」

視界の隅に、「おじさま」という言葉を聞いたゲイジが体をこわばらせるのが見えた。

「それはいいね」チャーチルはそう言うと、わたしに温かな笑顔を向けた。

ディナーのあとチャーチルは、お疲れでしょうからとわたしが固辞するのも聞かず、自ら屋敷の中を案内してくれた。ほかの人たちは別室でコーヒーを飲み、わたしたち三人だけで見学ツアーに出発した。

案内役のチャーチルは器用に車椅子をあやつり、エレベーターに乗ってはまた降り、廊下を進んでいって、見せたい部屋の前で止まった。装飾はエイヴァがすべてひとりでやったのだ、とチャーチルは自慢した。エイヴァはヨーロッパスタイルのもの、とくにフランスの品が好きで、優雅でありながらもゆったりくつろげるように、使い古したように見えるアンティーク家具類を選んでいた。

のぞいたベッドルームには、それぞれ小さなバルコニーがついていて、窓にはダイヤモンド形のカットグラスがはまっていた。いくつかの部屋は田舎のシャトー風で、壁はスポンジを使って手で塗料を塗ることで古びた趣が出され、天井には十文字に梁が打ちつけられていた。書斎、サウナとラケットボールコートつきのエクササイズルーム、クリーム色のベルベットで内張りした音楽室、壁全体がテレビスクリーンになっているホームシアター。インドアプールにアウトドアプール。アウトドアプールは、庭の景色のよい場所にあり、まわりには東屋、夏用のキッチン小屋、屋根つきデッキ、野外炊事炉があった。

チャーチルは自分の魅力を全開させ、ときどき、この老獪な策士は意味ありげな視線を送ってきた。キャリントンがスタインウェイのピアノに駆け寄って、ぽろんぽろんと鍵盤をたたいてみたり、縁なし構造《ネガティブエッジ》のプールを見て興奮したときなどに。〝ここに引っ越してくれば、いつでも好きなときに使えるのだよ〟と彼の目は語っている。〝反対しているのはきみだけだ〟。めっとしかるようににらむと、チャーチルは笑いだした。

しかし、チャーチルの気持ちはよく伝わった。それにもうひとつ、チャーチルですらあまり意識していないことにわたしは気づいていた。チャーチルと妹が触れ合うようす、その自然で気楽なやりとりにわたしの心は打たれたのだった。父親も祖父もいない幼い少女。自分の子どもたちが小さかったころ、十分に子どもたちとすごす時間が持てなかった老人。チャーチルはそれが残念でたまらないと言っていた。チャーチルという人間を考えれば、それ以外の道はなかった。しかし、目標としていたものをすべて手に入れたいま、過去を振り返り、自分がやりそこなったいくつかの重要なことが見えるようになったのだろう。

　ふたりのためを思うと心が揺れた。考えなければならないことがたくさんあった。

　わたしとキャリントンが屋敷のすばらしさを十分味わい、チャーチルも疲れを見せはじめたので、みんなのところに戻った。チャーチルの顔色が悪くなってきたのに気づき、わたしは時計を見た。「薬の時間だわ。急いでお部屋から取ってきます」

　チャーチルはうなずき、痛みの到来に備えて顎を引きしめた。痛みがくる前に心の準備をしておかないと、なかなか痛みに打ち勝つことはできないものだ。

「いっしょに行こう」とゲイジは椅子から立った。「行き方がわからないだろう」

　感じのよい口調だったが、チャーチルといっしょにすごしてくつろいだ気分を台無しにした。

「ありがとうございます」と用心深く言う。「でも、ひとりで大丈夫です」

　ゲイジは引き下がらない。「案内するよ。ここは迷いやすいからね」

「ありがとうございます。本当にご親切に」

　しかし、リビングルームの外へ出たら、何が待ち構えているかはわかっていた。ゲイジは言いたいことがあるのだ。そしてそれは耳にしたいたぐいの話ではない。リビングルームにいる人々には声が届かない、階段の下あたりに着いたとき、ゲイジは歩みを止めて、わたしの体を自分のほうに向けさせた。彼に触れられて、わたしはぶるっと震えた。

「いいか」とゲイジはぶっきらぼうに言った。「きみが親父と寝ていようと、かまいやしない。ぼくには関係のない話だ」

「ええ、そうね」

「だが、それをこの家にまで持ち込まれるのは困る」

「ここはあなたの家じゃないわ」

「親父は母のためにこれを建てた。家族が集まり、祝日をすごす家だ」軽蔑しきった目でわたしを見つめる。「きみは入ってはならない場所にいる。二度とここには来るな。さもないと、ぼくに蹴り出されることになるからな。わかったか」

よくわかったわ。でも、わたしはびくりともしなければ、一歩下がったりもしなかった。

ピットブルから逃げ出さないすべを、遠い昔に学んでいた。

わたしの顔は真っ赤になり、それから蒼白に変わった。血液の激しい流れで、血管の内側が焼け焦げるような気がした。この傲慢なくそったれは、わたしのことなど少しもわかっていない。わたしがどんな選択をしてきたのか、どんなことをあきらめてきたのか。安易な道だってあったけれど、わたしはそれを選ばなかったのだ。この救いようのないケチな野郎が突然炎に包まれたって、唾さえかけてやらないわよ。

「あなたのお父さんは薬を待っているの」わたしは硬い表情で言った。

彼は目を細めた。視線をそらすまいと思ったけれど、きょう一日のめまぐるしい出来事のせいで感情を抑えておくことができなくなりそうだった。だから、遠くのほうを見つめて、表情をあらわさないように、何も感じないようにと、心を集中させた。耐え切れないほど長い時間が経ってから、彼の声が聞こえてきた。「ここには二度と姿をあらわさないほうが身のためだぞ」

「よけいなお世話よ」と言って、わたしは落ち着いた足取りを必死に保ちながら階段を上がった。本当は、野ウサギみたいにだっと駆け出したいところだったのだけれど。

その晩、わたしはチャーチルともう一度ふたりきりで話すことができた。ジャックはずいぶん前に帰ってしまっていて、ありがたいことにゲイジも、ゼロ号サイズのガールフレンドを送っていった。グレッチェンはキャリントンにアンティークの鉄製貯金箱のコレクションを見せていた。ハンプティ・ダンプティの形のものや、コインを入れると牛が後ろ足で農夫を蹴る仕掛けのものなどがあった。ふたりが部屋の隅で遊んでいるあいだ、わたしは車椅子の横の、背もたれのない長椅子に座っていた。

「考えてくれたかね?」

わたしはうなずいた。「チャーチル……この計画を実行すると、不快に感じる人もいますわ」

チャーチルはとぼけたりはしなかった。「だれにも、きみに嫌な思いをさせることは許さない。この家のボスはわたしなんだよ、リバティ」

「一日か二日考えさせてください」

「わかった」彼は押すべきときと、自由にさせるべきときを心得ていた。

わたしたちは部屋の向こうにいるキャリントンをながめた。小さな鉄製の猿がしっぽでコインを箱の中にはじき入れると、キャリントンは楽しそうにけらけら笑った。

日曜日に、わたしたちはミス・マーヴァの家の夕食に招かれた。家の中はビール・ポットローストとマッシュポテトのにおいに満ちていた。ミス・マーヴァとミスター・ファーガソンは、五〇年も連れ添った夫婦に見える。それほどふたりの息はぴったりと合っていた。ミス・マーヴァがキャリントンを裁縫室に連れて行っているあいだ、わたしは居間でミスター・ファーガソンに悩みを打ち明けた。ミスター・ファーガソンは穏やかな表情で、手をみぞおちのあたりで組み、黙って耳を傾けていた。

「安全な道がどれかはわかっているの。結局ね、こんなリスクを冒す理由なんかないのよ。ゼンコーのところでうまくやっているんだし。キャリントンもいまの学校を気に入っているから、友だちと別れるのはいやだろうと思う。ベンツで送り迎えの子たちが通う学校に溶け込むのは難しいわ。ただ、ちょっと……」

ミスター・ファーガソンのやさしい茶色の瞳にほほえみが灯った。「リバティ、きみはだれかに背中を押してもらいたいと思っているんじゃないかな」

頭をくっと後ろにのけぞらせて、リクライニングチェアの背もたれにつけた。「あの人たちとわたしは、違いすぎるの」と天井に向かって言う。「ああ、あの家を見せたかったわ、ミスター・ファーガソン。わたし、なんていうか……ああ、わからないわ。一〇〇ドルのハンバーガーみたいなの」

「言っている意味がわからんね」

「高級レストランで出されたとしても、やっぱりおんなじハンバーガーだってこと」

「リバティ、引け目を感じる必要はまったくないんだよ。だれに対してもだ。わたしくらいの年になるとね、すべての人間は同じだと思えるようになる」

もちろん、葬儀屋ならそう言うだろう。金持ちだろうと貧乏人だろうと、どんな人種だろうと――生前どんなに立場や境遇が異なろうとも――死んでしまえばだれもが地下の死体安置台の上に裸で横たわることになるのだから。

「あなたの目からどんなふうに見えるかはわかるの。でも昨夜、リバーオークスでわたしの目から見たところ、あの人たちはまったく別の人種だったわ」

「ホプソンさんのところの長男のウィリーを覚えているかい？　テキサス・キリスト教大学へ行った子だ」

わたしの問題に、ウィリー・ホプソンがどうかかわってくるのかよくわからなかった。だが辛抱強く聞いていれば、ミスター・ファーガソンの話にはたいてい重要なポイントが隠されている。「大学三年のとき、ウィリーはスペインに留学した。ほかの人々がどんな暮らしぶりをしているかを見たり、外国の人々の考え方や価値観などについて学んだりするためだ。それが彼にはとても勉強になったんだよ。きみもやってみるべきだとわたしは思う」

「スペインへ行けって言うの？」

彼は笑った。「わたしの言おうとしていることはわかっているだろう、リバティ。トラヴィス家で暮らすことを、海外留学と考えればいいんだ。自分の住む世界とは違うところでほんの少し時をすごすのは、きみにとってもキャリントンにとってもマイナスにはならないと思う。予想外にいいことが起こるかもしれない」

「その逆もありね」

ミスター・ファーガソンはほほえんだ。「やってみないことにはわからんじゃないか」

17

ゲイジ・トラヴィスがこちらを見るたびに、わたしをずたずたに引き裂いてやりたいと思っているのがはっきりとわかった。しかも怒りにまかせて発作的にやるのではなく、計画的にじっくりといたぶるようなやり方で、だ。

ジャックとジョーは週に一度くらい顔を出す程度だったが、ゲイジは毎日やってきた。チャーチルのシャワーや着替えの手伝い、医師の診察の送り迎えはゲイジの役目だった。いくら虫が好かないといっても、ゲイジがよい息子だということだけは認めないわけにはいかなかった。ナースを雇うべきだと主張することもできたのに、毎日やってきて自ら父親の世話をしていたのだから。毎朝八時きっかり。遅れることも、早すぎることもない。しかもチャーチルにやさしかった。チャーチルは、退屈と痛み、そして自分が不自由な身であることにいらだって、ひどくあつかいにくい老人になっていた。しかしどんなに父親が怒鳴り散らしたり、辛辣なことを言っても、ゲイジの顔にはいらだちのかけらすらあらわれたことがなかった。いつも穏やかで、辛抱強く、てきぱきと用事をこなした。

まあ、それもわたしのそばにいないときの話。近くに来たとたん、最低のいやみ男に変身する。ゲイジは、わたしが金目当ての寄生虫――いや、それ以下だと考えていることを隠しもしなかった。キャリントンに対しては、家の中にちっちゃい人間がうろちょろしているという認識以外、興味も示さなかった。

荷物をダンボールに詰めこんでこの家に引っ越してきたときには、ゲイジに本当に体を抱え上げられて放り出されるのではないかと思った。自分が使う部屋として決めたベッドルームで、わたしは荷ほどきをはじめていた。大きな窓のある広々とした美しい部屋で、薄いモスグリーンの壁にクリーム色のモールディングが映えている。この部屋に決めたのは、壁に何枚か白黒写真が掛かっていたからだった。テキサスの風景を写したものだ。サボテン、有刺鉄線のフェンス、馬、そして大好きなアルマジロがカメラのレンズをまっすぐに見つめている写真。これはきっと、幸先のよいサインだと思った。キャリントンはひとつ部屋を隔てたベッドルームを使わせてもらうことになっていた。白と黄色のストライプの壁紙が張られた、小さいけれどかわいらしい部屋だ。

キングサイズのベッドの上でスーツケースを開けていると、戸口にゲイジがあらわれた。身のわたしはニンジンのジュースが搾れてしまうほどきつくスーツケースの縁をつかんだ。身の安全は保証されているとはいえ――ゲイジがわたしを殺すことはチャーチルが許さないだろう――わたしは不安になった。ゲイジの体は戸口をふさぐほど大きく、意地悪で情け容赦なく見えた。

「ここで何をしてるんだ?」怒鳴られるよりも、その静かな言い方がかえって恐ろしい。

わたしは乾いた唇のあいだから声を出した。「チャーチルに好きな部屋を使っていいと言われたので」

「さっさと出て行け。さもないとぼくがたたき出す。本気だぞ。たたき出される前に出て行ったほうが身のためだ」

わたしは動かなかった。「そうはいかないわ。お父さんと話してちょうだい。チャーチルが決めたことなんだから」

「そんなことはどうでもいい。出て行け」

背中を小さな汗のしずくが伝い下りていった。わたしはそれでも動かなかった。

ゲイジは三歩で近づいてきて、痛いほど強く二の腕をつかんだ。

びっくりして、のどの奥から声がもれた。「放して!」身をふりほどこうともがき、突き飛ばそうとしたが、ゲイジの胸はオークの幹のようにびくとも動かない。

「前に言っただろう、ぼくは許さ——」彼はいきなり言葉を止めた。急に体が自由になったので、わたしは思わず後ろによろめいた。ふたりの鋭い呼吸音が沈黙を刺し貫いた。ゲイジはドレッサーを見つめていた。わたしが置いた写真立てがいくつか並んでいる。震えながら彼の手の感触を消そうとするかのように、つかまれていた腕をさすった。それでもまだ、見えない手形が皮膚に残っているような気がした。

ゲイジはドレッサーの上から一枚の写真を取り上げた。「これはだれだ?」

父と結婚して間もなくの母の写真だった。信じられないくらい若い、金髪の美女。「さわらないで」とわたしは叫んで、さっと写真を奪い取った。

「だれなんだ？」

「母よ」

ゲイジは見下ろし、じろじろとわたしの顔を見た。もみ合っていたかと思ったらいきなりそれが終わってしまったことにたじろいで、いったい何を考えているのかときくこともできなかった。自分と彼の息の音を妙に意識してしまう。不ぞろいだったふたつの呼吸がやがて重なり合って、ぴったり同じリズムになった。プランテーション風のよろい戸越しに差し込んでくる光が、わたしたちの体に縞模様をつくり、彼の頬骨に扇形に広がるまつげの影がかかった。すっきりと髭をそった頬に、かすかに伸びはじめた髭が点々と見えた。午後五時には濃い髭の影ができることだろう。

乾いた唇をなめると、その動きをゲイジの視線が追った。わたしたちは近づきすぎていた。シャツの襟にきかせた糊のつんとくるにおいや、ふわりと漂ってくる男の肌の香りさえもかぐことができた。それに対する自分の反応に、わたしはショックを受けた。こんな状況なのに、もっと彼に近づいてみたかったのだ。そのにおいを胸いっぱいにかいでみたかった。

ゲイジは眉間にしわを寄せて、「話はまだ終わってないからな」とつぶやくと、それ以上何も言わずに部屋を出て行った。

まっすぐチャーチルのところへ行ったことは間違いなかったが、父子のあいだでどんな会話が交わされ、どうしてゲイジが譲歩する気になったのかを知るのはずっとあとになってからだ。とりあえずは、わたしたちがここへ越してくるのをゲイジがもう邪魔することはないということだけはわかった。ゲイジは夕食の前に帰ってしまった。チャーチルとグレッチェン、わたしとキャリントンの四人は最初の晩を祝うディナーをとった。メニューはハトロン紙で包んで蒸した魚と、赤や緑のピーマンなどの野菜を細かく刻んで紙ふぶきのように混ぜたライスだった。

お部屋はどう、要るものはすべてそろっているかしら、とグレッチェンにきかれると、キャリントンもわたしも待ってましたとばかりに答えた。キャリントンが、天蓋つきベッドで眠るなんて、まるでお姫さまになったみたいと言えば、わたしも、柔らかいグリーンの壁に心が安らぎますし、あの白黒写真がとくに気に入りましたと答えた。

「ゲイジに言ってあげて」とグレッチェンはにっこり笑った。「大学時代に、写真の授業の課題で撮ったものなのよ。二時間も巣穴の前に寝そべって、アルマジロが出てくるのを待ったんですって」

恐ろしい疑惑が心に浮かんだ。「まあ」ごくりとつばを飲み込む。「グレッチェン、もしかして……あそこは」彼の名前をなかなか言うことができない。「ゲイジの部屋?」

「つまり、そういうことね」グレッチェンはすまして答えた。

ああ、どうしよう。二階にはほかにもたくさん客用寝室があるのに、よりにもよってゲイジの部屋を選んでしまったなんて。自分の部屋に入ろうとしたらわたしがいた。自分のなわばりを占領しようとしているよそものが……ロデオショーで樽に入ったピエロが投げ飛ばされるみたいに、放り出されなかったのが不思議なくらいだ。「知りませんでした」わたしは細い声で言った。「だれか教えてくだされればいいのに。わたし、別の部屋に移りま――」

「いいのよ、あの子はこの家で寝ることはないんだから。ここから一〇分のところに住んでいるの。もう何年もあの部屋は使われていないのよ、リバティ。ゲイジだってだれかが使ってくれれば喜ぶと思うわ」

ありえない、とわたしは心の中で思った。ワイングラスに手を伸ばす。

その晩遅く、化粧品バッグの中身をバスルームのシンクの上に出した。一番上の引き出しを開けると、何かが転がる音がした。調べてみるといくつか個人の所有物が入っていた。何年も放置されていたようだ。使い古した歯ブラシ、携帯用の櫛、年代物のヘアジェル……そしてコンドームの箱がひとつ。

わたしはくるりと背を向けてバスルームのドアを閉めたが、その前に箱の中身を調べるのを忘れなかった。一二個入りの箱に、三個のホイルパッケージが残っていた。見たこともないブランドで、イギリス製。ボックスには変な表示もあった。「安心のカイトマークつき」ですって。カイトマークっていったい何？　きっとアメリカの規格証明シールに相当する、イギリス版の印なんだろう。それから箱の隅の小さな黄色いお日様マークにも気づいた。そのまん中に太字で「エクストラ・ラージ」と書かれている。そりゃそうでしょうよ。もうすでに、ゲイジ・トラヴィスが特大のクソったれだということはわかっているんだから。

これをどうしたものかしら。ゲイジはとっくにこのコンドームのことは忘れているだろうから、いまさら返すわけにはいかない。とはいえ、人のものを勝手に捨ててしまうのもはばかられた。ありえないことだが、ゲイジがふと思い出して、あれはどうしたときいてきたら困る。そこで、彼の品物は引き出しの奥に押し込み、前のほうに自分のものを入れた。そして、ゲイジと同じ引き出しを共用しているとは考えないようにしようと決心した。

最初の数週間は、人生でこんなに忙しかったことはないというほど多忙で、母が死んで以来初めて心から幸せを感じながらすごすことができた。キャリントンはすぐに新しい友だちをつくり、新しい学校にも慣れた。学校には、自然観察センター、コンピューター教室、蔵書が豊富な図書館、それに多種多様の課外クラスなどがあった。妹が新しい環境に適応できるのか不安だったが、いまのところ、そういう心配はいらないようだった。おそらくまだ年齢が低かったので、新しい世界で暮らすようになっても意外に簡単に適応できたのかもしれない。

たいていの人はわたしに好意的に接してくれた。といっても、使用人に対する一歩距離を置いた親しさではあったが。チャーチルの個人アシスタントという立場にあったので、わたしはいいあつかいを受けた。サロン・ワンに来ていた客がわたしの顔を覚えていることがあったが、どうやらどこでわたしに会ったのか思い出せないらしかった。トラヴィス家の交際相手は贅沢な生活をしている人々ばかりだった。家柄がよくて金持ちか、家柄はないが金だけはある人々だ。しかし、そうした地位を親から受け継いだにせよ、自分で築き上げたにせよ、彼らはそういう贅沢を精力的に楽しんでいた。

いた。ヒューストンの上流階級の人々は、みんな金髪で小麦色に日焼けして、ドレスアップして鍛えあげてスリムな体型を保っていた。ヒューストンは毎年トップテンに入るほど肥満の割合が高い都市だが、金持ちは体をペッパーやフライドチキンを愛する庶民が平均値を上げていたのだ。ここでは、スポーツクラブに入る金のない人は太るしか道がない。四〇度近くまで気温が上がる日が多いうえに、大気汚染もひどいから屋外でのジョギングなどもってのほかだ。たとえ大気汚染がなくとも、メモリアルパークのような公共の広場は、人が多すぎるし危険だった。

ヒューストンっ子は安易な解決法を恥とは思わないから、カリフォルニアに次いで美容整形が盛んだった。だれもがどこかをいじったことがあると言ってもいいくらい。国内で手術を受ける金がない人でも、国境を越えれば、豊胸手術や脂肪吸引を格安の値段で受けることができる。しかもそれをクレジットカードで支払えば、マイレージポイントがたまって航空券に換えることもできる。

一度、グレッチェンのお供をして、エステ・ランチョンに行ったことがある。ランチとおしゃべりの合間に、ボトックスを注射してもらったり、ひたいのしわ隠しに前髪をカットしてもらったりする会だ。ボトックス注射のあとはたいてい頭痛がするので、グレッチェンに車の運転を頼まれたのだ。ランチは何から何まで真っ白けだった。ゲストがすべて白人だったという意味ではなく、食物そのものが白かったのだ。カリフラワーとグリュイエルチーズの白いスープにはじまり、クズイモとホワイトアスパラガスにバジルのドレッシングをかけたぱりぱりサラダ、メインはホワイトチキンとおいしい透明なコンソメで煮込んだ洋梨、デザートはホワイトチョコのココナツトライフルだった。

わたしは喜んで厨房で食事をいただき、三人の配膳係の働くようすをながめた。彼らは腕時計の部品のような正確な連携プレーを見せた。まるでダンスのようだった。くるくると体を回転させながら動きまわっていても、けっして互いにぶつかることはなかった。

帰る時間になると、ゲストはお土産にエルメスのスカーフをもらった。車に乗り込むとすぐに、グレッチェンはそのスカーフをわたしにくれた。「さ、どうぞ。きょうの運転のお礼よ」

「いただけませんわ」と断わった。それがどのくらいの値段のものなのかはわからなかったが、エルメスと名がつけば高いに決まっている。「どうか、気を遣わないでください」

「もらってちょうだいな。たくさんありすぎて困ってるくらいなのよ」

その贈り物を喜んで受け取るのは難しかった。感謝してないというのではない。ただ、何年も爪に火を灯すような生活をしてきたため、そうした浪費を目の当たりにすると当惑してしまうのだ。

チャーチルとの連絡用にトランシーバーを買い、つねにベルトに下げておくことにした。最初の二日間は、それこそ一五分おきに呼ばれた。とても便利で嬉しかったというだけでなく、ひとりで部屋にこもっている疎外感を感じずにすみ、ほっとしたという面もあったのだろう。

キャリントンはトランシーバーを貸して貸してとうるさくつきまとった。一〇分ほど貸してやると、家中を歩きまわりながらチャーチルとおしゃべりした。「応答願います」とか「了解」とか「電波が不調です」などという声が廊下に響きわたった。しばらくするとふたりは協定を結び、ディナーの前はキャリントンがチャーチルの呼び出しに応じる係になり、キャリントン用のトランシーバーも買ってもらえることになった。用事を思いつくことができないとキャリントンに責められるので、チャーチルはなんとかして用事をひねり出さなければならなかった。あるとき、チャーチルがリモコンをわざと床に落としているのを目撃した。これでリモコンをさがし出してもらうという仕事ができたわけだ。

最初のころは、チャーチルのためにいろいろな買い物をして、ハードギプスのせいで生じる不便をなんとか解消しようと試みた。いつもスウェットパンツをはいていなければならないことが不満なようだったが、太いギプスの上にふつうのズボンをはくのは不可能だった。わたしは妥協案をみつけた。ファスナーで脚の部分の長さを調節できるハイキング用のズボンなら、ギプスがはまっているほうの脚は短く、健康な脚のほうは長くしておける。それでもまだチャーチルにとってはカジュアルすぎたが、スウェットパンツよりはましだと思ったようだ。

それから、ギプスのグラスファイバーでこすれて目の細かい上等のシーツに穴が開くと困るので、就寝時にギプスにかぶせるチューブ状の綿布も買った。自慢の一品は、ホームセンターで見つけたマジックハンドだ。これで、いままで手の届かなかった物も取ることができるようになった。

間もなく、毎日の習慣ができあがった。ゲイジは早朝にやってきて用事をすますと、自分の住居と職場があるメイン通り一八〇〇番のビルに帰っていく。トラヴィス家はそのビルを丸ごと所有していた。バンク・オブ・アメリカ・センターや、青いガラス張りのタワーの近くに位置していた。トラヴィス家のビルは、もともとは何のへんてつもない灰色の目立たない箱型の建物だったのだが、チャーチルが安く購入して、全面的に手を入れたのだった。外壁はすべて引きはがされて、特殊な青い膜をコーティングした熱反射ガラスが張られ、建物のてっぺんにはガラス板でできたピラミッド型の飾りが設置された。わたしには、巨大なアーティチョークがのっかっているように見えた。

ビルの中は贅沢なオフィス用スペースになっており、高級レストランも二店入っていた。最上階には二〇〇〇万ドルの高級アパートが四つ。そのほかに五〇〇万ドル程度の比較的安いコンドミニアムが六つ。ゲイジとジャックは別々のコンドミニアムに住んでいた。一番下の弟のジョーは高層ビルが嫌いで、地上に建っている家のほうが好みだった。

チャーチルのシャワーと着替えを手伝いにやってくるとき、ゲイジはよくチャーチルの本のための資料を持ってきた。父子は報告書や記事や見積書に数分間目を通し、いくつかの問題について意見を交わし合った。ふたりはそうした議論を楽しんでいるようだった。わたしは邪魔をしないように部屋の中をそっと動きまわり、朝食のトレイを片づけたり、コーヒーのおかわりを運んだり、レポート用紙や録音機を用意したりした。ゲイジはわたしを無視することに決めていた。わたしが息をするだけで彼をいらだたせるのだから、それもしかたがないと思い、なるべくそばに近づかないようにした。階段ですれ違っても、言葉も交わさない。チャーチルの部屋にゲイジが鍵を忘れていったときに、追いかけていって鍵をわたすと、彼はありがとうすら満足に言うことができなかった。

「そういうやつなのだ」とチャーチルは言った。わたしはゲイジに冷たくされていると言ったことはなかったが、それはだれの目にも明らかだった。「いつもよそよそしい態度をとる──うちとけるまで時間がかかるんだ」

チャーチルもわたしも、それが嘘だとわかっていた。わたしだけが嫌われているのだ。でも、少しも気にしていないからとチャーチルを安心させた。人を喜ばせたいとつい思ってしまうのは、わたしの悪い癖だった。それだけでもやっかいなのに、こちらのことをけっしてよく思おうとしない相手に気に入られようとしたら、みじめな思いをするばかりだ。自分を守るためには、ゲイジに負けないくらい相手を嫌悪するしかない。それに関しては、ゲイジがとてもいいお手本を示してくれているのだが。

ゲイジが帰ると、一日のうちでもっとも楽しい時間が訪れる。部屋の隅に座り、チャーチルのメモや手書き原稿や口述をノートパソコンに打ち込む。わからないことがあったら何でもきいてくれ、とチャーチルは言った。チャーチルは教えるのがうまくて、わたしにもわかるように上手に説明してくれた。

チャーチルの代わりに電話をかけたり、電子メールを書いたりもしたし、スケジュールの調整や、ここで小会議が開かれるときなどにメモを取るのもわたしの仕事だった。チャーチルは外国からの客には、ループタイやジャックダニエルズなどの土産をわたすことが多かった。数年来の友人の日本のビジネスマンには、四〇〇〇ドルもするチンチラとビーバーの毛皮でできたカウボーイハットを贈った。そうした会議でわたしは黙って座っているだけだったが、参加者の深い洞察や、同じ情報から引き出される異なった結論に感銘を受けた。たとえ意見が違っても、人々がチャーチルの意見に一目置いていることは明らかだった。

このような事故に遭ってもチャーチルがいたって元気でいることにだれもが驚き、どんな出来事もあなたをへこませることはできないのですなと述べた。しかし、そのような外見を保つのは、じつはチャーチルにとってたいへんなことだったのだ。客が帰ったあとは、くたびれ果てて、怒りっぽくなり、しぼんでしまったように見えた。長いこと座った姿勢でいると体が冷えるので、頻繁に湯たんぽの湯を入れ替えたり、膝掛けをかけてやったりした。筋肉の痙攣が起きたときには、足やギプスをはめていないほうの腿やふくらはぎをマッサージし、足の指や足首が固まってしまわないように運動させる手助けもした。

「奥さまをおもらいになったらいいのに」とある朝、朝食のトレーを下げに行ったときにチャーチルに言った。

「妻はいた。しかも、すばらしい妻がふたりもね。もうひとりさがしたりしたら、運命に尻を蹴飛ばされそうだ。それに、わたしは女友だちで十分満足しているんだよ」

それももっともだと思った。実際、チャーチルが結婚しなければならない理由はなかった。女性との交際はいたって盛んだった。さまざまな女性から電話や手紙がくるし、中でもとても魅力的な未亡人ヴィヴィアンは、ときどき泊まっていった。骨折した脚に気を遣いながらではなかなか骨が折れるだろうけれど、ふたりが寝ていることをわたしはほとんど確信していた。デートの晩のあとは、チャーチルはいつもご機嫌だったからだ。

「きみこそ、どうして結婚しないのだね」チャーチルが反撃に出た。「あまり長く待ちすぎると、ひとりの方が気楽と思うようになってしまうぞ」

「まだ結婚したい相手を見つけていないのです」と言ってチャーチルを笑わせる。

「うちのせがれたちはどうだ。健康な若い馬どもだ。夫にはうってつけだぞ」

わたしはくるりと目を回した。「息子さんのひとりを、はいそうですかといただくわけにはいきません」

「どうしてだね」

「ジョーは若すぎます。ジャックはプレイボーイだし、まだ結婚に対する心構えができていません。そしてゲイジは……ええと、性格の問題は脇に置くとして、彼は脂肪がほとんどついてない女性としかデートしませんわ」

新しい声が会話に加わってきた。「別にそれが条件というわけじゃない」

肩越しに後ろを見ると、ゲイジが部屋に入ってくるのが見えた。身がすくむ。ああ、口を閉じていればよかった。

かねてから、ゲイジがどうしてダウネルのような女性とつきあっているか不思議でたまらなかった。たしかに美人ではあるが、ショッピングとハリウッドのゴシップ記事を読む以外のことにはさっぱり興味がなさそうに見えた。ジャックがうまいことを言っていたっけ。「ダウネルはセクシーだが、一〇分もいっしょにいると自分のＩＱが低下していくのがわかるんだよ」

きっとこういうことなのだろう。ダウネルはゲイジの金と地位を目当てにつきあっている。ゲイジは美しい女をトロフィーのように見せびらかしたい。ふたりのあいだにあるのは意味のないセックスだけ。

うーん、うらやましい。

セックスがしたかった。トムとのたいして燃え上がらないセックスでも、ぜんぜんないよりはましだった。わたしは健康な二四歳の女性だ。でも、気持ちはあってもそれを満足させるすべがない。マスターベーションはだめ。ひとりごとを言うのと、だれかと楽しく会話するのとでは大きく違うように、セックスの喜びも互いのやりとりから生まれるものだ。まわりのだれもがセックスライフを楽しんでいるように見えた。わたし以外のすべての人が。グレッチェンですらも。

ある晩わたしは、チャーチルによくつくってあげていた睡眠効果があるお茶を飲んでみた。でも、わたしにはまったく効き目がなかった。ぐっすりと眠るどころか、ふと目覚めるとくしゃくしゃにねじれたシーツが脚にからみついていて、頭の中にはエロティックな夢の残像が残っていた。それもめずらしく、ハーディには関係のない夢だった。夢から覚めたわたしは上体を起こしてベッドの上で座った。その夢の中で、男の手がやさしくわたしの腿のあいだをまさぐり、唇は乳房を吸っていた。わたしは身悶えて、ああ、もっと、とせがむ。男の目が暗闇の中で銀色に光るのが見えた。

そんなエロティックな夢にゲイジ・トラヴィスが出てくるなんて。そんな愚かしくも恥ずかしい、自分でもわけがわからない出来事は生まれて初めてだった。けれども、その夢の印象は――その熱さと闇、わたしをつかみ、肌の上を滑る手の感触は――心の隅にいつまでもぐずぐずと残っていた。我慢ならない男に、性的に惹かれたのは初めてだった。どうしてそんなことがありうるの？　それはハーディの思い出を裏切ることだ。でもわたしはここで、わたしを虫けら以下にしか思っていない冷酷な顔の男に欲情しているのだ。

なんて浅はかな、と自分をしかりつけた。そんなことを考えている自分が悔しくて、ゲイジがチャーチルの部屋に入って来たとき、わたしはそちらに目を向けることさえできなかった。

「それを聞いて安心した」チャーチルは、ゲイジのさっきのせりふに対して返事をした。「あんなアイスキャンディーみたいに痩せ細った女から、健康な孫が生まれてくるとは思えないからな」

「それはともかく、しばらくは孫の心配は要りませんよ」とゲイジは言いながら、ベッドに近づいた。「父さん、きょうは早くシャワーをすませないと。ぼくはアッシュランドで九時から会議があるんです」

「具合が悪そうだな」チャーチルはいぶかるように息子の顔をながめた。「どうしたんだ?」

ようやくそのころになって、わたしも意識せずにゲイジの顔を見られるようになった。チャーチルの言うとおりだ。ひどい顔色。日焼けした肌が蒼白になり、口の両端には深い皺が刻まれている。いつも疲れを知らないように見えるので、生気がすっかり抜けた姿を見るのは驚きだった。

ため息をつきながら、ゲイジは指で髪をすいた。乱れた髪のいく筋かが立ったまま残った。

「頭痛がするんです」と言ってこめかみをそっとさする。「ゆうべは眠れなかったし。トレーラーにでもひかれた気分ですよ」

「何か薬は飲みました?」思わずわたしは尋ねていた。ふだんはめったに口をきかないのに。

「ああ」ゲイジは充血した目をこちらに向けた。

「もし飲んでいないなら――」

「大丈夫だ」

かなり痛むに違いない。テキサスの男は足が切断されて、出血多量で死にかけていたって大丈夫だと言うのだ。

「氷枕と頭痛薬を持ってきます」わたしは用心しながら言った。「もし必要なら――」

「大丈夫だと言っただろう」ゲイジはかみつくように言って、父親のほうを向いてしまった。

「さあ、はじめましょう。時間がないんです」

いけすかないやつ。心の中でつぶやくと、わたしはチャーチルのトレーを部屋から下げた。

それから二日間ゲイジは姿をあらわさず、代わりにジャックが呼び出された。本人が、ぼくにはいわゆる「睡眠慣性」があるんだと認めているとおり、ジャックはきわめて朝に弱い人間だったので、シャワーの中でチャーチルにもしものことがあったらと心配だった。ジャックはいちおうふつうの人のように動いたりしゃべったりはできるが、昼近くになるまでは寝ぼけていた。睡眠慣性というのは、二日酔いみたいなものだとわたしには思えた。ぶつぶつ悪態をついたり、つまずいたり、人の話を半分しか聞かなかったりで、助けになっているというより、邪魔になっていると言ったほうがいいくらいだった。チャーチルにはちくりとこう言われていた。おまえの睡眠慣性とやらは、夜中に女の尻を追いかけまわすのをやめさえすれば、すぐに治るだろうに。

そのころゲイジはインフルエンザで床に伏せっていた。ゲイジが最後に仕事を休まなければならないほど具合が悪くなったのはいつだったかだれも覚えていないくらいなので、今回はよほど重症なのだろうとみんなは思っていた。ゲイジからの連絡はまったくなく、丸二日経っても電話にも出ないので、チャーチルがやきもきしはじめた。

「きっと寝ているんですわ」とわたしは言った。

チャーチルはあいまいにうなって返事をした。

「ダウネルがきっと看病していますよ」

チャーチルは、それはどうだかな、という目でわたしを見た。

弟さんのどちらかにようすを見に行ってもらったらどうですかと言いかけたが、ジョーは二日ほど彼女とセント・サイモン島に遊びに行っていることを思い出した。ジャックはと言えば、二日つづけて父親のシャワーを手伝っただけで、介護能力をすっかり使い果たし、もし頼まれても、これ以上家族の看病はまっぴらと答えるに決まっている。

「ゲイジのところにようすを見に行ってきましょうか?」わたしはしぶしぶ申し出た。今夜は仕事がオフなので、アンジーたちサロン・ワンの女友だちと映画に行く約束をしていた。しばらく会っていなかったので、久しぶりに近況を報告し合えると楽しみにしていたのだ。「友だちに会いに行く前に、ゲイジのマンションに寄ってもいいですけど――」

「頼む」とチャーチルは即座に答えた。

言わなきゃよかったとすぐに後悔した。「でも、入れてくれるかどうかわかりませんわ」

「鍵を持って行きなさい」とチャーチル。「こんなふうに家にこもるとは、ゲイジらしくない。無事かどうかたしかめてきてくれ」

トラヴィス・ビルの住居用エレベーターに乗るには、大理石の床にひしゃげた洋梨のようなブロンズの彫刻が置いてある小さなロビーを通り抜けなければならない。金モールの縁取りがついた黒い制服を着たドアマンがひとり、デスクにはふたりの受付係が座っていた。わたしは数百万ドルのコンドミニアムの住人に見えるよう精一杯努めた。「鍵はあります」デスクの前で立ち止まって鍵を見せる。「ミスター・トラヴィスに会いたいのですが」

「どうぞ」と受付係が言った。「お上がりください、ミス……」

「ジョーンズ。ミスター・トラヴィスのお父さまに頼まれて、ようすを見に来たんです」

「承知しました」受付係は言って、ガラスの自動スライディングドアのほうを手で示した。「エレベーターはあちらです」

なんとなく、詳しく説明しなくてはならないような気がしてさらにつけ足した。「ミスター・トラヴィスはここ二日ばかり病気で寝ているらしくって」

受付係はとても心配そうな顔になった。「まあ、たいへんですわね」

「それで、ちょっと上にあがって、ようすを見てこようと思ったんです。数分とかかりません」

「かしこまりました、ミス・ジョーンズ」

「どうもありがとう」わたしは念のためにもう一度鍵を高く掲げた。

受付係は辛抱強くほほえみ、エレベーターのほうに顎をしゃくった。

スライディングドアを抜けて、エレベーターに乗り込んだ。壁は板張りで、床は白と黒のタイル。ブロンズのフレームの鏡が掛かっている。エレベーターはすうっとものすごいスピードで上昇し、まばたきする間もなく一八階に着いた。

窓のない細い廊下が大きなHの形に延びていた。気味が悪いほど静かだ。ふわりとした薄い色のカーペットが床に敷かれているので、靴音はほとんどしない。右側の廊下に出てドアの番号を確認すると、一八Aが見つかった。とんとん、と強くノックする。

返答なし。

今度はもっと強くたたいてみたが、やはり返答はなし。

心配になってきた。ゲイジは意識不明なのでは？　デング熱とか狂牛病とか鳥インフルエンザだったらどうしよう。伝染病だったら？　外来の奇病に感染するというのはどうも気が進まなかった。でも、ゲイジのようすを見てくるとチャーチルに約束してしまったのだ。

バッグをがさごそとさぐって、鍵を取り出した。しかし、鍵穴にそれを差し込む前にドアが開いた。目の前に、ゲイジとおぼしきよれよれの男が立っていた。裸足で、グレーのTシャツに、チェックのフランネルズボン。髪はぼさぼさだ。両腕を自分の体にまわし、ぼんやりとした充血した目でわたしを見ている。大型の肉食獣が獲物を前にしたときのように、彼はぶるっと体を震わせた。

「何の用だ？」枯葉を握りつぶすときのようなかさかさの声。

「あなたのお父さんに言いつかって――」ゲイジがまたぶるっと震えたので、言葉を切った。理性を忘れて、わたしは思わず手をゲイジのひたいに当てた。燃えるように熱かった。

わたしに触れられることをいやがりもしないほど、ゲイジは具合が悪かったのだ。手のひらのひんやりとした感触に目を閉じた。「ああ、いい気持ちだ」

宿敵をこてんぱんにのしてやりたいと思っていたにしろ、いまは、こんなにみじめな姿になってしまった彼を見るのがつらかった。

「どうして電話に出なかったの？」

わたしの声でゲイジは我に返ったらしく、さっと頭を引いた。「聞こえなかったんだ」顔をしかめて答える。「眠っていたから」

「チャーチルが死ぬほど心配していたわ」またバッグの中身をさぐる。「電話して、あなたが生きているって知らせなくちゃ」

「携帯は廊下じゃ使えない」ゲイジは背中を向けて、ドアを開けたまま部屋の中に戻っていった。

わたしはあとをついていき、ドアを閉めた。

美しい部屋だった。すばらしくモダンなつくりつけの家具に間接照明、円や四角の図柄の抽象画が二枚。わたしのような素人にも、値段がつけられないくらい高価な絵だとわかる。壁全体がガラス窓になっていて、広々したヒューストンの景色が見わたせる。すでに日は沈み、遠くの地平線が濃い影に変わりはじめている。家具は現代風で、上等の木材と天然素材のファブリックでできており、よけいな装飾はいっさいなかった。クッションとかそういった温かみのある小物はまったくなく、あまりにもすっきりと整いすぎている感じだった。それに、しばらくだれも住んでいなかったみたいに、樹脂のようなにおいがこもっていた。

オープンキッチンのカウンターはグレーの石英だった。黒いラッカー塗りのキャビネットに、ステンレスの電気器具。清潔で真新しい、めったに料理をしないキッチンだ。わたしはカウンターの横に立って、チャーチルに携帯電話をかけた。

「どんな具合だ？」いきなり、チャーチルは大声を張り上げた。

「あまりよくありません」ゲイジの背の高い姿が、よろめきながら完璧な形のソファに近づき、そこに崩れ落ちるように座り込むのをわたしは目で追った。「熱が高くて、猫も満足に引きずれないくらい弱っています」

「ちぇっ」ソファのほうからゲイジの不機嫌な声が聞こえてきた。「猫なんか引きずってどうする」

わたしはチャーチルとの電話に集中していたので、文句は無視した。「お父さんが、抗ウイルス剤を飲んだかってきいているわ」

ゲイジは首を横に振った。「もう遅い。発症してから四八時間以内に飲まないと効き目はないと医者が言っていた」

わたしがその言葉を繰り返して伝えると、チャーチルは腹立たしげに言った。そんなになるまで放っておくとは、ゲイジのやつは困った頑固者だ。自業自得だな。そう言うと電話を切ってしまった。

短く、重たい沈黙。

「なんだって？」ゲイジはさして興味もなさそうに尋ねた。

「すぐによくなるよう祈っていると。それからたくさん水分をとるように」

「ふん」ゲイジは起こしておくのは重すぎるとでもいうように、頭をごろんとソファにもたせかけた。「きみの仕事は終わりだ。帰っていいぞ」

よかった、とわたしは思った。きょうは土曜日、友だちも待っている。このとてもエレガントだけど味気ない部屋から早く抜け出したくてたまらなかった。でも、ここは静かすぎた。ドアに向かったとき、すでに今夜のお楽しみはなくなってしまったのだとわかった。病気のゲイジがこの暗い部屋にたったひとりでいるのを知ってしまったからには、遊んでいても一晩中気になってしまうだろう。

わたしはまた体をくるりと回し、ガラスが前面にはまった暖炉とスイッチのはいっていないテレビがあるリビングエリアに歩いて行った。ゲイジはまだソファに前かがみの姿勢で座っていた。腕や胸にTシャツがぴったり張りついているのに気づく。ゲイジの体はほっそりしているが、運動選手のように鍛えられていた。ダークスーツとアルマーニのシャツの下にはこんな肉体が隠されていたのだ。

ゲイジのことだ、ほかのことと同様、エクササイズにも真剣に取り組むに決まっている。そのことに気づくべきだった。努力せずに得られるものはない。死ぬほど具合が悪いときでさえ、彼ははっとするほどハンサムだった。力強い骨格に贅肉は少しもなく、少年くささとは無縁だった。たとえて言うなら、高級ブランド品。だれもがあこがれる独身男性。悔しいけれど、ゲイジにスプーン一杯ほどでもかわいげがあったなら、これまで会ったなかで一番セクシーな男性と認めざるをえないだろう。

前に立つと、ゲイジは薄目を開けてわたしを見上げた。黒い髪がいく筋か、ひたいにかかっている。ふだんの一分の隙もないかっこうからは想像できない。後ろになでつけてあげたかった。もう一度、彼に触れたかった。

「なんだ?」とぶっきらぼうにきく。

「解熱剤は飲みました?」

「タイレノール」

「だれか、看病に来てくれるんですか?」

「看病だと?」ゲイジは目を閉じた。「必要ない。ひとりで乗り切れる」

「ひとりで乗り切れる」わたしはからかうように繰り返した。「ねえ、カウボーイさん、最後に食事をしたのはいつ?」

返事はない。ゲイジはじっと動かない。まつげが三日月のように、青白い頬にかかっている。気を失ってしまったのか、あるいは、目を閉じていればわたしという悪夢が消えてくれるとでも思っているのか。

わたしはキッチンに行って、順番にキャビネットを開けていった。入っているのは高価な酒、おしゃれなグラス、丸ではなく四角い黒の皿。食料用のキャビネットを見つけて開けてみると、賞味期限がわからないシリアルと、ロブスターコンソメ一缶、外国産のスパイスの瓶がいくつかあった。冷蔵庫の中身もおそまつだった。オレンジジュース一瓶、しかもほとんど空。ひからびた菓子パンが二個入った白いパン屋の箱がひとつ。牛乳のカートンに、発泡スチロールケースにたったひとつ残っていた茶色の卵。

「食べられるものがないわ。数ブロック先の角に、たしか食料品店があったわ。急いで行って――」

「いらない。食欲がないんだ。ぼくは……」ゲイジはなんとか頭を起こそうとした。わたしをうまく追い払うにはどうしたらいいか考えているのだ。「心遣いに感謝するよ、リバティ。しかし、ぼくは……」頭がまた落ちた。「寝たいんだ」

「わかったわ」わたしはバッグをつかんで、ためらった。アンジーやほかの友だちのこと、そして今夜見る予定だった映画のことを考える。でも、ゲイジを放ってはおけない。小さな子どものように髪をくしゃくしゃにしたまま、大きな体を折り曲げて硬いソファに座っているその姿。大富豪の跡継ぎ息子で、事業家としても成功していて、結婚したい男の上位にランクされる彼が、五〇〇万ドルのコンドミニアムでたったひとり、病気で苦しんでいるなんて。そんなのあり？　友だちだってたくさんいる。もちろん恋人も。

「ダウネルはどうしたの？」きかずにはいられなかった。

「来週、雑誌の撮影がある。病気を移されたくないらしい」

「ダウネルを責められないわ。なんだかひどい病気みたいだもの」

乾いた唇にうっすら笑みが浮かんだ。「ああ、まったくそのとおり」

このかすかな微笑は、わたしの頑なな心にひびを入らせ、そのひびをさらに広げていった。いきなり胸がいっぱいになって、すごく熱くなってきた。

「何か食べないと」わたしはきっぱり言った。「トーストひとかけらでもいいから。死後硬直が起こらないうちに」ゲイジが何か言おうとすると、わたしは厳しい教師のように指を立てて制した。「一五分か二〇分で戻るわ」

ゲイジは口を尖らせた。「ドアをロックする」

「おあいにくさま、鍵を持っているの。締め出すことはできないわよ」わたしは気楽さを装ってバッグを肩にかけた。そのしぐさは彼をいらだたせたようだった。「それから、わたしがいないあいだに――遠まわしに言わせてもらうけど、ゲイジ――シャワーを浴びるというのも悪いアイデアじゃないと思うわ」

18

わたしはアンジーに電話をかけて、行けなくなったの、ごめんなさいと謝った。「すっごく楽しみにしていたのよ。でも、チャーチルの息子が病気になっちゃって、いくつか用を足してあげなければならなくなったの」

「どの息子？」

「長男のゲイジ。いやなやつよ。でも、インフルエンザらしくって、あんなにひどい症状を見たことがないわ。それにゲイジはチャーチルのお気に入りだし。だから、しかたないのよ。ほんとうにごめんなさい。わたし――」

「やったじゃない、リバティ」

「え？」

「やっと、パトロンを持つ女の子《シュガー・ベイビー》らしく考えられるようになったのね」

「わたしが？」

「一番大切なおじさまに見限られたときに備えて、プランBを用意しておく。でも、気をつけなさいよ……息子を釣り上げようとして、大事なおじさまを失いたくはないでしょう」

「わたし、だれも釣り上げようとなんてしてないわよ。これは単なる人間愛ってもんだわ。ほんとうよ、彼はプランBじゃないんだから」

「そうでしょうとも。あとで電話をちょうだいね。そしてどうなったか教えてよ」

「何も起こりゃしないわ。犬猿の仲なんだから」

「おめでとう。セックスの相性ばっちりってことよ」

「しかも、死人も同然なのよ、アンジー」

「電話してね」とアンジーは繰り返して、電話を切った。


四五分ほどで買い物袋をふたつかかえてコンドミニアムに戻った。ゲイジの姿は見えなかった。床に落ちていた丸めたティッシュのあとをたどってベッドルームに行くと、シャワーの音が聞こえた。わたしの忠告を聞いてくれたのね、とにんまりする。ティッシュを拾いながらキッチンにとって返し、一度も使われたことがないように見えるゴミ箱に捨てた。といっても、それも今夜までの話。買物袋から食料を取り出し、半分くらいは冷蔵庫や戸棚にしまった。それから一キロ半もある丸ごとのチキンを流しで洗い、鍋に入れて茹ではじめた。

ケーブルテレビのニュースチャンネルを見つけて、料理しながら聞こえるくらいの音量に調節した。チキン・ダンプリングをつくるつもりだった。病気にはこれが一番。ミス・マーヴァのダンプリングには遠くおよばないが、わたしのだってけっこういける。最後に料理をしたのはまな板の上に白い粉をこんもりと置いた。シルクのような手触りだ。

はずいぶん昔のような気がする。いまさらながら、自分は料理が好きなんだと思い知る。粉がぱらぱらになるまで、バターを練り込んでいく。粉の山のてっぺんをくぼませて、まわりに土手をつくり、まん中に卵一個を割り入れる。手早く指を動かしてミス・マーヴァに習ったように、粉と卵を混ぜていく。ほとんどの人はフォークを使うけれど、手の温かみを加えたほうが練り上がりがよくなるとミス・マーヴァは言っていた。

キッチンにはめん棒がなかったので、長い筒状のハイボールグラスに粉をはたきつけて代用した。これはとても具合がよく、練った粉は薄く均一に延ばされた。それを細いひも状にカットした。

視界の隅で、何かが動くのをとらえた。廊下のほうに目をやると、途方に暮れたような顔つきのゲイジが立っていた。洗い立ての白いTシャツと、着古したグレーのスウェットパンツに着替えていた。大きな足はまだ素足のままだった。サテンのリボンのように艶やかな髪は、洗ったばかりでまだ濡れていた。ぱりっと糊のきいたシャツのボタンをきちんと留めている、いつもの洗練された着こなしのゲイジとは別人のようだった。わたしもゲイジと同じくらい当惑した顔をしていたに違いない。初めてゲイジを、鼻持ちならない最低男としてではなく、近づくことが可能なふつうの人間として見たのだ。

「戻って来ないと思っていた」

「あなたにあれこれ指図できるチャンスなのに？」

ゲイジはわたしを見つめたまま、ゆっくりと注意深くソファに腰を下ろした。どうやらうまく力が入らずふらつくらしい。

コップに水を注いで、イブプロフェン二錠とともに差し出した。「飲んで」

「タイレノールを飲んだ」

「四時間おきにイブプロフェンと交互に飲めば、もっと早く熱が下がるわ」

ゲイジは錠剤を口に入れ、ごくんと水を飲んで流し込んだ。「どこで仕入れた話だ？」

「小児科。キャリントンが熱を出すといつも言われるの」ゲイジが鳥肌を立てているのに気づき、暖炉に火をつけに行った。スイッチを入れると、本物の炎がセラミック製の薪から燃え上がった。「寒気がする？」わたしは思いやりをこめてきいた。「膝掛けか何かないの？」

「ベッドルームに一枚あるが、そんなものは要らな――」

ゲイジが言い終わるころには、わたしはもう廊下を走っていた。

ベッドルームもリビングエリア同様、よけいなものがいっさいないミニマリストスタイルだった。他の部屋も同じ。低いベッドにはクリームとネイビーのカバーが掛かっており、輝く木製のパネルに完璧なポジションで枕が立てかけてあった。壁には絵が一枚だけ。静かな海の油絵だった。

アイヴォリーのカシミアの膝掛けを見つけて、枕といっしょにリビングエリアに持って帰った。「はい、これ」きびきびした口調で言いながら、ゲイジの体にかけてやった。体を前に倒してとしぐさで示し、背中に枕をはさみ込む。かがみこんで体を近づけると、ゲイジがすっと息を吸い込むのが聞こえた。体を起こすのがちょっとためらわれた。とてもいい香り。

清潔な男性のにおいだ。以前にも気づいたことがある、とらえどころのない香りだった。アンバーのような、熱い夏の香り。その香りに強く惹きつけられて、体を離すことがなかなかできなかった。でも、こんなに接近しては危険だ。心が解きほぐされてしまいそう。でも、心の準備ができていない。そのとき、不思議なことが起こった……ゲイジがわざと顔を横に向けたので、体を引いたときにわたしのほつれた髪が彼の頬をなでたのだ。

「ごめんなさい」わたしは声をつまらせながら謝った。でも、なぜ謝ったのかわからない。

ゲイジはさっと首を横に振った。わたしはゲイジのまなざしにとらえられた。うっとりするような薄い色の瞳。虹彩のまわりは木炭のような黒い輪で縁取られている。ひたいに手をあてて熱を調べた。まだかなり熱い。皮膚の下で炎が燃えつづけているみたいだ。

「で……ソファにクッションを置くのが嫌いなわけね？」手を引っ込めながらきく。

「雑然としているのがいやなんだ」

「正直言って、こんなに雑然としていない部屋に入ったのは初めてよ」

ゲイジはわたしの背後の、ガスレンジにかかっている鍋をちらりと見た。「何をつくっているんだ？」

「チキン・ダンプリング」

「このキッチンで料理をしたのは、きみが初めてだ。ぼくのほかには、という意味だが」

「ほんと？」わたしは髪に手を伸ばして、ポニーテールを結び直し、顔にかかっていたほつれ毛を後ろになでつけて、ゴムでしっかりと留めた。「料理をするとは知らなかったわ」

肩をすくめるかのように、ゲイジの片方の肩がかすかに上がった。「二年ほど前、ガールフレンドとクッキング教室に通ったことがある。カウンセリングの一環として」

「婚約していたの？」

「いや、ただつきあっていただけだ。しかし、別れようとすると、彼女はその前にカウンセリングを受けたいと言いだした。まあそれもいいかと思った」

「それで、セラピストは何て？」わたしは面白がって尋ねた。

「何かふたりで習いごとでもしたらどうかと言った。社交ダンスとか、写真とか。それで多国籍料理を習うことにした」

「何、それ。なんだか政治の話みたいね」

「いろんな料理のスタイルをミックスしたやつだ。日本料理、フレンチ、メキシカンの折衷みたいな」

「効果はあったの？　つまり、彼女とうまくいくようになった？」

ゲイジは首を左右に振った。「コースの途中で別れたよ。彼女は料理が大嫌いだったんだな。そこで彼女は、ぼくを救いようのない恋愛恐怖症だと決めつけることにしたわけだ」

「そうなの？」

「さあね」ゲイジはゆっくりとほほえんだ。初めて見る本物の笑顔に、心臓がどきんと重い音を立てた。「しかし、ぼくのつくる貝柱のソテーは絶品だ」

「彼女がやめても最後までお料理の講習を受けたの？」

「そうさ、料金を払ったんだから」

わたしは笑った。「わたしも恋愛恐怖症だと前のボーイフレンドに言われたわ」

「それは正しい？」

「たぶん。でも、自分に本当に合った相手にめぐりあえたなら、そんなに真剣に悩むこともないんじゃないかしら。きっと、もっと自然に相手を受け入れられるようになる——と思いたい。でないと、間違った相手に心を開いてしまう……」わたしは顔をしかめた。

「武器を相手にわたしてしまうようなもんだな」

「そのとおり」テレビのリモコンをとってゲイジに差し出し、「スポーツ専門チャンネルでも見たら？」と言ってキッチンに向かった。

「いや」ゲイジはニュースチャンネルに合わせたまま、音量を絞った。「だるくて試合を見る気にもならない。興奮すると体にさわりそうだ」

手を洗って、ぐつぐつ煮えているチキンスープの中にひも状のダンプリングを入れた。部屋中に家庭的なにおいがたちこめた。ゲイジは体を起こして、こちらをじっと見ていた。だんだん居心地が悪くなってきて、わたしは「水を飲んだほうがいいわ。脱水症状を起こしかけているから」とつぶやいた。

ゲイジは言われるままにコップを手に取った。「ここにはいないほうがいい。病気が移るかもしれないと思わないのか？」

「病気になったことがないの。それに、弱ったトラヴィス家の人間を看病しなければならないという、一種の強迫観念があるみたい」

「そんなことを考えるのはきみだけだ。ぼくらトラヴィスは、具合が悪くなるとたいそう不機嫌になるからね」

「あなたは病気じゃないときだって、それほど感じがよくないわ」

ゲイジはコップの水に向かってにやりとした。しばらくして、「ワインでも開けたらどうだ」と言った。

「病気のときには飲まないほうがいいわ」

「きみが飲む分にはかまわないだろう」ゲイジは水を飲み干して、頭をソファの背にもたせかけた。

「そうね。あなたのために働いてるんだから、ワインの一杯くらいおごってもらってもいいかも。チキンスープに合うのは？」

「くせのない白がいい。ワイン用の冷蔵庫からピノブランかシャルドネを出して」

わたしはワインについては素人だったので、いつもラベルのデザインで選んでいた。上品な赤い花とフランス語のラベルの白ワインを見つけて、グラスに注いだ。大きなスプーンでダンプリングを鍋の底のほうに押し込み、さらにダンプリングをその上に重ねた。

「彼とは長いことつきあっていたのか？」ゲイジの声がした。「前のボーイフレンド」

「ううん」ダンプリングを全部入れてしまったので、あとは煮えるのを待つだけだ。わたしはグラスを持って、リビングエリアへ歩いて行った。「長くつきあった人はいないわ。いつも短くて軽いおつきあいばかり。とにかく……どれも短いの」

「ぼくもだ」

ソファの近くのレザーの椅子に腰掛けた。スタイリッシュだけど座り心地はあまりよくない。ぴかぴかのクロムのフレームにはまっている、角砂糖みたいな形の椅子だった。「そういうのって、よくないわよね」

ゲイジは首を振った。「自分に合った相手かどうかがわかるまで、たいした時間はかからない。そうでないとしたら、よっぽど鈍いか、目が見えてないかのどちらかだ」

「あるいは、アルマジロとデートしているか？」

ゲイジは当惑した顔でこちらをちらりと見た。「なんだって？」

「なかなかほんとうの姿が見えない相手ってこと。シャイで、心に鎧を着ているような」

「しかも、不細工？」

「アルマジロは不細工じゃないわ」笑いながら言い返す。

「防弾チョッキを着たトカゲだぞ」

「あなたはアルマジロなんだと思う」

「シャイじゃない」

「でも、心に鎧を着ている」

ゲイジはそれについて考えてから、軽くうなずいて、その点は認めた。「ぼくはカウンセリングで、投射について学んだ。だからあえて言うが、きみ自身もアルマジロなんだ」

「投射って？」

「自分にも思い当たることがあるから、そのことで他人を責めるんだ」

「まあ」グラスを口元に近づけた。「あなたが恋人と長つづきしない理由がよくわかるわ」

ゲイジはゆっくりほほえんだ。わたしの腕の産毛が逆立った。「どうして、そのボーイフレンドと別れたんだ？」

わたしの心の鎧は、自分が願っているほど強固ではなかった。つい本音がこぼれそうになった――彼はシックスエイト野郎だったから――でも、もちろんそんなことを話すつもりはない。頬が赤くなるのがわかった。赤面の問題点は、抑えようと思えば思うほど、ますます赤くなってしまうことだ。しかたなく真っ赤な顔で座ったまま、なんとかあたりさわりのない答えをひねりだそうとした。

しかし、ゲイジはわたしの頭の中をのぞきこんで、考えを読んでしまったようだ。「ふうん」と静かにつぶやいた。

わたしは眉をひそめて立ち上がり、グラスをゲイジに向かって突き出した。「水を飲むのよ」

「はい、わかりました」

ゲイジがテレビのチャンネルを替えて、何か面白い番組でもみつけてくれることを願いながら、わたしはキッチンをきれいに片づけた。けれどもゲイジはしつこくこちらを見ている。カウンターに洗浄液をスプレーする見事な手際に魅了されているとでもいうように。

「ところで」ゲイジはうちとけた感じで話しかけてきた。「きみは親父と寝ていないな」

「まあ、どうしてわかったの？」

「毎朝、親父がシャワーの手伝いにぼくを呼びつけるからだ。親父のガールフレンドなら、きみがやるだろう」

ダンプリングができあがった。玉じゃくしが見つからなかったので、代わりに計量カップを使って四角いスープ皿に盛りつけた。なんだかそぐわない感じだ。スタイリッシュな容器に、おふくろの味のチキン・ダンプリング。でも、おいしそうなにおいがするし、きょうはけっこううまくできた気がする。ゲイジはテーブルにつけるほど元気が出ないだろうと判断して、スープ皿をガラスのコーヒーテーブルに置いた。「毎朝、手伝いに来るのは面倒でしょう？　でも、一度も文句を言ったことがないわね」

「親父が感じている不便に比べりゃなんでもないさ。それに借りを返しているという気持ちもある。若いときにはずいぶん困らせたからね」

「わかるわ」八歳の子どもにするようにふきんをゲイジの胸にかけて、端をTシャツの襟にたくしこんだ。なにげなくやったつもりだったのに、手の甲が彼の肌にふれると、お腹の中が蛍が光るようにぽっと熱くなった。半分くらいまでスープが入った皿とスプーンをわたして、ひとこと注意した。「熱いから気をつけて」

ゲイジは湯気の立つダンプリングをすくいあげ、そっと息を吹きかけてさました。「きみが文句を言うのも聞いたことがない。妹の親代わりを務めなきゃならないのに。彼氏と長っづきしない原因のひとつは妹の存在なんだろうが」

「そうね」わたしも自分のスープ皿を手に取った。「でも、そのほうがかえっていいの。合わない相手とつきあって時間を無駄にすることがないから。責任を負わされることに尻込みするような男は、わたしたちには向かないもの」

「だが、子どもがいない独身生活がどんなものか、わからないだろう」

「わからなくていいの」

「ほんとうに？」

「ほんとうに。キャリントンは……わたしにとって一番大切なものだから」

もっと言おうとしたそのとき、ゲイジはダンプリングをスプーンですくって口に入れ、ごくんと飲み込むと目を閉じた。痛みとも感動とも判別できない不思議な表情をしている。

「どうしたの？　大丈夫？」

ゲイジは忙しくスプーンを動かしている。「生き延びられるかもしれない。もう一杯こいつをおかわりできれば」

チキン・ダンプリングを二人前平らげたゲイジは元気を取り戻し、蠟のように青白かった顔に少し色が戻ってきた。「いやあ、これは驚きだ。こんなに具合がよくなるなんて」

「油断しちゃだめよ。まだ休んでいなくては」すべての食器を食器洗い機に入れ、ダンプリングの残りはタッパーに入れて冷蔵庫にしまった。

「もっとスープが要るな。何リットル分か冷凍庫に入れておかなくちゃ」

白ワインをごちそうしてくれれば、いつでもつくりに来てあげるわと言いそうになった。でも、それではなんだか誘っているように聞こえる。彼の気を引こうなどというつもりはまったくなかった。ゲイジはもうさっきのように、ぼんやりと具合が悪そうなようすには見えない。きっとすぐに以前の彼に戻るだろう。この休戦がこれからもつづくという保証はまったくないのだ。そこでわたしはあいまいなほほえみを浮かべるだけにした。

「もう遅いわ。帰らなくちゃ」

ゲイジの顔が曇った。「真夜中だぞ。こんなに遅く外に出るのは、ヒューストンでは危険だ。しかも、あの錆びたバケツに乗って帰るなんて問題外だ」

「車はちゃんと動くわ」

「泊まっていけよ。客用の寝室がある」

わたしはびっくりして笑いだした。「冗談よね?」

ゲイジはむっとした顔をした。「いや、まじめに言っているんだ」

「ご心配ありがとう。でも、あの錆びたバケツで夜のヒューストンをドライブしたことは何度もあるの。それも、もっと遅い時間に。携帯電話も持っているし」ゲイジに近づいて、ひたいに手を当てた。冷たく、少し湿っていた。「熱は下がったみたいね」と満足してつぶやく。「タイレノールを飲む時間よ」ゲイジが立ち上がろうとしたので、そのままソファに座っていてとジェスチャーで示した。「立たないで。ひとりで帰れるから」

ゲイジはそれを無視してついてくると、わたしと同時にドアに手を伸ばし、手のひらをついてドアを押さえた。筋肉質の前腕はうっすらと毛で覆われている。乱暴なしぐさだったが、振り返ると、ゲイジの目は頼むから行くなと懇願していた。

「カウボーイさん。わたしを止められるほど体力が戻っていないでしょ。一〇秒であなたを床に転がしてあげられるわ」

体をのしかけたまま、ゲイジはとても静かな声で言った。「やってみろよ」

わたしは神経質に笑った。「あなたに怪我をさせたらたいへん。さ、どいて、ゲイジ」

ぴりぴりと火花が散るような沈黙。唾を飲み込むゲイジののどの動きを見る。「きみになんか、やられるもんか」

触れてもいないのに、彼の体を、その熱とたくましさを、強烈に意識してしまう。この人と寝たらどんなだろう……その重い体に向かって腰を突き上げる。硬い背中の手ざわり。突然頭に浮かんだイメージに体がぴくっと反応して、わたしは顔を赤らめた。柔らかな秘密の場所の神経がぴりぴりしだして、かっと体が火照る。

「お願い」わたしはささやいた。ゲイジがすっとドアから離れ、一歩下がって通してくれたので、心からほっとした。

ゲイジは戸口のところに必要以上に長く立ちつくしていた。勝手な想像かもしれないけれど、エレベーターの前に着いて振り返ると、彼は何か大切なものを奪われたような顔でこちらを見ていた。

ゲイジが通常のスケジュールどおりにやって来るようになって、だれもが——とりわけジャックは——ほっとした。月曜の朝、久しぶりに姿をあらわしたゲイジは、チャーチルに仮病だったんじゃないか、と笑いながらからかわれるほど、ぱりっと元気そうに見えた。ゲイジのところで土曜の晩をすごしたことはだれにも話していなかった。予定どおり友だちと遊んできたと思われているほうが無難だと判断したからだ。ゲイジもチャーチルに何も言わなかったようだ。でなければ、チャーチルから何かひとことあっただろう。ゲイジと小さな秘密を共有していることが、なんだか窮屈だった。といっても、特別な出来事があったわけではなかったのだが。

しかし、変化はあった。ゲイジはいままでのように冷たくわたしを無視することはなくなり、何やかやと助けてくれるようになった。ノートパソコンがフリーズしてしまったときには直してくれたし、わたしがとりに行く前に、チャーチルの朝食のトレーを下げてくれた。それに、前よりも頻繁に家に立ち寄るようになった気がした。チャーチルのようすを見るという口実でいろいろな時間帯に顔を出した。

ゲイジが来ることをあまり意識しないようにしようと思った。でも、ゲイジがいるときには時間が早く過ぎていき、何もかもが面白く感じられるのは否定できなかった。ゲイジはこういうタイプと決められるような人ではなかった。トラヴィス家の人間は、インテリにはうさんくさい目を向ける典型的なテキサス人だったから、ゲイジのことを、家族全員を合わせたよりも学問が好きだな、と愛情をこめてからかっていた。

しかし母方の親戚から名前をもらっているゲイジは、その血筋もそっくり受け継いでいた。国境地域に住む好戦的なスコットランド系アイルランド人の末裔なのだ。家系を調べるのを趣味としているグレッチェンによれば、テキサスに最初にやってきた開拓者たちは、気むずかしく独立心旺盛でタフな、ゲイジのようなタイプの男たちだったという。孤独や困難や危険をものともしない男たち。いやむしろ、そうしたことを進んで求めるような男たちだったのだ。ときどきゲイジの中に、そうした厳しく自己鍛錬を積んだ男たちの面影を見ることができた。

ジャックとジョーはもっとのん気で快活だった。どちらもまだ少年っぽさが抜けきっていなかった。兄のゲイジには少年の片鱗すら見えないのだが。一人娘のヘイヴンには、大学の休暇で帰省したときに会った。黒髪でほっそりした体型で、目はチャーチルと同じこげ茶色だった。性格は爆竹のように気まぐれでとらえどころがなかった。帰ってくるなり、父親とまわりの人すべてにこう宣言した。わたしは第二波のフェミニスト運動に参加することにした、専攻を女性学に変えた、テキサスの伝統である家長制度による抑圧にはもう耐えられない――あまりに早口でまくしたてるので、聞き取ることすらできないほどだった。とくに、わたしを脇に引っ張っていって、うちの家族に利用され、公民権を剝奪されているなんて、あまりにもかわいそうだわと同情を寄せてくれたときには、開いた口がふさがらなかった。移民政策の改革と外国人労働者プログラムのために熱心に活動するつもりだから、がんばってね、とヘイヴンはわたしを励ました。どう答えたらいいか迷っているうちに彼女は行ってしまい、チャーチルと白熱した議論を戦わせはじめた。

「あいつのことは放っておけ」とゲイジは薄笑いを浮かべて妹を見つめながら、そっけなく言った。「好き勝手な理屈をつけたがるんだ。公民権が与えられていることが、妹にとっては最大の屈辱なんだろう」

ゲイジはほかのきょうだいとは違っていた。働きすぎるし、執拗に自分を駆り立てた。そして、家族以外の人間をほとんど寄せつけなかった。でも、わたしには用心深く友好的に接しようとしはじめていた。わたしもそれに応えずにはいられなかった。さらに、キャリントンにもどんどんやさしくなっていった。最初は小さなことからはじまった。キャリントンのピンクの自転車のチェーンが壊れたときには修理してくれたし、朝わたしが遅くなったときには、車で学校まで送ってくれた。

その次が昆虫製作プロジェクトだった。キャリントンは学校の授業で昆虫について習っていた。自分が選んだ昆虫に関するレポートを書き、その虫の立体模型をつくるという宿題が生徒全員に出された。キャリントンが選んだのは蛍だった。わたしは妹をホームセンターに連れて行き、塗料や発泡スチロール、石膏、パイプ掃除用のブラシなどを買い込んだ。四〇ドルの出費は痛かったが、値段のことは文句を言わず黙っていた。負けず嫌いの妹はクラスで一番りっぱな虫をつくると決心を固めていたので、できることなら何でも手助けしてやろうと思っていた。

わたしたちは虫の体をつくって、石膏を浸した布片を張りつけ、それに黒、赤、黄色で色を塗り、乾燥させた。作業場にしたキッチンは、めちゃくちゃな状態になってしまった。けっこうよくできたと思うのだが、キャリントンは出来栄えに落胆していた。虫の黒い腹が光って見えるように塗料を塗ってみたが、希望どおりの効果があがらなかったからだ。キャリントンは、ぜんぜん輝いているように見えないよ、と不機嫌に言った。もっと質のよい塗料を見つけて、塗りなおせば大丈夫よ、とわたしは請け合った。

午後、チャーチルの原稿のタイプを終えてキッチンをのぞくと、驚いたことにゲイジがキャリントンといっしょにいた。テーブルの上には、道具や針金や木片、電池に接着剤に定規などが山のように置かれていた。蛍の模型を片手に持って、ゲイジはホビー用ナイフでざっくりと深い切り込みを入れた。

「何をしているの?」

黒とプラチナのふたつの頭が上がった。「ちょっと手術をね」とゲイジは言いながら、器用に四角く発泡スチロールを切り取った。

キャリントンはわくわくしたようすで目を輝かせている。「ほんものの光を虫の中に入れてくれるんだって! スイッチつきの電気回路をつくるの。ぱちんとスイッチを入れると虫がぴかぴか光るんだ」

「まあ」わたしは困惑して、テーブルの前に座り込んだ。助けてもらえるときはいつも喜んで受け入れてきた。しかし、こともあろうにゲイジが昆虫プロジェクトに乗り出してくるとは。キャリントンが頼んだのか、ゲイジが自発的に手伝いはじめたのか。それにしても、ふたりが仲よく作業しているのを見ると、どうしてこんなに心が騒ぐのだろう。

ゲイジは辛抱強くキャリントンに回路のつくり方を教え、ドライバーの持ち方や回し方もやってみせた。小さなスイッチボックスの部品をゲイジに押さえてもらって、キャリントンが接着剤でくっつけた。やさしくほめられるとキャリントンの顔は輝き、嬉々とした表情でゲイジといっしょに作業している。残念ながら、電球と回路が加わると、パイプ掃除用ブラシの脚では体重を支えきれなくなった。ゲイジとキャリントンがへたばった虫をじっとながめて考え込んでいるようすに、思わず笑いそうになったが、あわてて笑いをかみ殺した。

「睡眠慣性がある蛍なのよ」とキャリントンがジャックの口癖を真似て言ったので、三人とも吹きだしてしまった。

ゲイジはさらに三〇分かけて、ワイヤーハンガーで脚をつくり直した。完成した作品をテーブルのまん中に置き、キッチンの照明を消した。「いいぞ、キャリントン。試運転だ」

キャリントンはさっと導線のついた小さなスイッチボックスを手に取り、スイッチを入れた。蛍がぴかぴかと規則正しく点滅しはじめたので、キャリントンは勝利の叫びをあげた。

「やったあ。見て、見て、リバティ、わたしの蛍を」

「すごいわ」妹の喜びようににやにやしながら、わたしは言った。

「ハイタッチだ」とゲイジはキャリントンに言って、両手を広げて前に出した。

驚いたことにキャリントンは、差し出された両手を無視していきなりゲイジに抱きつき、腰のまわりに腕をまわした。

「サイコーよ」と彼のシャツに向かってキャリントンは言った。「ありがとう、ゲイジ」

ゲイジはしばらく動くことができず、小さな金色の頭を見下ろしていた。それから、おもむろに腕をキャリントンにまわした。しがみついたまま、キャリントンがにっと笑って見上げたので、ゲイジは金髪をなでてくしゃくしゃにした。「きみがほとんど自分でやったんだぞ、ちびすけ。ぼくはちょっと手伝っただけだ」

どうしてこんなに簡単に仲よくなれてしまったのかしらと驚嘆しながら、わたしは傍観者としてふたりを見つめた。キャリントンはこれまで、ミスター・ファーガソンやチャーチルのような、おじいちゃん的な存在の男性とはすぐにうちとけた。けれどもわたしのデートの相手にはなつこうとしなかった。どうしてゲイジならいいのか、見当がつかなかった。でも、ゲイジに愛着を持たせてはならない。彼がキャリントンの人生に永久にかかわる人物になることはありえないのだから。がっかりするだけだ。いや、傷ついてしまうかもしれない。かわいいあの子に、そういう悲しみだけはぜったいに味わわせたくなかった。

ゲイジがさぐるように、ほほえみながらさっと視線を投げてきた。でもわたしは笑顔を返せなかった。キッチンを掃除するふりをして顔をそむけ、ワイヤーの切れっ端をつまみあげた。あまりにも強く握ったせいでわたしの指は白くなった。

19

チャーチルは、著書の「なぜパラノイアが大切か」という章を書きながら、戦略的変曲点について説明してくれた。戦略的変曲点というのは、会社の大きな転換期、つまりすべてのやり方が変わってしまうような技術革新とか機会を指す言葉だそうだ。たとえば電話会社のAT&Tが一九八四年に七つの地域持株会社に分かれたときとか、アップル社がアイポッドを発売したときとかがそれにあたる。戦略的変曲点を迎えた会社は、天井知らずの発展を遂げるか、再建の見込みがなくなるほどの経営不振に陥るかのどちらかだ。どちらに転ぶにせよ、ゲームのルールは永久に変わってしまう。

ゲイジとわたしの戦略的変曲点は、キャリントンが昆虫プロジェクトを提出したあとの週末に訪れた。日曜の夕方のことだった。キャリントンが庭で遊んでいるあいだ、わたしはシャワーを浴びていた。寒い日で、肌を刺すような冷たい風が吹いていた。ヒューストン近郊の平地には風をさえぎるものは何もない。まばらなメスキートの木すら生えておらず、広々としたまっ平らな大地を吹きぬけてくる風はぐんぐん勢いをつけてくる。

わたしは長袖Tシャツにジーンズを着て、フードつきの厚手のウールカーディガンを羽織った。ふだんは髪をヘアアイロンでまっすぐ艶が出るように伸ばしていたが、そのときは面倒だったので、くるくるにカールしたままの髪が肩や背中にかかっていた。

見上げるばかりに天井が高い来客用の部屋を横切ると、グレッチェンがてきぱきとプロのデコレーターたちにクリスマスの飾りつけの指示をしていた。グレッチェンが選んだ今年のテーマは天使だったので、デコレーターたちは高いはしごに上って、智天使《ケルビム》や熾天使《セラピム》や金色の布飾りを吊るさなければならなかった。ディーン・マーティンが指を鳴らしながら歌うクリスマスソングが流れていた。

曲に合わせてステップを踏みながら、わたしは裏から外に出た。チャーチルのかすれた笑い声、キャリントンの浮かれた歓声が聞こえてきた。フードをかぶって、声のするほうにぶらぶらと歩いて行った。

チャーチルの車椅子はパティオの隅にあり、庭の北側の斜面に向いていた。わたしは、妹がジップラインケーブルの端に立っているのを見つけてはっと足を止めた。ジップラインとは、斜面に張られたケーブルに滑車を吊るし、それにつかまって上から下へ滑り降りてくる遊びだ。

ゲイジはジーンズと古びたブルーのトレーナーというかっこうで、ケーブルの反対側の端をしっかりと固定していた。キャリントンが早く早くとせきたてている。「あわてるな」とゲイジはじりじりしているキャリントンににっこり笑いかけた。「ケーブルがちゃんときみの体重を支えられるか調べているんだから」

「もう滑っていいでしょ」キャリントンは大声で言って、滑車のハンドルをしっかり握った。

「待て」とゲイジは注意して、強さをたしかめるためにケーブルをぐいっと引っ張った。

「待てないよ」

ゲイジは笑いだした。「わかった、わかった。だが、落っこちても知らないからな」

ケーブルがとても高く張られているのを見てわたしはぞっとした。もしケーブルが切れたら、もしキャリントンが滑車にしっかりつかまっていられなかったら、あの子は首の骨を折ってしまうかもしれない。「だめ」とわたしは叫んで、駆けだした。「キャリントン、やめなさい」

キャリントンはこちらを見てにこっと笑った。「ハーイ、リバティ。見てて！ 飛ぶからね」

「待ちなさい！」

しかし、かわいい頑固者はわたしを無視して滑車をつかむと、滑りだした。軽い体は、地面よりはるかに高いところで加速していく。高すぎる。速すぎる。キャリントンはジーンズをはいた脚をばたつかせながら、きゃーっと嬉しそうに叫んでいる。一瞬、目の前がかすみ、歯がかたかたと鳴りだした。わたしはつまずきそうになりながら走り、キャリントンとほとんど同時にゲイジがいるところに着いた。

ゲイジは軽々とキャリントンをとらえ、滑車から手を離させて、ふわりと地面に下ろした。ふたりは歓声をあげながら笑っていて、わたしが近くにいても気づきもしない。

チャーチルがテラスからわたしの名前を呼んでいるのが聞こえたが、返事をしなかった。

「待ちなさいと言ったでしょう」わたしはキャリントンを怒鳴りつけた。安堵と怒りで頭がくらくらし、恐怖の余韻がまだのどに残っている。キャリントンは黙り込み、さっと血の気のひいた白い顔をこちらに向けた。まん丸い目でわたしを見つめる。

「聞こえなかったんだもん」嘘だ。この子もわたしも、それが嘘だと知っている。キャリントンがこのわたしから守ってもらおうとでもするようにゲイジに寄りそう姿を見て、怒りが爆発した。

「聞こえたはずよ！　しらばっくれようったってそうはいかないからね、キャリントン。覚悟しなさい」今度はゲイジに向かって言う。「あの……あのばかげた代物は、高く張られすぎているわ！　わたしの許可なしに、この子を危険な目に遭わせる権利はあなたにはないのよ」

「危なくなんかない」ゲイジはじっとわたしの目を見つめながら、静かに言った。「ぼくらが子どものころ、これとそっくりのジップラインがあったんだ」

「当然落っこちたことでしょうね」わたしは叫び返した。「何度も、何度も」

「もちろん。でも、いまでもぴんぴんしてる」

塩辛く原始的な怒りが、どんどん体の中で膨れあがっていった。「なによ、えらそうに。八歳の女の子のことなんか何もわかっていないくせに。とてもか弱いのよ。首の骨を折ったかもしれ――」

「か弱くなんかないよ！」キャリントンが憤慨して叫んだ。さらにゲイジに体をすり寄せたので、ゲイジはキャリントンの肩を抱き寄せた。

「ヘルメットすらかぶっていないじゃないの。こういうことをするときには、ヘルメットなしじゃ危ないって知っているでしょう」

ゲイジは表情を消した顔で言った。「ケーブルを下ろしてほしいのか？」

「いや！」キャリントンはわたしに向かって大声をはりあげた。目から涙があふれだした。「楽しいことは何でもだめって言うんだ。そんなのずるいよ。わたしはジップラインで遊ぶ。だめなんて言わせない。リバティはママじゃないんだから！」

「おい、おい……ちびすけ」ゲイジはやさしい声で言った。「お姉さんにそんなふうに言ってはいけないよ」

「わかったわ」わたしはぴしゃりと言った。「どうせわたしは悪者よ。ふんだ。ゲイジ、わたしをかばう必要なんてないのよ――」わたしは身を守るように両手を前に出した。手首が硬直している。冷たい風が顔に吹きつけ、目の隅をちくりと突き刺した。泣いてしまいそうだ。寄りそって立っているふたりを見る。後ろからはチャーチルがわたしを呼ぶ声が聞こえてくる。

三対一。

わたしはさっときびすを返した。苦い涙があふれてきて前がほとんど見えない。撤退の潮時だ。すばやく、ざくざく地面を削るような足取りで進んだ。車椅子の前を通りかかると、歩みをゆるめることなく、わたしはうなるようにチャーチルに言った。「あなたのせいでもあるのよ」

暖かいキッチンに逃れたときには、わたしの体は骨まで冷え切っていた。一番暗くて、人目につかない場所をさがす。奥まった細長い食料貯蔵スペースがちょうどいい。ガラスの扉がついた食器棚がずらりと並んでいる場所だ。わたしはずんずん進んでいって、一番奥に隠れた。両腕で自分の体を抱きしめ、なるべく小さくなれるようにちぢこまった。

全本能がキャリントンはわたしのものだと叫んでいた。だれもそれに反論などできないはずだ。自分を犠牲にして、ずっとあの子の面倒をみてきたのだ。ママじゃないんだから。恩知らず！　裏切り者！　ずんずんと外に歩いて行って、言ってやりたかった。ママが死んだあと、あんたをどこかにやってしまったほうが、どんなに楽だったか。わたしはもっと楽しい生活が送れたのよ。ママ……ああ、ティーンエイジャーだった自分が、母に投げつけたひどい言葉の数々をすべて取り消したかった。親って、損な生き物だ。子どもたちを健康で安全に育てようとがんばっているのに、感謝されるどころか非難され、協力するどころか反抗される。

だれかがキッチンに入ってきた。ドアが閉まる音が聞こえた。わたしはじっと動かず、だれとも話さなくてすむように祈った。黒い影が明かりのついていないキッチンをよぎった。そのがっしりしたシルエットはゲイジ以外にない。

「リバティ？」

こうなったら隠れているわけにはいかない。「話したくないの」とむっつり答える。

ゲイジは食料スペースの狭い入口をふさいだ。袋小路に追い詰められてしまったみたい。影は真っ黒で、顔は見えない。

そのとき、彼の口から出るとは予想もしていなかった言葉が聞こえてきた。

「悪かった」

ほかのどんな言葉を聞いても怒りは鎮まらなかっただろう。けれどもそのひとことで、風に吹きさらされた目の縁から涙がどっとあふれ出した。頭を垂れて、ふうっとため息をついた。「いいの。キャリントンは？」

「親父が話をしている」ゲイジは計ったように慎重な足取りで、二歩こちらに近づいた。「きみは正しかった。何もかも。キャリントンに今後はヘルメットをかぶるように言った。それからケーブルは六〇センチばかり下げることにした」短い沈黙。「あれを設置する前に了解を取るべきだった。もう二度とそういうことはしない」

ゲイジには驚かされることばかりだ。きっと痛烈に理屈でねじ伏せようとするだろうと思っていた。締めつけられていたのどが楽になった。顔を上げる。目が暗さに慣れて、彼の頭の輪郭が見えるようになってきた。戸外のにおいがした。オゾンに包まれた風、乾いた草、切ったばかりの木のようなちょっと甘い香り。

「過保護なのよね」

「あたりまえさ」ゲイジはまじめに言った。「それがきみの務めだ。でなければ――」わたしの頬に光るものを見て、ゲイジはすっと息を吸い込んだ。「くそっ。だめだ、泣くのはだめだ」ゲイジは食器棚の引き出しをがさごそとさぐり、アイロンがかかったナプキンを見つけた。「まいったな。リバティ、泣くなよ。ぼくが悪かった。ジップラインなんかを張ってしまって。いますぐ撤去するから」なんでも器用にこなすゲイジが、妙にぎこちなく、たたまれた柔らかいナプキンでわたしの頬を拭いた。

「いいえ」鼻をすする。「ケ、ケーブルは、あのままにしておいて」

「わかった、わかった。何でもきみの言うとおりにするから、泣くな」

ナプキンを受け取って鼻をかみ、震えるようなため息を吐いた。「さっきはごめんなさい。感情的になりすぎたわ」

ゲイジはうろうろしたり、立ち止まったり、体を揺すったりしている。檻に入れられて、落ち着きをなくしている動物のようだ。「きみは人生の半分をキャリントンの世話をしたり、守ってやったりすることに費やしてきた。ところがある日、どこぞのあほうが、地上一メートル半の高さのケーブルにキャリントンをぶら下げて、ヘルメットもかぶらせずにジップラインを滑らせたんだ。怒るのがあたりまえだ」

「それはただ……わたしにはあの子しかいないの。もしキャリントンに何かあったら――」のどが詰まったけれど、なんとか先をつづけた。「ずいぶん前から、キャリントンには男の人と接する必要があるとわかっていたわ。でも、あなたやチャーチルと深くかかわってほしくない。だって、これは永久につづく関係じゃないから。だから――」

「きみは、キャリントンがぼくたちとかかわるのを恐れている」とゲイジはゆっくり繰り返した。

「ええ、感情的にかかわることを。ここを出て行くとき、あの子、とてもつらい思いをするわ。わたし……これは間違いだったと思う」

「何が？」

「すべて。なにもかも。チャーチルの申し出を受けるべきじゃなかった。ここに引っ越して来てはならなかったのよ」

ゲイジは黙った。かすかな光が瞳をきらめかせた。目そのものが光を放ったように見えた。

「何よ？」わたしは身構えるように言った。「どうして何も言わないの？」

「またあとで話そう」

「いま言って。なにを考えているの？」

「きみはまたしても投射している」

「何を？」

ゲイジが手を伸ばしてきたので、わたしは体をこわばらせた。彼の手、男性の肌の熱を感じると、頭が混乱してうまく考えることができなくなった。わたしの脚をはさんでいるゲイジの両脚の硬い筋肉が、薄い着古したデニムを通して感じられる。ゲイジの手が首のまわりを滑っていく。わたしは小さくあえいだ。ゲイジはゆっくりと親指でのどをなでた。恥ずかしいことにその軽いタッチがわたしの体を燃え上がらせた。

わたしの髪に語りかけてきたゲイジの言葉が、頭の中にしみ込んできた。「キャリントンのことだけじゃないだろう。きみは自分が感情的にかかわることを恐れているんだ」

「違うわ」乾いた唇で言い返す。

ゲイジはわたしの頭を後ろにのけぞらせ、顔を近づけてきた。からかうようなささやき声が耳をくすぐる。「いや、もうしっかりかかわってしまっている」

そのとおりだった。わたしはなんて浅はかだったのだろう。まるで旅行者のようにトラヴィス家にやってきて、感情的にかかわらずにいられると思っていたなんて。すでにつながりができあがっていた。この予期せぬ場所にわたしの心はよりどころを見つけていた。夢にも思わなかったことだが、すでに心が深くかかわってしまっていた。

わたしは震えはじめた。ゲイジの口が顎の縁、そして唇の端へとさまよってくると、下腹部がきゅっと引きしまった。さっと体を退いたので、両肩がキャビネットに強くぶつかり、食器やグラスがかたかたと音を立てた。ゲイジの手があてがわれている背中が反り返り、息をするたびに胸が彼に押しつけられる。

「リバティ……キスさせてくれ……」

話すことも動くこともできず、唇が重なるのをじっと待った。

目を閉じ、口を開いて彼を味わう。やさしくさぐるような、スローなキス。頬が彼の手に包まれる。その思いやりに満ちたキスに心が解きほぐされ、力を抜いてゲイジに体を預けた。さらに深く舌を差し入れて愛撫をつづけてくるけれど、じれったくなるほどその動きは抑制されていた。やがて、まるでマラソンを走り終えたかのように、わたしの心臓はどきどきと激しく鼓動しはじめた。

ゲイジはたっぷりしたわたしの髪を手で握って頭を傾け、首にくちづけをした。唇はじわじわと上ってきて、耳の後ろのくぼみに達した。わたしは身をよじって彼にすり寄り、硬い上腕にしがみついた。何かつぶやきながら、ゲイジはわたしの両手首を自分の肩にかけさせた。スニーカーをはいた足でつま先立ちになり、よろけそうになりながら精一杯背伸びをする。

ゲイジはわたしを自分のがっしりした体にしっかりと引き寄せてきつく抱きしめ、ふたたび唇を重ねてきた。今度のキスはさっきよりも長かった。しっとりした唇をこすりつけて、もっと深くわたしを味わった。息ができなかった。全体重をかけて、一ミリの隙間もないくらいぴったりと体を合わせた。すでにわたしの内部に入り込んでしまっているようなキスだった。歯と舌と唇を縦横無尽に使う、貪欲なキス。耐えられないほど甘美で気を失いそうになったけれど、なんとか彼にしがみつき、合わせた唇の間にうめき声をもらした。ゲイジは両手でヒップをつかみ、わたしの脚のあいだに突き立ったものを押しつけてきた。そのしっくりとくる感触は何ものにも替えがたいほどすばらしく、欲望が狂おしく燃えあがった。床に押し倒してほしかった。そしてあらゆることをしてほしかった。ゲイジの口はわたしの口をむさぼり、舌が奥深くをなめつくした。思考も衝動も、すべての騒音をかき消すホワイトノイズに溶け込み、ただ、まじりけのない生《き》の快感だけが頭のてっぺんへと駆けあがっていった。

Tシャツの下にゲイジの手が滑り込んできて、背中の皮膚に触れた。焼け焦げたようにかっと熱く火照った肌に、冷たい指の感触が言いようもないほど心地よかった。わたしは体を弓なりに反らしてゲイジを求めた。扇のように広げた手が背中を伝いあがっていく。

キッチンのドアが開く音がした。

わたしたちはぱっと体を離した。ふらつきながら一メートルほどゲイジから距離を置く。体中がどきどきと脈打っていた。あたふたとTシャツをジーンズの中にたくしこむ。ゲイジは両手をキャビネットにつき頭を垂らして、食料貯蔵スペースの奥にとどまったままでいた。洋服を通して筋肉の盛り上がりが見えた。彼の体は、断ち切られた欲求のせいで緊張していたが、波が引くようにその緊張が徐々に解けていくのがわかった。わたしはゲイジに燃えるような欲望を感じた自分にたじろいだ。

キャリントンの心配そうな声が聞こえた。「リバティ、そこにいるの?」

急いで外に出た。「ええ、わたし……ちょっとひとりになりたかったの……」

わたしは妹が立っているキッチンの向こうの隅へ歩いて行った。不安の色を浮かべた小さな顔はこわばっている。髪はいたずら小人の人形みたいにぼさぼさだ。いまにも泣きだしそうだった。「リバティ……」

子どもを愛しているなら、その子が許しを請う前にすでに許しているものだ。もともと、何をしようと、それをする前から許しているのだから。「いいのよ」妹に手をさしのべてっぶやいた。「もう、いいの」

キャリントンは駆け寄ってきて、細い腕でしっかりと抱きついた。「ごめんなさい」と涙ながらに謝る。「本気で言ったんじゃないの。ぜんぶ、でたらめよ——」

「わかってるわ」

「ただ、楽しく遊びたかっただけ」

「ええ、そうよね」精一杯強く、そして温かく妹を抱きしめ、頬を頭のてっぺんに押しつけた。「でも、あなたをなるべく楽しませないようにするのが、わたしの仕事なのよ」わたしたちはくすくす笑って、長いこと抱き合ったままでいた。「キャリントン……これからは、あなたの楽しみにいちいち口をはさまないように気をつけるわ。でもね、だんだん大きくなっていくにつれ、あなたがしたいと思うことは、たいていわたしの心配の種になるのよ」

「なんでもリバティの言うとおりにする」とキャリントンは言った。でも、返事が早すぎたかもしれない。

わたしはほほえんだ。「いやだわ。なんでもかんでも従いなさいと言っているわけじゃないのよ。意見が合わないときには話し合って、妥協点をさがさなくちゃ。妥協ってわかるよね？」

「うん。どちらも一〇〇パーセント自分の思いどおりにはならなくて、どちらもちょっぴり不満ってことでしょ。たとえば、ゲイジがジップラインをもう少し低くするみたいな」

わたしは笑った。「そうよ」ジップラインの話が出たので、わたしは食料貯蔵スペースのほうをちらりと見た。わたしの位置からはだれもいないように見えた。ゲイジは音を立てずにキッチンから出て行ったのだろう。次に会ったとき、ゲイジに何と言ったらいいのだろうか。あんなふうにキスされて、わたしはそれに応えてしまい……。

知らないほうがいいこともある。

「チャーチルとどんなお話しをしたの?」

「どうしてチャーチルとわたしが話し合ったのを知っているの?」

「わたしが、でしょ」と訂正し、すばやく考えをめぐらせる。「きっと、チャーチルはあなたに何か言っただろうと思ったのよ。どんなときもひとこと意見を言わずにはいられない人だから。それにあなたがここに来るまで時間がかかったから、ふたりが話し合ったんだろうと推理したわけ」

「ええ、そうなの。チャーチルは、親の役目っていうのは、見かけほど簡単なもんじゃないって話してくれた。リバティはほんとうのママじゃないけど、代理ママとしては最高だとも言ってたよ」

「そんなことを?」ほめられてうれしかった。

「それから」キャリントンはさらに続けた。「リバティが面倒をみてくれていることをあたりまえだと思っちゃいけない。リバティくらいの年頃の女の子だったら、ふつうママが死んだらわたしを里子に出しちゃうだろうって」キャリントンは頭をわたしの胸につけた。「そんなこと、考えたことある、リバティ?」

「一度もないわ」わたしは強く言った。「一秒たりともよ。あなたをとてもとても愛していたから、手放すなんてぜったいにできなかった。一生あなたといっしょにいたいのよ」わたしはかがんで、キャリントンの体を包み込んだ。

「リバティ」くぐもった声でキャリントンがきいた。

「なあに？」

「ゲイジとあそこで何をしていたの？」

わたしはさっと頭を上げた。ものすごく後ろめたい顔をしていたに違いない。「ゲイジを見かけたの？」

キャリントンは無邪気にうなずいた。「ちょっと前にキッチンから出て行ったよ。なんだかこっそり抜け出していくみたいだった」

「ええと、ゲイジはきっとわたしたちをふたりだけにしてやろうと気を遣ったのよ」わたしはうろたえながら答えた。

「ジップラインのことでけんかしてたの？」

「いいえ、ただ話していただけ。それだけよ。ただのおしゃべり」意味もなく冷蔵庫のほうへ向かった。「お腹がすいちゃった。何か食べよう」

ゲイジはどうしてもやらなければならない緊急の用事を突然思い出したとかで、屋敷から姿を消していた。わたしはほっとした。先ほどの出来事について、そしてこれからどういう態度をとったらいいか考える時間が必要だった。

チャーチルの本によれば、戦略的変曲点に対処する最良の道は、過去を否定することからすばやく変化を受け入れることへと移行し、未来のための戦略を立てることだという。すべてを慎重に検討したあと、わたしは、ゲイジとのキスは一瞬の気の迷いだったのだと結論づけた。きっとゲイジは後悔しているだろう。したがって、最良の戦略は何もなかったふりをすることだ。冷静にリラックスしたようすを装い、個人的な感情をあらわさないことにしよう。

あの出来事にぜんぜん動じていないところをゲイジに見せつけよう。そしてクールで洗練された態度を示して、驚かせてやるんだ。そう固く決心していたのに、翌朝ゲイジの代わりにジャックがあらわれたので拍子抜けしてしまった。ジャックはぷりぷり怒りながら言った。何の予告もなく、ゲイジがいきなり夜明けに電話してきて、親父のシャワーの手助けに行けなくなったから、おまえが代わりに行けと命じたのだそうだ。

「急に来られなくなるほどの、大切な用事とはいったい何なんだ?」チャーチルは不機嫌にきいた。ジャックが手伝いに来たくないのと同じくらい、チャーチルはジャックに手伝ってもらいたくないのだ。

「ダウネルに会いにニューヨークに飛んだんですよ。有名カメラマンのデマルシェリエの撮影が終わったあと、彼女とデートするつもりなんだ」

「前もってこちらに知らせもせず、突然にか?」チャーチルは顔をしかめ、ひたいにしわをたくさん寄せた。「いったいどういうつもりだ。きょうはカナダのシンクルード社の人々と会うことになっていたんだぞ」チャーチルは険悪に目を細めた。「事前に報告もなく、勝手にビジネスジェット《ガルフストリーム》機を使うとは、お灸をすえてやらねば――」

「ガルフストリームには乗っていません」

その言葉にチャーチルは少し気持ちを和らげた。「そうか。このあいだ、わたしはあいつに――」

「ガルフストリームじゃなくて、サイテーションに乗って行ったんです」とジャック。

チャーチルがうなりながら携帯電話に手を伸ばしているあいだに、わたしは朝食のトレイを持って一階に下りた。愚かなことだとわかっているけれど、ゲイジがガールフレンドに会いにニューヨークに行ったというニュースは、みぞおちを殴られたようなショックをわたしに与えた。ゲイジがあの美しいダウネルと――ホイペット犬みたいに細くて、まっすぐな金髪で、有名化粧品会社と広告の契約を結んでいるダウネルと――いっしょにいると思うと、体がずしっと重くなって、だるくなった感じがする。もちろん、彼女に会いに行くのはあたりまえだ。わたしには、一時の気まぐれで欲望を感じたにすぎないのだ。ただの出来心。過ち。

嫉妬で胸がいっぱいになり、気分が悪くなりそうだった。土台、嫉妬するなんて間違っている相手だとわかっている。信じられないほど浅はかな自分。ばか、ばか、ばか。自分をしかりつける。でも、それがわかっているからといって、事態が改善されるわけではない。

そのあと、わたしは固く決心して、誓いを立てた。ハーディの思い出に生き、ゲイジのことは心から追い出そう。わたしの一生の恋人はハーディ。ゲイジ・トラヴィスなんかよりずっとずっと大切な人なんだから……ハーディはセクシーで、魅力的で、率直な人。傲慢でいやみなゲイジとは正反対の男だ。

しかし、ハーディのことを考えてもだめだった。そこでわたしは、ことあるごとにゲイジとビジネスジェット機の話を持ち出し、チャーチルの怒りの炎をあおる努力をした。チャーチルの長男に対する評価が、どんと下落することを願って。

ところがチャーチルは、電話で息子と話したあと、すっかり機嫌を直してしまった。「ダウネルとの関係に新しい展開があったようだ」チャーチルは悦に入って報告した。そんなことはありえないと思ったけれど、わたしの気分はさらに落ち込んだ。つまり、考えられることはたったひとつ――ゲイジはダウネルにいっしょに住もうと言ったのだ。もしかするとプロポーズさえしたかもしれない。

一日中働き、庭でキャリントンのサッカーの練習につきあって、わたしはくたくたになった。体が疲れているだけでなく、気分もどん底だった。わたしはけっして相手を見つけることができないんだわ。これから一生ダブルベッドにひとりで眠り、いつの日か、植木に水をやるか、隣人の噂話をするか、一〇匹の飼い猫の世話をする以外にすることのない、怒りっぽいおばあさんになるんだ。

ゆっくり風呂につかった。キャリントンが入れてくれたバスソープはチューインガムのようなにおいがした。そのあと、重い体をひきずるようにしてベッドに入り、目を開けたまま横たわった。

翌朝は、むっつり不機嫌な気分で目覚めた。寝ているあいだに落ち込みがいらいらへと化学変化を起こしたかのようだ。きょうは一日中階段を上ったり下りたりする元気が出ないので、やるべきことを全部リストアップしてもらえないかとチャーチルに頼むと、彼は眉毛を吊り上げてわたしの顔を見た。リストに挙げられたいろいろな項目の中には、新しくオープンしたレストランに電話を入れて、八人分の予約をするというものもあった。「あのレストランには友人が多大な投資をしている」とチャーチルは言った。「今夜、家族を夕食に連れて行くつもりだ。きみとキャリントンもおしゃれをするんだぞ」

「キャリントンとわたしは行きません」

「いや、行くんだ」チャーチルは指を折って客の数を数えはじめた。「きみたちふたり、グレッチェン、ジャックとガールフレンド、ヴィヴィアンとわたし、それからゲイジだ」

そうなんだ。ゲイジは今夜ニューヨークから帰ってくるんだ。わたしの心は鉛で裏打ちされたかのようにずっしり重くなった。

「ダウネルは？」わたしはそっけなくきいた。「彼女も来るんですか」

「知らん。だが、九人分の予約にしておいたほうがいい。念のために」

ダウネルが来るんだったら……もしも、ふたりが婚約していたら……わたしには晩餐を耐え抜く自信がなかった。

「七人ですね。キャリントンとわたしは家族ではないので、行きません」

「きみたちもいっしょだ」チャーチルはきっぱりと言った。

「明日も学校があります。キャリントンを夜更かしさせるわけにはいきません」

「では、早めのディナーの予約をとってくれ」

「わがままますぎますわ」わたしはぶっきらぼうに言い返した。

「わたしは雇い主なんだよ、リバティ」チャーチルは気を悪くするでもなく平然と言った。

「わたしはあなたの仕事をするために雇われているのです。いっしょにレストランに行くためではありません」

チャーチルはまばたきせずにわたしを見つめた。「食事中に仕事の話をするつもりだ。メモ帳を持って行きなさい」

20

そのディナーほどいやでいやでたまらなかったことは、ほとんど思いつかない。わたしは一日中いらいらしていた。五時ごろには、胃はセメントを流し込まれたように重く感じられて、食事など一口ものどに通らないと確信した。

しかし、わたしはプライドから、一番上等なドレスを選び出していた。赤いウールの長袖のニットドレスで、深いVネックからかすかに胸の谷間がのぞくデザインだった。胸からヒップにかけてニット地は軽く流れ、スカートはゆるいフレアーになっている。少なくとも四五分かけて、ストレートアイロンで髪を伸ばし、完璧にまっすぐにした。スモーキーグレーのアイシャドーを念入りにつけ、ラメ入りの無色のグロスを塗って、出かける準備は完了。暗い気分にもかかわらず、いままでで一番きれいに見えた。

妹の部屋に行くと、ドアに鍵がかかっていた。「キャリントン、六時よ。出かける時間。出てきなさい」

ドア越しに聞き取りにくいくぐもった声が聞こえた。「もうちょっと待って」

「キャリントン、急いで」わたしは少しいらだった。「中に入れてちょうだい。手伝ってあげ——」

「ひとりでできる」

「じゃあ、五分したら、家族用の居間に下りてくるのよ」

「オーケー！」

深くため息をついて、わたしはエレベーターに向かった。ふだんは階段を使うのだが、七センチのハイヒールをはいているときは別だ。家の中は異様に静まり返っていた。大理石の床の上を歩く靴音がかつかつと響くのみ。その金属的な音は床が硬い木に変わると少し和らいで、ウールの絨毯の上で消えた。

居間にはだれもいなかった。暖炉で火がぱちぱち音を立てて燃えているだけだ。どうしちゃったんだろう。カウンターまで歩いていき、デカンターやボトルをいじった。運転するわけじゃないし、チャーチルの命令で無理やり家族のディナーに出席させられるのだから、一杯ごちそうになってもかまわないわよね、と考える。グラスにコーラを注いで、ラム酒を加え、人差し指でかきまわした。薬を飲むようにごくりと飲み込むと、冷たい液体がのどを下りていき、ぴりぴりと焼けつくような感じが残った。たぶんラムを入れすぎたのだろう。間の悪いことに、飲んでいる途中でゲイジが部屋に入ってくるのが目に入った。びっくりして噴き出しそうになるのを必死でこらえた。なんとか飲み込んだが、むせて咳き込みながらグラスを脇に置いた。

ゲイジはすぐにわたしの横にやってきた。「気管に入ってしまったかな？」と心配そうに言いながら、円を描くように背中をさすってくれる。

わたしは咳をつづけながらうなずく。目には涙が浮かんできた。

ゲイジは気づかっているような、同時に面白がっているような顔をしていた。「ぼくのせいだ。驚かせるつもりはなかったんだが」彼の手はまだわたしの背中を漂っている。これでは息を整えることなんてできっこない。

ただちに、ふたつのことに気づいた。ひとつ、ゲイジはひとりだった。ふたつ、黒のカシミアのタートルにグレーのズボン、そしてプラダのローファーを身につけているゲイジはあまりにもセクシーだ。

やっと咳がおさまったときには、魅入られたように明るいクリスタルグラスのような目を見つめていた。「こんばんは」とたどたどしく言う。

ゲイジはかすかな微笑を浮かべた。「やあ」

ゲイジのそばに立っていると、危険な熱に体中が満たされてしまう。近くにいられるだけで幸せだったし、また、数え切れないくらいたくさんの理由でみじめだった。彼の腕に飛び込みたくてたまらないのが恥ずかしくもあった。そしてそうした感情がいっぺんに押し寄せてきて、どうしていいかわからず混乱していた。「ダ……ダウネルも来てるの？」

「いや」ゲイジはもっと何か言いたそうだったが、黙ってだれもいない部屋を見まわした。

「みんなはどこだ？」

「知らないわ。チャーチルは六時と言ってたんだけど」

ゲイジのほほえみは苦笑いに変わった。「なんでまた、親父はせっかちにみんなを集める気になったんだろう。ぼくが今夜来た理由はたったひとつ。食事のあと、きみとちょっと話がしたかったんだ」少し間を置いて、つけ加えた。「ふたりきりで」

ざわっと震えが背中に走った。「いいわ」

「とてもきれいだね」とゲイジは言った。「だが、今夜にかぎらず、いつもきみはきれいだ」

わたしが何か言う前に、彼はつづけた。「ここに来る途中、ジャックから電話があった。あいつは、来られないそうだ」

「病気じゃないといいけど」心配そうな声で言ったが、実際、その瞬間にはジャックのことなどまるで頭になかった。

「いや、大丈夫。なんでも、ガールフレンドが突然コールドプレイのコンサートのチケットを手に入れたんだそうだ」

「ジャックはコールドプレイなんか嫌いよ」彼がそのロックバンドをこきおろしているのを聞いたことがあった。

「うん、だが、彼女と寝るのは好きなんだよ」

グレッチェンとキャリントンが部屋に入って来たので、わたしたちはいっしょにそちらに顔を向けた。グレッチェンはラヴェンダー色のブークレのスカートに、同色のシルクのブラウスを着て、襟元にエルメスのスカーフを巻いていた。ところがキャリントンときたら、ジーンズにピンクのセーターだ。

「キャリントン、まだ着替えていないの？　わたしが用意しておいた青いスカートと――」

「行けないの」と妹は明るく言った。「宿題がいっぱいあるんだもん。だから、グレッチェンおばさまとブッククラブの会合に行くことにしたわ。そこで宿題をやるの」

　グレッチェンは残念そうに言い訳をした。「会合があることをすっかり忘れていたのよ。出ないわけにはいかないわ。みなさん、欠席にとてもうるさいの。二回無断欠席したらもう――」グレッチェンはサンゴ色のマニキュアをした指で首を切る真似をした。

「厳しいんですね」

「ええ、もう信じられないくらい。一度追い出されたら、永久に戻ることは許されないの。そしたら、ほかにすることをさがさなきゃならないでしょ。ブッククラブのほかに、火曜に開かれているのといったら、ブンコ（トランプゲームの一種）の会だけよ」グレッチェンはごめんなさいという顔でゲイジを見た。「あなた、わたしがブンコが大嫌いなのを知っているわよね」

「いいえ」

「ブンコをやっていると太るのよ」とグレッチェンはゲイジに言った。「お菓子がいけないの。それにこの年でしょ――」

「父さんはどこです？」ゲイジはグレッチェンの言葉をさえぎった。

　キャリントンが無邪気に答える。「チャーチルおじさまからの伝言です。今夜は脚が痛むので家にいることにしたんですって。お友だちのヴィヴィアンが来たらいっしょに映画を見るそうよ」

「でも、あなたがたふたりはせっかくドレスアップしてるんだから、わたしたち抜きで楽しんでいらっしゃいな」とグレッチェン。

グレッチェンとキャリントンは、あっけにとられて突っ立っているゲイジとわたしを残し、喜劇役者のような身ぶりで部屋を出て行った。

はめられたんだ。

唖然とするやら、悔しいやら。わたしはゲイジのほうを向いて言った。「わたしは共犯じゃないわよ、ぜんぜん知らなかったんだから――」

「わかってるよ」ゲイジは怒っているように見えたが、すぐに笑いだした。「おわかりのように、うちの家族はわからないようにさりげなくやるなんてことは、これっぽっちも考えない連中なんだ」

めったに見せない朗らかな笑顔を見て、体に喜びが走った。「わたしのことはいいの。ニューヨークから帰ったばかりでお疲れでしょうから。それに、ふたりで出かけたら、ダウネルは気を悪くすると思うし」

ゲイジの楽しそうな表情がかげった。「じつは……ダウネルとはきのう別れたんだ」

聞き違いだと思った。その短い言葉から勝手な憶測をするのがこわかった。頬やのどや、腕の内側の脈がばくばくと打ちはじめるのがわかった。哀れなほどうろたえて見えたことだろう。けれどゲイジはそれ以上何も言わず、わたしの反応をじっと待っている。

「そうだったの」ようやく言葉が出た。「だからニューヨークへ？　彼女と別れるために？」

ゲイジはうなずいて、わたしの顔にかかっていた髪を耳の後ろにかけ、親指で顎にそっと触れた。顔がぼっと熱くなった。体をこわばらせたまま突っ立っていた。「ぼくは気づいたんだ。もしもひとつでも筋肉をゆるめたら、ぐにゃぐにゃに崩れてしまいそうだった。彼女のことばかり考えているのだといっしょのベッドに眠ることができない女性に心を奪われ、したら……別の女性とつきあっているのはおかしいんじゃないかと。そうだろう？」

ひとことでも何か言ったら死んでしまいそうだった。視線を下ろしてゲイジの肩を見る。たまらなくなって頭をその肩につけた。彼はしびれるような軽いタッチで髪をなでる。

「だから……この企みに乗ることにしないか？」しばらくしてから、彼の声が聞こえた。

わたしはゲイジを見上げた。なんてゴージャス。暖炉の火が赤く肌を照らし出し、瞳に小さな赤くちらちら光る明かりを灯している。角張った顔のシャープなラインがくっきりと見えた。ヘアカットが必要だわ。耳の先やうなじのあたりに豊かな黒い髪がぴんとはねていた。

その腰のあるシルクのような手触りを覚えていた。ゲイジの頭に手をかけて、自分のほうに引き寄せたいという痛いくらい強い欲望を感じた。何をきかれたんだっけ？ ああ、そう……企みに乗る、だ。「あの人たちにまんまとしてやられるのは、なんだかしゃくだわ」と言ってわたしはほほえんだ。

「たしかに。だが……ぼくらは腹をすかせている」ゲイジは視線をわたしの体に走らせた。「それに、こんなにおしゃれしたのに、家にいるのはもったいない」ゲイジは手を腰のくびれたあたりにあてた。「さ、出かけよう」

ゲイジの車は正面の車回しに停まっていた。マイバッハはゲイジ愛用の車だった。金持ちが乗る高級車ではあるが、派手に誇示するタイプの車ではないので、ヒューストンではあまり見かけない。三〇万ドルもするのに外見はとても地味で、駐車場係に預けてもBMWやレクサスが並んでいる一番前の列に入れられることはめったにない。内装には軽くて柔らかいグローブ革と、像の背中に載せてジャングルから運ばれてきたという艶やかなインドネシア産のインドカリン材が使われている。二個のワイドスクリーンと二カ所にシャンペン用ホルダー、そしてペルービールの小瓶がぴったりおさまるミニ冷蔵庫もあった。しかも、このすべての装備を載せていても、たった五秒で時速一〇〇キロ近くまで加速できる。

ゲイジはわたしの手をとって、その車高の低い車に乗せ、シートベルトのバックルも留めてくれた。座席にゆったりと沈み込み、手入れのいい革のにおいをかいで、小型飛行機さながらに計器がいっぱいついたダッシュボードをながめた。軽いエンジン音をたててマイバッハは出発した。

ゲイジは中央のコンソールから何かを取り出した。携帯電話だった。それをちょっと高く上げて、わたしをちらりと見た。「電話をかけてもいいかい？」

「もちろん」

正面ゲートを出た。通り過ぎる邸宅を見つめる。明るい黄色に照らし出される四角い窓、静かな通りを犬を連れて散歩するカップル。たいていの人々にとってはいつもと同じ晩だ……でも、思いもかけない出来事に遭遇している人たちもいる。

ゲイジがすばやくナンバーを押すと、相手が出た。もしもしとも言わずに、ゲイジは話しだした。「いいですか、父さん、ぼくは二時間前にニューヨークから帰ったばかりなんですよ。まだ荷物を片づけてもいない。こんなことを言ったらショックを受けるかもしれないけど、いつもぼくがあなたのスケジュールに合わせるとは思わないでくださいよ」

チャーチルが何か言っている。

「ええ」ゲイジが答えた。「わかりました。でも言っておきますけどね、これからは自分の彼女のことだけ考えて、ぼくのことは放っておいてくださいよ」ぱちんと携帯電話を閉じて「古だぬきめ」とつぶやく。

「チャーチルはだれのことにもちょっかいを出したがるの」とわたしは言った。自分がゲイジの恋愛にかかわっているのだと思うと、息が苦しくなる。「一種の愛情表現なんだわ」

ゲイジはやめてくれよといわんばかりの目でこちらを見た。「冗談じゃない」

急にあることを思いついた。「チャーチルはあなたとダウネルが別れたことを知っていたの？」

「ぼくが話したからね」

チャーチルは知っていたんだ。なのにわたしにはひとことも言わなかった。殺してやりたかった。「だからあなたと電話で話したあと、怒りがおさまったのね。あまりダウネルのことが好きじゃなかったみたいだし」

「親父はダウネルのことなどこれっぽっちも気にしちゃいない。だが、きみのことはとても気にかけている」

喜びが胸いっぱいに広がっていった。しっかり腕にかかえていたたくさんのフルーツがもう重くて持てなくなってしまったような感じだ。「チャーチルはたくさんの人のことを気にかけているわ」

「そうでもないね。なかなか人を寄せつけないタイプだから。ぼくもそういうところは親父に似ている」

危険だわ。彼のそばにいるととてもリラックスして何でも話してしまいたくなる。暗い贅沢な繭のような車の中にいると、このほとんど知らない男性に急激に親密な気持ちをいだいてしまいそうになった。

「何年もチャーチルからあなたの話を聞かされてきたわ。弟さんたちや妹さんのことも。チャーチルはサロンに来るたびに、家族の最新ニュースを話してくれた。あなたとチャーチルは何かにつけて口論しているみたいだった。でも、チャーチルがあなたのことを一番誇らしく思っているというのはわかったわ。あなたの文句を言っているときでさえ、自慢に聞こえたもの」

ゲイジはかすかにほほえんだ。「親父はふだん、あまりしゃべらないんだが」

「マニキュアテーブルでどんなことが話されているか知ったら、きっと驚くわ」

ゲイジは道路を見つめたまま首を振った。「まさかあの父がマニキュアをしてもらいに行くとはね。初めてその話を聞いたときには、親父にそんな真似をさせるなんて、いったいどんな女なんだろうと思った。わかるだろうけれど、家族の中ではいろいろな憶測が飛び交っていた」

ゲイジにどう思われているかが自分にとって、とても切実な問題なのだと実感した。「チャーチルには、いままで一度も、何かしてもらったことはないわ」わたしの声は不安で沈んでいた。「チャーチルのことをそんなふうに考えたことはなかった……つまり、いわゆるパトロンというか……贈り物をもらったこともないし――」

「リバティ」ゲイジはやさしくさえぎった。「いいんだ。わかってる」

「よかった」わたしは長いため息をついた。「でも、どういうふうに見られているかはわかっていたわ」

「親父となんでもないことはすぐにわかった。きみと寝ている男なら、きみをベッドから出さないだろうから」

沈黙。

ゲイジがわざと挑発的に使った言葉に、わたしの思考はふたつに割れた。片方は欲望、もう片方は深い不安だった。これまで男の人を欲しいと思ったことがあったとしても、ゲイジを求めるほど、求めたことはなかった。でも、わたしが彼を満足させられるとは思えない。経験も少ないし、ベッドの技巧も知らない。それにセックスのあいだ、すぐに別のことを考えてしまうという悪い癖もあった。行為の最中につい心がどこかに飛んでしまい、心配事が頭に浮かぶ。たとえば、キャリントンの遠足の申し込み書にサインしたかしら、とか、あの白いブラウスについたコーヒーのしみはドライクリーニングでとれるかしら、といったたぐいのことだ。つまり、わたしはベッドの相手としてはだめな女なのだ。ゲイジにそれを知られるのがこわかった。

「あのことについて話す？」とゲイジがきいた。あのキスのことだ。

「何のこと？」わたしはとぼけた。

ゲイジは軽く笑った。「やめておこう」ゲイジは気を遣って話題を変え、キャリントンの学校の成績について尋ねた。ほっとして、あの子は数学が不得意なのと話しだすと、いつのまにか会話は自分たちの学校時代の思い出へと移っていった。ゲイジは、自分と弟が学生のころにどんな悪さをしたかを語り、わたしを笑わせてくれた。

いつの間にかレストランに着いていた。制服を着た駐車係がわたしを車から降ろし、もうひとりの係員がゲイジからキーを受け取った。「別の店にしてもいいんだ」ゲイジはわたしの腕をとった。「どうも雰囲気が気に入らないというなら、場所を変えよう」

「とてもすてきなレストランだと思うわ」

そこはモダンなフレンチレストランで、壁の色は明るく、テーブルには白いリネンがかけられ、ピアノの音楽が流れていた。ゲイジが案内係に、トラヴィス家の予約は九人から二人に減ったと告げると、係の女性は隅の小さなテーブルに案内してくれた。カーテンのようなついたてで半分隠されているので、他の客から見られることがない場所だった。

ゲイジが写真アルバムほどもあるワインリストに目を通しているあいだに、ウェイターがうやうやしくグラスに水を注ぎ、わたしのひざにナプキンをかけてくれた。ゲイジがワインを注文したあと、カラメルをかけたメインロブスターの細切れを散らしたアーティチョークのスープ、カリフォルニアアワビ、フライパンでローストしたドーバー産シタビラメ、ニュージーランドのナスとピーマンのホットサラダをたのんだ。

「このディナーのほうが、わたしよりよっぽど世界のあちこちを旅しているわ」

ゲイジはほほえんだ。「選べるとしたら、どこへ行きたい?」

その質問にわたしはぱっと顔を輝かせた。雑誌や映画で見た場所にいつか旅行したいといつも夢見てきたのだ。「ああ、どうかしら……まずは、パリかな。ロンドンとか、フィレンツェもいいなあ。キャリントンがもう少し大きくなったら、お金を貯めてヨーロッパのバスツアーに申し込んで……」

「バスの窓からヨーロッパを見てもつまらないだろう」

「そうなの?」

「そうさ。その土地をよく知っている人に案内してもらわなきゃだめだよ」ゲイジは携帯電話を取り出して、ぱちんと開いた。「どっちがいい?」

わたしはほほえんで、困惑した顔で首を振った。「どっちがいいって?」

「パリか、ロンドンか。二時間でプライベートジェットを手配できる」

わたしはその冗談に乗ることにした。「じゃあ、ジェットはガルフストリームにする? それともサイテーション?」

「ヨーロッパ行きだから、ガルフストリームに決まっている」

本気だったんだ。「わたし、スーツケースすら持ってないのよ」わたしは唖然として言った。

「着いたら現地で要るものはなんでも買ってあげるよ」

「旅はうんざりだと言ってたじゃない」

「ビジネスの旅はね。それに、パリに行ったことがない人といっしょにパリを見てみたい」

声がやさしくなった。「きっと初めて見るみたいな気持ちになれると思う」

「だめ、だめ、だめ……初めてのデートでパリに行く人はいないわ」

「そんなことはない」

「わたしのような庶民にはありえない。それに、そんな突拍子もないことをわたしがしたら、キャリントンは尻込みして――」

「ほらまた投射だ」とゲイジはぶつぶつ言った。

「わかったわ。わたしが尻込みしているの。いっしょに旅をするほどあなたのことを知らないもの」

「いまに知るようになる」

わたしはびっくりしてゲイジを見つめた。彼はこれまで見たことがないほどリラックスしていた。目には笑いが躍っている。「いったいどうしちゃったの?」わたしはぼうっとして尋ねた。

ゲイジはほほえみながら首を振った。「よくわからない。だが、きみとつきあいたいんだ」

わたしたちは食事中、ずっと語り合った。話したいことがたくさんあったし、それ以上にききたいことがたくさんあった。たった三時間では表面をひっかいたほどにもならなかった。ゲイジは聞き上手で、わたしの昔話に真剣に耳を傾けてくれているように見えた。くだらない話ばかりだったから、死ぬほど退屈してもよさそうなものだったのに。母の話もした。どれくらい恋しく思っているか、そしていろいろと母娘の問題があったことも話した。罪悪感についても告白した。自分のせいで、母はキャリントンと距離を置くようになってしまったのだと。

「当時は、ふたりのあいだにあったよそよそしさを自分が埋めていると思っていたの。でも、母が亡くなってから、もしわたしがいなかったらって……だって、わたし、キャリントンが生まれたときからあの子がかわいくてかわいくてたまらなくて、ひとりじめしてしまった感じなの。それで、しょっちゅう罪の意識を感じるようになった……何と言ったらいいのかよくわからないけど、わたしが母を……」

「疎外していたと？」

「どういう意味？」

「脇へ押しやっていた」

「うん、そう。そういうことなの」

「そんなことあるもんか。いいかい、きみがキャリントンを愛していたからといって、お母さんから何か奪ったわけではなかったんだ」ゲイジはわたしの手を取って、温かい指で包み込んだ。「ダイアナは自分の問題で精一杯だったように聞こえるね。おそらく、自分の代わりにきみがキャリントンに愛情を注いでくれて感謝していたと思う」

「だといいけど」わたしは納得できなかったが、そう答えた。「あら、どうして母の名前を知っているの?」

ゲイジは肩をすくめた。「父から聞いたんだろう」

そのあとのほんわかとした沈黙の中で、わたしはゲイジもたった三歳で母親を亡くしたのだということを思い出した。「お母さまのこと、何か覚えている?」

ゲイジは頭を左右に振った。「病気のときに看病してくれたのは、エイヴァだ。本を読み聞かせてくれたのも、けんかのあと傷の手当てをして、それから大目玉を食らわせたのも」

懐かしむようなため息。「ああ、エイヴァがいなくなって寂しいよ」

「チャーチルもそう思っているわ」ちょっとためらってから尋ねた。「お父さんにガールフレンドがいるのが気になる?」

「まさか」ゲイジは急ににっと笑った。「それがきみでないかぎりはね」

リバーオークスに戻ったのは真夜中ごろだった。グラス二杯のワインと、デザートとともに出されたポートワインを少し飲んだせいで、わたしはほろ酔い加減になっていた。デザートは紙のように薄くスライスしたデーツブレッドにのせたフレンチチーズだ。こんなにいい気分になったのは生まれて初めてだった。遠い昔にハーディとすごしたあのすばらしい時間ですらかなわない。こんなに幸せでいいのかしらと、かえってこわくなるくらいだった。わたしはこれまでずっと、男性に本気で心を許さないようにしてきた。親密な関係になるより、セックスだけというほうがよほど簡単だし、危険でもなかった。

けれどもそうした漠然とした不安が根を張ることはなかった。気を許してはだめよ、と心が必死に警告を発していたけれど、ゲイジにはなぜか、この人なら信じても大丈夫と思えるところがあった。生まれてこのかた、結果を考えずに向こう見ずに突っ走ったことがいったい何度くらいあったかしらと思った。

家の前で車が停まると、ふたりとも黙り込んでしまった。無口の問いかけで、空気はぴりぴりしていた。ゲイジと目を合わせることができず、わたしはシートにじっと座っていた。ぎくしゃくした時間が数秒流れ、わたしはやみくもにシートベルトのバックルをさぐった。ゲイジは急ぐでもなく車から降りて、わたしの側にまわってきた。

「遅くなってしまったわね」手をさしのべて車から降ろしてくれたゲイジに、わたしは軽い調子で言った。

「疲れた？」

わたしたちは玄関まで歩いて行った。夜の空気は冷たくて甘く、ベールのように薄い雲が月にかかっていた。

わたしはこくんとうなずいた。ええ、疲れたわ。でもそれは真実ではない。神経質になっていたのだ。いつもの場所に帰ってきたいま、以前のような用心深さを取り戻さないと不安だった。ドアのそばで立ち止まり、ゲイジのほうを向いた。ハイヒールをはいた足元がふらつく。きっと体が少し揺れたに違いない。ゲイジは手を伸ばしてわたしの腰を両手で支えた。指がヒップの上の丸みにかかっている。わたしは握った手でふたりのあいだに小さなバリケードをこしらえた。言葉が切れ切れに口からこぼれた。食事をありがとう、とても楽しかったことを精一杯伝えようと……。

ゲイジに引き寄せられ、ひたいに口づけされたので、わたしの声は細くなって消えた。

「ぼくは急いでいないから、リバティ。辛抱強く待つよ」

ゲイジは、隠れ家を求めているか弱い生き物を抱くように、わたしをそっと抱きしめた。ためらいがちに、わたしは力を抜いて彼に体をすり寄せた。少しずつ手をあげていって、ゲイジの肩にかけた。ああ、彼に抱かれたらきっととてもすばらしいだろう。彼と触れ合う感触からそれがわかった。体中のあらゆるデリケートな場所で何かがほぐれはじめていた。

幅広く硬い唇が頰に近づいてきて、軽く触れた。「また、明日の朝」

そう言うと、ゲイジは体を退いた。

わたしはぼうっと、ゲイジが階段を下りていくのをながめていた。「待って」ぎこちなく呼び止める。「ゲイジ……」

ゲイジは振り返った。何？　と問いかけるように両眉が吊り上がっている。

恥ずかしくて、ぼそぼそ小さな声で言ってみる。「おやすみのキスはしないの?」

静かな笑い声が空気中に渦巻いた。ゲイジはゆっくりとわたしのほうに歩み寄り、片手をドアについた。「リバティ……」いつもより声が低かった。「辛抱強く待つつもりだが、ぼくは聖人じゃない。一回のキスだけで我慢するのは、つらいんだよ」

「わかったわ」とささやく。

ゲイジが体をかがめてくると、心臓がひっくり返りそうになるくらいどきどきしだした。唇だけでわたしに触れ、軽く味わってから唇を開かせた。このとらえどころのない香り。これが二晩のあいだ、わたしにとりついて離れなかった香りだ。彼の息の、舌の、甘くて引き寄せられるにおい。わたしはできるかぎりそれを吸い取ろうとした。彼が逃げていかないように両腕を首にまわす。ゲイジののどからかすかな低い音がもれた。彼の胸が不規則に上下しだした。片腕をわたしの腰の下側にあててぐっと自分に引き寄せた。

長く激しいキス。わたしたちはドアにもたれかかった。ウエストにかかっていた手の一方が上がってきて胸のあたりをさまよったが、さっとその手は逃げていこうとした。わたしはその手をつかみ、求める場所へと導いた。彼の手の中に丸い胸の重みがすっぽりとおさまった。親指を回転させてゆっくり愛撫されるうちに、ぴんと胸の先が尖っていった。指でそっとつまみ、じれったいほどのやさしさで引っ張る。彼のキスを体に受けたかった。彼の手を、肌を、自分の全身で感じたかった。ゲイジが欲しくて欲しくてたまらなかった。彼の触れ方やキスのしかたが、わたしにありえないことを望ませた。「ゲイジ……」

やるせなく身悶えるわたしの体を鎮めるためにゲイジは両腕で抱きしめてくれた。口を髪にうずめたまま言った。「なんだい?」

「お願い……部屋まで送って」

わたしの言っている意味を理解したゲイジは、少し間を置いてから答えた。

「ぼくは待てる」

「いや……」溺れている人が何かにすがるように、ゲイジに両腕でしがみついた。「わたしは待てない」

21

玄関から部屋へ向かうあいだに燃え上がっていた情熱は、つのる不安のせいで徐々に冷めていった。でもここで、やっぱり今夜はやめるわと言うつもりはなかった――ゲイジを求める気持ちはそれほど強かったのだ。それに今夜やめても、いつかはベッドをともにすることはわかっていた。とはいえ、自分の未熟さが気になって、どうしたらいいのかしらと堂々めぐりの考えにはまってしまった。ゲイジはどんなことを求めているのだろう。どうしたら彼を喜ばせることができるか。部屋に着いたころには、わたしの頭の中はどのコースにボールをパスしたらいいか、ブロックはこう出て、ディフェンスの隙間はここ、オフェンスのフォーメーションはこうと、矢印でこと細かに示されているフットボールの戦略図さながらになっていた。

ゲイジの手がノブにかかるのを見つめ、かちりと錠が閉まるのを聞いた。胃がきゅっとつかまれるような気がした。明るさを絞ってベッドサイドのランプを点けると、床に淡い黄色の光が広がった。

ゲイジはやさしい表情でわたしを見た。「リバティ……」こっちへおいでとしぐさで示した。「考え直してもいいんだよ」

腕が体にまわされるのを感じて、わたしはゲイジにすり寄った。「ううん、考え直す必要なんてないの」頬を柔らかな黒いカシミアのセーターに押しつける。「ただ……」

「ただ、何？」ゲイジの手が背骨に沿って上下するのがわかる。数秒間、自問自答した。ベッドをともにしてもいいと思えるほど相手を信じられるなら、自分の気持ちを正直に話すべきではないのか。

「ええと……」うまく言葉が出ない。いくら深く息を吸い込んでも、胸の半分くらいまでしか満たされない気がした。ゲイジの手はあいかわらずやさしく背中をさすっていた。「言っておかなければならないことが……」

「何？」

「だから、あの……」目を閉じ、思い切って言葉を押し出した。「わたし、セックスが下手なの」

ゲイジの手が止まった。わたしの頭を肩から離し、いぶかるようにまじまじと顔を見つめた。「そんなことあるもんか」

「そうなの、ほんとなの。だめなのよ」言ってしまったら、ものすごくほっとした。そうなると次々に言葉があふれ出てくる。「とっても経験が少ないの。この年で恥ずかしいんだけど。たったふたりだけ。あとのほうの人とのセックスは、なんていうか、その、さえなかったわ。いつもよ。テクニックも知らない。感じ方もわからない。その気になるまで延々とかかるし、しかもそれも長くはつづかなくって、いつもいったふりをしなければならなかったの。またそのふりのしかたが下手くそときてる。わたし――」

「待てよ。待つんだ、リバティ……」ゲイジはわたしを強く引き寄せて、ほとばしる言葉を止めた。ゲイジの体が笑いで震えるのが感じられた。体をこわばらせると、ゲイジはもっと強くわたしを抱きしめた。「違うんだ」彼の声には笑いが含まれていた。「きみを笑いものにしてるんじゃない。ただね……いや、真剣にきみの話は受け止めたよ。うん、ほんとに」

「そうは聞こえないわ」

「スイートハート」ゲイジはわたしの髪を後ろになでつけ、こめかみに鼻をこすりつけた。「きみがさえないなんてありえないね。唯一の問題は、きみがずっとシングル・ワーキング・マザーの役を演じつづけてきたことなんだ。いつからだい、一八？ 一九？ きみが経験豊かでないことはとっくに気づいていた……正直に言うけど、そういうシグナルをあらゆる形で発していたからね」

「そうなの？」

「ああ。だから、急がなくていいと言ったんだ。ゆっくり待つほうが、きみの心の準備ができていないことをするよりずっといい」

「準備はできてるの」とわたしは真剣に言った。「ただ、あまり期待しないでほしいと思っただけ」

ゲイジは顔をそむけた。どうやらまた笑いだしそうになるのをこらえているらしい。「大丈夫、そんなに期待していないから」

「言ったわね」

ゲイジは黙っていたが、瞳は楽しそうに輝いていた。

わたしたちはじっと見つめ合った。次に動くのは彼なのか、それともわたしなのか、よくわからない。わたしはぎくしゃくした足どりでベッドに近づいて端に腰掛け、サンダルを脱ぎ捨てた。体重がかかって締めつけられていた足先が解放され、足の指を動かすと心地よい痛みが感じられた。

ゲイジはその素足の指の動きを見つめていた。その目はダイヤモンドの破片のような輝きを失って霞がかかり、催眠術をかけられたようにぼんやりとしていた。それに勇気づけられてわたしはドレスの裾に手を伸ばした。

「待って」ゲイジはぼそぼそとつぶやいて、マットレスのわたしの横に座った。「ふたつばかり、ルールを決めよう」

わたしはうなずいた。腿のズボンの布地がぴんと張っているのを見つめる。ベッドに腰掛けるとわたしの足は床に届かなくてぶらぶらしているのに、ゲイジの足はしっかり床につくんだと思う。ゲイジは片手でわたしの顎に触れ、自分のほうを向かせた。「ひとつ、感じたふりをしないこと。ぼくには正直でいてほしい」

あんなことを言わなきゃよかったと後悔した。不安のあまりしゃべりすぎる人間にはなりたくないといつも思ってきたのに。「わかったわ。でも、ふだんわたしは、とても長くかかるの――」

「一晩かかってもかまわない。テストじゃないんだから、時間制限はなしだ」

「それでもだめだったら……」生まれて初めて、実際にセックスするよりも、セックスの話をするほうがずっと難しいのだということを悟った。

「そっちのほうはふたりでがんばろう。喜んできみの稽古につきあうよ」

彼の腿に手のひらで触れてみた。コンクリートのように硬い。「もうひとつのルールは?」

「ぼくにまかせること」

わたしは目をぱちくりさせた。いったいどういう意味? ゲイジがうなじを軽く握ると、背筋がぞくっとした。「今夜だけだ」とゲイジは淡々とつづける。「すべてぼくにまかせる――いつ、どこを、どれくらい。きみはただリラックスしているだけでいい。心と体を解放するんだ。あとはぼくがやるから」彼の口が耳に下りてきて、ささやきかけた。「そうしてくれるかい、ダーリン?」

足の指が丸く曲がった。そんなことを言われたのは初めてだった。できるかどうかわからない。でも、うなずいた。ゲイジの口が頰を横切って唇の端まで漂よってくると、胃がひっくり返りそうになった。ゆっくりと深くさぐるようなキス。しだいに体の力が抜けていき、彼のひざにしなだれかかった。ゲイジは靴を脱いで、いっしょにベッドに横たわった。どちらもまだ洋服を着たままだ。ゲイジは赤いドレスのひだに腿を割り込ませ、わたしの体をマットレスにしっかりと押しつけた。長いキス。軽くかじるような、ついばむようなキス。しだいに肌とドレスのウール地のあいだに蒸気がたまっていく。指をゲイジの豊かな髪に滑りこませ、頭を引き寄せた。表面はひんやりとしているが、地肌の近くは温かい。

ゲイジは気短なわたしのしぐさに抵抗して、頭を退いた。ひらりと上体を起こし、わたしの腰にまたがった。屹立したものが押しつけられるのを感じて、わたしは震える息を吸い込んだ。彼がすみやかに黒いセーターを脱いで脇に投げると、想像していた以上に力強い上半身があらわになった。硬い筋肉が編み込まれた滑らかな体、胸はうっすらと黒い毛に覆われている。裸の胸に彼の胸を感じてみたかった。キスをして、彼の体をさぐってみたかった。彼を喜ばせるためではなく自分の喜びのために。なんてそそられる、男らしい体なんだろう。

上体を下ろしてきて、ゲイジはふたたびわたしの唇を求めた。わたしの体は熱く火照り、ドレスがちくちくしだして、脱ぎ捨てたくてたまらなくなった。ドレスの裾に手を伸ばし、拷問のような布地をたくしあげようとした。

しかしゲイジが急に唇を離して手首をつかんだので、わたしは困惑して彼を見上げた。

「リバティ」ゲイジはいたずらな目つきで、やさしくしかるように言った。「ルールはたったふたつしかないのに、もうひとつめを破ったな」

意味を理解するまでにしばらくかかった。ぐっとこらえて、ドレスから手を離した。じっと横たわっていようとがんばっても、つい腰が動いてしまう。ゲイジはドレスを下ろしてひざを覆い――サディストめ――ウールの布地越しに永遠にも思えるほど長く愛撫をつづけた。わたしは彼のいきりたったものの感触を求めて、あえぎながら体をすり寄せた。

ゲイジがついにドレスをまくりあげて、感じやすく真っ赤になった肌から布地をひきはがしたときには、体の熱は頂点に達していた。頭上のエアコンから流れてくる風にぶるっと体が震えた。ゲイジはブラのフロントホックをはずし、アンダーワイヤーの入ったカップから乳房を解き放った。からかうような指の動きは絶妙で、耐えられないくらいよかった。

「リバティ……きみはきれいだ……ほんとうにきれいだ……」のどや胸を通してゲイジの切れ切れのつぶやきが感じ取れた。きみが欲しくてたまらない、ぼくをこんなに硬くする、きみの肌はなんて甘い味がするんだろう。ふっくらとした胸の斜面をゲイジの唇が滑っていく。胸の先端をくわえ、炎のように熱い湿った口の中に引き込もうとした。コットンのパンティの中に手が滑り込んできて、思わず腰がぐいっと上がる。あの場所は痛いほど求めているのに、触れてほしい場所がわからないのか、ゲイジの指はそこを避けてあらゆる場所をさまよう。声を出さずに腰をリズミカルに押し上げて訴える。欲しいの……欲しいの……欲しいの……それでもゲイジは知らん顔だ。そのとき気づいた、わざとそうしているのだと。

ぱっと目を開け、唇を開いて声を出しかける……ゲイジは面白がるようにこちらを見下ろしていた。文句は言わせないぞとその目が語っている。わたしはなんとか口を閉じた。

「いい子だ」ゲイジはつぶやくと、パンティをはぎとった。

ゲイジはわたしをマットレスにしっかりと横たわらせた。わたしはされるがままになっていた。塩水を吸い取ったみたいに体がぐったりと重かった。欲望ではちきれそうなのに、なすすべがない。ゲイジは上下左右に動きながら、熱いからかうような愛撫でわたしを激しく駆り立てていった。

ゲイジが下のほうへ滑っていった。頭が重くて、持ちあげることもかなわない。彼の口はあらゆるところをさまよい、でたらめに動きながら、やがて太腿のあいだの小さな港にたどりついた。わたしは身をくねらせて悶えた。とろけるような舌先に押し分けられ、さぐられるうちに、わたしの体は開き、しっとりと濡れていった。ゲイジは両手で腰をつかんで、その情熱的なキスから、ゆったりとした襲撃から、わたしが逃げられないように押さえつけた。すべての感覚がそこに集まり、やがて筋肉が収縮しはじめた。もう少しでいきそうだった。解放を求めて叫びかけたとき、ゲイジはすっと退いた。

震えながらやめないでとせがんだけれど、ゲイジはまだだと言って、体をかぶせてきた。二本の指をわたしの中に滑りこませ、わたしの口に唇を重ねた。ランプの光の中に、欲望のせいで厳しくなったゲイジの表情が浮かび上がった。やさしく突いてくる指を柔らかな肉がきゅっと締めつける。体を弓なりにそらして、彼をもっと自分の体の中に引き込もうとする。ゲイジとつぶやく声が唇から何度も何度もこぼれた。あなたのためならどんなことでもする、欲しいのはあなただけ、耐えられないほどあなたはすばらしい、と伝えたいのに、どう伝えればいいのかわからない。

ゲイジはナイトテーブルに手を伸ばし、せわしなく財布をさぐった。わたしはそのきらりと光るホイルパッケージをひったくるように奪った。あまりに焦っていたので、かえって邪魔をしているようなものだった。ゲイジがくっくっとくぐもった声で笑うのが聞こえた。何がおかしいのかさっぱりわからない。わたしは燃えているのよ。ずっといたぶられつづけて、頭がおかしくなりそうなのよ。

ゲイジの体が熱くなっていくのが感じられた。冷たく、硬く、重かった彼の肉体が、わたしの体内の炎と同じくらいに熱く燃え上がっていく。ゲイジはあらゆる震えや音に反応し、唇でわたしの肉体からすべての秘密を盗み取り、やさしく手を滑らせながら全身に占領のしるしを残した。腿を押し広げ、深い一突きで入ってきた。すすり泣きをキスで吸い取り、そうだ、かわいいベイビー、静かに、静かに、とささやきかける。わたしは濃厚で甘美な喜びとともに彼のすべてを引き入れた。濡れた滑らかな硬さが突き上げてくるたびに、絶頂へと誘《いざな》われていった。ああ、お願い。じれったくて早く欲しくてたまらなかったけれど、ゲイジの抑制は完璧で、その恐るべきゆるやかなリズムはけっして崩れなかった。顔をわたしの首の付け根にこすりつけている。その伸びかけた髭のざらつく感触がたまらない。痛みを感じたときのようなうめき声をあげた。

わたしは夢中で背中の収縮している筋肉やヒップをさぐり、ぴんと張った筋肉をつかんだ。ゲイジは計ったような正確なリズムを保ったまま、わたしの手首をつかむと、片方ずつマットレスに押しつけた。それから口を唇にかぶせてきた。

意識の隅に理性的な思考が一片だけ残っていた――彼の要求どおり服従していいものだろうか。迷いはあったけれど、逃れることはとうていできそうになかった。だからわたしは、心を静かに闇に沈めて、服従することにした。その瞬間、歓喜が矢継ぎ早に押し寄せてきた。

新たな快感がたたみかけるように激しさを増しながら、容赦なく襲ってくる。腰を激しく突き上げたせいで、ゲイジをベッドから振り落としそうになった。ゲイジは重い突きでそれに対抗し、わたしを押し戻した。なまめかしい肉体にくわえ込まれたゲイジもまた、自らを解放した。何度も何度も恍惚の波が訪れた。この喜びに耐え切れることが不思議なくらいだった。

ふつうセックスが終わったときに、あらゆる意味でふたりの体は分離する。男はごろりと横になって眠り込み、女はバスルームに駆け込んで、行為のあとを消し去る。けれどもゲイジは長いあいだわたしを抱きしめ、髪をいじったり、ささやきかけたり、顔や胸に軽くキスをしたりしつづけた。温かい湿った布で体を拭いてくれた。精も根も尽き果てているはずだったのに、なぜか体中にエネルギーがみなぎっていた。できるだけ長くベッドに横たわっていたが、しばらくしてからぴょんと跳ね起きて、ローブを羽織った。

「そうか、きみはあのタイプなんだな」脱ぎ捨てられた衣服を集めてたたみはじめたわたしを興味深そうに見つめながら、ゲイジは言った。

「タイプって?」たたずんで、白いシーツがかろうじてかかっているだけのゲイジの長い体を崇めるようにながめた。片ひじをついて上半身を起こしている体には筋肉の畝ができていた。わたしが手でくしゃくしゃにした髪や、ゆったりとカーブを描く口元もとてもすてきだ。

「セックスのあと精気があふれてくるタイプ」

「セックスのあと元気が出るなんて、いままでなかったことよ」たたんだ服を椅子の上に置いた。たしかに言われるとおりだと気づき、しぶしぶ認めた。「でもいまは、一五キロ走れるくらい活力がみなぎっているわ」

ゲイジはほほえんだ。「きみをへとへとにさせる方法ならいくつか心当たりがあるんだが。残念ながら、今夜こんななりゆきになるとは思わなかったので、緊急事態用のコンドームを一個しか持っていない」

わたしはベッドの縁に軽く腰を下ろした。「わたしって、緊急事態だったの？」

ゲイジはわたしを胸元に引き寄せ、ごろりと転がって自分の体の上にのせた。「初めて会ったときから」

わたしはにっこり笑ってキスをした。「じつはね、あなたのコンドームがあるのよ。ここに越してきたとき、バスルームにいくつか置いてあったのを見つけちゃったの。返すつもりはなかったわ。だって恥ずかしくてとてもそんなことできないじゃない。だからあった場所にそのまま置いてあるの。わたしたち、引き出しを共有してたってわけ」

「引き出しを共有していたのに、それをぼくは知らされていなかっただって？」

「いまなら、コンドームを返してあげてもいいわ」とわたしは気前よく言った。

ゲイジは目をきらめかせた。「恩に着るよ」

夜が更けていくうちに、自分はセックスが下手なわけではないということがだんだんわかってきた。それどころか、わたしのセックスはとびきりいいらしい。きみは天才だ、とゲイジは断言した。

ワインのボトルをふたりで空け、いっしょにシャワーを浴び、またベッドに戻った。千回もキスしたことのあるカップルのように、キスをむさぼりあった。そして夜が明けるころには、わたしはゲイジ・トラヴィスと少なくとも九つの州の法律で禁じられている悪いことをしていた。ゲイジときたら嫌いなことは何ひとつなく、どんなことでもためらわなかった。いじわるなくらい辛抱強く周到だったから、体をばらばらにされてもう一度組み立てなおされているような気がした。

くたびれ果て、満足しきって、わたしはゲイジの隣で丸くなって眠った。窓から差し込んでくる弱い朝の光で目覚めると、ゲイジが頭の上であくびをした。伸びをする体が震えるのがわかる。あまりにすばらしすぎて、現実とは思えないくらいだった。重たい男らしい体がわたしの横にあり、かすかなつれや痛みが昨夜の喜びを思い出させてくれた。裸の腰にやさしく手があてがわれている。ゲイジが消えてしまうのではと恐ろしくなった。あんなにやさしくわたしを所有し、体中をくまなくさぐってくれた恋人が消えてしまうのではないか。そして以前のような冷たいまなざしの、人を寄せつけない男に変わってしまうのではないか。

「どこにも行かないで」とわたしはささやいて、ゲイジの手を取り、自分の肌に押しつけた。眠りで温まった首の曲線にあてられているゲイジの口元がほほえむのが感じられた。「どこにも行かないよ」と彼は言って、わたしを抱き寄せた。

ヒューストンの人々はなんでも派手にやるのが好きだ。だからもちろん、リバーオークスの邸宅お披露目パーティも例外ではない。週末の晩にはたくさんの催しが開かれるが、みんながのどから手が出るほど招待状を欲しがったのは、レグランド夫妻の家で開かれた盛大なチャリティガラだった。石油会社重役のピーター・レグランドとその妻で市会議員のサッシャはその機会を利用して、自分たちの真新しい邸宅を客たちに披露した。イタリア地中海風の宮殿のような建物で、ヨーロッパから輸入した柱廊が十もあり、二階全体は三二〇平方メートルの大広間に占拠されていた。

トラヴィス家はもちろん招待されていて、わたしもゲイジに誘われた。二回目のデートがこういう場所というのは、そうそうあることではない。

クロニクル紙の暮らしのページに、できあがったばかりの屋敷の写真がさっそく掲載された。写真を見ると、コンテンポラリーアーティスト、デール・チフリー作の四メートル以上もあるシャンデリアが大広間に下がっていた。その驚くべきガラスアート作品は、青、琥珀色、オレンジの巨大な半開きの花が集まっているように見えた。

今回のパーティは芸術のための寄付をつのることが目的で、テーマはオペラだった。当然ヒューストンオペラの歌手たちが歌を披露する。オペラの知識などほとんどないわたしは、長い弁髪にバイキングのかぶとをかぶった歌手たちが、客の髪を後ろになびかせるような迫力ある声で歌うのかしら、などと想像していた。

大広間の四つのアルコーブは、ヴェニスやミラノの有名なオペラハウスに似せて飾りつけられていた。裏庭のテラスには特設屋台が出され、イタリアのさまざまな地域のごちそうが並んでいた。白い手袋をはめた大勢のウェイターが忙しく立ち働いていた。

わたしは二週間分の給料をはたいて白いニコール・ミラーのドレスを新調した。肩と腕が露出するホルタートップのドレスで、布地はねじれながらヒップへと流れていき、そこからは柔らかなひだになって床まで届く。セクシーだけど上品なVネックのドレスだった。靴はスチュワート・ワイツマンの透明樹脂のサンダルで、ヒールとストラップにクリスタルがちりばめられていた。これを見たキャリントンはシンデレラの靴みたいと言った。艶々の髪をひっつめてバックでねじり、おしゃれに崩したシニヨンにした。慎重に黒っぽいアイシャドーとピンクのリップグロスを塗り、軽く頬紅をはたいてから、鏡をのぞきこんで出来栄えを吟味した。ドレスに合うイヤリングがなかった。でも、何かないと寂しい。

数秒考えてからキャリントンの部屋に行き、図工の道具箱からクリスタルのシールをさがし出した。一番小さい、ピンの頭ほどのをはがして、目尻にほくろのようにはりつけた。

「やりすぎかな?」とベッドの上でぽんぽん跳ねているキャリントンにきいてみた。八歳の女の子に、「やりすぎ?」ときくのは、テキサス人にこのサルサにハラペーニョを入れすぎたかしらときくのと同じ。答えはいつでもノーだ。

「ばっちりよ!」キャリントンは飛び上がる構えを見せた。

「ジャンプはだめ」と注意すると、キャリントンはぱたんと腹ばいになってにこっとした。

「今夜は帰ってくる? それともゲイジのところに泊まるの?」

「わからないわ」わたしはキャリントンの隣に腰掛けた。「ねえ、今夜、彼のところに泊まったら気にする？」

「ううん、ぜんぜん」キャリントンは朗らかに答えた。「グレッチェンおばさまが、もしそうなら、夜更かししていっしょにクッキーをつくりましょうって。それに、ボーイフレンドにプロポーズさせるには、その人の家に泊まらないとだめなんだよ。そうすれば、朝の顔もかわいいってことがわかってもらえるから」

「なんですって？　キャリントン、いったいだれからきいたの？」

「自分で考えたんだ」

笑いをこらえるわたしの顎が震えだした。「ゲイジはわたしのボーイフレンドじゃないの。それにプロポーズするようにしむけるつもりもないわ」

「がんばったほうがいいよ。ゲイジのこと好きじゃないの、リバティ？　いままでデートしたどの人よりもすてきだもん。ピクルスとか変なにおいのするチーズとかをもてきてくれた人よりもさ」

「持ってきてくれた人よ」妹の小さなまじめくさった顔をじっと見つめた。「ゲイジのことがとても好きみたいね」

「うん、大好き。もうちょっと子どものことがわかるように教えてあげれば、きっとあたしのいいパパになってくれる」

子どもの鋭い目。わたしは不意を突かれて、完全に打ちのめされてしまった。罪の意識と痛みと、そして最悪なことに、希望によって、心臓をわしづかみにされたような気がした。

体を寄せてやさしくキャリントンにキスをした。「期待しないでね、ベイビー」とささやく。「辛抱強く、どうなっていくのか、なりゆきを見守りましょう」


チャーチル、ヴィヴィアン、そしてグレッチェンと今夜の彼女の連れは、出かける前に家族用の居間でカクテルを飲んでいた。チャーチルのタキシードのズボンは、仕立て屋に出してギプスの側にマジックテープをつけさせてあった。ヴィヴィアンはべりっとはがすズボンというのに興味を示し、男のストリッパーみたいと喜んでいた。

エレベーターに乗って一階に下りていくと、ドアの前でゲイジが待っていた。まばゆいばかりの姿だった。白と黒できめた服装はエレガントでありながら、男の色気を発散させている。ゲイジはほかの服と同様、ごく自然にタキシードを着こなす。リラックスしていて、自意識過剰なところはみじんも感じられない。

彼はほのかに笑みを浮かべてわたしを見つめた。「リバティ・ジョーンズ……プリンセスみたいだ」うやうやしくわたしの手を取り、口元に持っていって手のひらにキスをした。

これはわたしじゃない。現実とはあまりにもかけ離れている。昔の自分が、この状況を外からながめているような気がした。ぼさぼさ髪の大きなメガネをかけた少女が、美しく着飾った女性を見ている。彼女はこの瞬間を生き、この瞬間を楽しもうとしているが、完全にそうすることができない。そのときわたしは思った。ばかね、部外者でいる必要はないのよ。

意識して胸をゲイジに近づけ、彼の瞳が翳るのを見つめた。「まだ怒ってる?」ときくと、彼は困ったようにほほえんだ。

昼間、もうすぐやってくるクリスマスのことで口論になった。きっかけは、ゲイジがクリスマスプレゼントは何がいいかときいたことだった。

「宝石類はだめ」と即座に答えた。「高価なものは全部バツ」

「じゃあ、何がいいんだ?」

「すてきなディナーに連れて行って」

「わかった。パリにする? ロンドンがいい?」

「あなたと旅行する覚悟はまだできてないの」

ゲイジは顔をしかめた。「ここで寝るのと、パリのホテルで寝るのとどこが違うっていうんだ」

「まず第一に、お金のかかり方が違うわ」

「金のことなんかどうでもいい」

「わたしにとっては、どうでもよくないの」わたしはわびるように言った。「あなたはお金の心配をする必要のない人だからそう言えるのよ。でも、わたしは気にする。だからあなたにたくさんのお金を使わせると……すべてのバランスが崩れてしまうわ。わからない?」

ゲイジはどんどん不機嫌になっていった。「はっきりさせておこう。つまりこういうことなんだな。ふたりとも金を持っているか、あるいはふたりとも持っていなければ、きみはぼくとどこへでも行くと」

「そういうこと」

「ばかげている」

「あなたがお金を持っている人だからそう言えるのよ」

「じゃあ、きみのデートの相手が宅配の配達員だったら、そいつはなんでも好きなものをきみに買ってやれるんだな。ところがぼくはそうできない」

「うーん……そういうことかな」わたしは機嫌をとるようにほほえんだ。「でも、宅配屋さんとはデートしたことないの。あの茶色の短パンの制服にはそそられないわ」

ゲイジはほほえみ返さなかった。頭の中でさかんに計算しながらこちらを見ているので、なんだか居心地が悪くなってくる。わたしにはわかっていた。ゲイジは何かやろうとしたらぜったいにあきらめない。障害があっても、それを乗り越えるか、回り道するか、穴を掘ってでも通り抜けるかして、道を見つけようとするのだ。ということは、わたしに労働者階級意識を捨てさせる方法を見つけるまでは、けっして満足しないということだ。

「ねえ、こう考えてみて。あなたは喜ぶべきだわ、わたしがお金のことを持ち込まないようにしているのを。わたしたちの、この……この……」

「関係に、だろ。いいかい、きみはふたりの関係に金の話を持ち込まないようにしているんじゃない。金のことで、ふたりのあいだに壁をつくっているんだ」

わたしはなんとかうまい理屈をつけようとした。「わたしたち、まだつきあいはじめたばかりでしょ。お願いしているのは、高級なプレゼントを買わないでとか、贅沢な旅を計画しないで、ということだけなの」ゲイジの表情を見て、しかたなくつけ加えた。「とりあえず、いまのところは」

「いまのところは」という言葉に、ゲイジの心は少し和らいだようだった。しかし、口元はまだ何か言いたげだった。

そしていま、わたしを軽く抱きかかえたゲイジの顔には、ふだんどおりの自制心が戻っていた。「いや、怒っていない」と静かに言った。「トラヴィス家の人間はチャレンジが好きだからね」

ちらりと傲慢さがにおう言葉。いつもそういう傲慢さを不愉快に思ってきたのに、それがゲイジだと、とびきりセクシーに感じてしまうのはなぜだろう。わたしはにっこり笑いかけた。「いつも思いどおりになるとはかぎらないのよ、ゲイジ」

ゲイジはわたしを引き寄せた。彼の手首が胸の横をさっとかすめ、秘密めいたささやきにわたしの心臓は急にどきどきと鳴りだした。「だが、今夜はぼくの思いどおりにさせてもらう」

「たぶんね」呼吸が速まる。

ゲイジはせわしなく背中をなでている。いまここで、ドレスを引き裂いてしまおうかと迷っているかのように。「パーティが終わるまで待てないな」

わたしは笑った。「まだはじまってもいないのに」彼の唇がのどの横をさぐりはじめたので、わたしは半分目を閉じた。

「リムジンの中で、ふたりだけのパーティをしよう」

「でも……」敏感な場所をさぐりあてられて、息を止める。「でも、チャーチルたちといっしょに乗るんでしょう？」

「いや、親父たちは別のリムジンだ」ゲイジが顔を上げた。目の中に明るく熱を帯びた輝きが見える。「ぼくときみだけ」とゲイジはつぶやいた。「黒いスクリーンで運転席からは見えないようになっている。冷たいシャンパンもある。どう、その気になった？」

「ええ、すごく」わたしは答えて、彼の腕をとった。


客たちが乗ってきたリムジンはレグランド邸の外の通りに三重に駐車されていた。スケールといいスタイルといい、とびきり豪勢な邸宅で、住むよりも見学に訪れる場所という感じだった。手の込んだヨーロッパのカーニバルさながらの大玄関広間に入った瞬間から、わたしはパーティを楽しみはじめた。ブラックフォーマルをまとった男性軍が、カラフルなイブニングドレスの女性たちのきらびやかさを引き立てていた。宝石類がきらきらと輝き、頭上のシャンデリアからまばゆい光が降り注ぎ、オーケストラの生演奏が放送で流されていた。サッシャ・レグランドは背の高いスリムな女性で、白髪混じりの髪をスタイリッシュにカットしていた。どうしても邸内を案内すると言って聞かず、そこここで立ち止まっては、他のグループの人たちと軽く会話を交わしたが、話に深入りしすぎないうちにまたそこを離れた。多種多様なゲストにわたしは圧倒された……若い俳優たち、プロデューサー、監督らの少人数のグループ――ハリウッドに移った、自称「テキサス・マフィア」たちだ。オリンピックの体操の金メダリスト、バスケットチーム、ヒューストン・ロケッツの選手、世界的に有名な教会の牧師、石油業界の大物、大牧場主、さらに外国貴族の顔もちらほら見えた。

ゲイジはこういう状況に慣れていて、すべての人の名前を知っており、最近ゴルフの調子はいかがですか、おたくの猟犬はどうしてますか、今年のハト撃ちシーズンの成果はどうでしたか、まだアンドラやマサトランの別荘はお持ちですか、といった質問を忘れずにした。ハイソな人々であっても、ゲイジに関心を持たれていることに気分をよくしているようだった。クールなカリスマ性、とらえどころのないほほえみ、家柄と学歴のオーラが、ゲイジを際立たせていた。そして本人もそれを十分、心得ていた。ゲイジのまったく異なるイメージが心に残っていなかったら、わたしはおじけづいてしまっただろう。わたしは別の彼を知っていた。これほど冷静沈着ではなく、わたしが手を触れると体を震わせていた彼を。このフォーマルな環境とベッドでの思い出のあまりにも激しいコントラストに、わたしの内部で欲望の火がくすぶりはじめた。まわりにいる人々はだれも気づいていないが、ゲイジの腕をかすめるたびに、ささやきかける彼の息の熱さを感じるたびに、その火がどんどん激しくなっていくのがわかった。

軽い会話を交わすのはそれほど難しくないとわかった。質問する以外にやり方を知らなかったけれど、それでどうやら会話はスムーズに進行していくようだった。わたしたちは、まばゆい客たちの海を通り抜け、人々の流れに乗って屋敷の裏の庭に出た。三つの木製テントが設置されており、イタリア各地のごちそうが並んでいた。めいめいが皿に料理をとって、黄色いテーブルクロスがかかったテーブルに着く。イタリアングラスに生花を入れて透明な液状パラフィンを流し込んだろうそくに火が灯っていた。

わたしたちはジャックとガールフレンド、そして何人かのテキサス・マフィアと同じテーブルについた。テキサス・マフィアの面々は撮影中のインディーズフィルムの話で場を盛り上げた。二週間後にはサンダンス映画祭に行くのだそうだ。彼らの歯に衣着せぬ話っぷりはおかしくて、ワインも上等。目がくらみそうだった。それは魔法の夜だった。もうすぐオペラ歌手のコンサートがはじまり、そのあとはダンス。それから明日の朝までゲイジの腕の中だ。

「あなた、ほんとうにきれいねえ」テキサス・マフィアのひとりで、シドニーという名の若手監督が言った。ほめ言葉というより、わたしをじろじろ観察した結果を述べたという感じだった。「フィルム映えのする顔だわ——ねえ、みんな、そう思わない？　いわゆる透けて見える顔ってやつよ」

「透けて見える？」わたしは反射的に頬を両手で覆った。

「考えがすべて顔に出ちゃうの」

顔が燃えるようだ。「いやだ、透けて見えたら困るわ」

ゲイジは静かに笑いながら、腕をわたしの椅子の背にかけた。「いいじゃないか。きみはいまのままで完璧だ」ゲイジは目を細めてシドニーをにらみつけた。「彼女をカメラの前に立たせようと企んだりしたら――」

「オーケー、わかりました。かっかしないでよ、ゲイジ」シドニーはわたしににやりと笑いかけた。「あなたたち、かなり深い関係なのね。ゲイジとは小学校三年からのつきあいだけど、この人がこんなに――」

「シド」とゲイジがさえぎった。殺してやるぞといわんばかりの目つきだ。シドニーのにやにや笑いはさらに広がった。

ジャックのガールフレンドで、陽気なブロンドのヘイディが、会話を別の方向に向けた。「ジャーック」とすねたふりをして呼びかけた。「ねえ、オークションで何か買ってくれるって言ってたじゃない。まだオークションテーブルを見に行ってないわ」ヘイディは意味ありげにわたしをちらりと見た。「かなりいけてる品物が競売にかけられるんですって……ダイヤモンドのイヤリングとか、フランスのサントロペ一週間の旅とか……」

「やばい」ジャックは朗らかに笑って言った。「彼女に選ばせたら、ぼくの財布は空っぽになるぞ」

「わたしがすてきなプレゼントに値しない女だっていうの?」ヘイディは答えを待たず、ジャックを引っ張って椅子から立たせた。

ヘイディに敬意を表して立ち上がったゲイジは、わたしがデザートを食べ終えたのを目で確認した。「おいで、スイートハート。ぼくらも見に行こう」

わたしたちはテーブルを離れて、ジャックたちのあとから屋敷の中に入った。メインルームのひとつがオークションの会場となっていて、長いテーブルの上に、冊子やバスケットやアイテムの説明が置かれていた。興味を引かれて、わたしは最初のテーブルをひやかした。番号がつけられた各アイテムには入札リストが入っている革のホルダーが添えられていた。そこに自分の名前と入札価格を書き込むのだ。それを上回る値段をつけたい人は、下の欄に名前とそれよりも大きい数字を書き込む。深夜一二時に、すべての入札は終了する。

テレビで有名なシェフによる料理の個人レッスンというのもあった。マスターズ優勝者によるゴルフ教室、稀少ワインのコレクション、イギリスのロックスターがあなただけのために作曲し、レコーディングするというアイテムまであった。

「どれが気に入った？」肩越しにゲイジの声が聞こえてきた。彼に寄りかかって、その手をわたしの胸に重ねたくてたまらなかった。そう、いまここで、このたくさんの人々が集う部屋の中で。

「いやだわ」指先を軽くテーブルにつけて、一瞬目を閉じた。

「どうしたんだ？」

「早くこの段階を通り越して、また冷静にものを考えられるようになりたい」

ゲイジはわたしの真後ろに立っていた。面白がっているようだった。「何の段階？」

彼の手が脇腹に触れるのを感じると、ぞくっと震えが走った。「デートには五つの段階があるの。最初は惹かれあう段階。相性というか、いっしょにいるときのホルモンの高ぶりっていうか、わかるでしょ。次がふたりきりになりたくてたまらなくなる段階。それがすぎると、現実に根をおろせるようになる。肉体的な欲望が鎮まって……」

彼の手がヒップの丸みのほうに滑り下りていった。「で、きみはこれが――」その微妙な手の動きにわたしの神経はびくっと反応した。「やがて鎮まると？」

「ええ」と弱々しく答えた。「そのはずよ」

「現実の段階に到達できたら教えてくれ」彼の声は低く艶やかだ。「きみのホルモンをもう一度上昇させるにはどうしたらいいか知恵を絞るよ」ゲイジは所有権を示すようにヒップを軽くたたいて愛撫を終わらせた。「ところで……数分間、きみをひとりにしてもかまわないかな？」

わたしは振り向いた。「もちろんよ。どうして？」

ゲイジは申し訳なさそうな顔をした。「家族ぐるみのつきあいがある人にあいさつがしたい。別の部屋にいるのを見かけたんだ。彼の息子とは高校の同期だったが、少し前に船の事故で亡くなったんだ」

「まあ、お気の毒に。いいわ、ここで待ってる」

「じゃあ、そのあいだに、何か選んでおいてくれ」

「どんなのがいい？」

「何でも。旅行、絵画、よさそうに見えるものならどれでも。オークションに参加しないと、明日の新聞で、芸術を解さないとうへんぼくとこきおろされるからね。ぼくを救えるかどうかはきみにかかっている」

「こんなにたくさんのお金を使う責任を負わされたくないわ……ゲイジ、聞いてるの?」

「いや」ゲイジはにやりと笑うと歩きはじめた。

わたしは手近にあった冊子を見下ろした。「ナイジェリア旅行を選んじゃうわよ。象のポロが好きだといいけど」

ゲイジは、あははと笑って、オークションアイテムの列の中にわたしを残して行ってしまった。ヘイディとジャックはいくつかテーブルを隔てたところでアイテムを見ていたが、人ごみにまぎれてふたりの姿は見えなくなった。各テーブルを丹念に見てまわった。ゲイジの好みに合うのはどんなものなのか見当がつかない。限定版のヨーロッパ製高級オートバイ……だめだめ、脚でも折ったらたいへんだ。スーパースピードウェイで六〇〇馬力のレーシングカーを飛ばす……これもだめ。チャーターヨットに乗っていくプライベートな旅。ネーム入り宝飾品。

バックに流れる生演奏のアリアを聞きながら数分間熱心にさがしつづけた結果、いいものを見つけた。最高級マッサージチェア。少なくとも五〇種類のマッサージを選択できるコントロールパネル付きだ。これなら、ゲイジからチャーチルへのクリスマスプレゼントにできる。

ペンをとってゲイジの名前を入札用紙に書き込もうとしたが、インクが出てこない。だめなペン。振ってからもう一度トライしたけれど、やはりだめだった。

「ほら」と横にいた男性が、テーブルに別のペンを置いた。手のひらを使って、それをこちらに転がしてきた。「これならどうだ」

その手。

わたしは黙ってその手をじっと見つめた。背中の産毛が逆立った。

大きな手だった。爪は太陽にさらされて白茶け、長い指にはたくさんの細かい星形の傷が散っている。その手を知っていた。記憶よりももっと深い部分で、それがだれの手であるかを知っていた。でも、信じたくなかった。ここではいや。いまはいや。

顔をあげると、何年間もわたしにとりついて離れなかった青い目がそこにあった。死ぬ瞬間まで忘れないであろう目。

「ハーディ」とわたしは小さくつぶやいた。

22

わたしは立ちすくんだまま、この見知らぬ男性が、かつて自分が死ぬほど愛したあの人なのだということを飲み込もうとした。ハーディ・ケイツは、予想していたとおりの男になっていた。大柄で豪胆な顔つき、青に青を重ねたような瞳、艶やかな茶色の髪。口元に浮かびかけたほほえみが、わたしの魂に驚きの小波《さざなみ》を送り込む……圧倒されるほどの喜びに浸りながら、ただ、ぽかんと彼を見つめるしかできなかった。

ハーディはじっと動かずに見つめ返していたが、その不動の外見の下に感情の波が伝わっていくのをわたしは感じ取った。

ハーディは小さい子どもに対するように、わたしの手をそっととった。「話ができる場所に行こう」

わたしはハーディにしがみついた。ジャックに見られているかもしれないと気にすることすら忘れていた。たこのできたいかつい手の感触以外、何も感じられなくなっていた。ハーディはわたしの手を引いてテーブルから離れ、外の暗がりへと導いた。人ごみや騒音や光を避けて、わたしたちは家の横手にまわった。どこまで行っても光が後をつけてくるような気がしたが、影になっているだれもいない柱廊をめざして歩いた。オークの幹ほどの太さがある柱のそばで立ち止まった。息が切れ、体が震えていた。どちらが先に動いたかはわからない。同時に手をさしのべあったような気がした。体をぴたりと抱き寄せられて唇が重なり、あまりの喜びに激しくキスを返した。このまま死んでしまうんじゃないかと思うほど心臓が暴れている。

無言でお互いをむさぼり合う瞬間がすぎ、ハーディが唇を離した。大丈夫、どこへも行かない、と耳元でささやく。わたしはハーディの腕の中で力を抜き、濡れた頬を伝っていく熱い唇の感触を味わった。ふたたび唇が重なった。今度はゆっくりとしたやさしいキスだった。遠い昔に彼が教えてくれたやり方だ。なんだかほっとして、また少女に戻ったみたいな気持ちになった。体中に元気がみなぎってくる。そんな健全な欲望に満たされる。そのキスは深い記憶の鉱脈に触れた。離れていた何年もの時間がすっと消えたような気がした。

しばらくしてから、ハーディはわたしをタキシードの上着で包み込んだ。複雑なタックが寄ったシャツの下に硬い胸板が感じられた。

「この感触を忘れていたわ」痛々しいほどのか細い声でわたしは言った。

「おれはけっして忘れなかった」彼は白いシルクのドレスのひだの上から、ウエストとヒップの形をなぞった。「リバティ。こんなふうに近づくべきではないとわかっていた。待てと自分に言い聞かせた」ふっと笑う。「だが、部屋を横切ったことすら覚えていない。リバティ、おまえはいつでもきれいだった……しかし、いま……ああ、おまえが本物だとは信じられないくらいだ」

「どうしてここに来られたの？　わたしに会えるとわかっていたの？　あなたは──」

「話したいことがたくさんありすぎる」ハーディは頬をわたしの髪につけた。「ここで会えるかもしれないとは思ったが、確信があったわけではない……」

長いこと聞きたくてたまらなかった、少年時代よりも低い声でハーディは語った。石油採掘現場のビジネスをしている関係で、友人を介してここに招待されたのだという。石油採掘現場で働きはじめたときのこと──それは困難で危険な仕事だったそうだ──いろいろなコネをつくっていったこと、そしてつねにチャンスをうかがってきたこと。やがて採掘現場の仕事をやめて、ふたりの仲間と小さな会社を興した。ひとりは地質学者、もうひとりはエンジニアで、採掘の進んだ油田の中に、新たな油脈を発見することが目標だった。少なく見積もっても、世界中で見つかっている石油やガスは全体の半分くらいしかないとハーディは言った。知られざる油脈を追い求める気力がある者たちには巨万の富が与えられる。ハーディたちは一〇〇万ドルの融資を得て、枯渇したと思われていた場所を再掘し、一度目のトライで二五万バレルと推定される原油が眠る新しい油田を見つけた。

ハーディの説明から彼がすでに金持ちになっていて、これからさらに富を築いていくだろうことがわかった。母親には家を買ってやり、ヒューストンにマンションを持っていて、当面はそこを拠点にするのだという。ハーディの成功への激しい渇望と、階段を上っていこうとする強い意志を知っているわたしは、心から嬉しく思い、おめでとうと言った。

「だが、まだ十分じゃない」ハーディは両手でわたしの顔をはさんだ。「こうしたすべての出来事の中で一番驚かされたのは、成功なんて手にしてしまえば、たいしたものではないと思えるようになることだった。この数年間で初めて、おれはやっとじっくり考える時間が持てた。深く息を吸い込む気持ちになったんだ。そしたら……」ハーディは荒々しく息を吐き出した。「おまえをずっと求めていたことを悟った。それでまずマーヴァを訪ねて、おまえがどこにいるかをきき出し、そして……」

「わたしにはつきあっている人がいると知った」わたしはやっと声を出した。

ハーディはうなずいた。「おれはたしかめたかったんだ、おまえが……幸せかどうか。まだあなたを必要としてるかどうか。まだ間に合うかどうか……」

人生はときに、残酷なユーモアで人の心をもてあそぶ。ずっと欲しかったものを、最悪のタイミングで差し出すのだ。この皮肉なめぐりあわせに、わたしの心は張り裂けそうになった。耐えがたい痛恨の情が胸に迫ってきた。

「ハーディ」わたしはたどたどしく言った。「もう少し早く、わたしを見つけてくれたらよかったのに」

ハーディは黙ったまま、わたしを胸に抱きしめた。ハーディの手が腕を滑り下りてきて、握りしめていた手をとった。黙ってその左手を持ち上げると、指輪のない薬指を親指でなでた。「もう遅いと、たしかに言えるのか？」

ゲイジのことを思った。そして困惑の泥沼にはまり込んだ。「わからない。わからないわ」

「リバティ……明日、会おう」

わたしは首を振った。「キャリントンと、明日は一日いっしょにすごす約束をしたの。リライアント・パークでやっているアイススケートショーを見に行くのよ」

「キャリントンか」ハーディは頭を振った。「もう八歳か九歳になるんだろうな」

「時はすぎるのよ」わたしはささやいた。

ハーディはわたしの手の指を自分の頰に押しあててから、軽くキスをした。「じゃあ、あさっては?」

「ええ、ええ」わたしはいますぐにでもハーディといっしょにここから抜け出したかった。ハーディが去ってから、あれは幻影じゃなくて本物だったのかしらと悶々と考えたくなかった。ハーディに電話番号を教えた。「お願い……先に中に入って。二分ばかりひとりになりたいの」

「わかった」ぎゅっと抱きしめてから、ハーディはわたしを放した。

わたしたちは少し離れて立ち、見つめ合った。彼の存在に混乱させられていた。わたしがよく知るあの少年とそっくりでありながら、こんなにも違う男。彼とわたしは、どうしていまでもつながっていられるのだろう。でもたしかにつながりはそこにあった。わたしたちは同類だった。ハーディとわたしは同じ言葉で語り合う、同じ世界の出身だった。でも、ゲイジは……ゲイジのことを思うと心臓がよじれそうだった。

ハーディがわたしの顔にどんなものを見たのかはわからないが、そのあと彼の声はとてもやさしくなった。「リバティ。おまえを傷つけることはけっしてしない」

でも、あなたは昔、わたしを傷つけたのよ。ハーディがウェルカムを出て行った理由は理解できた。ほかに選択肢はないと思った彼の気持ちもわかる。ハーディを責めてはいなかった。でも、わたしはたったひとりで生きてこなければならなかった。何年ももがき苦しみ、深い孤独に耐えて、ようやくほかの人と心を通わせることができるようになったのだ。シンデレラシューズをはいた足が痛んだ。体重を別の足にのせかえ、透明プラスチックのストラップに締めつけられた足指をもぞもぞと動かした。わたしの王子はついにあらわれた――みじめな気持ちで思う。でも、遅すぎたわ。

ほんとうにそうなの、と心の声がしつこく食い下がる。ハーディとわたしには、まだ可能性が残っているんじゃない？　古い障害は消えたけれど、新しい障害が立ちふさがっている……。

どんなときにも選択肢はある。そう思うと、どうしていいかわからず途方に暮れた。光のあるほうに向かって歩きだした。腕にシルクのループでぶらさがっていた小さなバッグの中をさぐった。崩れたメイクをどう直したらいいのかわからなかった。丁寧に塗りつけた色の層は、こすれあった唇と肌と指のせいですっかりはげていた。パウダーを顔にはたき、目の下のアイライナーのにじみを薬指の先で拭い取った。リップグロスを塗り直したが、目尻の小さなクリスタルは消えていた。きっと気づく人はいないだろう。みんな踊ったり、飲んだり、食べたりしているもの。メイクが崩れているのはわたしだけではないはず。

裏のテラスに着くと、ゲイジの黒い姿が見えた。ナイフの刃のように、すっきりと背が高く引きしまっている。ゆったりとした足取りでこちらに近づいてきて、冷えきったわたしの二の腕をつかんだ。

「やあ、ずっとさがしていたんだよ」

がんばって笑顔をつくった。「ちょっと新鮮な空気が吸いたかったの。ごめんなさい。長いこと待った?」

ゲイジの顔が曇った。「ジャックが、きみがだれかと出て行くのを見たと言っていた」

「ええ。昔の友人にばったり会ったの。ウェルカム時代の。嘘みたいでしょ」上手になにげないそぶりを装ったつもりだったが、いつものようにゲイジは恐ろしいばかりの洞察力を示し、わたしの顔を光のほうに向けた。

「ダーリン……キスされたあと、きみがどんな顔になるかぼくは知っているんだよ」

わたしは何も言えなかった。罪の意識で顔の筋肉がひきつり、じわっと涙がわいてきた。

ゲイジは感情を見せずにわたしの表情をさぐった。すぐにジャケットから携帯電話を取り出し、リムジンの運転手に車を正面に回すよう命じた。

「帰るの?」のどにとげとげのボールがつまったような気がする。

「そうだ」

家の中を通らず、横を回って玄関に出た。サンダルのヒールが敷石の上でかつかつと音を立てた。歩きながら、ゲイジはもう一度電話をかけた。「ジャック、ぼくだ。リバティが、頭痛がすると言うんだ。シャンパンを飲みすぎたんだな。ぼくらは帰るから、伝えておいてほしいんだが……ああ、そうだ。悪いな。それから親父に目を配っておいてくれよ」ジャックが何か言ったらしい。ゲイジは短く笑った。「そうだろうな。じゃあ、また」携帯電話を折りたたみ、ジャケットにしまった。

「チャーチルは大丈夫？」

「心配ない。しかし、たくさんの女に色目を使われて、ヴィヴィアンはおかんむりだそうだ」

それを聞いてほほえみそうになった。敷石のでこぼこにヒールをとられ、思わずゲイジのほうに手を伸ばした。ゲイジはわたしの体を支え、背中に腕をまわして歩きつづけた。ものすごく怒っているのはわかっていたが、わたしを転ばすつもりはないらしい。

リムジンに乗り込んだ。ビロードで裏打ちされた暗い繭は、パーティの喧騒からわたしたちを遮断した。ゲイジと車の中でふたりきりになるのがちょっと不安だった。そう遠くない昔、ゲイジが怒りを爆発させるのを見たことがあった。トラヴィス邸に引っ越した日だ。あのときは果敢に立ち向かったけれど、いま、もう一度それをする気力はなかった。

ゲイジは運転手にくつろいだ口調で言った。「フィル、しばらくそのへんをドライブしてくれ。ダウンタウンに帰るときには声をかける」

「かしこまりました」

ゲイジはいくつかボタンを押して、プライバシースクリーンを下ろし、ミニバーを開けた。

怒っていたとしても、わからなかっただろう。とてもリラックスしていて、恐ろしいくらい冷静だった。だんだん、怒鳴られるよりもかえって始末が悪い気がしてきた。ゲイジはハイボールグラスを取り出し、強い酒を指幅くらい注いで、味わいもせずにあおった。自分にもう一杯注いでから、わたしにもすすめた。ありがたく受け取り、アルコールの力で体がほぐれるのを願った。寒くてたまらなかった。ゲイジと同じくらいすばやく酒を飲み込んだが、のどに焼けつき、むせてしまった。

「あわてるなよ」とゲイジは言って、よそよそしい感じで背中に手をあてた。鳥肌が立っているのに気づき、上着を脱いで肩に掛けてくれた。彼のぬくもりが残る、柔らかなシルクの裏地がついた上着に包まれた。

「ありがとう」わたしは息を切らせながら礼を言った。

「どういたしまして」長い間《ま》が空いた。いきなり鋼のような冷たい視線に射すくめられ、わたしはびくっとした。「だれなんだ?」

子ども時代の話や、母やウェルカムの友人たちのことなど、とりとめのない思い出話をしたときに、一度だけハーディの名前を出したことがあった。チャーチルにはすべて打ち明けていたけれど、まだゲイジには話す勇気が持てなかった。

声を上ずらせないように気をつけながら、ハーディのことを語った。一四歳のときに彼と出会い……母と妹を除けば、ハーディはわたしにとって世界中で一番大切な人だった、心から愛していたのだ、と。

ハーディのことをゲイジに話すのはなんだかとても不思議だった。過去と現在がぶつかりあった。そしてそのとき気づいた。トレーラーパークに住んでいたリバティ・ジョーンズと、いまのわたしはまるで別人なのだと。それについては、あとでもう一度よく考える必要があった。いろいろなことを考える必要があった。

「彼と寝たのか？」

「そうしたかったわ」わたしは正直に打ち明けた。「喜んでそうしたでしょう。でもハーディはそうしなかった。わたしを置いていけなくなるからって。彼には野心があったの」

「その野心にきみは含まれなかった」

「ふたりとも若かったわ。なーんにも持っていなかった。振り返れば、それが一番よかったんだと思う。わたしがハーディの首に石臼みたいにしがみついていたら、彼は目標を追求できなかったでしょうし。それにわたしは、キャリントンと別れるなんてぜったいできなかったわ」

わたしの表情やしぐさ、それからほんの少しの行間から、ゲイジがどんなことを読み取ったのかはわからない。ただ話しているうちに、何かが砕ける気がした。流れる水を覆っていた氷が割れるように、頑固に守ってきた気持ちが壊れていく。まるでゲイジが容赦なく踏みつけて突き崩したかのように。

「つまり、きみは彼を愛していたが、彼はきみを置いていってしまった。そしていま、彼はもう一度やり直したいと言っているんだな」

「そうは言っていないわ」

「言うまでもない」ゲイジはそっけなく言った。「きみがやり直したがっているのは明らかだからね」

力が抜けて、いらだってきた。頭の中はメリーゴーランド状態だ。「それを望んでいるのかどうかわからないの」

ミニバーから投げかけられる細い光が、ゲイジの顔を鋭く切り裂いた。「まだ彼を愛していると思っているんだな」

「わからないわ」じわっと涙がわいてきた。

「泣くなよ」とゲイジが言った。冷静さが消えた。「ぼくはきみのためなら、ほとんどどんなことでもするつもりだ。人だって殺しかねない。しかし、ぼくの腕の中でほかの男のことを思って泣いているきみを慰めるのだけはごめんだ」

目のきわを拭い、涙を飲み込んだ。それは酸のようにのどを焦がした。

「また彼と会うんだろう」しばらくしてゲイジは言った。

わたしはうなずいた。「わたしたち……わたし……いろいろなことをはっきりさせなくちゃ」

「あいつとやるのか？」

残酷な言葉。わたしを傷つけるために使われた言葉。頬を張られたような気がした。「そうするつもりはないわ。答えはノーよ」わたしはきつい言い方をした。

「つもりがあるかどうかをきいているんじゃない。するかどうかをきいているんだ」

今度はわたしが腹を立てる番だった。「いいえ。わたしはそんなに簡単に寝る女じゃないの。知ってるでしょう」

「ああ、わかっている。それに、だれかとパーティに出かけて、別の男といちゃつくような女じゃないとも思っている。だが、今夜は違った」

恥ずかしさで真っ赤になった。「そんなつもりはなかったの。彼と会って、ショックを受けて。ただ……そういうことになってしまったの」

ゲイジは鼻を鳴らした。「言い訳としては、最低だ」

「ええ、わかっているわ。ごめんなさい。ほかにどう言ったらいいのかわからない。ただ、あなたに会う前、ハーディを長いあいだずっと愛しつづけていたってことなのよ。そしてあなたとわたしは……つきあいはじめて間もないわ。あなたに対して正直でありたいけれど……ハーディへの気持ちがまだわたしの中に残っているのかどうか知る必要もある。だから……それがわかるまで、わたしたちの関係を保留にしたいの」

ゲイジはそういう状況に慣れていなかった。どうにも我慢ができないらしく、かっと頭に血をのぼらせた。さっと手が伸びてきて引き寄せられたので、わたしはびくんとした。

「ぼくらは愛し合ったんだぞ、リバティ。もう後戻りはできないんだ。あいつが勝手に割り込んできて、ぼくらを引き裂くなんて許せない」

「でも、一度きりしか寝てないわ」わたしはあえて言い返した。

ゲイジは黒い眉毛を吊り上げて、あざ笑うかのようにわたしを見た。
「ええ、そうね。何回も。でも、一晩だけよ」
「それで十分だ。きみはもうぼくのものだ。それに、あいつがきみを求めるよりも、ぼくはずっと激しくきみを求めている。これまでも、これからもだ。考えをまとめるときにそれを思い出してくれ。あいつが、きみの聞きたがっているせりふをまくしたてているときに思い出してくれ――」ゲイジは突然、言葉を切った。呼吸が乱れていた。その目は熱く燃えていて、たきつけに火がつくほどだった。「これを思い出してくれ」しわがれた声で言うと、わたしを抱きすくめた。

きつすぎる抱擁、罰するようなキス。こんなふうにゲイジにキスされたことは初めてだった。嫉妬の炎で焦がされた餓えた唇。ゲイジは我を忘れていた。激しい息づかいで、柔らかい革のシートの上にわたしを押し倒し、体を重ね合わせた。唇は一瞬たりともわたしの口から離れない。

ゲイジの下で、わたしは体を跳ね上がらせた。彼を跳ね飛ばしたいのか、もっと彼の体を感じたいのか、自分でもわからなかった。わたしが動くたびに、ゲイジは脚のあいだに体を重く沈みこませ、自分を受け入れ、自分を感じることを求めた。硬くなった彼のものがわたしにあのときのことを、あのめくるめく歓喜を思い出させた。すべての思考と感情が押し寄せる欲望に呑み込まれた。彼が欲しくてたまらなかった。頭がどうかなりそうだ。頭のてっぺんからつま先までぶるぶると体が震えはじめた。薄い黒のウール地を通して硬い高まりを感じ、わたしは身悶えた。低いうめき声をもらしながら、わたしはズボンの中に手を滑り込ませた。

それからの数分間は、熱に浮かされた夢のようだった。わたしたちの頭から理性は吹き飛んでいた。薄いメッシュ地のパンティが靴のバックルにひっかかってしまい、ゲイジはしばらく必死にはずそうとしていたが、ついに布地を引き裂いてしまった。ドレスが腰までまくり上げられると、肌が冷たい革にくっつく感じがした。大きく開いた脚の一方がぶらりと床に落ちたが、そんなことはどうでもよかった。彼が欲しくてたまらず全身が脈打った。ドレスのトップが引き下ろされ、弾力のある乳房があらわになった。胸に感じる彼の口の熱と、歯と舌の刺激にわたしはうめいた。ゲイジはふたりの体のあいだに手を入れて、ズボンの前を開けた。熱くいきりたったものが侵入してくる感触に、わたしはかっと目を見開いた。するとすべてが朦朧としてきて、その濡れた滑らかな動きに、柔らかな肉体を貫くその驚くべき硬さに、わたしの体は降伏した。がっしりと動かないゲイジの腕に頭をかけてのけぞらせると、貪欲な唇がそのあらわになったのどをむさぼった。重いリズムで突きがはじまり、わたしは身をよじってあえいだ。

赤信号で車が停まった。体を突き上げてくる動きのほかは、すべてが静止した。それから車はカーブして、どんどんスピードを上げていく。まるでハイウェイを走っているようだった。わたしは何度も何度もゲイジを引き寄せ、できるかぎり近づきたくて体をつっぱらせた。服に爪を立てる。肌に触れたいけれど、届かない、欲しい、欲しい……唇が戻ってきて、舌が口の中に入ってきた。ゲイジは体のすべてを満たし、もっと深くへと誘う。やがて甘くかすかな痙攣がはじまり、それはわたしの体からゲイジの体へと移っていった。わたしはぶるっと体を震わせ、彼の口から唇をはがして深く息を吸い込んだ。ゲイジも息を吸い込み、緑の森が燃えるときのようなしゅっという音を立てて吐き出した。

わたしは恍惚に酔いしれ、ゲイジにシートから抱き起こされたときには、中身のない枕カバーのようにぐったりしていた。ゲイジはののしり言葉をつぶやきながら、わたしの頭を腕に抱いた。こんなに狼狽した彼を見るのは初めてだった。黒い瞳孔が大きく開き、銀色の虹彩を飲み込んでしまいそうだった。「乱暴なことをしてしまった」ゲイジの声はかすれていた。「すまなかった。ぼくはただ――」

「いいの」わたしはささやいた。歓喜の余波がまだ体に残っていた。

「よくはない。ぼくは――」

体を寄せてキスをするとゲイジは黙った。わたしの唇が自分の口をさぐるのにまかせていたが、キスを返してくることはなく、ただわたしを抱いたまま、ドレスを直して胸やひざを隠し、自分のタキシードでわたしの体を包みなおした。

そのあと、ふたりとも黙っていた。わたしはまだ快楽の余韻にひたっていて、ゲイジがボタンを押してドライバーに話しかけても、ぼんやりしていた。片手でわたしをかかえたまま、ゲイジはもう一杯酒を注ぎ、ゆっくりと飲み干した。顔にはどんな表情もあらわれていなかったけれど、ものすごく緊張していることが体から感じられた。

ゲイジのひざの上でしっかり抱かれて、わたしは少しうとうとした。車の振動とゲイジの体のぬくもりが子守唄代わりだった。リムジンが停まってドアが開き、無情にも目を覚まさせられた。ゲイジはわたしを揺り起こして、車から降ろした。

ひどいかっこうになっているのはわかっていた。理由はあまりにも明白だった。恥ずかしくて、ドライバーのフィルをちらりと見ると、彼はこちらを見ないようにして、表情を殺していた。

わたしたちはトラヴィス・ビルの前にいた。部屋にあがることを拒否されると思っているかのように、ゲイジはわたしをじっと見つめている。ここに残るべきか、帰るべきか、考えをめぐらせた。でも、心が乱れすぎていて考えがまとまらない。渦巻く思考の中でたったひとつだけはっきりわかっていることがあった。ハーディとのことに関して、わたしがどんな選択をしようとも、この人はおとなしくひきさがったりはしないだろう。

ドレスの上にゲイジのジャケットを羽織ってロビーを通り抜け、エレベーターに乗り込んだ。急な上昇で、ハイヒールのわたしは少しよろめいた。ゲイジはわたしを抱き寄せてキスをした。長いキスだった。顔が真っ赤になり、息が苦しくなった。つまずきそうになりながらエレベーターを降りると、ゲイジはわたしを軽々と抱き上げて、自分のコンドミニアムまで運んだ。

まっすぐ、わたしたちを待つベッドルームの静寂へと進み、暗闇の中でドレスを脱いだ。ゲ車の中であわただしく愛を交わしたあとだったから、性急さはやさしさに変わっていた。ゲイジは影のように覆いかぶさってきて、一番柔らかくて、一番感じやすい場所をさがしあてた。彼になだめられればなだめられるほど、体はうずいた。深いため息をつきながら、ゲイジに手をさしのべ、硬い筋肉の感触を求めた。しなやかな肉体を、真夜中のように黒いシルクの髪を求めた。ゲイジはわたしを開かせ、口と指をデリケートに這わせていたぶった。わたしは手足を大きく広げて、体を弓なりに反らせ、震えながら彼の侵入を哀願した。自分の中に彼が滑り込んでくるたびにうめき声がもれた。それは果てることなくつづき、ついにゲイジはあらゆる限界を越えて、わたしの中に沈み込んだ。所有し、所有されながら。

カウボーイの言い回しに、「馬を疲れきるほど走らせてはならない」というのがある。これはガールフレンドにも言えること。とくに長いあいだ彼女がセックスにごぶさただったらなおのこと、また調子が戻るまで少々時間がかかる。その夜、ゲイジが何度手を伸ばしてきたか、もうわからなくなっていた。翌朝目覚めると、体中の筋肉が痛み、こんなところにも筋肉があったんだといまさら気づくしまつだった。手足はつっぱり、こわばっていた。ゲイジは深い思いやりを示して、ベッドにコーヒーを運んできてくれた。

「後悔しているような顔をしなくてもいいのよ」と言って体を前に倒すと、ゲイジは背中にもう一個枕を入れた。「そういうの、あなたには似合わないわ」

「後悔などしていない」黒いTシャツにジーンズを身につけたゲイジは、ベッドのマットレスの端に腰掛けた。「感謝しているんだ」

シーツを上に引っ張り上げて裸の胸を隠し、湯気の立つコーヒーをゆっくりと飲んだ。

「そりゃそうよね。とくにあのあとなら」

ゲイジは目を合わせ、手をわたしのひざに置いた。薄いシーツを通して手のひらの熱が伝わってくる。「大丈夫かい?」とやさしく尋ねた。

ゲイジのばか。わたしの心を突き崩すやり方をしっかり心得ている。きっと傲慢で威圧的にふるまうだろうと予想しているときに、こんな心遣いを見せるのだ。胃がきりきり痛みだす。何もかもがすばらしいゲイジ。ずっとずっと求めつづけていた人のために、ゲイジをあきらめることができるのだろうか。

大丈夫と答えようとしたが、その代わりに、わたしはほんとうの気持ちを彼に語っていた。

「一生で一番大きな過ちを犯しそうでこわいの。どうすることが過ちなのか、しっかり見きわめたいと思っているところなんだけど」

「どっちの男が過ちかということだな」

わたしは顔をしかめた。「もしハーディに会ったら、あなたは怒ると思うけど、でも——」

「いや、怒らないよ。彼に会うべきだと思う」

熱いカップを握っていた手に緊張が走った。「そう思う?」

「わかりきったことじゃないか。この状況にきちんと片がつくまで、きみの心を手に入れることはできない。彼がどんなに変わったか、自分の目でたしかめるんだ。昔の気持ちがまだ残っているかどうかはっきりさせなくては」

「そうね」そんなふうに理解を示してくれるなんて、彼、ずいぶん進歩したんだわと思った。

「ぼくはかまわないよ」とゲイジはつづけた。「彼と寝たりしないかぎりは」

進歩はしたけど、やっぱりテキサスの男だった。

からかうようにほほえんでわたしはきいた。「つまり、わたしがあなたとしかセックスしないなら、彼のことを思っていてもあなたは気にしないってこと?」

ゲイジは淡々とした口調で答えた。「いまはとりあえずセックスだけもらっておく。そしてあとで全部いただくということだ」

23

どうやら昨晩は、チャーチルもわたしと似たり寄ったりの時間をすごしたようだった。最後にはヴィヴィアンとけんかになったらしい。彼女はやきもち焼きなんだ、それに、ほかの女たちが親しげに寄ってきても、それはわたしのせいじゃない、とチャーチルは言った。

「あなたのほうは、どれくらい親しそうにふるまったのですか?」とわたしは尋ねた。ベッドに入ったままリモコンでチャンネルを替えながら、チャーチルはしかめっ面をつくった。「どこで食欲をそそられようと、家で食事をするかぎりはかまわんだろう」

「あらまあ、もしかして、それをヴィヴィアンに言ったんじゃありませんよね?」

沈黙。

わたしは朝食のトレイを受け取った。「ヴィヴィアンが昨晩帰ってしまったのも当然だわ」そろそろシャワーの時間だった――怪我はだいぶよくなり、もうひとりでシャワーを浴びることができるようになっていた。「お困りのことがあったら、すぐトランシーバーを鳴らしてくださいね。庭師に頼んで、手伝ってもらいますから」わたしは部屋を出ようとした。

「リバティ」

「はい？」

「わたしは他人のことに首を突っ込むのは好きじゃないが……」チャーチルはわたしの表情を見てほほえんだ。「話したいことがあるんじゃないかね？　最近、何か新しいニュースはないのかな？」

「ひとつもなしです。いつものとおり、まったく変わらず、です」

「うちの息子と何かあるんだろう？」

「恋愛の話はしたくありません」

「なぜだね。前にはしていたじゃないか？」

「あのころあなたはわたしのボスではありませんでした。それに、わたしの恋愛にあなたの息子さんは含まれていませんでした」

「よろしい、息子の話はやめよう」チャーチルは落ち着いた声で言った。「では、昔の知り合いの話をしようじゃないか。見のがされていた油田を採掘する小さな会社をはじめたそうだね」

トレイを落としそうになった。「ハーディが来ていたのを知っていたのですか？」

「人に紹介されるまでは気づかなかった。名前を聞いてすぐにわかったよ」チャーチルの包容力あふれるまなざしに、泣きだしそうになった。

でも泣いたりはせず、トレイを置くと近くの椅子のほうに歩いて行った。

「それでどういうことになったんだね？」チャーチルの声が聞こえた。

わたしは座って、床をじっと見つめた。「ほんの数分間話をしただけです。明日、彼に会うことになっています」長い沈黙。「ゲイジはおもしろくないみたいですけど」

チャーチルは乾いた笑い声をあげた。「まあ、わかるな」

わたしはチャーチルのほうに顔を上げて、尋ねずにはいられなかった。「ハーディのこと、どう思われましたか？」

「なかなか魅力のある青年だ。賢くて、礼儀正しい。いまに大金を稼ぐだろう。この家に招いたのかね？」

「まさか。どこか別の場所で話します」

「よければここに呼びなさい。ここはきみの家なんだから」

「ありがとうございます。でも……」わたしは首を振った。

「ゲイジとつきあいはじめたことを後悔しているのかい、リバティ？」

その質問にはどきっとした。「いいえ」と即座に答え、しきりにまばたきをした。「後悔とかそういうんじゃなくて、よくわからないんです。ただ……自分にはハーディしかいないとずっと思ってきました。いつもいつも彼のことを夢見て、彼だけを求めていた。なのに、やっと彼のことを忘れられたと思ったときにあらわれるなんて、あんまりだわ」

「忘れたくても忘れられない人もいる」

塩辛い涙の膜を通してチャーチルを見た。「エイヴァのことですね？」

「妻のことは、一生なつかしく思うだろう。だが、違う。エイヴァのことではない」

「では、最初の奥さま?」

「いや、別の人だ」

袖で目の縁の涙を拭った。チャーチルは何かを語りたがっているようだった。でも、いまのわたしは自分のことで精一杯だった。わたしは背筋を伸ばして、えへんと咳払いした。

「下へ行って、キャリントンの朝食を用意しなくちゃ」と言って背中を向けて歩きだした。

「リバティ」

「はい?」

チャーチルはなにか一心に考えているらしく、眉間にしわを寄せていた。「このことについては、あとでもっとよく話し合おう。ゲイジの父親としてではなく、きみの雇い主としてでもなく。昔からの友だちとして」

「ありがとうございます」わたしはざらついた声で言った。「なんとなく、そういう友だちが必要になる気がします」

ハーディはその日の午前中に電話してきて、わたしとキャリントンを日曜の乗馬に誘った。何年も馬に乗っていなかったのでわくわくしたが、キャリントンはお祭りでポニーに乗ったことがあるくらいで乗馬の経験はないとハーディに告げた。

「大丈夫」ハーディは気軽に言った。「すぐに覚えるさ」

日曜の朝、ハーディは巨大な白のスポーツタイプ多目的車《SUV》でトラヴィス邸にやってきた。

わたしたちはジーンズにブーツ、厚手のジャケットを着込み、玄関で彼を出迎えた。キャリントンには、ハーディは昔からの家族ぐるみの友だちだと話してあった。あなたのことは赤ちゃんのころから知っているし、出産のときにはママを病院まで車で送ってくれたのよ。

わたしの過去からあらわれた謎めいた男に興味津々のグレッチェンは、玄関のベルが鳴ったときには、いっしょにエントランスで待っていた。太陽の光を浴びて戸口に立っているハーディを見て、グレッチェンが「まあ」とつぶやくのが背後から聞こえた。

手足の長い、油井作業員を思わせるがっしりした体、印象的な青い瞳、そして魅力的な笑顔。どんな女性もいちころでまいってしまういい男だ。わたしに視線をさっと投げ、ようっと言って頬にキスをしてから、グレッチェンのほうを見た。

わたしが紹介すると、ハーディはグレッチェンの手を、まるで壊れ物にさわるかのようにうやうやしく取った。グレッチェンはすっかりいい気分になってにっこりほほえみ、優雅な南部の女主人を気取った。ハーディが目をそらすとすぐに、グレッチェンはわたしに意味深長な目配せを送ってきた。いままでどこに彼を隠していたのよ、とでも言いたげだ。

ハーディは妹の前でしゃがみ、「キャリントン、ママよりきれいになったな。おれのことは覚えていないだろうが」と声をかけた。

「わたしが生まれるときに病院に連れて行ってくれたんでしょ?」キャリントンは恥ずかしそうに言った。

「そのとおり。あのポンコツトラックで、嵐で水没しかけていたウェルカムを走ったんだ」

「ミス・マーヴァが住んでるとこね。ミス・マーヴァを知ってる?」

「ミス・マーヴァを知っているかって?」ハーディはにやりと笑った。「もちろんだよ。レッドベルベットケーキを何度もごちそうになった」

すっかりなついてしまったキャリントンは、ハーディが立ち上がると自分から手をつないだ。「リバティ、ミス・マーヴァの知り合いだって教えてくれなかったじゃない!」

手をつないだふたりの姿を見て、体の奥深くに眠っていた感情が震えだした。「あなたの話はほとんどしたことがなかったの」とハーディに言った。自分の声が上ずっているのがわかる。

ハーディはじっとわたしの目を見つめてうなずいた。あまりに強い思いは簡単に口に出せないものだとわかってくれているようだった。

「では」グレッチェンが明るく言った。「みなさん、いってらっしゃい。楽しんできてね。キャリントン、馬には気をつけるのよ。後ろ脚の蹄には近づいちゃだめですからね」

「はーい!」

ハーディはわたしたちをシルバーブライドル乗馬センターへ連れて行った。そこの馬たちは、一般庶民よりもずっといい暮らしをしている。厩舎にはデジタル式の防虫システムが導入されており、クラシック音楽が流れ、各馬房には個別に蛇口と照明設備がついていた。戸外には、屋根つきの運動場、跳躍用コース、放牧地、池、パドック、そして二〇万平方メートルの乗馬用の土地があった。

ハーディは、自分の友人の馬に乗れるよう手配しておいてくれた。シルバーブライドルの厩舎に馬を預けるのは、大学の学費にも匹敵するほどの金がかかると言われている。ハーディの友人は腐るほど金を持っているのだろう。わたしたちが借りた馬は、黄金色で尾とたてがみが白いパルミノ種の馬と、黒っぽい糟毛の馬だった。どちらもつやつやと滑らかに輝き、行儀がよかった。

出発する前に、ハーディはキャリントンをがっしりした黒いポニーに乗せ、手綱を持って厩舎のまわりを歩かせた。思ったとおり、妹はすっかりハーディのとりこになってしまった。うまいぞとほめられたり、からかわれたりすると、くすくす笑った。

寒いけれどよく晴れていて、乗馬にはもってこいの日だった。牧草と動物と軽い土の香りが混ざったテキサス特有のにおいが空気に満ちていた。

ハーディとわたしは隣り合って馬を歩かせながら話をした。ポニーに乗ったキャリントンは少し前を行っている。

「いい子に育てたな。おふくろさんが見たら喜ぶだろう」

「だといいけど」金髪をきれいに三つ編みにして白いリボンを結んでいる妹を見る。「すばらしい子でしょ?」

「ああ、すばらしい」だがハーディはわたしを見つめていた。「マーヴァから、おまえが苦労してきたことを少しだけだが聞いた。重荷を背負ってきたんだな」

わたしは肩をすくめた。たしかにつらいと思うこともあったが、振り返ってみれば、そんな重荷や苦闘も特別なことではなかったような気がした。もっと苦労している女性はたくさんいる。「一番つらかったのは、ママが死んだ直後だったわ。二年間ぐっすり眠ったことがなかった。働いて、学校に通って、なんとか必死にキャリントンを育てようとしていた。いつもすべてが中途半端な感じがしていたわね。遅刻ばかりしていて、何事もきちんとやり遂げられない感じ。でも、徐々にうまくいくようになったわ」

「どうしてトラヴィスと知り合ったんだ？」

「どっちの？」と考えもせずにきいてから、頬がかっと燃え上がった。

ハーディはほほえんだ。「まずは年配のトラヴィスから」

ハーディと話をしていると、過去の地層をひとつずつはがしていくような気分になった。簡単にほこりを払うだけではがれる層もあれば、のみやおのを使わなければならない硬い層もあった。そういう層は、とりあえずいまはそのままにしておくことにした。わたしたちは、ふたりが離れていたあいだに起きた出来事をできるだけたくさん話した。ハーディとこんなふうに語り合う日がくるとは思っていなかった。心の中には頑固に鍵をかけてある部分があり、長いあいだしまいこんでいた感情を表に出すのがこわかった。

お昼近くになったので、キャリントンは疲れてお腹がすいたと言いだした。わたしたちは厩舎に戻って馬を下りた。自動販売機で飲み物を買っていらっしゃいとひとつかみのコインをわたすと、キャリントンはメインビルディングに向かって走っていった。ハーディとわたしはふたりきりになった。

ハーディはしばらく突っ立って、わたしを見ていた。それから「来いよ」とつぶやき、だれもいない馬具部屋にわたしを引っ張っていった。やさしくキスされると、ほこりと太陽と塩辛い肌の味がした。離れていた年月がゆっくりと、そのわきあがる熱に溶けていった。ハーディをずっと待っていた。このキスを。そしてそれは覚えていたとおり甘美だった。しかしキスが激しくなると、わたしは神経質に笑って体を離した。

「ごめん」わたしは息を切らせながら謝った。「ごめんなさい」

「いいんだ」ハーディは安心させるように言った。その瞳は熱く燃えていた。「つい夢中になってしまった」

ハーディといっしょにすごすのはとても楽しかったけれど、リバーオークスに帰り着いたときにはほっとした。ひとりになって考えたかった。冷静になりたかった。キャリントンは後部座席で嬉しそうにおしゃべりしていた。また馬に乗りたいな、いつか馬を持てるようになったら、どんな名前にしようかしら。

「あなたのせいで、興味の対象がすっかり変わっちゃったわ」とハーディに言った。「バービーを卒業して、こんどは馬よ」

ハーディはにやりとしてキャリントンに話しかけた。「馬に乗りたくなったら、姉さんにおれに電話するよう頼むんだぞ」

「明日も乗りたい！」

「明日は学校があるでしょ」と釘を刺すと、キャリントンはしかめっ面になったが、友だちにポニーに乗った話をするのも悪くないと考え直したらしい。

ハーディは家の前に車を停めて、わたしたちを降ろしてくれた。ガレージをちらりと見ると、ゲイジの車があった。日曜の午後に来ることなんてめったにないのに。ジェットコースターに乗って最初の大きな落下にさしかかったときのように、胃がひっくり返りそうになった。「ゲイジが来てるわ」

ハーディは落ち着き払っていた。「そうだろうとも」

キャリントンはハーディと手をつなぎ、ぺちゃくちゃしゃべりながら家に向かって歩いて行った。「……これがわたしたちのお家よ。二階にわたしのベッドルームがあって壁紙は黄色のストライプなの。それであれがビデオカメラ。玄関から入れてもいい相手かどうかこれで見るの――」

「ここはわたしたちの家じゃないのよ、キャリントン」とわたしはたしなめた。「トラヴィス家のお屋敷よ」

わたしのことは無視し、キャリントンはドアベルを押した。カメラに向かってあかんべえをして、ハーディを笑わせた。

ドアが開いた。そこにいたのはゲイジだった。ジーンズに白いポロシャツ。心臓が激しく鳴りだした。ゲイジは最初にわたしを、それからハーディを見た。

「ゲイジ！」キャリントンは数カ月ぶりに会ったかのように叫んで、駆け寄って彼の腰に両腕をまわした。「わたしたちの古いお友だちのハーディよ。乗馬に連れて行ってくれたの。黒いポニーに乗ったんだ。ほんもののカウガールみたいだったよ!」

ゲイジはキャリントンを見下ろしてほほえみ、細い肩に腕をかけた。

ハーディをちらっと見ると、彼は吟味するように目をきらりと輝かせた。妹とゲイジがこれほど仲がいいとは予想していなかったらしい。ハーディは朗らかな笑顔で手を差し出した。

「ハーディ・ケイツです」

「ゲイジ・トラヴィスだ」

ふたりは固く短い握手を交わした。ほとんど傍目にはわからなかったが、一瞬の力比べがあり、それは引き分けに終わった。ゲイジはキャリントンをまとわりつかせたまま、無表情で立っていた。わたしはポケットに手を突っ込んだ。指と指のあいだが汗ばんでいた。ふたりの男はどちらもリラックスしたようすだったが、空気はぴりぴりと張りつめていた。

彼らを見比べて、わたしははっとした。記憶の中のハーディは見上げるように大きかった。長いことそう思ってきたので、ゲイジが同じくらい背が高いことに——ハーディより痩せてはいたが——気づいていなかったのだ。ふたりはほとんどあらゆる点で違っていた。教育、生い立ち、経験……ゲイジはなじんだルールにしたがってゲームをプレイするタイプ。一方ハーディは、自分に合わないルールは、あっさり切り捨ててしまう。ゲイジはどんな人々の中に入っても一番聡明な人間と見られたが、ハーディは肝心なのは交渉相手を出し抜くことだけだと考えていた。

「油田事業の成功おめでとう」ゲイジはハーディに言った。「短期間にいくつかすばらしい油田を発見したようだね。すごく儲かっているそうじゃないか」

ハーディはほほえんで、軽く肩をすくめた。「運に恵まれたようです」

「運だけじゃないだろう」

ふたりは地球化学や油井掘削について、それから油田の生産的間隔を評価する難しさなどについて話し合った。やがて会話はゲイジの代替技術の会社のことに移っていった。

「新しいバイオディーゼルの事業に着手しているそうですね」とハーディがたずねた。

ゲイジの人あたりのいい表情は崩れない。「話すほどのものではないが」

「そうかな。噂では、窒素酸化物排出の削減を狙っているという話ですね……だが、バイオ燃料は高くつく」ハーディはにやりとした。「石油のほうが安上がりだ」

「いまのところは」

ゲイジが個人的にこうした問題にどんな考えを持っているか、わたしはわずかながら知っていた。チャーチルもゲイジも、安い石油の時代はもうすぐ終わり、やがて需給ギャップに達したら、経済危機をかろうじて救うのはバイオ燃料だろうと考えていた。トラヴィス家の友人で石油関連の仕事をしている人の多くは、石油はまだたっぷりあるからあと数十年はそんなことは起こらないと考えていた。彼らはゲイジに、頼むから石油に代わる燃料などつくらんでくれよ、でないとわたしたちは破産だ、と冗談を言った。ゲイジは、彼らはけっこう本気だぞと教えてくれた。

一分か二分、耐えがたいほど慎重な会話を交わしたあと、ハーディはわたしのほうを見てささやいた。「そろそろ帰る」そしてゲイジに会釈した。「お会いできて嬉しかった」

ゲイジも会釈して、馬の話をしたがっているキャリントンに注意を向けた。

「ドアまで送るわ」わたしはハーディに言った。ふたりの対面が終わって心からほっとした。

歩きながらハーディはわたしの肩に腕をまわし、「また会いたい」と低い声でささやいた。

「二、三日したら」

「明日、電話する」

「わかったわ」ドアの前で立ち止まった。ひたいにキスされ、ハーディの温かい青い瞳を見上げた。「ふたりとも、とっても紳士的だったわね」

ハーディは笑った。「おれの頭をかち割りたかったに違いないが」腕をドア枠にかけて、急にまじめな顔になった。「あいつみたいな男はおまえには似合わない。冷酷な野郎だ」

「よく知り合えば、そうでないことがわかるわ」

ハーディはわたしの髪をつまみ、そっと指と指のあいだにはさんでなでた。「おまえは氷河をも溶かす力を持っているのかもな」そう言うと、ほほえんで髪を放し、自分の車に向かって歩いて行った。

疲れて気持ちが混乱していた。キャリントンとゲイジをさがすと、ふたりはキッチンで冷蔵庫や食料棚を開けて、食べ物をさがしていた。

「お腹は?」とゲイジがきいた。

「ぺこぺこ」

ゲイジはパスタサラダとイチゴの入った容器を取り出した。わたしはフランスパンを見つけて何枚かスライスし、キャリントンは皿を三枚用意した。

「二枚でいいよ」ゲイジはキャリントンに言った。「ぼくはもう食べたから」

「オーケー。クッキー食べてもいい？」

「食事のあとだ」

キャリントンがナプキンを出しているあいだ、わたしは眉をひそめてゲイジを見た。「いっしょに食べないの？」

彼は首を振った。「知るべきことは知ったから」

キャリントンがそばにいることを意識して、食事の用意ができるまで質問は控えた。ゲイジはキャリントンにミルクを注いでやり、皿の隅に小さなクッキーを二枚置いた。「クッキーは最後に食べるんだぞ」とゲイジがささやきかけると、キャリントンはきゅっと抱きついてからパスタサラダを食べはじめた。

ゲイジは他人行儀にほほえんで言った。「バイ、リバティ」

「待って――」わたしは、すぐに戻るからとキャリントンに声をかけて、ゲイジを追いかけた。ゲイジの歩調に合わせるために早足になる。「たった五分で、ハーディ・ケイツのすべてがわかったと思っているの？」

「そうだ」

「彼をどう思った？」

「きみに言っても意味がない。どうせ偏見を持っていると思うだろう」

「そうじゃないの？」

「もちろん、そうさ。だが、ぼくの評価は正しい」

彼の腕に触れて、玄関の前で立ち止まらせた。ゲイジはわたしの手が触れた部分を見下ろし、それからゆっくりと視線を顔へと移した。

「教えて」

ゲイジは事務的な口調で答えた。「根っからの野心家だな。仕事も遊びも中途半端じゃすまさない。成功のしるしとなるものに貪欲だ——車、女、家、リライアント・スタジアムのボックス席。成功の階段を上るためなら、主義などかなぐり捨てる。財産をつくっては失い、それを二度ほど繰り返し、三度か四度結婚する。彼がきみを欲しがるのは、きみが自分を見失わないための最後の砦だから。だが、きみですら、彼を救うことはできない」

厳しい評価にわたしは目をしばたたき、両腕で自分を抱きしめた。「あなたは彼のことを知らないのよ。ハーディはそんな人じゃない」

「いまにわかる」ゲイジのほほえみは目まで届かなかった。「戻ったほうがいい。キャリントンが待っている」

「ゲイジ……怒ってるんでしょう？　わたしとても——」

「いや、リバティ」彼は表情を少し和らげた。「ぼくも、すべてをどう考えるべきなのか迷っているところなんだ、きみと同じくね」

それから二週間、わたしは何度かハーディに会った。ランチ、ディナー、長い散歩。会話と沈黙、そして復活した親密さの中で、大人になったハーディと、大好きだった少年のハーディとを重ね合わせようとした。けれども、ふたりは同じ人物ではないことに気づき、困惑した……でも、わたしだってもう昔のわたしじゃない。

昔のハーディにではなく、現在の彼にどれだけ惹かれているかを判断することが大事なのだと思った。もしも初めて会ったのだとしたら、同じような気持ちになっただろうか？

たしかなことはわからなかった。しかし、ハーディはとても魅力的だった。昔からそうだったけれど、彼には人を惹きつけて放さない磁力のようなものがあった。いっしょにいると心が楽になり、何でも話し合えた。ゲイジのことですら。

「あいつはどんなやつだ？」わたしの手をとって、指をいじりながらハーディはきいた。

「噂はほんとうなのか？」

ゲイジの評判は聞いていたので、わたしは肩をすくめてほほえんだ。「ゲイジは……教養があるっていうか、とても洗練されているわ。でも、こわいときもある。問題は、なんでもパーフェクトにこなしてしまうように見えることかな。みんなは弱みを見せない男と思っているみたいね。それから、心を表に出そうとしない。ああいう人に近づくのは一苦労だわ」

「だが、おまえにはできたようだな」

わたしは肩をすくめてほほえんだ。「まあね。でもまだつきあいはじめたばかりだし……それに……」

そのときハーディが本性をあらわした。

「彼の会社については何か知っているか？」となにげなくきいた。「大石油企業とコネクションがあるテキサスの名門一家の息子が、いったいぜんたいどうして燃料電池やバイオディーゼルなんかにちょっかいを出す気になったのか、おれにはさっぱりわからん」

わたしはほほえんだ。「それがゲイジらしいところよ」聞いた話を思い出しながら、ゲイジの会社がいま取り組んでいる技術について知っていることをハーディに話してしまった。「ものすごく大きなバイオ燃料の取引が進行中なの。ゲイジはダラスの巨大製油所に混合燃料施設を建てたいと考えていて、石油とバイオディーゼルとを混ぜてテキサス中に供給する計画なんですって。交渉はかなりいい線までいっているみたい」誇らしげな自分の声を聞きながら、さらにつけ加えた。「チャーチルは、ゲイジでなければできない仕事だと言っているわ」

「彼はものすごいハードルを乗り越えてきたんだろう」とハーディは言った。「ヒューストンでは、〝バイオディーゼル〟という言葉を口にしただけで殺されかねないからな。それはどこの製油所だい？」

「メディナよ」

「でかい会社だ。彼のためにすべてがうまくいくことを願うよ」それから、わたしの手をとり、ハーディは巧みに話題を変えた。

二週間目が終わるころ、ハーディにつれられて超モダンなバーに行った。宇宙船の内部さながらだった。無機質な室内装飾品が、グリーンやブルーのバックライトに照らし出されている。テーブルはコーヒーカップの受け皿くらいの大きさで、ストローのように細い脚に支えられていた。最近オープンしたばかりの店で、とびきりセンスがよくてかっこいい客ばかりだったが、くつろげる雰囲気ではなかった。

氷の入ったサザンカンフォートというカクテルを手にして、あたりを見まわすと、何人かの女性がハーディに意味深長な視線を送っていた。彼のルックスと存在感と魅力を考えれば、それも驚くことではない。この先、ハーディはもっともっと人の目を引きつけるようになり、成功とともに有名になっていくのだろう。

カクテルを飲み終えて、わたしはおかわりを頼んだ。なんだか今夜はリラックスできなかった。大音響のライブミュージックに負けないように声をはりあげてハーディと話をしていても、ゲイジに会いたくてたまらなかった。ここ数日、ゲイジの顔を見ていなかった。きっとわたしはゲイジの寛大さに甘えすぎていたのだと反省する。別の男への気持ちを見きわめるあいだ、辛抱強く待って欲しいと頼むなんて。

ハーディは親指でそっとわたしの指の関節をなでていた。激しい断続的な音楽とは対照的に、ハーディの声はやさしかった。「リバティ」わたしは目を上げた。人工的な光を受けて、不自然なほど青く彼の瞳が輝いた。「出よう、ハニー。そろそろきちんと片をつけよう」

「どこへ行くの？」わたしは聞こえないくらいの声できいた。

「おれの家だ。話をしよう」

わたしはためらった。それからごくりと唾を飲み込んで、ぎこちなくうなずいた。ハーディは夕方、自分のマンションを見せてくれた。今夜はリバーオークスに迎えに来てもらわず、彼のところで落ち合うことにしたのだった。

ダウンタウンをドライブするあいだ、わたしたちは話をしなかった。でも、ハーディはわたしの手をずっと握っていた。心臓がハチドリの羽ばたきのように激しく打っていた。これから何が起こるのか、何が起こってほしいのか、よくわからなかった。

贅沢な高層マンションに着き、ハーディの部屋に上がった。革とスタイリッシュな粗織のファブリックで内装された、広々とした居心地のいいマンションだった。錬鉄のフレームに味わいのある羊皮紙のシェードがついたランプが、メインルームを静かに照らしていた。

「何か飲むか？」

わたしは首を横に振った。指を組んで、ドアの近くに立つ。「いらないわ。バーでたくさん飲んだから」

からかうように笑いながらハーディは近づいてきて、ひたいに唇を押しつけた。「緊張しているのか、ハニー？　おれだぞ、忘れたのか。昔なじみのハーディだ」

わたしは震えるため息を吐き出し、ハーディに寄りかかった。「ええ、そうよね」

ハーディは両腕をまわしてきて、そのままわたしたちはしばらくそうしていた。寄りそって立ち、いっしょに呼吸する。

「リバティ」ハーディがささやいた。「一度言ったことがあっただろう。おれにとって、おまえはいつも人生で一番欲しいものなんだと。覚えているか？」

わたしは彼の肩に向かってうなずいた。「あなたが行ってしまった晩ね」

「二度とおまえを置き去りにしない」ハーディの唇が耳の敏感な縁をなでた。「リバティ、おれはいまでも同じ気持ちだ。おまえに捨ててくれと頼んでいるものが、どんなに大切なものかはわかっている――だが、誓う。ぜったいに後悔させない。おまえの願いは何でもかなえてやる」ハーディはわたしの顎に指をかけて顔を上向かせ、唇を重ねてきた。

わたしはバランスを崩し、ハーディにしがみついた。彼の体は長年の過酷な肉体労働のせいで硬く、腕は強くたくましかった。ゲイジのとは違う、もっとダイレクトで攻撃的なキス。ゲイジのキスのようなエロティックなずるがしこさや、遊び心はない。ハーディはわたしの口を開かせゆっくりとさぐる。罪の意識と喜びが混じった複雑な気持ちでわたしはキスを返した。温かい手が胸に滑ってきて、指が胸の丸みをさすり、敏感な先端で止まった。わたしは動揺して小さな叫び声を上げ、さっと唇を離した。

「ハーディ、だめ」わたしはやっと声を出した。欲望が体の中で燃え上がろうとしていた。

「できないの」

ハーディの口は震えているのどをさぐっている。「どうして？」

「ゲイジに約束したの。あなたとはしないって。はっきりするまでは――」

「なんだって？」ハーディはさっと頭を退いた。「義理立てすることはない。所有されているわけじゃないだから」

「そういうことじゃないの。所有とか、そんなんじゃなくて――」

「ばかばかしい」

「約束は破れないわ」わたしは引き下がらなかった。「彼はわたしを信じてくれているの」

ハーディは何も言わず、奇妙な目つきでわたしを見ただけだった。その沈黙には、肌の下に震えを走らせるような何かがあった。指で自分の髪をかきあげながら、ハーディはピクチャーウィンドウのほうに歩いて行き、眼下に広がる街の景色をながめた。「本当にそう思っているのか？」やっと彼が口を開いた。

「どういう意味？」

ハーディは顔をこちらに向け、窓に寄りかかって脚を足首のところで交差させた。「二度ばかり、おまえと会っているときに、銀色のクラウン・ヴィクトリアがおれたちのあとをつけていた。それでナンバーを覚えておいて、調べさせた。探偵社の車だったよ」

悪寒が走った。「ゲイジがわたしたちを尾行させていたと言うの？」

「その車は、いまもこの通りの先に停まっている」ゲイジは身ぶりでわたしを窓のところに来いと示した。「自分の目でたしかめろ」

わたしは動かなかった。「そんなことするはずないわ」

「リバティ」ハーディは静かに言った。「あいつと知り合ってまだ間がないんだろう。やつがどんなことをするのか、おまえにはまだよくわかっていないんだ」

わたしはざわっと鳥肌が立った上腕を、温めようとするかのように手でこすった。あまりに驚いて声が出なかった。

「おまえはトラヴィスの連中を友人と思っているようだが」ハーディは淡々とした口調でつづけた。「じつはそうじゃないんだぞ、リバティ。おまえとキャリントンを家に入れたのは、親切心からだと思っているのか? 冗談じゃない。あいつらはおまえにでっかい借りがあるんだよ」

「どういうこと?」

ハーディは窓のほうからつかつかと歩み寄ってきて、肩に手を置き、戸惑っているわたしの目をのぞき込んだ。「本当に知らないのか? 少なくとも何かあると感づいていると思っていたんだが」

「何の話?」

ハーディは口をいかめしく結んだ。わたしをソファに座らせ、力の抜けた手を握った。

「おまえのおふくろはチャーチルと関係があった。何年もつづいていたんだ」

唾を飲み込もうとしても、うまくいかない。「嘘よ」と小声で言った。

「マーヴァが教えてくれた。自分できいてみろよ。おまえのおふくろはマーヴァにすべてを打ち明けていたんだ」

「ミス・マーヴァはなぜ何も言ってくれなかったの？」

「おまえに知らせるのがこわかったんだろう。おまえとトラヴィス家がかかわりあいになるのを恐れていた。マーヴァはやつらがキャリントンをおまえから取り上げようとするかもしれないと心配していた。そうなっていたら、おまえにはどうすることもできなかっただろう。のちに、おまえがチャーチルのもとで働いていると知り、あいつが借りを返そうとしていると思ったそうだ。マーヴァはよけいな口出しをしないのが一番と考えたらしい」

「ぜんぜん理屈に合わないわ。どうしてトラヴィス家の人たちがわたしからキャリントンを取り上げようとするの？　いったいチャーチルは何を――」顔から血がさっと引いた。わたしは言葉を切って、震える手で口を覆った。そういうことだったんだ。

はるかかなたからハーディの声が聞こえてくるような気がした。「リバティ……キャリントンの父親はだれなんだろうな？」

24

ハーディのマンションを出たわたしは、そのまま車でリバーオークスに帰り、チャーチルと話し合うつもりだった。こんなに心が乱れたのは、母が死んで以来のことだった。外見は平静を保っていたが、心のなかはぐちゃぐちゃだった。そんなの嘘だわ、とわたしは何度も何度も思った。真実であってほしくなかった。

もしチャーチルがキャリントンの父親なら……お腹がすいてたまらなかったときや、困難に押しつぶされそうになったときのことを思った。キャリントンが、友だちにはパパがいるのにどうしてわたしにはいないの、ときいてきたときのことを思った。わたしは自分の父親の写真を出して、「この人がわたしたちのパパよ」とキャリントンに見せたものだった。パパは天国にいるけれど、あなたのことをとっても愛していたのよと話したのだ。それから、誕生日や祝日も、病気になったときも、あの子はずっと父親なしですごしてきた……。

もしチャーチルがキャリントンの父親なら、わたしには何ひとつ借りはない。けれどもあの子には返しきれないほどの借りがある。

自分でも気づかぬうちに、ゲイジが住むビルの駐車場のゲートを抜けていた。警備員に免許証の提示を求められて、しまった、ここに来るつもりじゃなかったのに、とためらった。けれども、わたしは免許証を見せて、住人用の駐車スペースに車を停めた。ゲイジに会いたかった。彼が家にいるかどうかもわからなかったけれど。

一八階のボタンを押す手が震えていた。少しは恐れから、しかし大部分は怒りのせいだった。メキシコ娘はかっとしやすいという評判にもかかわらず、ふだんのわたしは穏やかな性格だった。怒るのは好きじゃないし、体内にアドレナリンがみなぎってくる感覚も嫌いだった。でも、いまこの瞬間、怒りを爆発させる準備ができていた。物を投げつけたかった。

絨毯にハイヒールのかかとを食い込ませながら、大股でゲイジの部屋の前まで歩いて行き、こぶしがめりこむほど強くドアをノックした。応答がないので、もう一度ノックしようとこぶしを上げた瞬間、ドアが急に開いたので、勢いあまって前につんのめりそうになった。

ゲイジが立っていた。いつものように冷静で動じない顔をしている。「リバティ……」問いかけるように語尾を上げて言った。さっとわたしの全身に視線を走らせ、最後に紅潮した顔を見た。手を伸ばしてわたしを部屋の中に引き入れたが、わたしは部屋に足を踏み入れるなり、さっと彼から離れた。「いったい、どうしたんだい?」

温かみのあるゲイジの声がたまらなかった。それよりも、この期におよんでもまだ彼の胸に飛び込んでいきたくてたまらない自分が許せなかった。「わたしのことを思っているようなふりはやめて」わたしはそう怒鳴ると、バッグを床に投げ捨てた。「あなたがあんなことをしたなんて信じられない。わたしは後ろめたいことはひとつもしていないのに!」

ゲイジの表情は冷めていった。「何の話か教えてくれるとありがたいんだが」感じのいい声で言った。

「どうしてわたしが怒っているか、わかってるんでしょ。人を雇って尾行させるなんて。わたしをスパイしていたのね。理由がわからないわ。わたしは尾行されるようなこと、ひとつもしていないのに――」

「落ち着けよ」

怒り狂っている女に落ち着けよと言ったら、火に油を注ぐようなものだ。しかし、たいていの男はわかっていないらしい。

「落ち着いてなんかいられないわ。どうしてそんなことをしたのか知りたいの！」

「約束を守っているなら、見張られていたって気にすることはないじゃないか」ゲイジはぬけぬけと言った。

「じゃあ、尾行させたことを認めるのね？　まあ、なんてことでしょう、やったのね。顔を見ればわかる。ばか、彼とは寝てないわよ。信じてくれてなかったなんてひどいわ」

「古い格言に従うことにしているんだ。〝信じよ、しかしたしかめよ〟」

「ビジネスの場合はそれでいいでしょうけど」わたしは殺気だった声で言った。「人との関係には持ち込んでほしくないわ。すぐやめさせてちょうだい。つけまわされるのはまっぴらだわ。クビにして！」

「わかった、わかった」

ゲイジがあっさり引き下がったのに驚き、わたしは用心深く彼を見た。ゲイジは奇妙な目つきでこちらを見ていた。気がつくとわたしの全身はぶるぶる震えていた。激怒はおさまり、ぞっとするような絶望感が残った。容赦のない男たちのあいだに立たされ、自分がふたりの綱引きのどの位置にいるのかわからなくなっていた……さらにチャーチルのこともある。もうつくづくいやになっていた。答えの出ていない問題が山のようにあるからなおさらだった。どこへ行ったらいいのか、どうしたらいいのかわからなかった。

「リバティ」ゲイジは慎重に言った。「きみが彼と寝ていないことはわかっていた。きみのことは信じていたんだ。悪かった。だが、ただ傍観しているのは我慢できなかった。こんなにも求めているというのに。戦わずしてきみをとられてしまうわけにはいかなかったんだ」

「勝ち負けの問題なの？　あなたにとって、これは競走か何かみたいなものなの？」

「違う、そんなんじゃない。きみが欲しいんだ。きみにはまだ心の準備ができていないと思って話していないが、ぼくはきみのすべてが欲しい。いまはとにかく、きみを抱きしめて震えを止めてやりたい」ゲイジの声がかすれてきた。「リバティ、抱きしめさせてくれ」

わたしは動かなかった。彼を信じていいのだろうか。きちんと考えられるようになりたかった。ゲイジを見つめているうちに、その目にもどかしさと欲求が浮かんでいるのがわかった。「お願いだ」と彼は言った。

前に進み出ると、ゲイジはきつくわたしを抱きしめた。「いい子だ」彼は低くつぶやいた。顔を彼の肩に埋め、かぎなれた肌のにおいを吸い込んだ。安堵が全身に広がり、もっと近くに寄りたくて体をすりつけた。この腕でかかえているよりももっとたくさん彼が欲しかった。しばらくしてから、ゲイジはわたしをそっとソファに座らせ、背中と腰をマッサージしてくれた。脚をからみあわせ、頭を彼の肩にもたせかけた。もしもソファがこんなに硬くなかったら、天国にいると錯覚してしまったかもしれない。

「クッションがあればいいのに」とわたしはくぐもった声で言った。

「とり散らかった感じが嫌いなんだ」ゲイジは体をずらしてわたしを見下ろした。「何かほかの悩みもあるんだろう。話してくれればなんとかする」

「できないわ」

「話してみなきゃわからないだろ」

チャーチルとキャリントンのことを告白したくてたまらなかったけれど、まだ心にしまっておかなければならなかった。ゲイジの手を煩わすのはいやだった。話せば彼が動こうとするのはわかっていた。

これはチャーチルとわたしの問題なのだ。

だからわたしは頭を振って、彼のふところにもっともぐりこんだ。ゲイジは髪をなでてくれた。「今夜は泊まっていけよ」

自分がか弱く無防備になったように感じた。ゲイジの腕のたくましい筋肉の感触と、安心感を与えてくれる体のぬくもりを味わった。「ええ」とわたしはささやいた。

ゲイジはじっとわたしを見下ろし、片方の頬に手をあて、かぎりないやさしさで包み込んだ。そして鼻の頭にキスをした。「夜明け前に出かけなくてはならない。ダラスで会議があって、それからリサーチ・トライアングルでもうひとつ」

「それはどこ?」

ゲイジはほほえんで、のんびりと指先で頬骨をなでた。「ノースキャロライナだ。二、三日帰ってこない」わたしを見つめたまま、何か問いかけようとしたが、黙っていた。彼はすっと空気のようにしなやかに立ち上がり、わたしも立たせた。「おいで。眠らないと」

ベッドルームは薄暗く、明かりは海の絵にあてられた小さなランプの光だけだった。おずおずと服を脱ぎ、ゲイジが手渡してくれた白いTシャツを着た。心遣いに感謝しながら、滑らかで贅沢なシーツのあいだに体を滑り込ませた。ライトが消され、ゲイジの体重でマットレスが沈むのを感じた。彼のほうに体を転がして寄り添い、片脚を彼の脚にからめた。

ぴったり体を寄せていると、腿に焼けつくような硬さがあたるのを意識せずにはいられなかった。

「気にするな」とゲイジが言った。

疲れていたけれど、ほほえみがこぼれた。唇で彼ののどを軽くなでてみた。温かな男の香りをかいだだけでうっとりしてしまい、急に心臓がどきどき鳴りはじめた。つま先で毛深い脚の表面をさぐった。「無駄にするのはもったいないみたい」

「疲れているんだろう」

「急いですますなら平気」

「急いではすませられないな」

「じゃあ、急がなくてもいい」わたしは燃え上がって彼の体に這いのぼり、彼の力強い筋肉がきゅっと引きしまるのを感じてあえぎ声をもらした。

闇の中に笑い声が流れ、ゲイジは突然体を返して、わたしを上から押さえ込んだ。

「じっとしてて。ぼくがするから」ゲイジがささやいた。

わたしは言われたとおり、体を震わせながら彼にすべてをまかせた。Tシャツがまくりあげられ、胸がむきだしになった。ぴんと立った乳首に熱い口がかぶさる。わたしは訴えるようにうめいて、体をのけぞらせた。

ゲイジは猫のようにわたしにまたがり、半開きの口を片方の乳首からもう片方へと這わせた。鎖骨に軽く歯を立て、脈をうっている皮膚を舌でなだめる。下のほうでは、彼に触れられたお腹の筋肉が震えだした。さらに下のほうでは、怠惰なさぐるようなキスがすべて炎に変わり、みだらな快感にわたしは身をよじらせた。彼にしっかりと押さえつけられ、全身を駆け抜けていく恍惚の波に酔いしれた。

目が覚めるとひとりだった。セックスと肌のにおいがしみこんだシーツが体に巻きついていた。ふとんを肩まで引き上げて、窓から忍び込んでくる早朝の光を見つめた。ゲイジと夜をすごしたことで、気持ちが落ち着いていた。これから何が待っていようと、なんとかなる気がした。わたしはゲイジに一晩中寄り添って眠った。彼のふところに隠れたかったのではなく、ただ一時、落ち着ける場所が欲しかったのだ。いままでわたしは、自分の力で難局を切り抜けてきた。でも、だれかから力をもらえることを知ったのは新しい発見だった。

ベッドを出てキッチンに行き、トラヴィス邸に電話をかけた。二回目の呼び出し音でキャリントンが出た。「もしもし？」

「キャリントン、わたしよ。昨晩はゲイジのところに泊まったの。電話しなくてごめんね。気づいたときにはもう遅かったから」

「大丈夫だよ。グレッチェンおばさまがポップコーンをつくってくれて、チャーチルと三人で、すっごくくだらない古い映画を見たんだ。歌ったり踊ったりするんだよ。けっこう面白かった」

「学校のしたくはできたの？」

「うん、運転手さんがベントレーで送ってくれるって」

あたりまえのように妹がそう言うのを聞いて、困ったものだとわたしは首を振った。「リバーオークスっ子みたいな話し方ね」

「朝ご飯の途中なの。シリアルがべちゃべちゃになっちゃう」

「わかったわ。キャリントン、お願いがあるの。わたしは三〇分ほどでそちらに帰るから、チャーチルに、重要なことについてお話しがしたいって伝えておいて」

「重要な話って？」

「大人の話よ。愛してるわ」

「わたしもよ。バーイ！」

チャーチルは家族の居間の暖炉のそばでわたしを待っていた。よく知っている人なのに、見知らぬ人のようにも思える。これまで知り合った男性の中で、チャーチルとのつきあいがもっとも長かったし、一番頼りにもしていた。父親に近い存在だと言ってもいいだろう。わたしはチャーチルを愛していた。

でも、すべての秘密を明らかにしてくれないなら、殺してやるから。

「おはよう」うかがうような目でチャーチルはわたしを見た。

「おはようございます。おかげんはいかがですか？」

「まずまずだ。きみはどうだい？」

「さあ、どうでしょう」わたしは正直に答えた。「ナーバスになっているかしら。ちょっぴり腹が立っている。そして、ものすごく混乱しています」

チャーチルを相手に慎重を期する問題を話すときには、まわりくどい言い方をする必要はない。すべてぶちまければ、向こうでなんとかしてくれる。それがわかっていたので、わりあい楽に彼に近づいていくことができ、自分の口からよどみなく言葉が出てくるのにまかせた。

「母をご存知だったのですね」

風の強い日だったので、暖炉の火は揺れて、旗が風になびくような音を立てていた。

チャーチルは驚くほど冷静に答えた。「わたしはきみのお母さんを愛していた」こちらがその言葉を飲み込むまで、ちょっと間を置いてから、そうなのだよと確認するように彼はうなずいた。「ソファに移るのを手伝っておくれ。この椅子は脚に食い込んでかなわん」

わたしたちはしばらく、車椅子からソファへチャーチルを移動させるという仕事に逃避した。力よりもむしろバランスをとることが大事な作業だ。足台を持ってきて、ギプスをそこにのせ、チャーチルの脇に小さなクッションを二個ばかり置いた。チャーチルが座り心地のいい場所に落ち着いてから、隣に座って両腕をお腹のあたりにきつく巻きつけ、彼が話しだすのを待った。

チャーチルはシャツのポケットから薄い財布を取り出し、中身をさぐって、小さな古い白黒写真を差し出した。縁はぼろぼろに擦り切れていた。若かりし日の母の写真だった。映画スターのように美しい。そして母の字で言葉が添えられていた。「愛するCへ。あなたのダイアナより」

「彼女の父親は――つまりきみのおじいさんにあたる人だが――わたしの会社で働いていた」チャーチルは話しながら写真を受け取り、まるでお守りででもあるかのように大切そうに握った。「会社のピクニックでダイアナに会ったのは、最初の妻が死んで間もなくのころだった。ゲイジはやっとオムツがとれたくらいの年だった。ゲイジには母親が、わたしには妻が必要だった。ダイアナがあらゆる点でわたしの妻にふさわしくないことは最初からわかっていた。若すぎたし、美しすぎたし、気性も激しすぎた。だが、そんなことはどうでもよかった」思い出しながらチャーチルは首を振った。しわがれた声で「そうだ、わたしは彼女を愛していたから」と言った。

わたしはまばたきもせずチャーチルを見つめていた。チャーチルが母の人生の秘密の扉を開けようとしているのが信じられなかった。母がけっして話そうとしなかった過去がいま明らかにされようとしていた。

「わたしはあらゆる手を使って、彼女の気を引こうとした。とにかく、彼女が喜びそうなことなら何でもした。すぐに結婚を申し込んだ。彼女はありとあらゆる方向からプレッシャーを受けたわけだ。とりわけ、自分の家族から。ダイアナの実家のトゥルーイット家は中流階級で、ダイアナがわたしの妻になれば自分たちに非常に有利になると考えた」チャーチルは恥じるようすもなくこうつけ加えた。「わたしはダイアナにもそう話した」

あらゆる武器を駆使して、ひとりの女を追いかけていた若き日のチャーチルを思い描いた。

「たいへんな騒ぎだったんでしょうね」

「おどしたりすかしたり、買収したり説得したりと、あらゆる手でわたしを愛するようにしむけた。そしてとうとう彼女にエンゲージリングをはめさせた」そう言って自嘲するように笑うチャーチルに、わたしは愛情を感じた。「時間さえたっぷりもらえれば、どんな人間も落とせるんだよ、わたしは」

「母は本当にあなたを愛していたのですか？　それともふりをしていただけ？」チャーチルを傷つけるつもりはなく、ただ事実を知りたくてわたしはきいた。

チャーチルはそれを悪く受け取る人間ではない。「彼女に愛されていると思える瞬間もあった。しかし結局、それでは足りなかったのだ」

「どうなったんです？　それでは足りなかったのですか？　ゲイジのことですか？　母は、そんなにすぐに母親になるのはいやだと言ったのですか？」

「いや、そういうことではないんだ。息子のことは気に入っていたようだったし、乳母やハウスキーパーを雇って彼女には苦労をかけないとわたしは約束していた」

「じゃあ、どうして？　理由がわかりませ……あ」

わたしの父が割り込んだのだ。

チャーチルがかわいそうでたまらなくなったが、同時に、どんな人物なのかを知ることができなかった父が、リッチでパワフルな年上の男から母を盗んだなんて、ほのかなプライドを感じずにはいられなかった。

「そういうことだ」チャーチルはわたしの考えを読んだかのように言った。「きみの父親はわたしとは正反対の男だった。若くてハンサムで、娘のヘイヴンに言わせれば、特権を剥奪された人間だった」

「メキシコ人でもあった」

チャーチルはうなずいた。「きみのおじいさんはそれが気に入らなかった。当時、白人が白人以外と結婚すると眉をひそめられたものだったから」

「ずいぶん穏やかな表現ですね」とわたしは皮肉まじりに言った。おそらく当時は、一家の面汚しと非難されたのだろう。「母の気性から考えると、そのロミオとジュリエット的な要素が、よけいに母を燃え上がらせたのでしょうね」

「ロマンチストだったからな」チャーチルは写真を大切そうに財布に戻した。「それに、きみのお父さんに熱を上げていた。駆け落ちをしたら二度と家の敷居はまたがせないと父親に釘を刺されていた。家族はぜったいに自分を許してくれないと彼女は思っていた」

「貧しい男に恋をしたから？」わたしは腹を立てて言った。

「そんなのは間違っていた」チャーチルは認めた。「しかし、そういう時代だったんだ」

「言い訳にはなりません」

「ダイアナは駆け落ちする晩に、わたしに会いに来た。彼女がわたしに別れを告げて指輪を返すあいだ、きみの父親は車の中で待っていた。指輪は受け取らなかった。それを金に換えて結婚のプレゼントにしてくれとダイアナに言った。そして、困ったことがあったらわたしのところに必ず来てくれと懇願した」

その言葉を言うのがどんなにつらかったかわたしには理解できた。誇り高き男、チャーチルにとって。

「父が死んだころには、あなたはもうエイヴァと結婚していたのですね」

「そういうことだ」

わたしは黙り込んで、思い出をさぐった。かわいそうなママ。ひとりで生きるためにもがきつづけていたのだ。頼れる家族はなし、助けてくれる人もいない。でも、あの不思議な外出。まる一日姿を消して、そのあとは冷蔵庫に食べ物がいっぱい、借金の取り立ての電話もかかってこなくなって……。

「あなたに会いに来ていたのですね。あなたは結婚していたのに。あなたに会いに来て、お金をもらっていたんだわ。あなたはずっと母を助けていたのね」

チャーチルが答える必要はなかった。その目を見れば明らかだ。

わたしは姿勢を正し、思い切って重大な質問をぶつけた。「キャリントンはあなたの子どもなのですか？」

しわの刻まれた顔がみるみる赤く染まり、チャーチルはわたしを厳しい目でにらんだ。

「わたしが自分の子どもに責任を持たない人間だと思うのか？　自分の娘をあのトレーラーパークに住まわせておくとでも？　違う、キャリントンはわたしの子ではない。ダイアナとはそういう関係ではなかったのだ」

「やめて、チャーチル。わたしはそれほどばかじゃないのよ」

「きみの母親と寝たことはない。わたしがエイヴァを裏切る男に見えるか？」

「ごめんなさい。でも、納得できません。だってげんにお金をもらっていたのだし」

「いいかい、きみが信じようと信じまいと、そんなことはどうでもいい。その気がなかったとも言わない。しかし、わたしは肉体的にはエイヴァに忠実な夫だった。妻のために、それだけはぜったいに守らなければならなかった。きみが希望するなら、ＤＮＡ鑑定を受けてもいい」

わたしはそれで納得した。「わかりました。ごめんなさい。わたしはただ……何年も母があなたからお金をいただいていたという事実を受け入れるのがつらくて。母はいつも、人から助けてもらうのをとてもいやがっていたし、子どものころから自立した人間になることが大切よと言い聞かされてきたから。結局、母は大嘘つきの偽善者だったんだわ」

「子どもを育てなければならなかったんだ。できるかぎりのことをしていたのだよ。わたしはもっとたくさん援助してやりたかったが、彼女はそうさせなかった」チャーチルはため息をついた。急に疲れたように見えた。「彼女が死んだ年は一度も会わなかった」

「つきあっていた人で手一杯だったんです。最低な男だったわ」

「ルイス・サドレック」

「母から聞いたのですか？」

チャーチルは首を振った。「事故の記事を読んだ」

わたしはチャーチルを見つめ、しみじみとその顔をながめながら、彼が大げさなやり方を好むことを思い出した。「黒いリムジンから葬儀を見ていたのはあなたですね。だれだったんだろうとずっと考えていました。それから黄色の薔薇……ずっと送りつづけていたのね」

わたしがパズルのピースをはめているあいだ、チャーチルは黙っていた。「そういえば、棺のディスカウントも」わたしはゆっくり言った。「あなたの差し金だったんだわ。あなたが支払った。葬儀社にそうするように言いつけたんですね」

「ダイアナにしてやれることは、もうそれしか残されていなかった。それから、彼女の娘たちを見守ること」

「わたしたちを見守る?」わたしは疑り深くきいた。

チャーチルは口を閉じた。けれども、彼のことは知りすぎているくらいよく知っていた。わたしの秘書としての仕事には、チャーチルのところに流れてくる情報を整理することも含まれる。チャーチルは、ビジネスのことにも、政治問題についても、人々のことに関しても、監視の目を光らせていた。いつも、目立たない褐色の封筒に入った情報があちこちから届いていた。「わたしを監視していたんじゃないですよね?」何なのいったい、トラヴィス家の男たちはわたしをいつも見張って、頭をおかしくさせるつもりなの?

チャーチルは軽く肩をすくめた。「監視というほどのことじゃない。ときどき、どうしているかと、ちょっと調べていただけだ」

「チャーチル、わたしはあなたがどんな人が知っています。あなたはちょっと調べるだけですませられる人じゃない。手を出さずにはいられないのよ。あなたは……」わたしはすっと息を吸い込んだ。「美容学校の奨学金。あれもあなたのしわざなのですね」

「きみを助けたかったんだ」

ソファからさっと立ち上がった。「助けなんか欲しくなかった! 自分でやり遂げられたわ。チャーチルのばか! 最初はママのパトロン、それからわたしのパトロンになっていたのね。しかも、わたしには選択権も与えられなかった。それを知って、わたしがどんなに情けなく悔しい思いをしているかわかりますか?」

チャーチルは目を細めた。「わたしの助けがあろうとなかろうと、きみががんばってきたことには変わりがない。きみはひとりでよくやった」

「放っておいてほしかったわ。チャーチル、これまで援助してもらったお金を全部お返しします。それを受け取ってくれないなら、あなたとは金輪際口をききません」

「よろしい。奨学金の分は、給料から差し引こう。だが、棺の代金は別だ。わたしはダイアナのためにそうしたのだ、きみのためではなく。座りなさい、話は終わっていない。わたしのほうにはまだ言いたいことがある」

「どうぞ」わたしはまた腰掛けた。心は激しく波立っていた。「ゲイジは知っているんですか？」

チャーチルはうなずいた。「ある日、セントリージスホテルでダイアナとランチの約束をしていたとき、ゲイジはわたしの車をつけてきた」

「ホテルで会って、それでも寝たことがないと――」チャーチルににらまれてわたしは途中でやめた。「わかりました。信じます」

「ゲイジはわたしたちがランチを食べているところを見撃した。そして、あとで詰め寄ってきた。エイヴァを裏切ってはいないと誓ったあとでも、ゲイジの怒りはおさまらなかった。しかし秘密にしておくと約束してくれた。エイヴァを傷つけたくなかったのだろう」

リバーオークスに引っ越してきた日のことを思い出した。

「彼は二階のわたしの部屋にあった母の写真に気づきました」

「ああ、わたしたちはそのことでやり合った」

「そうでしょうとも」わたしは炎を見つめた。「どうしてサロンにいらっしゃるようになったの？」

「きみのことを知りたかった。キャリントンを手元に置き、しゃかりきに働いて、ひとりでがんばって育てているきみを心から誇りに思っていた。きみと実際に会う前から、わたしはきみやキャリントンのことをかわいいと思っていた。きみらだけが、ダイアナがこの世に残したものだったからね。しかし、きみを知ってからは、きみ自身を愛するようになった」

涙でぼやけて、チャーチルの姿が見えなくなりそうだった。「わたしもあなたを愛しています。横暴なでしゃばりじいさんだけど」

チャーチルはこちらへおいでというように、両腕を広げた。わたしは近づいて、チャーチルにもたれた。アフターシェーブローションと革と糊のきいたコットンのにおい、あったかいお父さんのにおいがした。

「母は父を忘れることができなかったんだわ」わたしはぼんやり言った。「そしてあなたは母を忘れることができなかった」わたしは体を起こして、チャーチルを見た。「いつも、自分に合った人を見つけるのが大事なんだと思ってきました。でも、自分に合った人を選ぶことが大切なんですよね？　全身全霊をかけて選ぶことが」

「言うは易く行うは難しだ」

でも、わたしは違う。もう迷わない。「ゲイジに会わなくちゃ。こんなときに出張なんて、間が悪いったらないわ」

「リバティ」チャーチルの表情が少し厳しくなった。「ゲイジは、突然出張に出かけることになった理由をきみに話したかい？」

なんだかいやな予感がした。「ダラスに行って、それからリサーチ・トライアングルへ行くとだけ。でも、理由は言いませんでした」

「わたしが話したらゲイジは怒るだろうが、きみに知らせるべきだと思う。メディナ社との取引に、土壇場になって問題が生じたんだ」

「まあ」わたしは心から案じて言った。これがゲイジの会社にとってどんなに大切な取引なのかよくわかっていたからだ。「何があったんですか？」

「交渉の過程で秘密が漏れた。この取引が行われていることはだれも知らないはずだった――実際、交渉の場にいた者は非開示契約にサインしていた。しかし、どうしたわけか、きみの友人のハーディ・ケイツが秘密をかぎつけた。そしてメディナの最大の供給元であるヴィクトリー石油に情報を持ち込んだ。ヴィクトリーは現在、メディナに取引から手を引くよう圧力をかけている」

肺からいきなりすべての空気がなくなってしまったような気がした。信じられなかった。

「どうしましょう、わたしのせいだわ」わたしは力なく言った。「ハーディに交渉の話をしてしまったの。秘密だったなんて知りませんでした。ハーディがそんなことをするなんて信じられないわ。ゲイジに電話をして、わたしのせいだと説明しなくちゃ。そんなつもりじゃなかったのだけど——」

「ゲイジはもう知っている」

「わたしが漏洩の犯人だと？　でも——」途中で言葉を止めた。パニックで体が冷たくなっていく。昨夜、彼はもう知っていたのだ。それなのにひとことも言わなかった。吐きそうだった。手で顔を覆った。こわばった指のあいだからくぐもった声がもれた。「どうしたらいいでしょう？　どうしまつをつけたらいいのかしら」

「被害対策はゲイジにまかせておきなさい。今朝は、メディナで事態を鎮めている。そして午後からはリサーチ・トライアングルのチームをまとめて、バイオ燃料について持ち上がった問題に対処するだろう。心配しなくて大丈夫だ。すべてうまくいく」

「何かしなくちゃ。わたし……チャーチル、助けてもらえますか？」

「いつでも」ためらうことなくチャーチルは言った。「遠慮なく言いなさい」

25

ゲイジがテキサスに戻ってくるまで待つのが、賢明なやり方だったのだろう。けれども、ゲイジがプライドを何度も傷つけられ、それよりもはるかに大きい仕事上の打撃を受けてもわたしのために我慢してくれたことを思うと、いてもたってもいられなかった。チャーチルが言うように、ときには大げさなやり方が求められることもある。

飛行場に行く前に、ダウンタウンにあるハーディのオフィスに立ち寄った。ファニン通りに面した、アルミニウムとガラスのビルディングで、ふたつの巨大なパズルのピースが合わさったようなデザインだった。受付嬢は魅力的なブロンドの女性で、すばらしい脚と低いハスキーな声の持ち主だった。わたしが到着すると、すぐにハーディのオフィスに案内してくれた。

ハーディは黒っぽいブルックス・ブラザーズのスーツに、自分の瞳の色と同じ鮮やかなブルーのタイを締めていた。シャープで自信に満ち、これからどんどん出世していくことが約束された男に見えた。

ハーディにチャーチルと話したことを告げた。そして、メディナとの取引をつぶすために、彼がどんな役割を演じたかを知ったことも。「どうしてそんなことができたのか、わたしには理解できないわ。あなたがそんなことをするとは夢にも思わなかった」

ハーディには後悔しているようすはまったくなかった。「これがビジネスってもんなんだよ、ハニー。ときには手を汚すこともある」

洗っても落ちない汚れもある、と口から出かかった。でも、いつかきっと、ハーディ自身がそれに気づくだろうと思ってやめた。「ゲイジを傷つけるために、わたしを利用したのね。そうすればわたしとゲイジは別れる。そのうえヴィクトリー石油に貸しをつくっておけば、自分にとって都合がいい。成功するためならどんなことでもするのね」

「やらねばならないことはやる」平然とした顔でハーディは言った。「前に進もうとしただけだ。ぜったいに謝ったりしないからな」

怒りは退いていき、憐れむように彼を見つめた。「謝る必要はないわ、ハーディ。わかるから。わたしは覚えている。わたしたちに必要だったすべてのもの、求めてもぜったいに手に入れられなかったすべてのものことを。ただ……あなたとはやっていけないわ」

ハーディの声はとてもやさしかった。「おれがおまえを愛せないと思っているんだな、リバティ」

わたしは唇を噛んで頭を振った。「昔はわたしを愛してくれていたんだと思う。でも、あのときでさえ、十分ではなかったんだわ。あのね……ゲイジはあなたのやったことを、わたしに言わなかったのよ。言う機会はたっぷりあったのに。ゲイジはあなたのせいで、わたしとのあいだに溝をつくりたくなかったんだわ。彼は許しを請う前にもう許してくれていたし、わたしが彼を裏切ってしまったことを、知らせまいとした。それが愛というものなのよ、ハーディ」

「なあ、ハニー」ハーディはわたしの手をとって、手首の内側の青い血管が透けて見える部分にキスをした。「ひとつくらい取引を逃したからといって、彼には屁でもないのさ。生まれたときからすべて持っていたんだからな。やつがおれの立場なら、同じことをしただろう」

「いいえ、しないわ」わたしは彼からさっと離れた。「ゲイジはどんな値段をつけられても、わたしを利用したりしない」

「金で買えないやつはいない」

わたしたちは目と目を合わせた。交わした視線の中に、会話のすべてがこめられていたように思えた。互いに知りたいことを相手の目の中に見たのだ。

「ハーディ、お別れを言わなくてはならないわ」

ハーディは苦い現実を受け入れながら、わたしを見つめていた。ふたりのあいだに友情は成り立たないことはどちらにもわかっていた。残っているのは子どものころの思い出だけだ。

「くそっ」ハーディは両手でわたしの顔をはさんでおでこと閉じたまぶたにキスし、唇に触れかけたところでやめた。それからわたしは、あの懐かしい、力強く安心感に満ちた抱擁に包まれた。わたしを抱いたまま、ハーディは耳元でささやいた。「幸せになれよ。おまえほどその権利を持っているやつはいない。だが、忘れるな……おまえの心の小さなかけらはおれがもらっておく。もしいつか、それを返してほしいと思うことがあったら……どこをさがしたらいいか、わかるな」

いままで一度も飛行機に乗ったことがなかったわたしは、ノースキャロライナのローリー・ダーラム空港に着くまで、白くなるほど手をぎゅっと握りしめていた。ファーストクラスの隣の席に座っていたのはビジネスーツを着た感じのいい男性で、離陸と着陸の際には話しかけて安心させてくれた。また、飛行中はウィスキーサワーをわたしのために注文してくれた。飛行機から降りるときに、その人に電話番号をきかれたけれど、わたしは頭を振って「ごめんなさい、つきあっている人がいるので」と答えた。

そうだといい、と心の中で願った。

次の目的地である、一〇キロちょっと離れた小さな空港まではタクシーで行くつもりだった。ところが手荷物引き渡し所に、ジョーンズさまと手書きされたボードをかかげたリムジンの運転手が待っていた。ためらいながら近づいてきいてみた。「もしかして待っている相手は、リバティ・ジョーンズ？」

「はい、そうです」

「わたしがそのジョーンズです」

チャーチルが手配してくれたのだろう。思いやりからか、あるいはわたしがひとりでタクシーに乗れないかもと心配したからか。トラヴィスの男たちはとにかく過保護なのだ。

運転手がスーツケースを運ぶのを手伝ってくれた。グレッチェンはそのハートマン社製のツイードのスーツケースを貸してくれたうえに、荷造りまで手伝ってくれた。薄いウールのパンツにシャツ、白いシャツが数枚、シルクのスカーフ、それからグレッチェンがもう着ないからとくれたカシミアのセーターが二枚入っていた。首尾よくことが運ぶと楽天的にかまえて、イブニングドレスとハイヒールも入れた。取得したばかりの自分のパスポートと、ゲイジの秘書から受け取った彼のパスポートもあった。

小さな空港に着いたときには夕暮れ時になっていた。空港には滑走路が二本、軽食の売店がひとつあったが、管制塔のようなものは見あたらなかった。ノースキャロライナの空気はまったく違うにおいがした。塩辛くてソフトで、緑の香りがした。

飛行場には小型が二機、中型が五機、計七機の飛行機があり、そのうちのひとつがトラヴィス家の所有するガルフストリームだった。ヨットと並んで巨大な富の力を露骨に誇示できるのは、プライベートジェット機だ。スーパーリッチな人々の飛行機には、シャワーや個人のベッドルーム、板張りのワークステーションがあり、数々のコンテストで金色のカップを手にしてきた優秀な操縦スタッフがいる。

とはいえ、維持費のことを考慮したトラヴィス家の飛行機は、テキサスの標準では地味めと言われていた。しかし、実際に彼らのガルフストリームを見たら、それが一種の冗談だとわかる。贅沢な長距離用の飛行機で、内部はヴァイオリン材として好まれるマホガニーと柔らかなウールのカーペットで覆われている。それに革張りの回転式シート、プラズマテレビ、カーテンの仕切りがついた、広げるとクイーンサイズのベッドになる長椅子もあった。

　飛行機に乗り込んで、操縦士と副操縦士にあいさつした。彼らはコックピットに座っており、わたしはソーダを飲みながら、不安な気持ちでゲイジを待った。どう話を切り出そうかと練習を重ねた。百とおりも言い方を考え、ゲイジに自分の気持ちをまっすぐ伝えるにはどの言葉を選んだらいいか思案した。

　だれかが飛行機に乗り込んできた。心臓がばくばく鳴りはじめ、練習したスピーチは頭からすっかり抜けてしまった。

　ゲイジは最初、わたしに気づかなかった。厳しい、疲れた表情で、艶やかに光る黒のブリーフケースを近くのシートにどすんと落とし、痛むかのように首の後ろをさすった。

「ハーイ」とわたしは小さな声で言った。

　首をまわしてこちらを見たゲイジは、ぽかんとした顔になった。「リバティ。何してるんだ、こんなところで」

　ゲイジへの愛で胸がいっぱいになった。かかえきれないほどの愛が熱のように体から発散した。ああ、なんてハンサムなんだろう。言葉を一生懸命さがす。「わたし……パリに行くことにしたの」

　長い沈黙。「パリ」

「ええ、前に誘ってくれたわよね……それで、きのう操縦士さんに電話したの。あなたを驚かせたいって」

「たしかに驚いた」

「彼が全部アレンジしてくれたから、ここからまっすぐパリに飛べるわ。いますぐよ。もし、あなたがそうしたいなら」希望をこめてゲイジにほほえみかける。「あなたのパスポートも持ってきたわ」

ゲイジはゆっくりと上着を脱いだ。それを椅子の背にかける手つきがなんだかぎこちないのを見て、ちょっとほっとした。「とうとうぼくと旅行する気になったんだな」

感きわまって声がかすれる。「どこへなりとも」

ゲイジはグレーの瞳を輝かせてこちらを見た。息を止めて見つめていると、ゆっくりと彼の唇がカーブして笑顔になった。彼はネクタイをゆるめて、近づいてきた。

「待って」わたしはむせながら言った。「話したいことがあるの」

ゲイジは立ち止まった。「なんだい?」

「チャーチルからメディナとの取引について聞きました。わたしのせいなの――ハーディに秘密を漏らしてしまったのはわたしなの。ハーディがそんなことをするとは考えもしなかった……ごめんなさい」言葉が途切れた。「ごめんなさい」

ゲイジは二歩でわたしの前にやってきた。「もういいんだ。だから泣くな」

「あなたを傷つけるようなことをするつもりはなかったの――」

「わかっている。ほら、泣かないで」ゲイジはわたしを引き寄せ、指で涙を拭った。

「ほんとうにばかだったわ、気づかなかったなんて——どうして、わたしにひとことも言わなかったの？」

「心配させたくなかった。きみのせいじゃないことはわかっていたし。これは機密事項だときちんと話しておけばよかったんだ」

ゲイジがそれほどまでわたしを信じてくれていたことに驚いた。「どうしてわざとやったんじゃないと確信できたの？」

ゲイジは両手でわたしの顔を包み、涙があふれそうになっている目をのぞきこんだ。「きみのことはよくわかっているからだ、リバティ・ジョーンズ。泣くな、いい子だから。ぼくを困らせないでくれ」

「つぐないはするわ、きっと——」

「もういいから」ゲイジはやさしく言って、火傷しそうなくらい熱いくちづけをくれた。ひざがくがくしだした、ゲイジの首に腕をまわし、涙の理由も、ゲイジ以外のすべてことも忘れた。キスは何度も何度もつづき、だんだん激しくなっていったので、しまいにはふたりともよろけて、ゲイジがシートの背を片手でつかんで支えなければ立っていられないくらいだった。しかも、飛行機はまだ動きだしてもいなかった。「で、もうひとりのやつはどうなったんだ？」ゲイジがやっと口を少しだけ離してささやくと、熱い性急な息が頬にかかった。ゲイジの手が胸に触れるのを感じてわたしはうっとりと目を半分閉じた。「彼は過去の人」わたしはなんとか声を出した。「あなたはわたしの未来」

「そうとも」またしても深く荒々しいキス。炎のような激しさとやさしさにあふれる、受け止めきれないほどの愛に満ちたキスだ。この人との人生は、ふつうの幸せをはるかに超えたものになるだろう。ゲイジはかすれた笑い声をあげながら顔を離した。「もう逃げられないからな、リバティ。これっきりだぞ」

わかってるわ、と言おうとしたけれど、キスに口をふさがれて言えなくなった。そしてそのキスは長いこと終わらなかった。

「愛している」どちらが先にそう言ったのかは覚えていない。とにかく、大西洋を横断する七時間二五分のフライトのあいだ、何度もその言葉が繰り返されたことはたしかだ。そして、ゲイジは一万五〇〇〇メートルの上空で楽しくすごすアイデアをいくつか持っていた。

気晴らしがあれば、飛行機に乗るのも悪くはない、とだけ言っておこう。

エピローグ

この牧場が婚約のプレゼントなのか、それともちょっと早めの結婚プレゼントなのかはよくわからない。それはともかく、ゲイジはバレンタインデーに、赤いリボンをつけた大きなリングに通した鍵束をわたしにくれた。混み合った都市の生活にうんざりしたときの避難所が必要だし、キャリントンに乗馬をさせてやりたいから、と彼は言った。それがそっくりそのまま贈り物だということをわたしに理解させるのに、ゲイジは数分かけて説明しなければならなかった。

わたしはいま、二〇平方キロメートルの牧場のオーナーだ。

かつては特上の馬の飼育で有名だった牧場で、市街から車で四五分ほどの距離にあった。現在は規模を大幅に縮小しているので、テキサスの基準からすれば、まあ小牧場ってところかな、とジャックは言ったが、ゲイジににらまれて、おっかなびっくり口をつぐむふりをした。

「ジャックなんか、牧場を持ってないくせに」キャリントンはジャックをからかって、あわててドアのほうに逃げ出しながら、「だから、気取り屋さんって言われるのよ」と憎まれ口をきいた。

「言ったな！」ジャックは怒り狂ったふりをして、キャリントンを追いかけた。キャリントンの嬉しそうな叫び声が廊下に鳴り響いた。

週末、わたしたちは一泊分の荷物を持って、牧場を見に行った。ゲイジは牧場にランチョ・アルマジロという名前をつけていた。「こんなことしてくれなくてよかったのに」ヒューストン北部へ車で向かいながら、わたしは何十回目かの同じせりふを言った。「これまでにも、十分すぎるくらいいろいろなものをもらっているわ」

道路を見つめたまま、ゲイジは指をからめて握っていたわたしの手を口元に持っていき、甲にキスをした。「どうしてきみは、ぼくが何かをあげるたびにそんなに困った顔をするんだ？」

贈り物を優雅に受け取る技というものがある。でも、わたしはまだその技を習得していなかった。「プレゼントをもらい慣れていないの。祝日でも誕生日でもなくて、特別な理由がないときはなおさらよ。それに、この……この――」

「牧場」

「そう、この牧場の前にだって、一生かかっても返せないくらいのものをすでにいっぱいもらっているのだし――」

「ダーリン」辛抱強く抑えた口調だったが、ぜったいにこれだけは譲らないという決心がうかがわれた。「もういいかげん、頭の中から貸し借り勘定を消し去れよ。気持ちを楽にして、死ぬほど説得をつづけなきゃ贈り物を受け取らないというのはもうおしまいにして、素直にもらってぼくをいい気分にさせてくれよ」ゲイジは肩越しに後部座席をのぞいて、キャリントンがちゃんとヘッドフォンで音楽を聴いているかどうかたしかめた。「この次、何かプレゼントしたときには、ただ『ありがとう』と言って、ぼくとセックスすればいいんだ。ぼくが求める見返りはそれだけだ」

わたしは笑いをかみ殺した。「わかったわ」

六メートルもある鉄のアーチを支えている巨大な石の柱を通り抜け、舗装された道を行くうちに、ここが自分の牧場の私道なのだと気づいた。飛んでいくガチョウの群れの影が冬小麦の畑の上を滑っていく。遠くにメスキートやシーダーや洋梨のこんもりした茂みが見えた。道の先のオークとペカンの木陰に、石と木でできた大きなヴィクトリア風の屋敷が見えてきた。びっくりして目を丸くしていると、石造りの納屋、パドック、空っぽのニワトリ小屋などもあり、まわりはぐるりと粗石の塀で囲まれていた。屋敷は大きくどっしりしていて、自然に心が惹きつけられた。この切妻屋根の下で、子どもたちが生まれ、恋人たちが結婚し、家族はけんかしたり、愛し合ったり、いっしょに笑ったりしたのだろう。心の安らぎを得る場所だ。そう、これが家というものなのだ。

三台分のスペースがあるガレージの横に車は停まった。「全面的に改装したんだ。最新式のキッチン、大きなシャワー、ケーブルにインターネット——」

「馬もいる？」キャリントンがヘッドフォンをもぎ取って、興奮して叫んだ。

「いるよ」ゲイジは、後部座席でぴょんぴょん跳ねているキャリントンにほほえみかけた。「プールも、ジャグジーもあるぞ」

「こんなお家を夢に見てたんだ」とキャリントン。

「そうなの?」うっとりした声を出しているのが自分でもわかる。シートベルトをはずして外に出た。目は家に注がれたままだ。長いあいだ自分の家族と家を持ちたいと願ってきたが、はっきりとどんな家に住みたいかは考えたことがなかった。でも、ここはまさに理想の家だと思えた。ベランダにはハンモックが吊るされており、その屋根の下側は、昔の家がそうだったように、ジガバチが巣をつくるのを防ぐための水色の塗料が塗られていた。横に生えているペカンの木から、たくさんの実が落ちていた。

わたしたちはエアコンがついた屋内に入った。内部は白とクリーム色に塗装され、よく磨かれたペカン材の床は窓からの光を受けて輝いていた。いわゆる「ニューカントリー」風だった。フリルいっぱいの小物はないが、ソファや椅子はふかふかで、クッションがあちこちに置かれていた。キャリントンは、歓喜の叫びをあげてどこかへ消えてしまった。部屋から部屋へと走りまわって探検しているらしく、ときどき新たな発見をすると急いで報告しに戻って来た。

ゲイジとわたしはもっとゆっくりと家の中を見てまわった。ゲイジはわたしの反応を観察して、どこでも好きなように変えていいよと言った。わたしは瞬時にこの家に愛着を感じた。乾いた赤土の大地に、意固地になって根を下ろしている頑固な植物。ペッカリーやボブキャットやコヨーテの住処となっている潅木の茂み。ヒューストンの町並みを高いところから見下ろす近代的で無機質なコンドミニアムとはまったく違う世界だ。どうしてゲイジは、これがわたしの心から求めていたものだとわかったのだろう。

ゲイジはわたしを自分のほうに向かせ、さぐるように顔をながめた。このときわたしは気づいた。生まれてこのかた、彼ほどわたしの幸福を真剣に考えてくれる人に出会ったことはなかったのだと。「何を考えている？」

泣いたらゲイジが困ることは知っていた――彼は人が泣いているのを見ると、どうしていいかまったくわからなくなってしまうのだ――だから、泣けてきそうで目の奥がつんとしたけれどまばたきで涙を抑えた。「すべてのことにどれだけ感謝しているかわからないと考えていたの。いやなこともすべてひっくるめて。眠れなかった夜も、孤独を嚙みしめた時間も、車が壊れたときも、支払い期限が過ぎてしまったり、宝くじをなくしたり、青あざをつくったり、お皿を割ったり、トーストを焦がしちゃったりしたことも全部ひっくるめて」

ゲイジの声はやさしかった。「どうしてだい、ダーリン？」

「そのおかげで、あなたとここにいることができたからよ」

ゲイジは低くうなってキスをした。最初はやさしく、でもすぐにぎゅっとわたしを抱きしめて、愛しているよとささやき、セクシーな言葉をつぶやき、唇をのどへと這わせてきた。わたしは息を切らせながら、キャリントンに見られちゃうからだめと言った。

三人でいっしょにディナーの用意をし、食後は外に出て座り、おしゃべりをした。ときどき黙って、ナゲキバトの悲しげな鳴き声や、馬のいななきや、オークやペカンの実を地面に落とすそよ風の音に耳を傾けた。やがてキャリントンは、風呂に入るために二階に上がっていった。風呂のあとは水色の壁の寝室で眠った。ねえ、天井に雲を描いてもいいかな、と眠そうな声でキャリントンがきいたので、もちろんよ、いっしょに描こうね、と答えた。

ゲイジとわたしは階下のメインベッドルームで眠った。キングサイズの四柱ベッドで、手づくりのキルトにもぐりこんで愛を交わした。わたしのムードを感じ取って、ゲイジはゆっくりとやさしく狂おしいほどの高みへといざない、ありとあらゆる喜びをしぼり出した。彼は強く、硬く、慎重だった。やさしい動きのひとつひとつが言葉以上のものを与えてくれた。それはただの熱情よりももっと深く、もっと甘くせつないものだった。わたしは腕と脚を彼にからめ、しっかりと抱きしめた。ゲイジはあえぎながらわたしの名前をつぶやき、動きを速めて押し寄せる恍惚の波に沈んでいった。

夜明け頃、この地で越冬するハクガンが鳴き声をあげながら朝食の場所へとはばたいていく音で、わたしたちは目覚めた。わたしはゲイジの胸にすり寄り、窓の近くのオークの木にとまってさえずるマネシツグミの声を聞いていた。そのやかましいことといったら。

「銃はどこだ?」とゲイジがつぶやくのが聞こえた。

わたしは顔を彼の胸につけたままにやりとした。「かっかしないで、カウボーイ。ここはわたしの牧場なのよ。鳥たちは好きなだけ鳴いていいの」

ちょうどいい、早朝の乗馬に行こうとゲイジが言いだした。牧場のようすを見せるよ。ほほえみが消えた。彼に話したいことがあったのだが、うまいタイミングがつかめずにいたのだった。わたしは黙って、神経質にゲイジの胸毛をいじった。「ゲイジ……きょうは、乗馬は無理みたい」

ゲイジは片ひじをついてわたしを見下ろした。「どうして？　気分でも悪いのか？」「違うの――具合は悪くないわ」わたしは不規則に息を吸い込んだ。「でも、お医者さまに大丈夫かどうかきいてみないと」

「医者？」ゲイジは上体を起こして、わたしの両肩をつかんだ。「何の医者だ？　いったい……」どういうことか気づき、彼の声は細くなって消えた。「ああ、リバティ。もしかして、きみは……」わたしを押しつぶしてはたいへんと恐れるかのように、彼はすぐに肩をつかんでいた手の力をゆるめた。「本当なのか？」わたしはうなずいて、にっこりほほえんだ。「信じられない」顔が赤く染まると、彼の瞳の色はふだんよりもっと明るく見えた。「いや、信じられるぞ。大晦日だな？」

「あなたのせいよ」と言うと、ゲイジは歯を見せてにっと笑った。

「そうだ、全責任はぼくにある。かわいいきみ、よく見せてくれ」

突然わたしは診察を受けることになり、体中をでなでまわされた。ゲイジは何度もお腹にキスをしてからわたしを起こし、両腕をまわして抱きしめた。彼の唇が何度もわたしの口に舞い下りた。「ああ、愛しているよ。気分はどうだい？　つわりはあるのか？　クラッカーは要るかい？　ピクルスは？　ドクター・ペッパーは？」

わたしは首を振って、キスの合間に切れ切れにつぶやいた。「愛しているわ……ゲイジ……愛してる……」言葉はふたりの唇に甘くからめとられた。そうか、だからテキサスの人はキスのことを「シュガーバイト」って言うんだわと思った。

「きみたちを大事にするよ」ゲイジはわたしの胸に頭をつけて、鼓動の音を聞いた。「きみと、キャリントン、そして赤ん坊。ぼくの小さな家族。奇跡だ」

「まあ、ありふれた奇跡ってところかしら。だって、毎日どこかで女の人たちは赤ん坊を産んでいるんですもの」

「いや、ぼくの彼女は特別だ。ぼくの赤ん坊も」ゲイジは頭をあげた。彼の目に浮かんだ表情を見て、わたしは息を止めた。「きみに何をしてあげればいい？」とゲイジがささやいた。「ただ『ありがとう』と言ってくれるだけでいいの。それから、セックスしてちょうだい」

彼はそのとおりにした。

この人はありのままのわたしを愛してくれている。それにはまったく疑いがなかった。どんな条件も、どんな制限もつけずに。これも奇跡だ。実際、どの日もありふれた奇跡に満ちている。

それを見つけるのに、遠くを見る必要はない。

訳者あとがき

大人気のヒストリカル・ロマンス作家、リサ・クレイパスが放つコンテンポラリー・ラブロマンス第一弾『夢を見ること』(原題 Sugar Daddy) をお届けします。以前からのクレイパスファンの方々にも、クレイパスは(あるいはロマンスは) 初めてという読者にも、テキサスの香りがたっぷりつまったこのすてきな作品をお楽しみいただけると思います。

主人公のリバティ・ジョーンズはメキシコ人の父とアメリカ人の母から生まれた内気な少女。幼いころに父親を亡くし、母親の手ひとつで育てられます。物質的には恵まれない子ども時代をすごしますが、一四歳の夏に引っ越したトレーラーパークで、ハーディ・ケイツと運命の出会いをします。ハーディはとてもハンサムで頼りがいのある少年でしたが、貧しかったために大学進学はかなわず、働いて家族を助けていました。出会った瞬間に少年と少女は見えない強い絆で結ばれます。けれどもハーディは、夢を実現するためにリバティを愛することを拒絶し、トレーラーパークを去っていきます。

その後、不幸にも交通事故で母親を失ったリバティは幼い妹とふたりで生きていかなければならなくなりますが、苦労を重ねて美容師となり、やさしくて自立心あふれる魅力的な女性へと成長していきます。彼女を陰ながら支えていたのが、美容院の客で大富豪のチャーチル・トラヴィスでした。落馬事故で自由がきかなくなったチャーチルは、リバティに住み込みの秘書になってほしいと申し出ます。しかし、チャーチルの息子ゲイジは、リバティを父親の愛人と誤解して猛反対。リバティにつらくあたるのですが……。

ハーディとゲイジという、正反対でありながら、あらがいがたいカリスマ性を持つふたりの青年のあいだで選択を迫られるリバティ。さらに、死んだ母親の過去の秘密もからんできて、最後までページをめくる手が止まりません。

脇役の人々もじつに生き生きと描かれていて、わがままでパワフルな初老の紳士チャーチルと、おちゃめな妹キャリントンのやりとりには、思わず顔がほころびます。また、ヒューストンの土地柄と人々の描写も秀逸で、トレーラーパークの焼けたアスファルトの上を歩き、都市の摩天楼を見上げ、乾いた土臭い風を頬に感じている気分になります。

以前、テキサス州のダラスとエルパソを訪れたことがあります。カウボーイの伝統とオイルマネーの影響か、ニューヨークや西海岸とはずいぶん異なる印象でした。エルパソは国境の町で、リオグランデ川を橋で渡れば簡単にメキシコに行くことができます。リオグランデ川は時期によって大きく水量が違うそうで、わたしが訪れたときには、びっくりするくらい水量が少なくて拍子抜けしてしまいました。そのとき、検問を通らずに川の中を歩いて国境を越えている人を橋の上から目撃しました。警察につかまるという緊迫感もなく、ずいぶんのんびりしてるんだなあと驚いたものです。本書でリバティが侮蔑的にウェットバックと呼ばれる場面がありますが、それを思い出しました。あの人たちはほんもののウェットバック（川を泳いで越境したことに由来する）だったんだろうか……？

ところで、リバティの母親の葬儀で故人の友人が詩を朗読するシーンがあります。気づかれた方もいらっしゃると思いますが、この詩は、大ヒット曲『千の風になって』の原詩です。作者については、アメリカのある女性という説が有力だそうですが、著作権が発生していないので、インターネットで簡単にダウンロードすることができます。ペットや無宗教の方の葬儀などで朗読されることが多いと聞きます。なお、今回の訳は原詩からわたしがつけたものです。

クレイパスがこのままコンテンポラリーに移行してしまうのではと心配されているヒストリカルファンのみなさん、ご安心ください。どうやら春にはコンテンポラリー、秋にはヒストリカルというペースで作品を発表していく模様です。二〇〇八年春には、本書に登場した人物（ネタバレになるので、だれとは言えませんが）が主人公の作品が発表される予定です。これからもクレイパスから目が離せませんね。

二〇〇八年一月

ライムブックス

夢を見ること

著　者　リサ・クレイパス
訳　者　古川奈々子《ふるかわななこ》

2008年2月20日　初版第一刷発行

発行人　成瀬雅人
発行所　株式会社原書房
〒160-0022東京都新宿区新宿1-25-13
電話・代表03-3354-0685　http://www.harashobo.co.jp
振替・00150-6-151594
ブックデザイン　川島進(スタジオ・ギブ)
印刷所　中央精版印刷株式会社

落丁・乱丁本はお取り替えいたします。
定価は、カバーに表示してあります。
 ISBN978-4-562-04334-7　Printed in Japan